Date: 10/15/20

SP FIC BLASCO IBANEZ
Blasco Ibáñez, Vicente,
La horda /

**PALM BEACH COUNTY
LIBRARY SYSTEM**
3650 Summit Boulevard
West Palm Beach, FL 33406-4198

La horda

Vicente Blasco Ibáñez

La horda

colección **Bárbaros**

Diseño de cubierta e interior: Carola Moreno y Joan Edo
Maquetación: Joan Edo
Imagen de cubierta: *L'émeute* (1848), de Honoré Daumier

© de esta edición, 2013, Ediciones Barataria, S.l.

ISBN: 978-84-92979-49-3
Depósito legal: SE 1378-2013
Impreso por Villena Artes Gráficas

Cualquier forma de reproducción, distribución, comunicación pública o transformación de esta obra sólo puede hacerse con la autorización de sus titulares, salvo excepción prevista por la ley. Diríjase a CEDRO (Centro Español de Derechos Reprográficos, www.cedro.org) si necesita fotocopiar o escanear algún fragmento de esta obra.

1

A LAS TRES de la madrugada comenzaron a llegar los primeros carros de la sierra al fielato de los Cuatro Caminos.

Habían salido a las nueve de Colmenar, con cargamento de cántaros de leche, rodando toda la noche bajo una lluvia glacial que parecía el último adiós del invierno. Los carreteros deseaban llegar a Madrid antes que rompiese el día, para ser los primeros en el aforo. Alineábanse los vehículos, y las bestias recibían inmóviles la lluvia, que goteaba por sus orejas, su cola y los extremos de los arneses. Los conductores refugiábanse en una tabernilla cercana, la única puerta abierta en todo el barrio de los Cuatro Caminos, y aspiraban en su enrarecido ambiente las respiraciones de los parroquianos de la noche anterior. Se quitaban la boina para sacudirle el agua, dejaban en el suelo el barro de sus zapatones claveteados, y sorbiéndose una taza de café con toques de aguardiente, discutían con la tabernera la comida que había de prepararles para las once, cuando emprendiesen el regreso al pueblo.

En el abrevadero cercano al fielato, varias carretas cargadas de troncos aguardaban la llegada del día para entrar en la población. Los boyeros, envueltos en sus mantas, dormían bajo aquéllas, y los bueyes, desuncidos, con el vientre en el suelo y las patas encogidas, rumiaban ante los serones de pasto seco.

Comenzó a despertar la vida en los Cuatro Caminos. Chirriaron varias puertas, marcando al abrirse grandes cuadros de luz rojiza en el barro de la carretera. Una churrería exhaló el punzante hedor del aceite frito. En las tabernas, los mozos, soñolientos, alineaban en una mesa, junto a la entrada, la batería del envenenamiento matinal: frascos cuadrados de aguardiente con hierbas y cachos de limón.

Presentábanse los primeros madrugadores temblando de frío, y luego de apurar la copa de alcohol o el café de «a perra chica», continuaban su marcha hacia Madrid a la luz macilenta de los reverberos de gas. Acababa de abrirse el fielato y los carreteros se agolpaban en torno de la báscula. Los cántaros de estaño brillaban en largas filas bajo el sombraje de la entrada. Discutían a gritos por el turno.

–¿Quién da la vez? –preguntaba al presentarse un nuevo carretero.

Y al responderle el que había llegado momentos antes, colocaba sus cántaros junto a los de éste, con el propósito de repeler a trallazos cualquier intrusión en el turno.

Todos mostraban gran prisa por que les diesen entrada, azorando con sus peticiones al de la báscula y a los otros empleados, que, envueltos en sus capas, escribían a la luz de un quinqué. Los cántaros sólo contenían leche en una mitad de su cabida. Mientras unos carreteros aguardaban en el fielato, otros avanzaban hacia Madrid, con cántaros vacíos, en busca de la fuente más cercana. Allí, dentro del radio, sin temor al impuesto, se verificaba el bautizo, la multiplicación de la mercancía.

Los carros de la sierra, grandes, de pesado rodaje y toldo negro, comenzaban a desfilar hacia la población, cabeceando como sombríos barcos de la noche. Otros más pequeños deslizábanse entre ellos, pasando ante el fielato sin detenerse. Eran los vehículos de los traperos, unas cajas descubiertas de las que tiraban pequeños borricos. Los dueños iban tendidos en el fondo, continuando su sueño, con la tranquilidad que les daba el estar a aquellas horas la calle de Bravo Murillo libre de tranvías. Algunas veces, la bestia, imitando al amo, detenía el paso y quedaba inmóvil, con las orejas desmayadas, como si dormitase, hasta que la despertaban un tirón de riendas y un juramento.

La lluvia cesó al amanecer. Una luz violácea se filtró por entre las nubes, que pasaban bajas como si fuesen a rozar los tejados. De la bruma matinal surgieron lentamente los edificios, humedecidos y relucientes por el lavado de la lluvia; el suelo fangoso con grandes charcos; los desmontes de tierra amarilla con manchas de vegetación en las hondonadas.

El cementerio de San Martín mostró sobre una altura su romántica aglomeración de rectos cipreses. La escuela protestante asomaba sobre las míseras casuchas su mole de ladrillo rojo. Marcábase en la ancha calle de Bravo Murillo la interminable hilera de postes eléctricos: una fila de cruces blancas flanqueadas de arbolillos, y en el fondo, sumido en una hondonada, Madrid envuelto en la bruma del despertar, con los tejados a ras del suelo y sobre ellos la roja torre de Santa Cruz con su blanca corona.

Así como avanzaba el día, era más grande la afluencia de carros y cabalgaduras en la glorieta de los Cuatro Caminos. Llegaban de Fuencarral, de Alcobendas o de Colmenar, con víveres frescos para los mercados de la villa. Junto con los cántaros de la leche descargábanse en el fielato cestones de huevos cubiertos de paja, piezas de requesón, racimos de pollos y conejos caseros. Sobre la platina de la báscula sucedíanse las especies alimenticias en sucia promiscuidad. Caían en ella corderillos degollados, con las lanas manchadas de sangre seca, y momentos después apilábanse en el mismo sitio los quesos y los cestos de verduras. Las paletas, envueltas en un mantón, con el pañuelo fuertemente anudado a las sienes, volvían a cargar sus mercancías en los serones, y apoyando el barroso zapato en la báscula, saltaban ágiles sobre su asno, azuzándolo al trote hacia Madrid, para vender sus huevos y verduras en las calles inmediatas a los mercados.

La invasión de los traperos hacíase más densa al avanzar el día. Sus ligeros carros en forma de cajón eran de un azul rabioso, con un óvalo encarnado en el que se consignaba el nombre del dueño. Venían de Bellasvistas y de Tetuán, de los barrios llamados de la Almenara, de Frajana y las Carolinas. Los más pobres no tenían carro, y marchaban a lomos de un borriquillo, con las piernas ocultas en los serones destinados a la basura. Las matronas de «la busca» pasaban erguidas sobre sus rucios, arreándolos con la vara, ondeando detrás de su espalda las puntas del rojo pañuelo, con la cara tiznada de churretes, los ojos pitañosos por el alcohol, y en las negras manos una doble fila de sortijas falsas y relucientes, como adornos africanos.

El asno, fiel compañero del trapero, desfilaba en todas sus míseras variedades, tirando de los cajones, trotando bajo los varazos de las amazonas. Eran animales pequeños y sucios, de una malicia casi humana. Rara vez buscaban su comida en el campo; se alimentaban con los garbanzos sobrantes de los cocidos de Madrid; rumiaban en sus pesebres lo que el día anterior había pasado por las cocinas de la población, y este alimento de animal civilizado parecía avivar su inteligencia. Jamás habían sentido el fresco contacto de la tijera ni el benéfico roce de la almohaza. Su piel era una costra, sus lomos no tenían vestigios de pelo, sus patas delanteras estaban cubiertas de luengas lanas, que les daban el mismo aspecto que si llevasen pantalones.

Pasaban y pasaban jinetes y carros, como una horda prehistórica que huyese llevando a la espalda el hambre, y delante, como guía, el anhelo de vivir. Trotaban las bestias, pugnando por adelantarse unas a otras, como si husmeasen bajo la masa de tejados que cerraba el horizonte los residuos de todo un día de existencia civilizada, el sobrante de la gran ciudad que había de mantener a los miserables acampados en torno de ella.

Una turba de peatones invadió el camino. Eran los vecinos de la barriada, obreros que marchaban hacia Madrid. Salían de las calles inmediatas al Estrecho y a Punta Brava, de todos los lados de los Cuatro Caminos, de las casuchas de vecindad con sus corredores lóbregos y sus puertas numeradas, míseros avisperos de la pobreza.

Ya no llegaban más carros del campo con su tosca solidez semejante a la de la vida robusta y sana. La calle ocupábanla ahora los vehículos de la busca, sórdidos, sucios, negros algunos de ellos como ataúdes, con toldos fabricados de viejos manteles de hule. Por las aceras pasaban y pasaban los grupos de trabajadores, con blusas blancas y el saquillo del almuerzo pendiente de un botón, o con chaquetones pardos y la boina calada hasta los ojos. Desde el fielato se les veía alejarse, las manos en los bolsillos y la espalda encorvada, con ademán humilde, resignados a sufrir el resto de una vida sin esperanza y sin sorpresa, conociendo de antemano la fatiga monótona y gris que se extendería hasta el momento de su muerte.

Otros, vestidos de lienzo azul, con gorras negras y reloj, se agrupaban frente a la estación de los tranvías, esperando los primeros coches. Eran maquinistas de fábrica, capataces, encargados de talleres, la aristocracia del trabajo manual, que se aislaba de los demás en su relativo bienestar.

El jefe del fielato, que, libre ya de las ocupaciones matinales, seguía desde la puerta el paso de los trabajadores, llamó a un joven que venía de Madrid y le invitó a fumar un cigarro. Tiempo le quedaba de descansar: tenía el día entero para dormir. Y mientras le ofrecía lumbre, le preguntó guiñando un ojo:

—¿Qué hay de política, amigo Maltrana? ¿Cuándo viene «la nuestra»? ¿Es verdad que el gobierno está al caer?...

El llamado Maltrana hizo un gesto de indiferencia al mismo tiempo que encendía su cigarro. Era un joven de escasa estatura, pobremente vestido. Su sombrero de cinta mugrienta, echado atrás, dejaba al descubierto una frente abombada y enorme, que parecía abrumar con su peso la parte baja del rostro, de un moreno verdoso. Los ojos de corte oblicuo y el bigote ralo, de desmayados pelos, daban a su cara una expresión asiática; pero el brillo de las pupilas, revelador de una inteligencia despierta, dulcificaba el inquietante exotismo de su figura.

Toda su persona denunciaba la miseria de una juventud que lucha desorientada, sin encontrar el camino. Sus botas mostraban los tacones rotos y el cuero resquebrajado bajo los roídos bordes del pantalón. Un macferlán de un negro rojizo servíale de abrigo, y por entre las solapas mostraba con cierto orgullo su único lujo, el lujo de la juventud mísera, una gran corbata de colores chillones, que ocultaba la camisa, y un cuello postizo, alto, de rígida dureza, pero cuyo brillo había tomado, con el uso, una blancura amarillenta de mármol viejo.

—¿Qué hay de política? —dijo otra vez el empleado.

Y Maltrana terminó su gesto de indiferencia. Los cambios de ministerio y lo que se decía en el Congreso le inspiraba escaso interés. Allá en la redacción, donde pasaba la noche, hablaban horas enteras de tales cosas, sin que él se esforzase por retener en su memoria una sola palabra, abstraído en la lectura de periódicos y revistas. ¿Cómo podían interesar a nadie tales futilidades?... Pero con el deseo de agradar a aquel buen amigo que le trataba con cierto respeto por escribir en los papeles públicos, hizo un esfuerzo y contestó, sin saber ciertamente lo que decía:

—Sí, creo que el gobierno va a caer. Algo he oído de eso en la redacción.

—¿Y los «hombres»? ¿Qué dicen los «hombres» de estas cosas?

Isidro Maltrana sabía que los tales «hombres» eran los redactores del periódico en que él trabajaba, los que tejían el artículo de fondo y la información política, los «pájaros gordos», como los designaba por antonomasia el empleado, viendo en ellos a los depositarios del secreto nacional, a los únicos profetas del porvenir.

–Pues los «hombres» –contestó el joven con cierta timidez, como si le repugnase mentir– creen que esto marcha bien y que muy pronto vendrá «la nuestra».

–Lo mismo digo yo.

Y tras esta afirmación enérgica, que rebosaba fe, el empleado miró con cierta envidia a aquel joven de mísera facha, que podía tratarse de igual a igual con los «hombres».

Todas las mañanas veía a Maltrana, al volver éste de la redacción. El pobre joven, para dormir, tenía que esperar a que su padrastro y su hermano menor abandonasen un mísero cuartucho de la calle de los Artistas, y una vez en él, se tendía sobre el camastro único, todavía caliente, con la huella de los cuerpos del viejo albañil y su aprendiz. Dormía hasta bien entrada la tarde, y casi a la hora en que regresaba a los Cuatro Caminos el rebaño de trabajadores, volvía él a Madrid a emprender su vida dura de pájaro indefenso, falto de pico y de garras, que revolotea en un bosque de hojas impresas, sin más alimento que las escasas migajas olvidadas por otros.

Aprovechaba la luz de la redacción, el papel y la tinta, en las horas en que el local estaba desierto, para traducir libros cuyo destino desconocía. Proporcionábanle este trabajo ciertos amigos que, a su vez, habían recibido el encargo de los traductores que firmaban la obra. La retribución llegaba a él con tal merma, después de pasar por las manos de los intermediarios, que el pobre Maltrana, tras ocho horas de fatigoso plumear, pensaba con envidia en los siete reales que su hermano Pepín, más conocido por el *Barrabás*, ganaba como aprendiz de albañil. Y muchas gracias cuando no le faltaban las traducciones. Este trabajo era su único medio de existencia fijo y ordenado. El dinero de una traducción representaba la comida, al anochecer, en una taberna frecuentada por las gentes del «oficio», periodistas de escaso sueldo, jóvenes de abundosas melenas y suelta corbata, que hablaban mal de todos, entreteniendo así la espera impaciente de una hora de celebridad. No eran gran cosa estos banquetes; pero ¡cómo pensaba en ellos los días en que le faltaban el trabajo y la esperanza de nuevas traducciones! Transcurrían para él, en la redacción, las horas de la noche en continua lectura, sintiendo al mismo tiempo en el estómago los retortijones del hambre. Algunas veces, al ver que las letras danzaban ante sus ojos y su cabeza parecía rodar, como si repeliese toda idea, sentía deseos de lucha, feroces anhelos de herir a alguien. Entonces iniciaba discusiones filosóficas, acabando por burlarse de los ideales políticos del periódico, únicamente por el placer de aplastar con sus paradojas y con su cultura esgrimida cual una maza a todos aquellos ignorantes ¡ay! que habían cenado.

Maltrana, en estas noches de silenciosa y reconcentrada hambre, veía entrar, como mensajeros de alegría, a ciertos correligionarios de fuera de Madrid, ganosos de dejar buen recuerdo en la redacción.

—¡A ver! Que traigan café para los chicos... y todo lo que quieran.

Y los «chicos» devoraban la tostada bien cargadita de manteca, apuraban hasta la última gota del líquido negro y de la leche contenida en las cafeteras, y prendían fuego al cigarro de medio real, último y definitivo rasgo de generosidad. Maltrana, ebrio de café y de manteca, lo veía todo más hermoso, con repentina iluminación, al través de la nube azul del tabaco, y rompía a hablar de filosofía y literatura con juvenil vehemencia, asombrando a aquellos señores forasteros, que presentían en él a un futuro gran hombre, y ¡quién sabe si a un gobernante de cuando llegase «la nuestra»!...

Las noches que faltaba este socorro extraordinario, Maltrana, con la cabeza entre las manos, fingiendo leer una revista extranjera, seguía con mirada ansiosa las idas y venidas de don Cristóbal, el propietario del periódico, un buen señor francote y paternal, sin otras preocupaciones que su diario, la revolución que no llegaba nunca y el deseo de que reconociesen todos sus sacrificios por «la idea».

—*Homero*... ¿un cigarrito?...

Homero era Maltrana. Cada mes le colgaban un nuevo apodo los muchachos de la redacción, abominando de su cultura, que «les cargaba», y afirmando que, con toda su sabiduría, era incapaz de escribir la crónica de un suceso o pergeñar un crimen interesante. Primero le habían apodado *Schopenhauer*, por la frecuencia con que citaba a su filósofo favorito; después *Nietzsche*; pero estos nombres eran de difícil pronunciación, y una noche que Maltrana, aislado de la realidad, osó recitar en griego algunas docenas de versos de la *Ilíada*, acordaron todos llamarle *Homero* para siempre.

El buen *Homero* aceptaba agradecido los cigarrillos de don Cristóbal, el cual le admiraba como sabio, aunque reconociendo que no servía ni para ordenanza de la redacción. Fumando entretenía la espera angustiosa de las primeras horas de la madrugada, el momento de las larguezas del propietario. El buen señor, al sentir ciertos desfallecimientos del estómago, incluía generosamente en su necesidad a todos los muchachos. Unas veces era carnero con judías, guisado en la taberna cercana; otras, una cazuela enorme de bacalao con patatas, que a Maltrana le parecía esplendorosa como un astro entre las nubes de periódicos que llenaban la mesa y bajo la fría luz de las bombillas eléctricas.

–A ver, señores, ¿quién me hace oreja? –decía don Cristóbal con gestos de padre–. Que traigan pan y vino para todos... *Homerito*, acércate y mete la uña. A tu edad siempre hay apetito, y tú debes andar algo atrasado.

Homerito metía la uña, al principio con timidez; pero los primeros bocados despertaban la bestia rampante adormecida en su estómago, y para amansarla la echaba alimento a toda prisa, temiendo ser devorado por ella si retrasaba el envío. Al bondadoso protector le hacía gracia el hambre voraz de aquel muchacho feo. ¡Ah, la juventud! ¡Envidiable estómago! Viéndole, sentía nuevas ganas: *Homero* era su aperitivo.

Y Maltrana, una vez limpia la cazuela y devoradas las últimas migas, bebíase dos vasos de vino, ascendiendo de golpe a la alegría digestiva de las últimas horas de redacción, las mejores de la noche.

Sólo entonces hablaba *Homero* de política, compartiendo las ilusiones y esperanzas de los demás. Vendría la deseada... «la nuestra»; y entonces, o no había justicia ni vergüenza, o don Cristóbal sería ministro del primer gobierno que se formase. Pero el aludido rechazaba este honor con sonriente modestia. Maltrana, para animarle, se incluía en el triunfo. El también sería algo, ¡qué demonio!... Se contentaba con una dictadura sobre la instrucción pública, para desasnar el país a palos. Cada uno a sus aficiones.

Y el buen *Homero* describía, entre las risas de los compañeros, su entrada en la Biblioteca Nacional al día siguiente de la revolución, seguido de un piquete de ciudadanos. ¡A formar todo el personal! Los bibliotecarios, que le conocían por haber sostenido con él más de un altercado, esperaban su sentencia trémulos de miedo. Ahora pagarían sus embustes siempre que se les pedía un libro moderno: el negar su existencia o el afirmar que lo tenía otro lector entre manos; aquel deseo de que no se leyesen más que obras rancias, de inútil erudición, mamotretos enojosos que repelían a la gente, quitándola los deseos de instruirse. A culatazos bajaba la escalinata el rosario de prisioneros, y el dictador los colgaba sin piedad de los árboles de Recoletos, con un cartelón en el pecho: «Por traidores a la cultura y fomentadores de la barbarie pública...». Sin salir del edificio, se daba una vueltecita por los salones del Arte Moderno y entraba a saco en este hospital de monstruos, horrendo almacén de fealdades y ñoñerías históricas. Salvo raras excepciones, todos los cuadros eran arrojados por las ventanas, formándose con ellos una gran hoguera. Los alumnos de Bellas Artes, por orden del dictador, habían de saltarla en señal de alegría por la desaparición de tanto mamarracho.

Después, con su escolta de implacables ejecutores, se llegaba al Museo del Prado. Llamada y tropa al personal y discurso que ponía los pelos de punta. Había llegado el momento de dar fin a la eterna zarabanda, a la interminable clasificación, a los nuevos arreglos que tenían en perpetuo movimiento las obras artísticas, desorientando al público y haciéndole vagar de uno a otro salón como en un dédalo. Al primero que moviese de su sitio un cuadro o una estatua, un tiro en la cabeza: he dicho. Y *Homero* terminaba su excursión revolucionaria cerrando para siempre el Teatro Real. ¡Viva la música! ¡Abajo la ópera! Los aristócratas que conversasen libremente en sus salones, sin el runrún enojoso de la orquesta; que lucieran sus joyas sin tomar el arte como alcahuete del lujo. Los antiguos mozos de cordel que ganan millones por tener en la laringe la enfermedad del tenorismo, las señoritas de bata blanca y cabellera suelta que se hacen las locas entre fermatas y gorgoritos, a su antiguo oficio o a coser a máquina. De volver a titularse artistas, sufrirían la pena que marca el Código por falsedad de estado civil. Los músicos faltos de sueldo y los cantantes modestos y fervorosos serían mantenidos por el Estado, dando cada noche un concierto gratuito, de asistencia obligatoria, en los diez distritos de la capital, por riguroso turno.

Y tras estas reformas insignificantes, *Homero* tomaba asiento en su sillón de dictador, acometiendo la gran reforma: el examen general de todos los maestros de escuela; la revisión de la mentalidad de todos los catedráticos, pero de un modo implacable, sin entrañas, como pudiera juzgar un inquisidor. Profesores de universidad descendían a ser maestros de aldea; la gran mayoría de los preceptores rústicos recibían la cesantía y un pedazo de tierra inculta para que la arasen, dando así natural expansión a sus verdaderas facultades. Muchos desgraciados con talento, que titubeaban en las avenidas de la vida, no sabiendo qué camino tomar, entraban en el magisterio, dignificado y elevado a primera función nacional. El más humilde maestro de España tendría mayor sueldo que un canónigo...

Así hablaba *Homero*, entre las risas de sus camaradas, dejando modestamente a los grandes hombres de «la idea» que arreglasen otros problemas: el del estómago y el de la conciencia. Él a lo suyo, a pulir la inteligencia nacional; y una vez bien montada la máquina del desasnamiento, todo aquel que llegase a los veinte años sin haberse aprovechado de estas facilidades para la cultura, sería expulsado del territorio hispano, para que poblara el África.

El terrible dictador, al salir a la calle poco antes de amanecer, caía de golpe en la realidad. El frío, colándose bajo el sutil macferlán, hacía temblar al fusilador de bibliotecarios e implacable destructor de museos. El tirano sentía aguzarse de nuevo su apetito con el fresco del alba, y aceptaba del director o de cualquier compañero en fondos una taza de soconusco con media docena de «bolas». Iban a la chocolatería de la calle de Jacometrezo, sentándose junto a las paredes de azulejos fríos, ante unas vidrieras abiertas de intento para que reventasen de pulmonía todos los golfos que esperaban la mañana en torno de las primeras mesas.

Allí, mojando buñuelos en el fangoso líquido de la taza, sentía renacer otra vez sus esperanzas, aunque menos intensas que en el ambiente cálido de la redacción. Él sería algo; él subiría alto. Siempre que llenaba el estómago, sentíase animado por una fe ciega en su destino. Y con tales esperanzas, emprendía la caminata hacia los Cuatro Caminos, para reposar en el camastro todavía caliente.

Mientras llegaba el momento de la ascensión, su vida no podía ser más triste. En vez de ingeniarse, como le aconsejaba su padrastro, para conquistar el pan, leía y leía por el gusto de saber, como un gran señor que tuviera asegurada la existencia y todos sus caprichos. Cercenaba su alimento para poder pagar con retraso las cuotas del Ateneo. La vida sin lectura de revistas, sin conocer lo que se pensaba en Europa, le parecía intolerable.

Perdía las noches enteras en la redacción, y rara vez cogía una pluma. Al principio, le habían encargado que redactase sucesos, que inflase telegramas. El director se interesaba por él: deseaba incluirle en la plantilla de la casa y que gozase de un sueldo igual al de un guardia de consumos. Pero pasó una noche rompiendo cuartillas y dando paseos nerviosos para relatar un incendio, y al fin hubo de transmitir el encargo a un golfillo de la casa que no sabía escribir un renglón con su ortografía. Le dieron telegramas para que los ampliase, y los redactó con menos palabras que el original. Era un espíritu superior, incapaz de tan bajas funciones. Un día en que, por ausencia del director, le encargaron el artículo de fondo, llenó tres columnas de prosa razonadora y fría, resultando de ella, después de examinar y pesar todo lo existente, tan malo y defectuoso el ideal defendido por el periódico como el régimen de los gobernantes actuales.

El tal *Homero*, según decía el propietario, era un manzanillo del saber. Mataba todo lo que cubría con su sombra. Le dieron libertad para que escribiera a su capricho, y publicó tres artículos sobre Ruskin y la belleza artística, sobre Nietzsche y el imperialismo, y acerca de las armonías y desarmonías entre el socialismo y las doctrinas de Darwin y Haeckel. Meses después aún reían en la redacción de aquellas columnas de prosa espesa y mate que nadie había leído hasta el fin. Don Cristóbal afirmaba con grave sorna que el diario había estado próximo a perecer, y que los lectores amenazaban con una huelga si se publicaba otro artículo de *Homero*. ¡Ir con tales galimatías al respetable público, que lo que desea es que llamen morral al presidente del Consejo de ministros o que los diputados les mienten la madre a los señores del banco azul!...

Maltrana, declarado inservible, sin esperanzas ya de conquistar los quince duros mensuales que le habían hecho entrever antes de su fracaso, seguía asistiendo puntualmente a la redacción. ¿Adónde ir?... Allí encontraba quien le escuchase, aunque con gestos irónicos; algunas veces hasta alababan su cultura, llegando a confesar que tenía cierto talento, pero que estaba chiflado. Además, él reconocía su gran defecto, el mal de su generación, en la que un estudio desordenado y un exceso de razonamiento había roto el principal resorte de la vida: la falta de voluntad. Era impotente para la acción. Estudiaba ávidamente y no sabía sacar consecuencia alguna de sus estudios. Pasaba las noches hablando; las paradojas surcaban su charla como cohetes de brillantes colores; pero sentíase incapaz de fijar con la pluma ni una pequeña parte de las ideas que se le escapaban en el chorro de la conversación.

Y permanecía inmóvil, atascado en su camino, sabiendo que perdía el tiempo, que equivocaba el curso de su vida, sin ánimo para intentar un esfuerzo, confiando en un extraño fatalismo que había de sacarle del mal paso, seguro de la llegada de un acontecimiento extraordinario que le arrancaría de los relejes en que estaba hundido, sin que tuviera que poner nada de su parte.

Aquella mañana era de las más alegres para el joven. Tenía dinero; la noche anterior había cobrado trece duros de una traducción, sintiendo con cierto deleite el peso del puñado de plata junto a su estómago, que aún conservaba el calor y el bienestar del buen trato reciente. Había cenado en la taberna, asilo de los días felices, los platos más suculentos, dándose, además, el gusto de pagar el matinal chocolate a los compañeros de redacción, asombrados de tanta riqueza.

El buen amigo del fielato, que todas las madrugadas le ofrecía un cigarro y una parte de su café, atrajo igualmente su generosidad. Quería obsequiarle, hacerle partícipe de su opulencia, y casi a la fuerza le llevó al ventorrillo, detrás del fielato. Tomaría una taza de té, una copa, lo que fuese de su gusto: hora era que admitiese algo de él.

Los dos quedaron junto a la puerta de la tabernilla, esperando que les sirviesen, sin querer penetrar en su ambiente pesado y nauseabundo.

A espaldas del fielato, en el abrevadero, una banda de palomas picoteaba la tierra. Eran de la inmediata calle de los Artistas; volaban hasta allí para buscar en el suelo los residuos del pasto de los bueyes. Junto al ventorro alzábanse las tapias blancas del sanatorio de perros, el asilo de los canes de los ricos, cuidados en sus enfermedades por un veterinario.

Maltrana vio a un hombre salir de la carretera con dirección al ventorro.

—Es *Coleta* —dijo el jefe del fielato—. Domingo, el famoso trapero de las Carolinas.

Llevaba a la espalda un saco vacío, pero él caminaba encorvado ya, como si presintiese su peso. Los zapatos, más largos que los pies, doblaban sus puntas hacia arriba; el pantalón de pana ceñíalo a la cintura con una cuerda de esparto; la camisa abierta dejaba al aire una maraña de pelos blancos y la piel apergaminada del cuello con sus tirantes ligamentos. Esta vestimenta sucia y mísera completábala con un chaqué de largos faldones y un sombrero abollado, deforme, rematado en punta como un casco de guerrero.

Era viejo, con cierta malicia sacerdotal en el rostro afeitado y los ojillos verdosos cobijados bajo unas cejas grises y abultadas. La parte de sus mejillas acariciada por la rasura era lo único limpio de la cara. El resto estaba ennegrecido por la suciedad. Cada arruga era un surco fangoso; el cuero cabelludo mostraba las púas blancas del rapado por entre las escamas de la caspa endurecida.

Coleta saludó al del fielato y fijó después sus ojos en Maltrana.

—¿No eres tú Isidro, el nieto de la *Mariposa*... uno que es señor en Madriz y escribe en los papeles?...

Sí; él era, y se alegraba de que *Coleta* le reconociese. ¿Qué deseaba tomar?

Pero antes de que el trapero contestase, Maltrana y su amigo se fijaron en una gran escoriación que enrojecía todo un lado de su cara. La sangre seca manchaba los bordes del desgarrón.

Coleta levantó los hombros con indiferencia. Aquello no era nada: un tropiezo al salir de la taberna del *Cubanito*, la noche anterior.

—Hemos estao de groma hasta la una de la mañana yo y los muchachos del barrio. ¡La gran tajá!

Antes de pedir algo a la tabernera, que reía sólo con verle, quiso conocer lo que Maltrana había bebido, e hizo un gesto de repugnancia al oír que era una copa de aguardiente de limón.

—¡Aguardiente!... Eso pa los borrachos. Vino: morapio del puro, que alarga la vida; y cuanti más, mejor.

Había que ver el gesto indignado con que hablaba de los borrachos de alcohol, alabando de paso las virtudes del líquido rojo. Allí le tenían a él con sus sesenta y ocho bien cumplidos. Todas las mañanas iba a Madrid a la busca; al volver a su chamizo de las Carolinas, se pasaba las horas escogiendo su carga y la de la vecina, y después armaba fiesta en la taberna hasta la madrugada, y cuando estaba en su punto se ponía en cueros, sin miedo al frío, para que chillasen escandalizadas las mozas del barrio y rieran los camaradas. Nunca había estado enfermo.

–Yo no duermo. Comer... ¡menos que un pájaro! Me mantengo con un cacho de pan así, y ustedes perdonen el modo de señalar. Es malo comer: el pan quita sitio a la bebida. Además, da mareos y hace que a uno se le revuelvan las tripas, y arroje y repuzne a los demás por su cogorza indecente... A mí me mantiene el vino... ¡Viva el negro!... ¡y el blanco también! Ésta es la mejor de las boticas.

Y se bebió de un golpe la copa que le ofrecía la tabernera. Desde el camino, un grupo de chicuelos que venía siguiéndole mirábalo a distancia, lanzándole insultos.

–¡*Coleta*!... ¡Tío del gabán! ¡Borracho!

El trapero acogía estos gritos tranquilamente, como un héroe satisfecho de su éxito popular. ¡Mientras gritasen!... Algo peor ocurría cuando los gritos eran acompañados de pedradas y había él de abandonar su saco para perseguir a los agresores.

–Id a tocarle el... moño a vuestras madres.

Y tras este prudente consejo, que hizo arreciar a la golfería en sus denuestos, *Coleta* saboreó otra copa, alabando la buena suerte que le hacía tropezar tan de mañana con amigos rumbosos.

Él era el más pobre de todos los traperos: ni carro, ni burro, ni casa. Se lo había bebido todo. Su mujer estaba en el cementerio; y al hablar de ella humedecíanse sus ojos, por el recuerdo, sin duda, de las palizas que le había dado. Ahora tenía con él a la *Borracha*, la trapera más sucia y mal trabajadora que existía desde Bellasvistas a Fuencarral. Un dragón con faldas, señores; él no se avergonzaba de confesar su cobardía. Si le daba una torta, ella le devolvía tres; y era inútil que al regresar de la busca se comprase en las tiendas del Estrecho una buena vara de fresno o cortase un palo espinoso en cualquier vallado: equivalía a proporcionar armas al enemigo, pues la *Borracha* acababa por cogérselo, arreándole con él para que saliese de la taberna.

Todo envidia, pura rabia porque él encontraba amigos que le convidasen, y ella, gustándole mucho el vino, tenía que contentarse, cuando más, con las «cortinas», o sea con lo que queda en el fondo de las copas.

Vivían en una especie de gallinero al extremo de un corral ocupado por montones de basura. Ayudaban a la dueña de la casa en la rebusca del género, y además el carro de ésta le traía el saco al regresar de Madrid. Él tenía buenos parroquianos. Desde su juventud explotaba una de las mejores calles, toda ella de señorío que comía bien. Con las sobras podía engordar como un fraile, si le gustase comer. Los hijos de su primer matrimonio vivían en Madrid, trabajando unas veces en el adoquinado y rabiando otras de hambre. Apenas si los veía.

–La familia... con tomate, señores míos. Tanto tienes, tanto vales; cada uno a lo suyo. Los chicos, cuando me ven, me hablan de que les traspase la parroquia. El ama de mi casa también quiere lo mismo... ¡Magras! El negocio, siempre a mi nombre. Soy un vivo y he visto mucho. El negocio, mío, mientras viva yo: Domingo Rivero, alias *Coleta*, para servir a ustedes.

Y al hablar así, miraba con orgullo el saco que llevaba al hombro, el negocio envidiado, que pensaba defender hasta su muerte, como si este trozo de arpillera hubiera de servirle de mortaja.

Después rompió en elogios a la tabernera y su vino. ¡Olé las señoras de mérito! La copa era allí menos barata que en el barrio de los traperos, pero mucho mejor. Al ir a Madrid y al volver, no podía sustraerse a la tentación de abandonar el camino para contemplar los ojos de la dueña, su aire de señorío y los parroquianos de la casa, todos unos caballeros... Y con estas alabanzas aún conquistó una tercera copa.

Maltrana y su amigo, temiendo que el trapero renunciase a la ida a Madrid si le convidaban otra vez, volvieron al fielato. *Coleta* les siguió, afirmando que no tenía prisa. Sus parroquianos se levantaban tarde.

En las aceras de Punta Brava se habían establecido ya los puestos del mercadillo de los Cuatro Caminos. Los cortantes colgaban de unas vigas negras los cuartos de res desollada. Un perfume agrio de escabeche y verduras mustias impregnaba el ambiente. El grupo de chiquillos que acosaba al trapero se dispersó al verle bien acompañado, ocultándose tras los primeros tranvías.

De pronto, la mañana gris se iluminó con resplandores de oro. Rasgáronse los vapores blanquecinos; se abrió en el celaje un agujero de profundo azul, por el que pasó sus rayos el sol oculto. La tierra pareció sonreír bajo su húmeda máscara. Los charcos de lluvia brillaron con temblones reflejos, como si se poblasen de peces de fuego; los caseríos rojos y blancos surgieron como vigorosas pinceladas en los cerros de verde oscuro que limitaban el horizonte. La torre de Santa Cruz parecía una llama recta sobre los tejados de Madrid. La bandada de palomas levantó el vuelo en espiral, con alegre rumor de plumas y arrullos.

Dos jóvenes pasaron junto al fielato cogidas del brazo, con el embozo del mantón ante la boca. Tenían la belleza de la obrera, la frescura de esa breve juventud de las hembras de trabajo, que triunfa sólo momentáneamente de la anemia hereditaria, de las privaciones que dificultan el desarrollo.

Maltrana fijó sus ojos en la más pequeña, una morena de rostro pálido y grandes ojos de un negro intenso, casi azulado, igual al de sus cabellos. El busto endeble erguíase con una arrogancia natural dentro del mantón; sus pobres faldas de verano se movían con cierto ritmo majestuoso, sin tocar el barro, en torno de los pies pequeños, cuidadosamente calzados, que revelaban ser la parte más atendida de su persona.

–¡Viva lo bueno! –gritó el borracho poniéndose en jarras–. ¡Ahí va la gloria del barrio!...

Y para expresar su entusiasmo con más viveza, arrojó el grotesco sombrero en un charco, salpicando a todos de barro.

El empleado del fielato saludó a las jóvenes con un tono de zumba paternal:

–Que seáis buenas... Cuidadito con perderse...

Las dos pasaron adelante sonriendo, sin contestar a los saludos más que con movimientos de cabeza. La pequeña habló al alejarse.

–Adiós, Isidro –dijo con voz grave, al mismo tiempo que se enrojecían sus mejillas.

–Adiós, Feliciana –contestó el joven.

Y la siguió con los ojos, admirando su marcha rítmica y graciosa sobre el barro, su cuerpo gentil y esbelto, que iba empequeñeciéndose con la distancia.

El sol se ocultó de pronto; volvieron a cerrarse las nubes; ya no brillaron los charcos. Se extendió de nuevo sobre la tierra un velo gris, y la espiral de palomas cesó de aletear, desplomándose de golpe en el fango.

El jefe del fielato habló de las dos muchachas. Las veía pasar todas las mañanas a la misma hora; trabajaban en una fábrica de gorras de la calle de Bravo Murillo. Feliciana era la hija única del *Mosco*, el famoso cazador de Tetuán, y su compañera una muchacha de Bellasvistas, a la que aquélla recogía todas las mañanas para ir juntas al trabajo.

El nombre del *Mosco* hizo prorrumpir al trapero en exclamaciones de admiración. Aquél era un hombre. Quitaba el sueño a toda la gente del Real Patrimonio. *Coleta* lo sabía de buena tinta: el administrador de El Pardo se desesperaba por no haber podido atrapar al *Mosco*, y los guardas, apenas cerraba la noche, preguntábanse por qué lado del inmenso bosque trabajaría aquel bandido.

Los gazapos reales dormíanse en sus madrigueras, resignados de antemano a que les despertase la sangrienta dentellada del hurón; los corzos, al beber en los arroyos a la luz de las estrellas, se mugían a la oreja: «Mucho ojo, hermanos; el *Mosco* debe de andar cerca...». Un perro suyo, apodado *Puesto en ama*, había sido tan famoso por lo temible, que, al matarlo los guardas en un encuentro, lo llevaron en triunfo a la administración de El Pardo, y allí lo guardaban empajado y con ojos de vidrio, como una curiosidad del real sitio.

Coleta había conocido a este animal. Cazaba los gamos a la carrera en medio de la noche; no había venado que le resistiese. Una vez hizo ganar a su amo cerca de tres mil reales. Ahora, el *Mosco* tenía otro perro, el segundo *Puesto en ama*, una verdadera alhaja, pero de menos mérito que el otro, y con él continuaba sus expediciones de «dañador», sus audacias de furtivo, saliendo de ellas en algunas ocasiones chorreando sangre, pero abriéndose paso siempre por entre los disparos de los guardas y los galopes de los vigilantes montados. ¡El plomo que aquel hombre llevaba en el cuerpo!...

Coleta, agotados los elogios al intrépido cazador, cuyas hazañas conocían mejor que él los que le escuchaban, iba ya a emprender el camino hacia Madrid, cuando su instinto de parásito le hizo fijarse en un carro descubierto que avanzaba con lento balanceo sobre los relejes de la carretera. La mula, alta y forzuda, con grandes desolladuras por la falta de limpieza, llevaba el cabezón adornado con cintajos multicolores encontrados en la basura. Parecía una bestia de tribu marchando adornada a una fiesta salvaje.

–Ésa me llevará –dijo *Coleta*–. ¡Eh, tío Polo... señor Polo, pare usted! Aquí hay amigos.

De la parte trasera del carro surgió, como un monigote del fondo de una caja, una cabeza de viejo, con el cuello del chaquetón rozando las orejas y un gorro de pelo encasquetado hasta los hombros. Era una cara mofletuda y roja, con una vaguedad en los ojos rayana en la estupidez. Se detuvo el carro, y poco a poco fue saliendo de la parte delantera otro viejo, incorporándose trabajosamente con las riendas en la mano. Parecía el Padre Eterno. Sus barbas amplias de plata se extendían sobre el pecho y formaban una aureola de blancos vellones en torno de sus mejillas sonrosadas. El labio superior, cuidadosamente afeitado, era lo más limpio de su rostro. Los ojillos verdosos y profundos estaban rodeados de arrugas, que parecían rayas de carbón por la suciedad de sus surcos. El traje era tan bizarro como su ancianidad. Cubríase con una especie de casulla de pieles de conejo, sujeta a la cintura por una cuerda. Su pantalón estaba resguardado en los muslos por zajones cortados de una alfombra vieja y adornados con cintajos iguales a los de la mula. Una boina verdosa, con rastros de telarañas, cubría su cabeza sonrosada y blanca. El adorno de su persona revelaba suciedad salvaje y simpleza infantil. Las manos eran negras, con escamas en el dorso; las mejillas y los labios, acariciados por la navaja, mostraban una frescura de niño.

–¿Qué se les ofrece a ustedes? –dijo con atiplada vocecilla y entonación cortés–. ¿En qué puedo servirles, señores?...

Sus ojos se fijaron en *Coleta*, e hizo un mohín de desprecio.

–¡Ah! ¿Eres tú, borrachín?...

Después saludó con la cabeza al jefe del fielato, pues era respetuoso con toda autoridad que pudiera molestarle; y al fijar los ojos en Maltrana, lanzó una exclamación de alegría.

–¿Pero eres tú, Isidro? –preguntó con su voz infantil–. ¡Pues pocas ganas que tenía de verte!... La abuela no piensa en otra cosa; siempre me hace el mismo encargo: «Si ves al chico, dile que venga. Casi no le he visto desde que nos casamos».

–Sí, yo soy, amigo *Zaratustra*. ¿Cómo le va a la abuela contigo? ¿Aún estáis en la luna de miel?

El viejo hizo un gesto de protesta, sin dejar de sonreír.

–De una vez para siempre, dame un nombre y no me lo cambies a tu capricho. Unas veces me llamas Krüger, y no me ofende que me compares con ese buen señor que se peleó con los ingleses... ¡Mala gente! El otro día encontré en la basura una caja de cerillas con su retrato, y, efectivamente, algo nos parecemos... Otras veces, soy *Trapatustra* o... *Zorra no sé qué*: otro personaje al que también me parezco, según tú dices... Sí; ya sé quién era: me contaste un día su historia. Un sabio que no tenía un perro chico, como yo; que estaba en el secreto de todo y se reía de todo... lo mismo que yo; que vivía en alto, como yo vivo, viendo a mis pies todo Madrid. Él tenía al lado un aguilucho al decir sus cosas, y yo, a falta del pajarraco, tengo cinco perros que entienden más que muchas personas, y me rodean y me escuchan cuando digo las mías... Porque tú, Isidrillo, aunque parezca que te pitorreas de mi persona, bien reconoces que tengo algo de sabio.

–¿Quién puede dudarlo? –exclamó Maltrana con tono zumbón–. Por algo te llamo *Zaratustra*. Tú eres el solitario de Bellas Vistas, el gran filósofo de los Cuatro Caminos, el sabio de la busca, el más profundo de los traperos que entran en Madrid.

–Noventa y cuatro años, señor –continuó *Zaratustra*, dirigiéndose al jefe del fielato–. El cuerpo sano, el estómago de buitre; sólo tengo flojas las piernas, que me obligan a permanecer quieto en el carro, mientras éste, que es mi ayudante –y señalaba al bobo de la gorra de pelo–, entra en las casas. Soy el más antiguo del gremio. Sólo quedan algunos de mi época allá en el Rastro, que se han establecido, han hecho fortuna y tienen casa abierta en las *Américas*. Más de cincuenta años de servicios; y en todo este tiempo, ni un día he dejado de bajar a Madrid... Yo he visto mucho; he visto al señor de Bravo Murillo traer las aguas a Madrid y saltar el Lozoya por primera vez en la antigua taza de la Puerta del Sol; he visto cómo la villa ha ido poco a poco ensanchándose y dándonos con el pie a los pobres para que nos fuéramos más lejos. Este fielato lo he visto en lo que es hoy glorieta de Bilbao. Donde yo tuve mi primera barraca hay ahora un gran café. Todo eran desmontes, cuevas para gente mala; a Dios le quitaban la capa así que cerraba la noche; y ahora anda uno por allí, y todo son calles y más calles, y luz eléctrica, y adoquines, y asfaltos, donde estos ojos pecadores vieron correr conejos... Los antiguos cementerios han quedado dentro; los pobres que vivimos cerca de ellos vamos en retirada, y acabaremos por acampar más allá de Fuencarral. Dicen que esto es el Progreso, y yo respeto mucho al tal señor. Muy bien por el Progreso... pero que sea igual para todos. Porque yo, señor mío, veo que de los pobres sólo se acuerda para echarnos lejos, como si apestásemos. El hambre y la miseria no progresan ni se cambian por algo mejor. La ciudad es otra, los de arriba gastan más majencia, pero los medianos y los de abajo están lo mismo. Igual hambre hay ahora que en mis buenos tiempos.

—¡Bien, *Zaratustra*, muy bien! —dijo Maltrana, en una pausa del viejo.

—Yo, señor —continuó el viejo, dirigiéndose al del fielato—, lo que más siento es que no veré en qué acaba todo esto. Lo del Progreso ha nacido en mis tiempos. Cuando yo era muchacho, las aguas iban por otro lado. Yo, de mozo, fui carlista; soy manchego y anduve con *Palillos*: pura ignorancia. Pero repito que vi nacer la criatura, y tendría gusto en enterarme por mis ojos de hasta dónde alcanza, pues por ahora no es gran cosa lo que lleva hecho en favor del mediano... ¡Pero soy tan viejo!... ¿Ve usted a *Coleta*, ese borrachín que nos oye? Parece de más años que yo, y le he visto nacer... Noventa y cuatro años, señor, y tengo cuerda para ciento y pico. Lo sé muy cierto: yo entiendo de estas cosas.

Maltrana y su amigo acogían con movimientos afirmativos las palabras del anciano. Su verbosidad, una vez suelta, no podía detenerse; hablaba con incoherencia infantil.

—Hoy voy tarde a la busca, pero no importa. Mi parroquia es segura y buena: cafés de la Puerta del Sol, comercios antiguos de la calle del Carmen. Hay casa que la tengo cuarenta años; a los dueños de ahora los he conocido niños, y cuando lloraban les hacían miedo amenazándoles con el tío Polo, que se los llevaría en el carro. Entonces tenía más humor y mejores trajes. A mí siempre me ha gustado vestir bien. ¿Ven ustedes esta prenda de pieles, que ni el rey la lleva? Pues la he hecho yo; y yo también otra que guardo en casa para los días de fiesta, con cintajos de colores y espejuelos que quitan la vista: un uniforme de magnate de las grandes Indias, según dice Isidrillo. En otros tiempos solía vestirme de peregrino para ir a la busca, pero los chicos me seguían como unos bobos y los guindillas me amenazaban con llevarme a la prevención. ¿Por qué, señores míos?... Lo que yo les decía: ¿Qué somos todos en este mundo, más que peregrinos que vamos pidiendo a los demás y caminando hasta llegar al final de nuestra vida? Peregrino es el rey, que pide a los de abajo los millones que necesita para vivir en grande; peregrinos los ricos, que viven de lo que les sacan a los pobres; peregrinos nosotros, los medianos... y no digo los de abajo, porque es feo. No hay criatura de Dios que esté abajo. De abajo sólo son los animales. Nosotros somos los medianos.

Y hablaba mirando a lo lejos, con cierta vaguedad conocida de Maltrana como precursora de un chaparrón de divagaciones.

—¡Zaratustra, que te remontas! —exclamó el joven—. No nos aplastes con tus incoherencias filosóficas.

—Bueno estoy para remontarme. No he podido dormir en toda la noche... Estas malditas piernas; el reúma, que se me agarra a ellas como un perro rabioso. ¡Qué tiempo! Y lo peor es que durará toda esta luna. Ya sabes, Isidrillo, que yo entiendo de tales cosas. Nada de librotes, ni compases, ni mapas, como los sabios. He pasado mi vida en el campo, viendo el cielo de noche y de día. Para mí no tiene secretos. Créame usted, señor —añadió dirigiéndose al del fielato—; el sol es el cuerpo noble, y de él viene todo lo bueno. Pero antes de que llegue hasta nosotros pasa por cuatro cuerpos: el azul, el rojo, el amarillo y el verde. Por eso vemos el arco iris. Según el color que predomina, así es el tiempo. Además, están los ocho vientos; pero éstos sólo los entiende el que los maneja, que es Dios. ¿No es esto cierto y clarísimo? Pues los señores sabios no quieren oírme. He ido muchas veces al Observatorio a dar buenos consejos, y no me dejan pasar de la puerta, diciendo que ya tienen quien recoja la basura. Así anda todo en este país. No se ocupa nadie de las cosas del cielo, y en el cielo está el pan. Sin lluvia no hay agricultura, y la agricultura es la más noble profesión del país. Hay que protegerla; hay que ayudar al mediano; que gaste el de arriba, ya que tiene, pero que no sea todo para él...

Maltrana interrumpió al viejo. Era capaz de permanecer allí toda la mañana si seguían escuchándolo. Le esperarían sus parroquianos; su ayudante, el *Bobo*, lanzábale miradas de impaciencia; el pobre *Coleta* aguardaba a que le dejase subir en el carro para ir a Madrid.

–Sube, vida perdurable –dijo Polo con vocecilla misericordiosa.

El borracho se encaramó en el vehículo, arrastrando su saco vacío, y *Zaratustra* tiró de las riendas, haciendo salir a la mula oblicuamente para ganar el centro del camino.

–Adiós –dijo el trapero–. No olvides, Isidrillo, que la abuela te espera. Ve por allá; le darás una alegría a la pobre... Y usted, señor, acuérdese de lo que le dice un viejo que sabe algo. Hay que ayudar al mediano. El mediano es el que da el pan –hablaba con la cabeza vuelta hacia el fielato, tirando de las riendas a la mula, sin ver adónde marchaba ésta. El carro chocó con un tranvía que acababa de detenerse en la glorieta de los Cuatro Caminos. La punta de una de sus barras hizo saltar del vagón varias costras de barniz y una ligera astilla.

Los empleados prorrumpieron en imprecaciones y echaron pie a tierra, insultando a *Zaratustra*.

Corrió la gente, aproximáronse los del fielato, y se formó un gran círculo de curiosos en torno del carro y de los que agitaban sus brazos increpando al trapero.

–No hay que enfadarse, caballeros –dijo el viejo con vocecilla triste–. Ya sé lo que es esto: tómenme ustedes el nombre.

Uno de ellos escribió las señas del tío Polo, sin dejar de amenazarle por su torpeza, augurando que iba a costarle cara la fiesta. Rara era la semana que no tenía algún encuentro con los tranvías. A su edad debía quedarse en casa, sin meterse a guiar bestias.

Partió el vagón, alejáronse los curiosos, y *Zaratustra* arreó de nuevo a la mula, mientras el *Bobo* y el borracho callaban, anonadados por el accidente.

–Tú, Isidrillo –dijo al joven–, ya que escribes en los papeles y conoces personajes, veas si puedes arreglarme esto.

Pero el viejo, antes de que Maltrana le contestase, sonrió tristemente y siguió diciendo con expresión de desaliento:

–No te canses: es inútil. Adiós, señores. A Madrid, mula... Pagaré como siempre. ¿Quién se mete con esos señores que son los amos? Paga tu crimen, ya que por ir a ganar el pan estropeas un poco de pintura. Ellos tienen millones, y pueden reventar con sus coches a un pobre diablo todas las semanas; pueden cubrir la puerta del Sol con una parrilla de alambres del demonio, que el día que se caiga matará a medio Madrid... Es el planeta de las criaturas. El lobo se come al cordero, el milano a la paloma, el pez gordo al pequeño, y hay que dar gracias al rico porque, pudiendo tragarse al mediano, le deja vivir para que pene.

Así hablaba *Zaratustra*.

2

AL RECORDAR Isidro Maltrana su pasado, deteníase en los años de su infancia transcurridos en el hospicio. Algo había en su memoria que le hablaba de una existencia anterior; pero eran recuerdos confusos, vagas remembranzas cortadas por oscuras lagunas de olvido, y envuelto todo en una niebla pálida que amasaba personas y sucesos.

El recuerdo más remoto era el de un patio de casa de vecindad, que a él, en su pequeñez, le parecía inmenso, con una luz triste y fatigada que venía de lo alto, enturbiándose al resbalar por las paredes grasientas, al filtrarse por entre las ropas astrosas pendientes de las galerías.

Se contemplaba andando a gatas por un corredor interminable, ante una fila de puertas numeradas con esa uniformidad que luego había visto en cuarteles y presidios. Muchas mujeres sentadas ante las puertas cosían y charlaban. Otras veces reñían, y al ruido de sus voces poblábanse las barandillas de bustos echados adelante por una malsana curiosidad, de cabezas greñudas que azuzaban a las contendientes como bestias rabiosas.

Al anochecer llegaban los hombres. Mostrábanse tristes, fatigados, con el ceño torvo, parcos en palabras, sin otro deseo que el de pedir la cena, maldiciendo sordamente al maestro, a los compañeros, a todos los ricos, a la vida adusta e ingrata, que sólo tenía para ellos rudezas y choques. Otros días llegaban más tarde, y mientras las mujeres contaban montoncillos de monedas, partiéndolos, como si estas divisiones respondiesen a un cálculo anterior, ellos cantaban, reían, se llamaban de puerta a puerta, de piso a piso, con una alegría de pájaro, olvidados de sus miserias, dominados por la felicidad del momento, que creían interminable, hablando de volver a la taberna, en la que habían hecho una larga detención antes de llevar a casa su jornal.

A mediodía, la madre de Maltrana le tomaba en uno de sus brazos, y pasando el otro por el asa de la cesta, iba en busca de su marido, el albañil. Comían en las aceras de las calles estrechas y pendientes, junto al pavimento de agudos guijarros; otras veces en plena Castellana, a la sombra de un árbol, viendo pasar lujosos carruajes que, heridos por el sol, echaban rayos de su charolado exterior, y sombrillas rojas y azules, graciosas cúpulas de seda, bajo las cuales marchaban señoras elegantes, precedidas de niños enguantados y con huecos faldellines, que el hijo del albañil contemplaba con asombro. Sentábanse ante el hondo plato, en el cual volcaba la madre el pucherete de los días de abundancia o un pobre guiso de patatas al final de la semana. Las ráfagas del invierno cubrían la comida de polvo y hojas secas. Cuando rompía a llover apenas volcado el puchero, la familia se refugiaba en un portal para engullir el resto de su pitanza.

El pequeño conocía la llegada de los domingos por la comida, que era también al aire libre, pero sin andamios cerca, sin la vecindad de blusas blancas, en las afueras de la población, sentados en la hierba rala de algún solar sembrado de botes de lata, pedazos de botellas y zapatos viejos; viendo sobre el perfil de los inmediatos desmontes la bucólica silueta de una cabra tristona o de una vaca tísica; escuchando el vals loco martilleado a toda velocidad por el piano del merendero, al cual iba su padre para llenar de vino el cuadrado frasco. ¡Cómo recordaba Maltrana las tortillas de escabeche de los días de fiesta, en medio del campo yermo invadido por los residuos de la ciudad! ¡Cómo los pucheretes con piltrafas de tocino, junto a las vallas de los edificios en construcción!... Su madre apenas comía; sólo se ocupaba de él, llevando una mano al plato, mientras con la otra le sostenía en su regazo. Con el instinto maternal de los pájaros, tenía que pasarlo todo por su pico antes de que lo tragase el pequeñuelo. Llevábase la cuchara a la boca, soplaba en ella, la acariciaba con el aliento, y sólo tras de esta purificación se decidía a ofrecerla a su hijo, que, echando atrás la cabezota de pelos sedosos, mostraba sus encías desdentadas, su paladar sonrosado, de una palidez anémica. El padre comía mientras tanto con ávido silencio, devorando lo mejor del plato, y sólo al beber las últimas gotas se fijaba en el chiquitín, pasándolo a sus rodillas. Le daba pequeños pedazos de queso en la punta de su navaja; reía contemplando sus gestos, la grotesca masticación de su boca, semejante a la de un viejo.

Maltrana, al recordar su pasado, preguntábase muchas veces cómo habían vivido sus padres. Los había visto reír volviendo de las comidas del domingo, con una alegría extraordinaria, pugnando él por cogerla del talle al envolverles la sombra del crepúsculo, defendiéndose ella, escandalizada por estar en medio de un camino. Otras veces –y el recuerdo después de tantos años aún conmovía al joven–, el padre surgía en su memoria colérico, con la voz ronca y el rostro congestionado, oliendo a vino, arrojándose con los puños levantados sobre la pobre mujer, que corría loca de miedo por el tugurio, esquivando los golpes. Estas escenas de terror acababan siempre con la caída del albañil en el camastro, fatigado de golpear a la hembra. Al poco rato sonaban sus ronquidos brutales, mientras la madre, abrazando al pequeño, lloraba sobre su cabeza silenciosamente.

De este período embrionario de su memoria, lo que mejor recordaba Isidro eran las gracias de *Capitán*, un perrillo feo y sucio, camarada de miseria de la familia. Les acompañaba en las meriendas en el campo y las comidas en las aceras. Rondaba en torno del albañil, esperando las migas de su pan, seguidas de patatas, y una vez satisfecha su hambre tendíase junto al chiquitín, acariciándolo con sus traviesas patas, frotándole la cara con el hocico húmedo. Las más de las noches dormíase Isidro abrazado a él.

Un día, el pequeño vio salir a su madre desmelenada y vociferando, seguida de otras mujeres no menos trastornadas. Luego, una vecina le cogió en sus brazos, sin contestar a las preguntas que le hacía él con infantil balbuceo. «¡Hijo mío! ¡Pobrecito!» era lo único que sabía decir aquella mujer: se acordaba bien. Y se encontró de pronto en una sala grande, que a él le pareció inmensa, blanca y con azulejos, y vio muchas camas, ¡muchas! con cabezas inmóviles hundidas en las almohadas, y en una de ellas un rostro entrapajado, casi oculto bajo el cruzamiento de los vendajes, unos bigotes con negros coágulos de sangre y unos ojos vidriosos por el espasmo del dolor, que le miraron tal vez sin reconocerle. Ya no vio más. Se sintió cogido de nuevo. Pero ahora era su madre la que sollozaba lo mismo que la vecina. «¡Hijo mío! ¡pobrecito!».

La dolorosa visión borrábase instantáneamente en su memoria. Un período de oscuridad venía luego, y pasado éste, se veía con cierta blusa negra que le daba gran prestigio entre la chiquillería de la vecindad. Tratábanle mejor que antes, como si la desgracia le colocase por encima de todos. Su padre había muerto tras una agonía horrible, magullado y deshecho por la caída desde un alero. Su madre pasaba los días fuera de casa. Visitaba a sus parientes en solicitud de socorros. La familia estaba esparcida en los puntos más extremos de Madrid. Unos vivían en Tetuán, dedicados a la busca; los de la otra rama, más acomodada y feliz, hacía años que se habían trasladado al Rastro, y tenían tiendas en las *Américas*. Pero los socorros disminuyeron así como se fue borrando el recuerdo de la desgracia, y la madre tuvo que buscar trabajo en casas extrañas, servir como asistenta, y volver de noche a su tugurio con sobras de comida en la cesta, que servían para alimentar al pequeño.

Entonces fue cuando Maltrana entró en el hospicio. Una señora en cuya casa trabajaba la madre se apiadó del huérfano del albañil. La tal señora tenía la manía de la limpieza, y cada dos días, al frente de sus criadas y con el esfuerzo de la asistenta, ponía en revolución sus habitaciones, apreciando con honda simpatía a la Isidra por el brío con que apaleaba las alfombras, frotaba las maderas y sacudía un polvo imaginario que parecía haber huido para siempre, asustado de esta rabiosa pulcritud. Ella gestionó la admisión del pequeño en el hospicio, pensando que con esto su madre podría dedicarse con más desembarazo a las faenas. El muchacho, aunque feo, por su charla precoz gustaba mucho a aquella señora sin hijos. Más adelante ya vería de hacer algo por él.

Y comenzó para Maltrana la vida de asilado: una existencia de sumisión, de disciplina, endulzada por el estudio y por los goces que le proporcionaba su superioridad sobre los compañeros. Los maestros mostraron por él gran predilección. El director, con toda su grandeza, que le hacía ser considerado en la casa como un ser casi divino, le conocía y se dignaba recordar su nombre. Las monjas le apreciaban por «modosito y discreto», obsequiándole con golosinas. Cuando algún personaje visitaba el establecimiento, Maltrana salía de filas para ser presentado como el mejor producto de la institución.

Así transcurrieron los años, amoldándose Isidro de tal modo a su nueva existencia, que sólo en los días de paseo se acordaba de que tenía una familia fuera del hospicio.

Los jueves y los domingos, a la caída de la tarde, se estacionaban en la acera del Tribunal de Cuentas, frente a la portada churrigueresca del hospicio, grupos de mujeres pobres con niños de pecho, viejos obreros, y una nube de muchachos, que entretenían la espera plantándose en medio del arroyo para «torear» a los tranvías, esperándolos hasta el último momento: el preciso para huir y no ser aplastados.

Eran las familias de los chicos del hospicio. Las madres venían de los barrios más extremos de Madrid: lavanderas, traperas, viudas de trabajadores, mendigas, todo el mujerío abandonado y mísero, que procrea por distraer el hambre. Se trataban como amigas al verse allí todas las semanas. Este encuentro regular unía con estrecha solidaridad a las que vivían en los puntos más apartados de la población.

Esperaban la vuelta de los asilados, que al principio de la tarde habían salido a pasear por las afueras.

—¡Por allí vienen! —gritaba una mujer, señalando lo alto de la calle de Fuencarral.

Los grupos corrían hacia arriba, atropellando a los transeúntes, barriendo las aceras con su impulso, deseando envolver cuanto antes las filas de niños vestidos de gris, que avanzaban lentamente, cansados de la expedición.

Muchas mujeres deteníanse, titubeando. Aquel grupo no era el de su hijo.

—¡Vienen por abajo! —gritaba otra.

Y toda la avalancha retrocedía, empujando de nuevo a los transeúntes, ganosa de salir al encuentro de los que llegaban por la parte opuesta. Era un deseo vehemente de encontrarles lo más lejos posible del hospicio, de ganar algunos segundos, de prolongar la rápida entrevista, en la que habían pensado días enteros.

La maternidad apasionada y ruidosa de la hembra popular estallaba con fieros arrebatos a la vista de los pequeños. Los besos parecían mordiscos; las caras de los asilados se enrojecían con los violentos restregones; muchos se echaban atrás, como temerosos de la primera efusión. Era el anhelo de resarcirse en un momento de la dolorosa abstinencia maternal, de aquella amputación del más noble de los instintos impuesta por la miseria.

La formación de los asilados desbaratábase instantáneamente. Los grises uniformes desaparecían ahogados en el remolino de los grupos. Las mujeres agarrábanse al cuello de los pequeños y lloraban, sin cesar de hablarles con la incoherencia de la emoción.

—¡Hijo de tu madre... chiquito mío!... ¡Rico!...

Los hermanos rozaban sus harapos de golfos libres con el uniforme, que les admiraba, y no sabiendo qué decir al asilado, enseñábanle en silencio sus juguetes groseros, sus tesoros, los relucientes botones de soldado, los naipes rotos, los trompos, las «estampas» de un periódico ilustrado, guardadas, en sudorosos pliegues, entre la camisa y la carne.

Algún obrero viejo marchaba solo al lado de un hospiciano. ¡Pobrecito! No tenía madre; estaba, en su desgracia, peor que los otros. Su mano callosa, cubierta de escamas del trabajo, acariciaba las mejillas infantiles, mientras la cara barbuda miraba a lo alto, pensando en que los hombres no deben llorar.

—Toma un perro gordo: lo guardaba para «un quince»... Que te apliques... que seas bueno. Pórtate bien con esos señores.

Los asilados avanzaban lentamente, entre los besos, las lágrimas y las recomendaciones, llorando también muchos de ellos, pero sin dejar de andar, con una pasividad automática de soldado, como si les atrajese la oscura boca de la portada monumental.

Allí eran los últimos arrebatos de cariño; y las pobres mujeres, después de desaparecer sus hijos, aún permanecían inmóviles, mirando con estúpida fijeza, al través de sus lágrimas, al rey que, espada en mano, corona la obra arquitectónica de Churriguera.

Isidro también encontraba a su madre al volver al hospicio en los días de paseo. Abalanzábase con las otras mujeres, rompiendo las filas de asilados, y le abrazaba llorando. La Isidra conocía los progresos de su hijo.

—La señora está muy contenta... Los maestros le hablan mucho de ti. Aplícate, hijo mío; ¿quién sabe a lo que podrás llegar? A ver si resultas la honra de la familia.

Y mientras la pobre mujer hablaba a su hijo, entre sollozos de emoción, *Capitán* daba saltos en torno de él, esforzándose por lamerle la cara. Maltrana tomábalo en brazos, y así iba hasta la puerta del hospicio, oyendo a su madre y llorando conmovido por las caricias y los gruñidos del antiguo compañero de miseria.

Un día, la madre no le esperó sola. Iba con ella un hombre de blusa blanca, un albañil, al que recordaba Isidro como vecino del caserón y camarada de su padre. Era un hombre pacífico, que frecuentaba poco la taberna. Según afirmaban las comadres de la vecindad, había sido abandonado por su mujer, una buena pieza que andaba suelta por el mundo después de amargarle la existencia. Maltrana se alegró al verle. «El vecino», como él le llamaba, habíale siempre inspirado gran simpatía. Muchas veces, de chiquitín, entraba en su cuartucho, y sentándose en sus rodillas, le acariciaba el recio bigote, haciéndole preguntas sobre las aventuras de su vida. Era un aragonés, parco en palabras, rudo, sobrio, habituado a la obediencia. Había sido soldado en ultramar y guardia civil en la península. De sus años de disciplina guardaba un gran respeto a todo poder fuerte, un hábito de sumisión, que le hacía acoger las contrariedades con inquebrantable bondad.

Quedose ante el asilado sin saber qué decir, sonriéndole con sus ojos de bovina mansedumbre, con su fiero mostacho de veterano, y al fin le acarició la nuca con una manaza dura, en la que el yeso marcaba con entrecruzados filamentos las escamas de la piel.

–Que sigas siendo bueno –dijo con voz fosca y lenta que parecía salir de lo más profundo de su vientre–. Que no disgustes a tu pobre madre.

Y el muchacho se habituó a ver todos los domingos al señor José, como si fuese de su familia.

Un día se presentó solo el albañil, y antes de que el muchacho entrase en el hospicio, le explicó la ausencia de su madre. La Isidra estaba enferma; no era cosa de cuidado: asunto de quedarse en casa un par de semanas sin bajar a verle. Y cuando pudo descender de aquel barrio extremo, donde se amontonaba la miseria obrera, Isidro la vio más flaca y amarillenta, llevando al brazo un envoltorio de ropas por entre las cuales salía un llanto desesperado y unas manecitas crispadas por la rabia.

–Mírale, Isidro... Es Pepín: es tu hermano. Bésalo, hijo mío.

Maltrana besó aquel hermano inesperado que de repente surgía en su familia; vio en el lío de ropas mojadas y malolientes una cabeza enorme sobre un cuello delgado; un cuerpecillo débil que anunciaba una fealdad igual a la suya.

Desde entonces dividió sus caricias entre el chiquitín y el pobre *Capitán*, que parecía celoso de este huésped que monopolizaba todas las atenciones de la familia.

Maltrana, años después, al percatarse de las realidades de la vida, había reconstituido la vulgar aventura de su madre, juzgándola con benevolencia. La pobre mujer, en su soledad, se había sentido atraída por «el vecino» infeliz, solitario como ella. Las dos desgracias se habían juntado.

Además, ella necesitaba un arrimo, según declaró a su hijo poco antes de morir. Sus faenas no la daban muchas veces para comer, y aquel trabajador sobrio y bueno, que no frecuentaba la taberna y acogía las desgracias silenciosamente, sin cóleras y sin golpear a la hembra, valía más que su marido.

Vivían «amontonados» –palabras de las vecinas–, sin que esta situación irregular produjese el menor escándalo en un caserón donde la miseria favorecía promiscuidades merecedoras de mayores repugnancias.

El señor José, en su acatamiento supersticioso a todo lo establecido, quería salir de este arreglo anormal. Él no iba a misa, pero sentía gran respeto por la religión, como una autoridad más de las que hacen marchar al hombre derecho. Por eso deseaba casarse como Dios manda. Aquella pájara que tanta guerra le dio en su matrimonio debía de haber muerto; habría reventado en el Hospital de San Juan de Dios o en medio de la calle. Sólo faltaba sacar el «mortuorio», y se casaban inmediatamente. Pero la Isidra negose a esto. ¿Y su hijo? ¿No expulsarían a su Isidrín del hospicio al tener un padre que trabajase por él?... Ella le quería allí; le quería sabio, ya que, según los informes de los maestros, iba para ello, y la señora mostrábase cada vez más dispuesta a hacer de él un señorito, un hombre de carrera. Tenía fe en el porvenir de su hijo. Sería rico y personaje. ¿Quién podría afirmar la imposibilidad de que ella pasase su vejez en un hotel, con carruaje y grandes sombreros, lo mismo que las señoras cuyas casas frecuentaba para trabajar como una bestia?...

—Mi Isidro tiene buena estrella. No faltará quien le empuje, hasta que sepa seguir solito su camino.

En las grandes fiestas del año, el muchacho salía del hospicio para pasar el día en la casa de su protectora. Isidra refugiábase en la cocina con las criadas, trémula de emoción al ver a su hijo en el comedor, sentado junto a la señora y hablando con los amigos de ésta, todos personajes de imponente gravedad. Hacían preguntas al muchacho para apreciar sus adelantos, y a todos los asombraba con la rapidez y aplomo de sus respuestas. ¡Que le fuesen al nene con preguntitas!... Isidra, oculta tras un portier, llamaba a las criadas para que admirasen al chico. Era el propio Niño Jesús discutiendo con los doctores del templo, tal como ella lo había visto en ciertas estampas.

La señora mostrábase satisfecha de su protegido. Los elogios de los amigos, gente seria y parca en la admiración, los aceptaba como otros tantos halagos a su amor propio. Isidro era su obra. Además, le quería por su carácter tranquilo, por su timidez, que le hacía permanecer horas enteras en una silla, sin atentar a la limpieza de su salón y al buen orden de las cosas, que eran en ella una manía.

Viéndole tan sabio, quiso costearle la carrera del sacerdocio. Pero Maltrana, a pesar de su timidez, acogió la oferta con un mohín de disgusto. ¿No tenía vocación de cura?... La buena señora no quiso torcer su voluntad. Que estudiase lo que quisiera; al fin, en todas las profesiones se podía servir a Dios y defender las sanas doctrinas de las personas decentes.

Maltrana comenzó a estudiar el bachillerato sin salir del hospicio. Cada curso fue un motivo de entusiasmo para su protectora y su madre. Premios, matrículas honoríficas, palabras de satisfacción del director, ufano de que el establecimiento incubase tal prodigio.

—Se bebe los libros –decía la Isidra–. Yo no sé de dónde he sacado a este fenómeno.

El señor José sólo le veía de tarde en tarde. Su mujer no osaba llevarlo a casa de la señora, por miedo a que ésta se enterase de su situación irregular. Isidro ya no paseaba con los demás asilados; y cuando el albañil le encontraba casualmente, hablábale con respeto, como si presintiera en él a un futuro representante de aquella autoridad que le inspiraba religiosa admiración.

—Eso marcha, muchacho. Sigue zurrando a los libros. Tú irás lejos... Te lo digo yo, que he visto de cerca a los grandes personajes.

Y pensaba en su hijo, en su Pepín, que ya tenía siete años y llevaba descalabrados a varios chicos de la vecindad. Era un genio asombroso para echar la zancadilla y poner la piedra donde fijaba el ojo. Pepín pertenecía a otra raza: la de su padre. Había nacido para obedecer, para quedarse abajo.

Cuando Maltrana terminó el bachillerato, la señora se lo llevó a su casa. No podía seguir en el hospicio, y era indigno de un futuro sabio, de un señorito, vivir en la casucha de su madre. Isidro comenzó a seguir en la Universidad Central los cursos de Filosofía y Letras. Quería ser doctor, luego catedrático, y después... ¡quién sabe a lo que podría llegar después!...

La señora admiraba la pureza de sus costumbres tanto como sus estudios. Terminadas las clases, todavía acompañaba a algún profesor hasta su domicilio, prolongando de este modo la lección. Aquellos buenos señores, conociendo su origen, le trataban con gran afecto. Después, al volver a casa, se encerraba en su cuarto, lleno de libros. La protectora apreciaba la marcha de su sabiduría por la cantidad de volúmenes que le rodeaban. Su generosidad estaba pronta a todas horas para nuevas adquisiciones, y Maltrana, en plena borrachera de saber, se aprovechaba de ella largamente. Una ola de libros invadía el cuarto, y después de extenderse sobre los muebles, dejando en ellos altas pilas de papel impreso, esparcíase por el inmediato pasillo. La señora, llena de admiración por aquel sabio de diez y siete años, al que no apuntaba aún el bigote, no osaba tocar uno solo de los volúmenes. Veía algunos en caracteres extraños, que, según su pupilo, estaban escritos en griego; otros en latín, como los libros de rezo. Los escritos en francés, en alemán o en inglés la turbaban con el misterio de sus páginas incomprensibles. ¿Qué dirían tantos libracos? Seguramente que no eran todos en pro de la religión y las buenas costumbres. El alma simple de la buena señora aceptaba la sabiduría como cosa útil, ya que la humanidad se regía por ella, concediéndola grandes honores; más allá, en el fondo de su ánimo, sentía aversión y desconfianza, mirándola como arma útil para defenderse de los males del mundo, pero que encerraba en su seno un peligro de muerte. Al ver a Maltrana sumido a todas horas en el estudio, sentía cierto miedo por la suerte de su alma. Poníase entonces la mantilla, y con traje negro y el rosario en la muñeca, entraba en el cuarto del estudiante.

—Isidrín, hijo mío, te vas a matar estudiando tanto... Acompáñame.

Se lo llevaba a misa o a la novena, a los templos donde se anunciaban sermones de predicadores de cartel. Maltrana cerraba sus libros sin un gesto de disgusto, pasando de un salto de la filosofía revolucionaria, que devoraba con ansias de neófito, a la devoción fetichista y estrecha de la pobre vieja, crédula para todos los milagros y más aficionada a los santos que a Dios.

Aceptaba esta servidumbre sin esfuerzo, con cierto placer, como una manifestación de gratitud hacia aquella alma buena que le había arrancado del bajo fondo social para trasplantarle a un terreno más sano.

Con el gesto grave y respetuoso de un servidor nacido en la casa y ligado a la señora por el afecto, dábala el brazo al bajar y subir las escaleras, y la acompañaba a las iglesias, buscando los mejores sitios para que gozase con toda comodidad de las místicas ceremonias.

Los parientes de la anciana huían de su casa, ofendidos por el maternal afecto con que distinguía al estudiante. Era un despecho de herederos que se consideraban despojados por el intruso, por el hijo de «la asistenta», como le llamaban con tono despectivo. Cuando alguna vez encontraban en la calle, de vuelta de las iglesias, a la vieja y su protegido, leía Maltrana el odio en las miradas de aquellas gentes.

«Tú vas a llevarte el *gato*... ¡ladrón!», parecían decirle con los ojos.

Y al mismo tiempo le sonreían y celebraban con palabras dulzonas sus progresos universitarios, como si temieran malquistarse con él.

La excelente salud de la dama parecía burlarse de los pensamientos egoístas de su familia. Aquella enamorada de la limpieza se quitaba de encima los años con igual facilidad, según ella, que sacudía un polvo ilusorio de todos los rincones de su casa.

—Tengo cuerda para rato —decía alegremente al protegido al hablar de su edad—. Pienso verte hecho un personaje; ser tu madrina cuando te cases con una señorita buena y cristiana que yo te buscaré. También pienso sacar de pila a tus hijos...

—Viva usted muchos años —contestaba Maltrana gravemente, al mismo tiempo que la emoción humedecía sus ojos.

Un día, al volver de la Universidad, el joven encontró la casa en plena revolución. La señora estaba en la cama, con los ojos cerrados, la frente envuelta en lienzos que exhalaban un olor fuerte, la boca lívida, entreabierta por un ronquido doloroso. Había caído al suelo de repente, herida por el rayo de la congestión. Los médicos aturdían la casa, ordenando remedios desesperados; los parientes llegaban ávidos y jadeantes, con el azoramiento de la inesperada noticia.

Al día siguiente murió la señora. La familia trató a Maltrana con cierta benevolencia, haciéndole partícipe de sus acuerdos para el entierro. Todos ignoraban la voluntad de la muerta. Respetaban a Maltrana, temiendo que a última hora resultase el amo de todo. Algunos hasta le iniciaron sus deseos de apropiarse de ciertos muebles de la difunta. El joven siguió algunos días en la casa, asistiendo a los registros a que se entregaba la familia, vigilando la rebusca, el manejo de llaves, el tirar de cajones no abiertos en muchos años, que llenaban el suelo de ropas antiguas y olvidados objetos. Removían la casa, esparciendo su contenido con la misma confusión e igual azoramiento que si hubiese entrado en ella una banda de ladrones.

Pero transcurrieron dos semanas sin que apareciesen indicios de testamento, un simple papel que revelase la voluntad de la muerta. La señora, segura de su salud, creyendo disfrutarla hasta una edad avanzada, no había pensado en la suerte de su protegido, reservando para más adelante su testamento, con el temor supersticioso de atraerse la muerte si se preparaba para ella.

La actitud de la familia cambió de pronto. Maltrana permaneció en su cuarto, sin que le llamasen. Los parientes registraban e inventariaban por su propia cuenta, olvidados de él. Cuando le veían, su mirada era dura, sus palabras agresivas, como si quisieran vengarse de una vez de la adulación con que le trataron antes, del miedo que les había inspirado.

La orden para que saliese de aquella casa que ya no era suya se la dio un sobrino de la señora, al que ésta había odiado por su carácter egoísta y por varios engaños en asuntos de dinero. Acaudillaba a todos los parientes, imponiéndoles miedo y respeto. Era un senador, gran propietario de Castilla, que había pronunciado discursos en pro de la religión y de los trigos, y consideraba a todos los gobiernos poco conservadores y de mano blanda porque no enviaban a presidio a los partidarios de la impiedad y a los defensores de la introducción de cereales extranjeros con el fútil pretexto de abaratar el pan.

Maltrana escuchó en silencio la sonora arenga del importante personaje. Nada le quedaba que hacer en una casa que no era la suya. La difunta se había olvidado de su suerte; no le faltarían razones para ello: bastante había hecho sacándole de su mísera condición. Pero la familia, con el deseo de no desatender el más leve vestigio de la voluntad de la finada, había resuelto protegerle para que terminase su carrera. Iban a darle de una vez tres mil pesetas, cortando para en adelante toda relación y compromiso. Además, podía llevarse todos sus libros; pero era preciso que abandonase la casa cuanto antes.

Y el personaje, sacando su cartera para entregar tres billetes de mil pesetas, no sin antes invitar a Maltrana a que firmase un recibo, obsequió al joven con un nuevo discurso empedrado de buenos consejos. Había que acometer de frente la vida. La vida es seria; la vida no es un juego, joven amigo. Él no había hecho hasta entonces más que jugar, pasar la existencia dulcemente al lado de aquella señora que era una santa. (Aquí un saludo para la santa, merecedora de los mayores respetos por haber muerto sin testamento.) Había que trabajar, joven. Tres mil pesetas son un capitalito; con menos comenzaron otros y llegaron a millonarios. Podría terminar su carrera y ser hombre de provecho.

–Toda la vida de antes ha sido un sueño, no lo olvide usted –continuó el orador–. Y no hay que soñar, joven. Hay que ser práctico.

Después de estos consejos, don Gaspar Jiménez, senador, primer marqués de Jiménez, título pontificio que un prelado amigo le había alcanzado con algunas ofrendas bien regateadas al dinero de San Pedro, se dignó estrechar la mano del joven, recomendándole otra vez que desapareciera cuanto antes.

Maltrana se marchó con todos sus libros a una casa de huéspedes cercana a la Universidad, donde vivían algunos de sus compañeros de aula. La existencia de estudiante fue para él una revelación de las alegrías de la vida.

Algunas tardes iba a la Sacramental de San Martín, un cementerio hermoso y apacible como un vergel, que estaba cerrado hacía algunos años, pero en el cual se había reservado su protectora un nicho al lado del de su esposo. Él era el único que visitaba la tumba. Los parientes, ocupados en el reparto de la herencia y amenazándose con litigios, no se acordaban de sustituir con una lápida de mármol el trozo de hule con letras de cartón doradas que cubría la boca de la sepultura. Aquel cementerio de novela, con sus grupos de rectos cipreses, sus columnatas orientales y sus parterres de rosas, despertaban en el joven una dulce melancolía, haciendo revivir en su memoria la imagen de la buena dama.

Esta impresión desvanecíase al volver Isidro por la noche a los cafés inmediatos a la Universidad, donde se reunían las alegres tertulias de estudiantes, arrullados por los conciertos de piano y cornetín.

–La vida es alegre –decía sentenciosamente–. Hay que dar a la vida un sentido helénico.

Y el helenismo del pobre muchacho consistía en fumar por primera vez, beber copas de marrasquino, único licor que toleraba su paladar de calavera griego, enviar cartitas de amor en versos clásicos a las costureras o a las hijas de ciertas señoras de clases pasivas que pasaban la velada en el Café de Peláez o en el de la Universidad, y en desaparecer por media hora en algún portal de los callejones inmediatos, llevándose tras él a la infeliz que paseaba la acera haciendo su guardia.

Maltrana continuó los estudios con el mismo aprovechamiento, a pesar de su alegría helénica. Su madre quiso que siguiese viviendo en la casa de huéspedes: un sabio como él no podía estar en un casuchón de las afueras, entre albañiles, obreros de la villa y vagabundos. ¡Qué dirían sus amigos!... La pobre mujer, al sobrevenir el derrumbamiento de sus ilusiones con la muerte de la protectora, se aferraba más tenaz que antes a la gloria de su hijo, al deseo de que éste saliese para siempre del círculo de miseria en que había nacido. Pero su fe ya no era la misma; comenzaba a dudar del porvenir de Maltrana viéndole falto de apoyo. Tal vez se quedase en mitad del camino, sin fuerzas para llegar al término.

La vida era en su casa cada vez más dura. El señor José pasaba semanas enteras sin trabajo. Pepín, que ya tenía once años, era tan malo, que los vecinos le apodaban el *Barrabás*. Cada mes adoptaba un nuevo oficio; pero le expulsaban de los talleres, acreditándolo como el más insolente de los aprendices. La pobre madre, para traer a casa algún dinero, era ahora ayudanta de una lavandera, y en las mañanas de invierno bajaba al río desfallecida de hambre, temblando al contacto del agua su mísero esqueleto cubierto de piel.

Un día, *Barrabás* se presentó en casa de su hermano para decirle tranquilamente que la madre estaba en el hospital. Era un enfriamiento, una pulmonía o algo semejante, cogido en el río. El golfín sólo supo decir que estaba muy mala y que dos mujeres del lavadero la habían llevado del brazo hasta el hospital.

Maltrana fue allá, y vio a su madre en una cama, con los pómulos enrojecidos, la piel ardorosa y los labios violáceos, exhalando el estertor de sus pulmones congestionados. El joven, recordando el dinero que aún guardaba en su casa, sintió cierto rubor al ver a su madre en aquella sala triste, de fría desnudez, junta con otros enfermos.

La hizo trasladar a una habitación aislada: él pagaría todos los gastos. Y pasó las tardes al lado de la enferma, escuchando sus consejos, alentándole en sus esperanzas. La pobre le suplicaba que cuando llegase a las alturas no abandonase al señor José y a su hijo. Aquel hombre era bueno para ella y la había ayudado valerosamente en los momentos peores de su pobreza. Lo del «amontonamiento» ocurrió sin darse cuenta; fue resultado de su compañerismo para defenderse de la miseria. Isidro debía respetar al albañil como a un padre. La había querido más que el otro... el legítimo. Lo demostraba su silencio desesperado, el gesto de dolor con que la veía tendida en la cama del hospital.

La enferma murió a los tres meses, después de haber abierto gran brecha en la exigua fortuna de Maltrana.

Decididamente, la vida no era alegre; la vida había perdido su sentido helénico.

A impulsos de la tristeza, el joven examinó su situación. Había que seguir nuevos caminos. Apenas le quedaba dinero para continuar sus estudios. Faltábale un curso para licenciarse; dos para ser doctor. Y luego que consiguiera el título, ¿qué iba a hacer?...

El pesimismo se había apoderado de Maltrana. ¿Para qué doctorarse? El estudio no significaba sabiduría, sino rutina. Él había visto mucho y sabía a qué atenerse. La universidad era una mentira, como todas las instituciones sociales. Haría oposiciones a una cátedra; le admirarían los compañeros, algún profesor de carácter huraño le daría su voto, pero el resultado seguro era no conseguir nada. Los solitarios como él, sin protectores, sin atractivo social, estaban desarmados para la lucha diaria: su destino era morir.

Él amaba la ciencia por ella misma, por sus goces, por la voluptuosidad egoísta de saber. ¡Viva la ciencia libre! ¿Qué le importaba aquel papelote, certificado de sabiduría, cuya conquista había de costarle dos años de miseria? Para ser filósofo no era necesaria la Universidad. Los grandes hombres admirados por él no habían sido profesores, no poseían títulos académicos. Schopenhauer, su ídolo de momento, se burlaba de la filosofía que sube a la cátedra para darse a entender.

Sería pensador independiente; sería escritor. Y Maltrana, filósofo de diez y nueve años, con un ligero vestigio de bigote, se lanzó al mundo. Dejó de frecuentar los cafés estudiantiles; hizo vida en el centro de la población, pasando de un grupito a otro de los que constituyen la tumultuosa e ingobernable República de las Letras.

Leía por las tardes en el Ateneo las revistas extranjeras, para estar «al día» en los adelantos del pensamiento universal y reventar a ciertos camaradas ignorantes que, por haber publicado algunos versos en los periódicos, pretendían deslumbrar al pobre «inédito». Además, seguía adquiriendo libros, a pesar de su pobreza. No podía librarse de este hábito de sus tiempos de abundancia. Suprimía comidas, prolongaba el uso de unas botas rotas, para adquirir un libro recién llegado de París. La biblioteca formada al amparo de su protectora iba achicándose lentamente al través de las innumerables combinaciones del cambalacheo. Vendía unas obras para adquirir otras. Todos los libreros de lance conocían a Maltrana por sus trueques; el joven reía ante el resultado de sus cambios. Cinco filósofos célebres, con las hojas algo ajadas, valían tanto como un novelista mediano acabado de cortar; tres poetas famosos equivalían a un tratado sociológico de segunda mano, en el que hallaba Maltrana una tosca recopilación de cosas harto conocidas.

Las noches las pasaba en Fornos, en una mesa de futuros genios, todos tan ignorados como él, pero convencidos de que darían que hablar mucho a la Historia. Algunos de ellos eran más jóvenes que Maltrana. Nada habían escrito, pero revelaban al mundo su firme propósito de crear obras inmortales, uniformándose exteriormente con arreglo a un figurín profesional: largas cabelleras, grandes sombreros, corbatas amplias y sueltas, o apretadas con innumerables roscas sobre un cuello de camisa que les rozaba las orejas.

El sarampión literario tomaba formas rabiosas que asustaban a Maltrana. Todo lo sabían aquellas criaturas, a pesar de sus pocos años, como si al cogerse al pezón de la nodriza hubiesen comenzado a hojear el primer libro. Sus juicios resonaban terribles, inexorables, concisos, capaces de hacer temblar de pavor las mesas del café. Casi todos los escritores españoles eran atunes, besugos o percebes: género marítimo que sólo podía gustar a paladares groseros. Luego, garrote en mano, pasaban la frontera. ¡Zola!... un mozo de cordel con algún talento. ¡Víctor Hugo!... un señor muy elocuente, pero no era poeta. ¡Lamartine!... un llorón... tampoco poeta. ¡Musset!... éste ya lo era un poquito más. Pero los verdaderos, los únicos poetas, eran los venerados por ellos; y con los ojos en blanco, trémulos de admiración, citaban nombres y nombres, de cuya oscuridad y escasa obra hacían el principal mérito, colocándolos por encima de los autores célebres que se envilecen buscando el ser comprendidos por todo el mundo, por el miserable pueblo y la repugnante burguesía.

Maltrana acabó por cansarse de esta tertulia. Además, los genios le mostraban cierta ojeriza por las bromas de mala ley que se permitía su cultura, inventando libros y autores y declarando a última hora su superchería, cuando todos se «habían caído» afirmando conocer la obra y dando detalles de sus bellezas y defectos.

Un amigo de la tertulia quiso protegerle.

—Aquí no vienen más que currinches. Yo te presentaré a una peña de verdaderos escritores. Grandes poetas... gente que ha estrenado con éxito.

Y frecuentó por las tardes una cervecería, punto de cita de la nueva tertulia, que, por su aspecto, impuso gran respeto al tímido Maltrana. El hijo de la Isidra experimentó gran turbación al tratarse con dos marqueses que eran poetas y otros jóvenes emparentados con famosos personajes. Vestían con elegante atildamiento; seguían las modas en sus mayores exageraciones. Las lacias melenas brillantes de pomada eran la única revelación de sus entusiasmos literarios.

—Cuerpo de *dandy* y cabeza de artista —dijo uno de ellos a Isidro, resumiendo así los cánones de su indumentaria.

El silencio de admiración con que el joven les escuchaba despertó cierta simpatía en favor suyo. Un día se atrevió a hablar de la poesía griega, haciendo el examen de Aristófanes y sus comedias con tanta soltura como si tratara de un contertulio de café. Hasta recitó escenas enteras en griego, sin que nadie le entendiese. Los jóvenes elegantes mostraron admiración. «¡Muy curioso!» «¡Muy interesante!» Entonces se fijaron en él por primera vez, y alabaron sus ojos profundos, la poderosa pesadez de sus cejas. Alguien hizo el elogio de su fealdad varonil, de sus cabellos ásperos y alborotados, encontrándole cierta semejanza con la cabeza de Beethoven. Uno de los marqueses, con repentino arrebato, aproximó su silla, rozándose toda la tarde con aquel Beethoven que hablaba en griego. Maltrana no tardó en percatarse del escaso valor de aquellas gentes. Sólo uno era digno de respeto, el más viejo, el maestro; un autor de gran talento, siempre melancólico, como si las debilidades de su vida pesasen sobre su carácter, ensombreciéndolo con intensa tristeza. La ironía de sus palabras sonaba como una burla contra su frágil voluntad. Todos estaban más unidos por las aberraciones del gusto que por la admiración literaria.

Se murmuraba, en la tertulia, de los ausentes, en presencia de Maltrana, cambiando el género de sus nombres, haciéndolos femeninos. «La Enriqueta cree tener talento, y es una fregona.» «La comedia de la Pepa no vale nada...» Por la noche iban todos ellos a lo que llamaban gran mundo, a las reuniones frecuentadas por sus familias o a los palcos de la gente aristocrática. Las señoras se confiaban a ellos, hablándoles con el descuido que da la ausencia de todo peligro. Luego, sus tertulias en la cervecería eran una prolongación del chismorreo femenino, mencionándose por todos ellos los defectos ocultos de las damas más famosas, con una delectación hostil, como si les complaciese las debilidades y miserias de un sexo enemigo.

Todos eran refinados, sutiles, enemigos de la vil materia, de la prosa de la vida y de las violentas emociones. Publicaban volúmenes de poesías, con más páginas en blanco que impresas. Cada grupito de versos iba envuelto en varias hojas vírgenes, como flor de invernadero que podía morir apenas la tocase el viento de la calle. Abominaban de la impiedad de las masas, de todas las realidades de la vida vulgar; se decían católicos, anarquistas y aristócratas al mismo tiempo; no pensaban gran cosa en la religión, pero hablaban, con los ojos en blanco, de la dulzura del pecado monstruoso y de la voluptuosidad del arrepentimiento, seguido de la reincidencia. Encontraban un fondo de distinción en la vieja liturgia de la Iglesia, y titulaban sus poesías microscópicas *Salmos*, *Letanías* o *Novenarios*.

Otros escribían comedias de sátira contra las costumbres de la aristocracia, que eran las suyas: obras teatrales en las que colaboraba el modisto con el poeta, y no había gran *toilette* que no tuviese su amor con un frac, que jamás era el del esposo. «Hay que flagelar», gritaban con expresión terrible.

Y Maltrana pensaba sonriendo:

«Está bien. ¿Y a éstos quién los flagela?...».

De vez en cuando se ingerían en la reunión ciertos hombres de aspecto bestial y groseros modales, que les tuteaban, tratándolos con la superioridad despectiva del macho fuerte. Eran toreros fracasados, antiguos guardias civiles, mozos de tranvía, que vestían como señoritos y se mostraban contentos de su vida de holganza. Algunos hablaban de su mujer y sus hijos, y atusándose el pelo, justificaban con el amor a la familia lo extraordinario de sus ocupaciones.

–Hay que ayudarse con algo. Los tiempos están malos y cada uno se agarra a lo que puede.

Uno de los jóvenes, el marqués que había encontrado a Maltrana cierto parecido con Beethoven, acosábalo con su pegajosa amistad. Le pagaba los *books*, le había regalado varias corbatas, se sentaba a su lado, fijando en su rostro de morena fealdad unas pupilas glaucas iluminadas por extraño fuego.

Iba completamente afeitado. Según los maldicientes de la tertulia, se había cortado el bigote, enviándolo bajo sobre, en un arrebato de nostalgia, a cierto pintor con el que había vivido en París, un artista malfamado y simbolista, que representaba sus concepciones por medio de efebos desnudos de femenil musculatura.

Maltrana, una tarde en que los dos estaban solos en la cervecería, echó su silla atrás, sintiendo impulsos de cerrar de una bofetada aquellos ojos claruchos fijos en él cínicamente. Una mano ágil, de femenina suavidad, había trotado sobre sus piernas por debajo de la mesa.

–Pero tú –exclamó indignado– no eres escritor ni poeta ni nada. Tú eres un...

Y soltó la palabra brutal y callejera. Pero el otro, sin desconcertarse, sin dejar de acariciarlo con los ojos, contestó con suave desmayo:

–No seas ordinario; no digas esas cosas... Llámame alma iniciada.

3

HUYÓ MALTRANA de tales... almas, no volviendo más a la cervecería.

Cansado de tertulias estériles y acosado por la necesidad, tuvo que pensar en la conquista del pan. Nada le restaba de la herencia de su protectora.

Sus amigos no le vieron ya más que en el Ateneo leyendo revistas, o en la Biblioteca Nacional rebuscando datos para ciertos eruditos y académicos, que le daban por este trabajo una exigua retribución. De vez en cuando, algún amigo le pasaba un libro para traducir, quedándose con la mitad del precio. Además, escribía artículos para un semanario social, a razón de diez céntimos la cuartilla, que luego firmaba el director, dando así práctico ejemplo de que la propiedad no es sagrada, ni mucho menos.

Isidro, después de rodar de una a otra casa de huéspedes, salvando los restos de su biblioteca de las patronas que le perseguían por irregularidades en el pago, tuvo que subir la pendiente de los Cuatro Caminos y refugiarse en la calle de los Artistas, pidiendo asilo al señor José. De este barrio de miseria le había arrancado la caridad de la buena señora, y a él tornaba más infeliz y desarmado para la batalla de la vida que las rudas gentes condenadas a la pena del trabajo corporal.

Vivió desde entonces con su padrastro y su hermano Pepín, que trabajaba en las obras como aprendiz. Su nueva existencia le puso en contacto con los parientes de su madre.

Tenía ésta dos hermanos, antiguos traperos de Bellasvistas, que habían acabado por establecerse en el Rastro. Uno colocaba su puesto en la Ribera de Curtidores, dedicándose a la especialidad de armas y viejos instrumentos de música, que arreglaba con maestría extraordinaria. Otro era el grande hombre de la familia; todos hablaban de él con respeto, a causa de su riqueza. Había hecho buenos negocios; apenas sabía pintar su firma, pero las echaba de anticuario, y tenía su tienda en el patio de las *Américas* viejas.

Los dos conocían vagamente a su sobrino Maltrana, por haber llegado hasta ellos su fama de sabio. Además, la esperanza de que pudiese heredar a su protectora les inspiraba gran consideración. La primera vez que se presentó a ellos con su madre acogiéronle con grandes agasajos. Después, al volver solo, aún le recibieron con cierto afecto, creyéndolo poseedor de la herencia y en camino de ser un personaje que extendería su protección sobre toda la familia. Pero viéndole en cada visita con un aspecto de miseria creciente, los codos y las rodillas del traje brillantes por el uso, y las botas torcidas, acabaron por hablarle con frialdad y visible recelo.

«Estos temen que les suelte algún sablazo», se dijo Maltrana.

Y como vivía al otro extremo de Madrid, dejó de visitar a sus parientes del Rastro.

En el barrio de las Carolinas, más allá de Tetuán, albergue de las gentes de la busca, tenía a su abuela, la señora Eusebia, conocida por la *Mariposa*, una de las traperas más antiguas.

Maltrana iba a verla en su casucha de ladrillos, que pasaba por ser el mejor edificio del barrio, y eso que el joven podía tocar con las manos su alero de tejas viejas.

En el corral, delante de la casa, roncaban tres cerdos negros y enjutos, hociqueando la basura. Las gallinas picoteaban en medio tonel lleno de garbanzos deshechos, judías despanzurradas y huesos de aceituna, todo formando un plasma repugnante. Eran residuos de comida recogidos en las casas; los restos de los pucheros que nutrían a Madrid.

La vieja le saludaba con cariño y respeto, viendo en él la gloria de la familia. Sus ojos lacrimosos y enrojecidos le miraban acariciadores, pero al mismo tiempo no se atrevía a tenderle los brazos, a poner en él sus manos negras y huesosas, con los dedos cargados de sortijas de latón. Su nariz de bruja y su barbilla saliente asomaban bajo un pañuelo rojo que le oprimía las sienes. Un trozo de mantón sujeto al talle con una cuerda servíale de corsé y de faja. El jubón era de seda negra, quemada por el tiempo, y se abría por todos lados, mostrando, al través de la urdimbre, en unas partes la camisa de blancura amarillenta, en otras la amojamada carne de un tono verdoso de bronce oxidado. Calzaba pantuflas de distinto tamaño y color, una roja y otra azul, adquiridas al azar de la busca. La falda estaba matizada de grandes remiendos, pero bajo estos andrajos superpuestos aún se revelaba en varios sitios el bordado del primitivo terciopelo.

Maltrana veía con amarga conmiseración los ojillos pitañosos de la vieja, su boca sumida en una aureola de arrugas, moviéndose al hablar con gestos cabríos, las mejillas resinosas de suciedad, pulidas y brillantes, en las que el agua debía producir el doloroso efecto de un escopetazo. ¡Y de aquel ser procedía él! ¡Y aquella carne era su carne!...

La vieja le recibía con grandes ademanes de admiración. ¡Qué guapo! ¡Qué señorito tan arrogante! Todo el barrio conocía su entusiasmo por aquel nieto que era un sabio, un futuro personaje, del que hacían, según ella, gran caso en Madrid.

Abandonaba su tarea de escoger en los montones de basura y hacía sentar a Maltrana en el mejor mueble de la casa, un banco procedente de un tranvía viejo que había comprado por entero con la ayuda de su camarada el señor Polo: magna empresa para la que juntaron sus capitales.

La señora Eusebia no podía ver a Isidro sin lamentar inmediatamente la triste suerte de su hija.

Había querido convertirse en madrileña: la daba vergüenza ser trapera. Así había pasado su vida, rabiando como una condenada. Primeramente abandonó el barrio para meterse a servir en una casa grande. ¡Servir, cuando su madre tenía una industria honrada y un pedazo de pan!... Todos los comerciantes de Tetuán iban tras de ella; y no eran pelambres de los que entran en Madrid con el saco al hombro y recogen la basura de casas de poco más o menos, sino negociantes de carro y burro, que se plantaban como unos señores ante las verjas de los hoteles de la Castellana o subían a los mejores pisos de la calle de Serrano.

«Tía *Mariposa*, que la chica me gusta.» «Señá Usebia, que yo quiero ser su yerno.»

Toda la industria de las Carolinas, la Almenara y Bellasvistas presentaba a la madre sus memoriales; y ella, la muchacha, empeñada en despreciar lo más respetable del comercio, enamoricándose de un albañilillo que trabajaba cerca de la casa de sus señores. Por fin, se había salido con la suya, casándose. Hambre todos los días, paliza todas las semanas, viviendo en uno de esos caserones que parecen colmenas oscuras; frío en el lavadero para ganarse una mala libreta, y como término, la muerte en el hospital. ¡Anda y toma albañilillo! Y todo por darse el gusto, la muy bruta, de vivir en Madrid, de ser señora, de mirar por encima del hombro a las pobres traperas... ¿No era la industria de sus padres tan respetable como otra?

—Pagamos contrebución, Isidrín, como cualsiquiera de los que tien tienda en la calle de Postas. No hay más que ver lo que se nos lleva el Ayuntamiento por la licencia: un porción de dinero. Y por lo que toca a parroquianos, les tenemos marqueses y condeses, tan buenos como los que entran a comprar en casa de Sobrino. Se trata muy buena gente en este comercio. ¿Ves esta falda? Pues me la regaló una señora que iba a Palacio y trataba casi de tú a los reyes. ¿Ves este corpiño? Pues fue de una cómica muy guapa, de la que hablaron mucho los papeles: ¡ya ha muerto la pobre!

Y la vieja detallaba al nieto las ventajas de su industria: todo ganancia. A él, que era un sabio, no le importaban estas cosas; pero nada perdía conociéndolas. Como estaba sola, tenía a su servicio un muchacho del barrio, hijo de una vecina que había muerto. Él cuidaba del burro, él guiaba el carro cuando al amanecer emprendían la marcha a Madrid, él subía a los pisos altos mientras su ama cuidaba en la calle del vehículo. Al volver a casa, cerca de mediodía, su primera ocupación consistía en el arreglo de los comestibles. En un tonelillo depositaban las sobras de ciertas casas, cuyos amos eran limpios y se acordaban de los pobres, cuidando de guardar aparte los restos de la cocina. Ella, además, conocía a sus parroquianos, los clasificaba según su estado de salud, llevaba de memoria la lista de las casas sanas y la de aquellas otras donde había señores amarillentos, siempre encorvados por la tos o que mostraban enfermedades repugnantes.

—Yo tengo unas manos de oro para el guisoteo; ¿te enteras, pequeño? Caliento la comida buena y hago unos ranchos que tien fama en el barrio. Si yo fuese blanda, el tío Polo no saldría nunca de aquí. Le tiene ley a lo que guiso... Y en cuanto a abundancia, ¡echa y no te canses! Todos los días hay rancho para un regimiento... ¡Y los chascos son buenos! A lo mejor, crees estar comiendo alubias, y te tropiezas con un pedazo de bisté. Algunas veces, entre patatas deshechas hemos encontrado esas cositas negras como carbón que llaman trufas, y que los señores pagan como si fuesen de oro. Así está el chiquillo que me sirve: colorado y gordote como un arcipreste. No se le puede pellizcar en salva sea la parte, de duro que está, y cuando le tomé, traía más hambre que un lobo... Yo tengo muy buenos parroquianos, Isidrín.

Y a continuación revolvíase indignada contra las otras casas, las de los señores malos, que dejaban la comida hecha una basura. ¡Qué cocinas, Señor! Las criadas eran unas puercas y las señoras unas abandonadas. Los restos del puchero tenían mondaduras de patatas, hojas secas de col, huesos de frutas, tapones de corcho. Algunas veces había encontrado en el caldo agujas de coser, hilos, dedales y hasta juguetes de niño. ¡Y pensar que otros del barrio, que sólo tenían casas de éstas, habían de alimentarse con tal bazofia, después de limpiarla como podían!... Ella la destinaba a sus cerdos. Por eso se los pagaban los tratantes de las afueras a más precio. Sólo los alimentaba con las sobras de los señores. No se atrevía a darles «otras cosas» que gustaban a aquellos animaluchos, capaces de tragarse a su propia madre; tenía demasiada conciencia para eso.

Entusiasmábase al detallar las abundancias que la rodeaban. Pan, a montones; había día que llenaba de mendrugos dos talegos, y hasta las gallinas, hartas, no querían más. Por las mañanas, al levantarse, el rico café. Se lo daban en las casas, después del recuelo; pero ella lo esparcía en el corral sobre un periódico, secándolo al sol, para el desayuno. Un saco de papel guardaba llenito...

La casa era suya; tenía en el corral un montón, más alto que el tejado, de paja de cuadra, que luego de bien desecha se vendía a los hornos de ladrillos; los animales se alimentaban sin gasto, y ella y el muchacho, a más de la comida, tenían asegurado el vestir, pues mientras en la villa anduvieran las gentes con ropas, ellos no se verían desnudos.

–Sólo compro el vino: en las Carolinas nadie bebe agua. Los chicos se desmaman con leche de cepas. Pero por tres perros me llenan un frasco para todo el día. Aquí, fuera de puertas, el vino va regalado.

Y luego de bien satisfechas las necesidades de su vida, le restaban, como ganancias, los hallazgos de la busca, los descubrimientos inesperados.

Maltrana había oído hablar de las riquezas de su abuela, de un tesoro oculto, que era motivo de misteriosa conversación en todo el barrio.

—Para rica, la tía *Mariposa* —decían los traperos en la taberna—. Esa sí que tie suerte; no va más que a casas de título. ¡Las cosas que habrá encontrao esa mujer!

El famoso *Coleta*, cuando estaba en el período verboso de sus borracheras, declaraba haber sorprendido a la vieja en el momento de recontar su tesoro en un rincón del corral, y cerraba los ojos como para recordar mejor las joyas, las piezas de plata, los montones de moneda que le habían deslumbrado.

El joven, en sus conversaciones con la vieja, acababa siempre con la misma petición:

—Abuela, dicen que es usted muy rica. A ver: enséñeme su tesoro.

La señora Eusebia protestaba. ¡Rica ella!... Mentiras de las gentes; invenciones de *Coleta* y otros borrachos; manías del tío Polo, que la buscaba por esto desde que quedó viuda, y ya llevaba muertas cuatro mujeres, proponiéndole a ella que fuese la quinta. Era una pobre; no tenía nada. Y sonreía enigmáticamente al decir esto, le brillaban los ojos; no se recataba en dar a entender que el tesoro era una realidad... pero que nadie lo vería nunca.

Los domingos eran los únicos días en que Maltrana hablaba con el señor José y veía a su hermano. Cuando llegaba, después de amanecer, a los Cuatro Caminos, encontraba ya a Pepín en medio de la calle reclutando muchachos para alguna excursión a Amaniel con carácter de *razzia*, que ponía en alarma a los dueños de los merenderos.

Maltrana, al levantarse, ajustaba sus cuentas con el padrastro, dándole lo que podía por el alquiler del cuarto. Luego se iban los dos, según su estado de fortuna, a comer lomo barato y cordero tierno en un «horno de asados» de los Cuatro Caminos, o gallinejas preparadas en los puestos inmediatos a Punta Brava.

Comían al aire libre, en una mesita redonda pintada de rojo, sentados en duros taburetes. Los tranvías llegaban con grandes cargamentos de gente madrileña; esparcíanse por hornos y tabernas las blusas y los mantones, los anchos sombreros y las negras gorras, buscando el vino y la carne, más baratos que en la villa por expenderse al otro lado de la ronda de Consumos. Sonaban los pianos en atropellada melodía, matizando sus escalas con golpes de timbre; bailaban las parejas, dándose dos vueltas de vals en mitad de la comida; giraban los toldos de los «tíos-vivos» con sus caballitos y carrozas infantiles; asomaban con rítmica aparición por encima de los tejados los verdes esquifes de los columpios, con mujeres de pie agarradas a las cuerdas, chillando como gallinas, las faldas apretadas entre los muslos; y sobre el fondo azul del cielo, la percalina roja y oro de las banderas aleteaba en un ambiente de aceite frito y sebo derretido.

El señor José era escuchado en silencio por Maltrana. Al albañil gustábale hablar con hombres de estudios que supieran distinguir. Aunque él fuese hijo de la Isidra, su educación convertíalo en hombre superior, casi en uno de aquellos seres que el antiguo guardia civil veneraba como pastores de la humanidad, designados por un poder misterioso que él no se tomaba el trabajo de conocer. Al lado del joven daba salida el albañil a su lenta verbosidad, con voz bronca y monótona. No podía hablar con los compañeros de trabajo; estaba en desacuerdo con ellos; le insultaban por reaccionario, por borrego, echándole en cara sus tiempos de guardia civil.

–Tú eres un sabio, Isidro –decía–; tu raciocinas, y por eso puedes comprenderme y hacerme justicia más que esos animales... ¿Y qué es lo que digo yo para que me llamen borrego? Que esto de que el pobre se ponga sobre el rico o a un igual suyo, y que el criado se monte sobre el amo, no pue ser. Que siempre ha habido unos con dinero y otros sin él, y siempre será así. Que eso de los metinges y de las sociedades sólo sirve para llenar de humo la cabeza del trabajador y echarle a la calle a que le calienten las costillas. Lo que le importa al jornalero es encontrar donde le den jornal, y ser bueno para que los señores le ayuden con la limosna... Y también me da rabia que en todos esos metinges se metan con los curas, y eso que, como tú sabes, hace un porción de tiempo que yo no voy a misa. Pero ¿qué mal hacen esos pobres señores de la sotana al trabajador? Ellos al menos dan algo: reparten limosnas, tienen asilos, se ocupan del pobre y predican a los ricos para que socorran con dinero. Y los otros, que hablan en las reuniones sobre esos papas del socialismo y la anarquía, no dan ni un botón. ¡Qué han de dar, si son unos pelagatos!...

El señor José, al hablar de los rebeldes, sentía la cólera de un antiguo sostenedor del orden, moldeado por la disciplina. El guardia civil resucitaba bajo su blusa. Reconocía que todo estaba mal repartido y que el pobre sufría mucho. Él mismo pasaba temporadas de horrible miseria, y su fin, cuando se sintiese viejo, sería mendigar en la calle o morir en el hospital. Pero si metían sus manos aquellos arregladores que predicaban contra los ricos, ¿quedaría el mundo mejor?...

–Cada uno para lo que ha nacido, y que se conforme con su suerte –continuó el albañil–. Yo también he visto algo, Isidro, aunque no sea letrado como tú... ¿Cuál es la cosa mejor organizada en todas las naciones y que marcha más derecha?... No me negarás que es el ejército. Yo he pertenecido a él y le debo mi buena crianza. ¿Y qué pasa en el ejército? Pues que los soldados son los más, y comen rancho y se joroban, y los oficiales, que son menos, y muchos menos los coroneles y los generales, comen perdices o lo que se les antoja, y viven mejor. Nombra a todos los soldados generales, como quieren algunos, y se acabó el ejército; haz a todos los jefes soldados rasos, como piden otros, y no habrá quien dirija; total, el mismo resultado. Pues esto aplícalo a los paisanos, y comprenderás por qué pienso yo como pienso. Los que hemos nacido para soldados, a llevar a cuestas la mochila del trabajo, sin pensar en insurrecciones ni en hacer fuego por la espalda sobre los jefes. Tú, que has nacido para oficial, a coger pronto los galones y a ver si algún día pescas la faja.

Maltrana sonreía escuchando a su padrastro. Pensaba en el oscuro y hediondo tabuco de la calle de los Artistas; en el camastro, la mesa y las dos sillas que constituían todo su ajuar; en los días de paro forzoso, que le obligaban a él a exprimir su miseria para prestar ayuda al albañil.

–Y usted –preguntó el joven–, ¿qué va perdiendo con que el ejército social se desbande y mate a sus jefes, si lo considera necesario, y arda medio mundo?

–¡Ahora salimos con esas! –dijo el albañil, escandalizado–. ¿También eres tú de los que piden tales horrores? Paece mentira... con los libros que llevas leídos. ¿Y el orden, muchacho? Sin orden no se pue vivir. Me acuerdo que esto lo explicaba muy bien un teniente viejo que teníamos en la Guardia civil. Se lo repartirían todo, entrarían a saco en las casas, nos comeríamos unos a otros, como los caribes. No, muchacho; piénsalo con calma. ¿Cómo pueden vivir las personas de bien sin curas y sin soldados, sobre todo sin soldados?

Y el antiguo guardia civil acompañaba con un gesto de repulsión y de horror esta tenebrosa pregunta.

—El hombre necesita pan y palo —decía luego, recobrada ya su serenidad—. Un látigo muy largo para que marche derecho. El mundo está lleno de pillos. Que dejen al hombre en libertad, y veremos la que se arma.

Al final, el señor José se tranquilizaba, mostrando un optimismo feroz.

—Por fortuna, esto va para largo. Los mausers no los tienen los alborotadores. ¡Que salgan, que salgan y sabrán lo que es bueno! Por eso yo, cuando hay huelga en el oficio, la sigo por no hacerme de señalar, pero me voy a casa. ¡Pues menudo gusto el tirar a la gente, sin miedo a otra respuesta que alguna pedrada, y escogiendo el blanco a placer, como si las personas fuesen patos!...

Contraía sus manos al decir esto y guiñaba un ojo, lo mismo que si empuñase un fusil imaginario. Sonreía como si le halagase la ferocidad de sus recuerdos. Maltrana, ante el gesto de delectación homicida del aragonés, pensaba asombrado que aquel hombre era bueno. Había embellecido con su mansedumbre silenciosa los últimos años de la pobre Isidra; era un padre bondadoso para el travieso Pepín. Sus camaradas le llamaban borrego por la servil paciencia con que aceptaba todas las injusticias y durezas del trabajo, y sin embargo, sonreía como un verdugo al desear las matanzas en masa, las cacerías de hombres, siempre que se verificasen al amparo de la ley, por ejecutores uniformados. El respeto supersticioso al orden que le inculcaron al moldearle de joven en la estrechez de la disciplina tomaba en su alma una dureza salvaje. Para él, la sociedad sólo podía marchar con los presidios llenos, un fusilamiento en cada esquina y la Guardia civil descargando sus armas sobre todo grupo que se atreviese a lanzar un viva, a tremolar una bandera. Lo decía con una firmeza que inspiraba espanto, y a continuación enternecíase ante su hijo, el travieso *Barrabás*. Cuando éste cometía una de las suyas, el viejo animal de guerra limitábase a fruncir el entrecejo, a agitar las manazas, gritando con voz ronca: «¡Mira que te doy!...». Y el pillete reía, sabiendo que nunca llegaba a darle.

En los días de trabajo, si el tiempo era bueno y Maltrana tenía en el bolsillo algunas pesetas, encaminábase al barrio de las Carolinas, para almorzar con su amigo el *Mosco*, el cazador furtivo, cuya gloria llegaba hasta Colmenar. El célebre «dañador» de las posesiones reales merecía por sus hazañas hasta el respeto de los cazadores de la Sierra, y eso que éstos miraban como rateros cobardes a los camaradas de las afueras de Madrid que vivían del huroneo en los bosques de El Pardo.

El *Mosco* vivía cerca de la casa de la señora Eusebia, en una construcción de ladrillos casi sueltos, con una techumbre de antiguas tejas traídas de los derribos de la población. Fuera, ocupaban todo un muro tres filas de jaulas con pájaros de interminable canto, jilgueros y pardillos, que le servían para la caza con red. Maltrana, al llegar a la puerta, tenía que abrirse paso entre dos hermosos galgos de elegante delgadez y otros perros de lanas sucias y colgantes, feos, plagados de parásitos, pero que gozaban de una fama igual a la del amo, por sus sorprendentes habilidades.

Dentro se hallaba el *Mosco*. Su hija Feliciana, que era toda su familia, estaba trabajando en la fábrica de gorras, y él iba de un lado a otro, preparándose el almuerzo, después de bien pasado el mediodía.

También el *Mosco* se levantaba tarde. Maltrana le había sorprendido muchas veces con sus ropas de faena, un traje de pana manchado de barro, las abarcas y las polainas mojadas, y la boina con raspas secas y espinas de selvática vegetación. Era un hombre pequeño, enjuto, de nerviosa agilidad y ademanes resueltos. Tenía su cuerpo un balanceo semejante al temblor de un muelle bien templado próximo a dispararse. La vida en plena Naturaleza, la piratería en la selva, le daban, cuando permanecía silencioso, una tosquedad huraña, semejante a la del árbol o el pedrusco. Al hablar, revelábase el hombre de la ciudad, el evadido de las grandes aglomeraciones humanas, para vivir solitario, en continuo combate, ganándose el sustento con las armas o la astucia, como si lejanos atavismos tirasen de él, arrastrándolo a la existencia del hombre primitivo.

Al verle, Maltrana saludábalo siempre con la misma pregunta:

–¿Qué tal se ha dado la noche?...

El *Mosco* sonreía unas veces; otras contestaba con gruñidos de mal humor. Había noches magníficas, en las que caían dos o más corzos, que a aquellas horas estaban ya desollados y descuartizados, vendiéndose ocultamente entre los vecinos de Tetuán. Otras, sólo cazaba conejos, y al regresar a su casa, cerca del amanecer, tendíase en la cama sin desnudarse, maldiciendo su mala suerte, y dormía con el cansancio del que ha pasado la noche caminando a gatas, con el oído siempre atento, creyendo de un momento a otro oír la voz de «¡alto!» y el silbido de la bala.

Los dañadores del barrio, infelices que trabajaban durante el verano en los tejares y sólo a impulsos del hambre invernal se decidían a ir de caza, admiraban al *Mosco*. Éste no iba, como ellos, sin un arma en la faja, resignados de antemano a recibir un escopetazo o una paliza, a que los llevasen a la cárcel de El Escorial, y de allí a presidio, sin oponer la más leve resistencia. Era tan hombre como los cazadores selváticos de Colmenar, gentes duras y amigas de la pólvora, que perseguían a los guardas de árbol en árbol, hasta encerrarlos en sus casuchas.

La noche que el *Mosco* salía con escopeta y dejaba en casa el hurón, la turba de inocentes dañadores estremecíase de inquietud y de orgullo. Aquél era un hombre. Al día siguiente habría carne de corzo en Tetuán; y el guarda que intentase impedirlo corría el riesgo de verse cazado, de que le disparasen de entre la espesura sin darle el «¡alto!» Si no había carne, era que el *Mosco* estaba en la cama entrapajado, sucio de sangre, con una ración de plomo debajo de la piel.

Maltrana había admirado muchas veces a su amigo cuando le mostraba el cuerpo con el impudor de un bravo: dos postas en la cabeza, incrustadas en los huesos del cráneo; un balazo en un hombro y otro en una pierna, proyectiles redondos que le había extraído una curandera de la vecindad con dolorosos procedimientos, y el resto del cuerpo hecho una criba por los perdigonazos, a los que apenas daba importancia, considerándolos accidentes vulgares.

Los almuerzos de Maltrana en casa del *Mosco* eran suculentos. Él pagaba el pan y el vino, trayéndolo de una taberna cercana, mientras el famoso dañador ponía sobre la mesa un guiso de gazapos o alguna liebre cazada la noche antes.

—¡A la salud de la real familia! —exclamaba Isidro irónicamente—. ¡Viva el monarca que mantiene a sus súbditos!...

Estas piezas de caza que servían para la manutención del *Mosco* eran las únicas que podían encontrarse en su vivienda. Esperaba siempre algún registro: los guardas reales tenían puestos los ojos en su casa; los civiles la habían visitado muchas veces. No existían a la vista otras pruebas de las aficiones del amo que las jaulas colgadas al exterior en las horas de sol y los perros que dormitaban enroscados ante la puerta.

—Soy un cazador legal —decía con zumbona gravedad a los guardas cuando éstos aparecían—. Me dedico a los pájaros con red, o llevo los perros a las tapias de El Pardo, por si algún conejo se sale del término. Un poquito de afición... lo demás que dicen de mí es mentira.

La escopeta estaba oculta bajo las tejas; el hurón dormía en el doble fondo de una caja cubierta de guiñapos, respirando por los agujeros abiertos en la madera.

Cuando se presentaba Maltrana, su amigo el *Mosco*, como una demostración de gran confianza, le enseñaba la *bicha*, la joya de la casa, lo que más amaba. Extraía del fondo del cajón la diminuta fiera, que estiraba su cuerpo ondulante como el de un reptil y arañaba con sus patas los duros dedos del cazador. El *Mosco* se llevaba a la boca el hocico bigotudo, de agudos dientes, envolviéndolo en su aliento, mientras la *bicha* acariciábale los labios sacando su lengüecita con mohines felinos.

—Pero ¡qué rica! —exclamaba el cazador—. Mírala, Isidro: lo mejor del mundo. Cincuenta reales me costó en Colmenar; no había quien la tocara: una verdadera fiera. A uno le destrozó un dedo. Se agarraba a las manos y ni Dios la hacia soltar. Yo la he criado tal cual la ves, y come en mis labios y me quiere lo mismo que Feliciana. Pero esto sólo puedo hacerlo yo. Si tú la tocases, te mordía. Pásale la mano por el lomo; verás qué pelo tan fino... No tengas miedo, que no la suelto.

Y continuaba los elogios del repugnante y sanguinario animal. La hacía cazar siete días seguidos sin fatigarla. Algunas veces mataba hasta cincuenta conejos: siempre tenía sed de exterminio. Había que meterla por las bocas de las madrigueras con un cordel en la pata, para tirar de ella cuando se quedaba dormida, ebria de sangre. El *Mosco*, sin dejar de hablar, sacaba del bolsillo un pedazo de queso, colocábase un pellizco de él entre los labios, y la *bicha* lo devoraba con grotescas contorsiones.

—Pero ¡qué rica! Vuelve a mirarla —decía el cazador—. Aquí donde la ves, se mantiene con quince céntimos de queso cada dos días.

El recuerdo de otra joya que había poseído, el famoso perro *Puesto en ama*, conmovía al *Mosco*. Había dado el mismo nombre a otro de sus canes, pero ¡qué valía éste comparado con aquél, del que hablaban con asombro los guardas y era la pesadilla de los altos empleados de El Pardo!... Saltaba el *Mosco* a media noche las tapias, sin otro acompañamiento que *Puesto en ama*, y se escondía junto a los arroyos, en los remansos donde bebían los corzos. El que se aproximara podía darse por muerto. El perro salía en su persecución al través de los jarales; las dos bestias tronchaban las ramas con el impulso de su carrera, producían un estrépito de huracán, y tras ellas corría el dañador de ligeras abarcas. *Puesto en ama*, al alcanzar el corzo, le mordía entre las patas traseras, en el órgano más sensible, y la bestia quedaba en el suelo mugiendo de dolor, hasta que el *Mosco* la daba muerte. Asunto de unos minutos. Con este perro, necesitaba muchas veces de la ayuda de los cobardones del barrio para llevar a cuestas las reses cogidas.

El dañador casi lloraba recordando la muerte del valeroso camarada, la descarga que le había hecho caer cerca de él, la alegría de los guardas, desplegados en ala como un ejército para acabar con un animal que tenía más astucia que muchos hombres, y la conducción del cadáver hasta el pueblo de El Pardo, donde le admiraron como si entrase en triunfo después de muerto.

El *Mosco* se indignaba al pensar en su perro. ¡Y aún vivía el ladrón que le había dado el escopetazo de gracia!... ¡Y él, el *Mosco*, aún no lo había matado!...

Maltrana, escuchando estas proezas de la vida bárbara, el hombre cazando a la bestia y siendo a su vez cazado por el hombre, pensaba con asombro en el origen del famoso dañador.

Procedía de una familia de Tetuán, pero había nacido en Madrid y era de oficio impresor. Llegó a regentar una imprenta en la que se tiraban varios periódicos que nadie leía; pero los sábados, apenas terminado su trabajo, cambiaba de traje y corría a Tetuán, adonde estaban sus aficiones, dedicándose a la caza con los dañadores de más fama, como si tirase de él una influencia ancestral, una herencia de sus antepasados.

Durante la semana, paseando entre las cajas del taller, manchado de tinta y oliendo a papel húmedo, pensaba nostálgicamente en los cerros cubiertos de pinos, alcornoques y robles, en los matorrales que se abrían ante el hocico de los venados, escapando éstos después con un bufido de alarma, en los grandes espacios de cielo azul, con las cimas nevadas del Guadarrama en el fondo, como una muralla de almenas de plata que brillan al sol.

Era un insocial: se ahogaba dentro de la villa, le repugnaban las calles con sus aglomeraciones de personas marchando en la misma dirección. Acabó casándose con la hija de una trapera, y abandonó su oficio para abrazar el de su mujer. Pero apenas si fue con el carro a Madrid. La trapería era un pretexto: su verdadera profesión fue cazar, seguir sus aficiones.

Él, según declaraba a Maltrana, había nacido para la acción violenta, para vivir en aventura continua, arriesgando la piel. ¿Por qué había de permanecer dentro de una población, juntando letritas de plomo, agotándose en esta tarea de mujer?... Era hombre de pelea; le gustaba torear a la muerte todos los días –según sus propias palabras–, darle el quiebro, recoger el pan de entre sus pies.

–Yo hubiese sido un gran soldado, amigo Isidro. Pero ya no hay guerras, verdaderas guerras, como aquellas antiguas, donde cada hombre sacaba toda la fuerza de sus brazos o de su caletre. Además, yo no me pongo un uniforme por nada del mundo; no me visto de máscara, ni paso por eso de disciplinas y ordenanzas... Para ser mandado, bien estaba allá en la imprenta, con un durazo como un sol todos los días. ¡Ay, cuántos como yo hay en presidio, que en otro tiempo hubiesen sido héroes!...

Amaba la guerra salvaje, ingenua, sin hipocresías de humanidad, sin disfraces de civilización: aquellas guerras en las que los combatientes mataban por la gloria que proporciona el exterminio, no alcanzando otra retribución que el saqueo de la casa del vencido y el pillaje de sus campos; pero había llegado tarde, según afirmaba con acento de tristeza, y a falta de mejor escenario, entregábase, a las puertas de una gran población, a una vida prehistórica, cazando a la bestia para comer, y al hombre, si era preciso, para defenderse; considerando la tierra como suya, sin respeto a tapias que podía saltar, ni a leyes representadas por hombres que eran mortales como él.

De su pasado conservaba cierta veneración por los escritores. Por esto era amigo de Isidro desde que le conoció en casa de su vecina la señora Eusebia.

Algunas veces recordaba su época de impresor. Él no leía los papeles públicos, cuando de tarde en tarde iba a Madrid; pero creía que sus tiempos habían sido mejores, y que los que ahora escribían estaban muy por debajo de los que él había conocido. Y al pensar esto, miraba a Maltrana, comparándolo mentalmente con los grandes hombres que aún se mantenían en su memoria. ¿Había leído su amigo cosas de Fulano y de Zutano? Y aquí nombres y seudónimos que firmaban, veinte años antes, en revistas y diarios de escasa circulación, débiles flores de papel, cuyo perfume mental había pasado inadvertido para todo el mundo. El *Mosco* soltaba estos apellidos con cierta unción, entre admirado de su gloria y orgulloso de haber conocido a los que los llevaban, y hacía un mohín de asombro al oír que Maltrana declaraba francamente no conocerlos. Por algo sospechaba que el periodismo estaba en decadencia.

La admiración del *Mosco* se posaba en las más raras cualidades de aquellos genios. Hablaba de uno con asombro porque escribía cantando, sin que lo molestase ruido alguno, sin levantar la cabeza aunque disparasen cañonazos junto a él. Otro merecía su entusiasmo porque desafiaba a los acreedores, y siempre que el impresor le llevaba pruebas a su domicilio encontraba en él a una nueva señora. ¡Qué tíos! Todos sin dinero, debiendo en la imprenta varias tiradas, lampando tras la peseta, lo mismo que Cervantes, «que no cenó al terminar el *Quijote*», alegres como unas castañuelas y haciendo reír a los cajistas con sus chistes. Pero al que recordaba con más veneración era a un señor elegante y grave, autor de largos artículos sobre política internacional, que se sentaba en cualquier rincón de la imprenta, sin mancharse, y escribía con los guantes puestos.

–¡Sin quitarse los guantes, Isidro! ¿Hay muchos que puedan hacer eso ahora?

Su rusticidad apreciaba esto como la mayor de las pruebas de talento, y se miraba las manos, reconociéndose incapaz de tal hazaña, declarando que no sabría cazar ni un gazapo con las garras enfundadas en piel.

Algunos domingos, el *Mosco* invitaba a comer a Maltrana, anunciándole que vendría de Madrid un hermano suyo, capataz de venta de periódicos, el señor Manolo el *Federal*, gran personaje entre las gentes dedicadas al comercio de papel impreso.

Maltrana le conocía. Era famoso en las redacciones por su lenguaje enrevesado y pintoresco y sus juicios sobre la política. Se presentaba en los periódicos, con su ancha cara sacerdotal siempre sudorosa, de ojos saltones y terroríficos, unas veces para quejarse como «industrial» (eran sus palabras) de las tardanzas de la administración en el reparto del papel; otras como «ciudadano consciente» (también palabras suyas), en nombre del comité del distrito, para pedir la inserción de algún Manifiesto contra los *unitarios*, no menos nocivos al país que los mismos monárquicos.

Isidro, a pesar de que no estaba inscrito en «el censo del partido», logró su amistad. Era un muchacho simpático, aunque «ciudadano inconsciente».

—Cuando usted quiera que consumamos un turno –le decía–, ya sabe dónde tengo las oficinas: Puerta del Sol, de cinco a ocho de la mañana, en la acera de la botica de Borrell... aunque lluevan chuzos, aunque caigan capuchinos de punta.

No bastaban la lluvia ni la nieve para que la oficina dejase de funcionar. Al romper el día llegaba el señor Manolo con sus ayudantes cargados de paquetes de periódicos. Tenía su especialidad, que era la venta de las afueras. Todos los vendedores, viejas, chicuelos y hombres haraposos, le rodeaban gritando, tendiendo sus manos para ser los primeros. Él no se turbaba ante esta aglomeración: hallábase acostumbrado a mayores conflictos en su «larga vida política».

—¡Haiga orden, ciudadanos, y un poquito de crianza! ¡Que no se diga del cuarto estado!... A cada uno se le dará según el orden de la discusión y los derechos de su autonomía al respetive.

Y con gran calma iba repartiendo las manos de periódicos, exigiendo a cada uno el producto de la venta del día antes, llevando de memoria las intrincadas partidas de su contabilidad, apreciando al tanteo la exactitud de las cantidades en calderilla, sonando las pesetas contra el asfalto con tal ímpetu, que volvían de un rebote a sus manos como si fuesen pelotas.

El «cuarto estado» era su frase favorita, en la que lo abarcaba todo, y cuyo alcance había que adivinar. Unas veces, el «cuarto estado» era únicamente los vendedores del papel; otras, la gente popular; y algunas, todos los que compran periódicos.

Maltrana, al verle, le preguntaba invariablemente por el famoso «cuarto estado».

—Anda algo roío –contestaba el señor Manolo–; hay tormenta en la atmósfera metálica: la gente tiene pocas ganas de papel.

Cuando vendía un periódico nuevo, decía con énfasis:

—Hoy he tenido un éxito extramuros. Los redactores debían votarme un mensaje de gracias, a pesar de que no me llamaron para darme voz y voto. Yo soy el sentido práctico, y les hubiera presentado una moción y consumido un turno para demostrarles que deben sacar el periódico dos horas más tarde. Pero como uno no es letrado, le ojetan el argumento, y el cuarto estado que se roa.

Su entusiasmo federalista excitaba el regocijo de Isidro, miserable *unitario*, incapaz de comprender ciertas cosas. Para el señor Manolo, estaba España dividida en catorce Estados, porque así lo habían dispuesto los correligionarios por medio de solemnes y libérrimos pactos. Él era ciudadano de Castilla la Nueva; pero quería vivir en paz y fraternidad con los extranjeros de los otros Estados españoles, así fuesen aristócratas, como del «cuarto estado».

—¿Es usted de Reus? —exclamaba en la oficina al contestar a un transeúnte—. Pues el Estado catalán ha pactado con el de Castilla. Vamos a beber unas tintas, como buenos ciudadanos confederados.

Las comidas del domingo en casa del *Mosco* eran tranquilas y plácidas. Feliciana, la hija del cazador, servía la mesa o permanecía inmóvil junto a la pared, con los ojos fijos en Maltrana. Si éste hablaba, parecía beber ella sus palabras, con una expresión admirativa en los ojos, como si la subyugase la cultura del joven, que aún adquiriría mayor realce entre sus rústicos compañeros.

Isidro la miraba algunas veces. ¡Hermosa era la hija del *Mosco*! Cada vez la encontraba más guapa. Adivinaba su admiración, pero aquellos ojos negros fijos en él sólo le inspiraban un vago agradecimiento. Jamás se le había ocurrido la posibilidad de perder el tiempo con una mujer. Eso quedaba para los hartos, para los felices.

El señor Manolo comía con entusiasmo, alabando la carne tierna de los animales de El Pardo. Olía a tomillo, a romero, a todos los perfumes del bosque.

Los domingos eran para él días de descanso y plácido aislamiento. No tenía periódicos; apenas si al amanecer repartía un poco de papel a la chusma haraposa que le traía loco. Sin embargo, las preocupaciones de la profesión lo asaltaban en medio de su descanso, e interrumpía la comida para preguntar al *Mosco* y a Maltrana:

—¿Por dónde andará ahora la partida grande?...

Los interpelados levantaban los hombros con indiferencia. La «partida grande» era un grupo de vendedores de voz de trompeta, que sabían sacarse del magín atractivos pregones: la aristocracia del oficio, ocupada únicamente en lanzar periódicos nuevos y ofrecer libros faltos de compradores, con enorme rebaja...

El señor Manolo, después de larga reflexión, informaba a sus amigos sobre el paradero de la tal partida.

–Debe de andar por Zaragoza, vendiendo un papel nuevo, el del último crimen, que interesa mucho al cuarto estado.

Isidro, al visitar la casa del *Mosco*, ya no se detenía en la vivienda de su abuela. Ésta había alquilado la casucha, yéndose a vivir con el señor Polo, que tenía su cabaña en lo más alto de un cerrillo, desde el cual se veía Madrid.

Por fin, la señora Eusebia había decidido casarse, sin la ayuda de la Iglesia ni del Estado, con aquel consocio que la cortejaba desde su viudez, y esperando el momento de que se ablandase, había contraído matrimonio con varias comadres del barrio.

Los traperos celebraron con gran algazara la unión de estos dos «comerciantes», los más antiguos de la busca. ¡Vaya un par de carroñas! Pero nadie osó realizar los proyectos de cencerrada y otras bromas molestas con que algunos intentaron obsequiarles. Merecían respeto: eran los industriales más importantes del barrio, y habían hecho bien uniéndose en una sola razón social.

Maltrana y el señor Manolo, en fuerza de oír hablar al *Mosco* de sus expediciones nocturnas, sintieron el deseo de asistir a una de ellas. Una nada más, ¿eh? Con verlo bastaba. No era cosa de exponerse a recibir un balazo por simple curiosidad. De vez en cuando, las noticias que el cazador ingería en sus relatos enfriaban el entusiasmo de los oyentes, haciéndoles retrasar la expedición para mejores tiempos.

–Anoche, en el cuartel de Somontes, le largaron una perdigonada al *Bonifa*, un pobre muchacho que no sabe huir el bulto... Hace una semana, pillaron en El Goloso al *Bastián* y al *Paleto*, les dieron una paliza de muerte, y ahora están en la cárcel de El Escorial... En el cuartel de Caños Quebrados hay un puñalero guarda que primero hace fuego y después da el alto. En Navachescas hay otro ladrón que lleva muertos dos dañadores, y, según dicen, tiene ganas de verme delante de su escopeta.

Isidro y el vendedor de periódicos cruzaban una mirada de inteligencia. Era cosa convenida: lo dejarían para más adelante. Pero el *Mosco*, de pronto, como si quisiera divertirse con su pavor, mostró empeño en llevarles a una expedición; y los dos amigos, por amor propio y que no se burlara de ellos, aceptaron la propuesta.

¡Adelante con la cacería! No iban a tener tan mala suerte que tropezasen con los guardas por ir al bosque una sola noche, cuando el *Mosco* llevaba meses y aun años sin verles.

Se citaron para el anochecer del día siguiente en el «Ventorro de las Latas», y al caer la tarde reuniéronse en la glorieta de los Cuatro Caminos el señor Manolo y Maltrana.

Iban con sus peores ropas –aunque ninguno de los dos sabía ciertamente cuáles podían llamarse mejores–, con viejas boinas echadas sobre los ojos, y un aspecto recatado y misterioso de conspiradores convencidos de lo pavoroso de su misión. El capataz de periódicos guiaba, como conocedor del punto de la cita. Abandonaron la carretera en Bellasvistas, y anduvieron por un camino hondo, entre tejares y tapias de huerta, junto a las cuales pasaban, espumosas y susurrantes, las aguas de un canal.

Comenzaba a anochecer. El cielo era de color violeta; las lomas oscuras que cerraban el horizonte hacían resaltar sobre una faja de oro mortecino los negros bullones de la arboleda de sus cimas. Una estrella nadaba con lácteo fulgor en la bruma suave del crepúsculo. Sonaban lentas y melancólicas las esquilas de invisibles rebaños; ladraban al borde del camino los perrillos de las huertas; chirriaban a lo lejos los carros; comenzaban a iluminarse las ventanas de las casas rústicas esparcidas en aquellas tierras de labor que alternaban con los solares.

Encontraron al *Mosco* sentado en un pedrusco cercano a la venta.

–Quedaos por ahí –dijo en voz baja–. Entrad a tomar una copa, y no me habléis hasta que os llame.

Los dos amigos se sentaron bajo un emparrado, a la puerta de la venta. Era una cabaña de techo bajo, ahumada por dentro, sin otros respiraderos que la puerta y dos ventanucos. Estaba construida con botes viejos de conservas, que reemplazaban a los ladrillos; el techo era de latas de petróleo enrojecidas y oxidadas por la lluvia. Unos tablones carcomidos empotrados en la pared exterior servían de bancos. El «Ventorro de las Latas» era el punto de reunión de los dañadores antes de emprender la marcha.

Comenzó a cerrar la noche. Maltrana, a la escasa luz que aún quedaba en el ambiente, vio llegar a los cazadores. Reconocía su organización recordando los relatos del *Mosco*. Cada pareja de hombres era una «cuadrilla»; compañeros de vida y muerte, que no se abandonaban en el peligro, que al huir en distintas direcciones sabían por instinto dónde encontrarse, partiéndose con fraternal equidad el producto de la caza.

Eran mocetones que por su aspecto parecían trabajadores de los tejares. A pesar del frío, marchaban ligeros de ropa y sin manta; algunos de ellos con la boina en la faja, como hombres que habían de emprender largas caminatas y sudar mucho en el curso de la noche. Algunas cuadrillas llevaban como refuerzo un muchacho cargado con la *aguja*, pesada barra de hierro puntiaguda por un lado y rematada por el opuesto con una anilla. Estos aprendices de dañador traían la barra pendiente del hombro por medio de una cuerda, como si fuese un fusil, y se pavoneaban entre los grupos con cierto orgullo, satisfechos de participar de los peligros y aventuras de los hombres.

Cada cuadrilla llegaba con un grupo de perros. Los canes, después de olisquear a Maltrana y su compañero, adivinando su carácter de intrusos, juntábanse sobre un puente, del que partía el camino que sus amos habían de seguir. Los había de todas castas, figuras y colores: unos de elegante silueta, bien alimentados; otros churretosos y con largas lanas; pero todos guardaban igual silencio, sin un ladrido, sin el menor rezongo, graves e inmóviles, como soldados que presienten la proximidad del combate.

Sus amos hablaban en voz baja, por la costumbre de recatarse en el vedado. Sus palabras llegaban hasta Maltrana como un ligero murmullo. Se saludaban; algunos que no se habían visto en mucho tiempo se pedían noticias. Uno hablaba de su hermano: había recibido por la mañana una carta suya; estaba en Valencia, en el penal de San Miguel, y le quedaban pocos meses de la pena que le habían impuesto por robo de caza en las posesiones reales. Otros rodeaban a un compañero que, abriéndose la camisa, mostraba el pecho. Apenas si le quedaba señal de las postas que le habían metido entre las costillas. Después de dos semanas de descanso, volvía aquella noche a la faena.

Hablaban de los compañeros que estaban en la cárcel de El Escorial, discutiendo lo que les podría «salir».

Uno se despidió de sus amigos; ya no le volverían a ver en algún tiempo: al día siguiente iba a Madrid a presentarse en la Cárcel Modelo, para pasar en ella los ocho meses a que le habían sentenciado.

Y todos, olvidando de pronto la caza, hablaban de la proximidad de la buena época, de la primavera, en la que se abrirían los tejares, ofreciéndoles un jornal en la corta de ladrillos. Se comunicaban las noticias del oficio. En Villalba pagaban el millar mejor que en Madrid. Algunos habían pedido trabajo y querían emprender el viaje tan pronto como comenzase el buen tiempo... Pero sus perros, que les olisqueaban las manos y se frotaban contra sus piernas, impacientes por emprender la marcha, les hacían fijarse en el presente y prorrumpir en lamentaciones. ¡Qué vida, caballeros! Era la peor época del año: comenzaba la cría. Los conejos estaban flacos, costrosos. Sólo se cogían gazapillos, y por un lío de éstos no daban más allá de una peseta. Además, abundaban las malas noches, en las cuales las bestias parecían esconderse en lo más profundo de la tierra, y el hurón entraba en las madrigueras sin tropezar con el más leve bulto de pelo. Total: exponer la vida y la libertad para salir a fin de mes por un jornal de seis reales. ¡Y todavía los guardas ladrones, que gozaban de un buen sueldo, les perseguían sañudamente!... Los de caballería eran objeto de sus maldiciones. Hablaban con terror del caballo de un guarda, bestia infernal, con más talento y mala intención que los hombres; un monstruo que, al perseguir a un dañador, le mordía, le derribaba entre sus patas, machacándolo con las herraduras, hasta que el jinete, desmontándose, tenía que socorrerlo para que llegase con vida a la cárcel. ¡Ah, la mala, bestia! Mejor era una perdigonada que encontrarse con ella...

Algunas cuadrillas, después de un adiós apagado, emprendían la marcha, precedidas de sus perros, y se perdían en la oscuridad.

–Adiós –contestaban los otros con entonación misteriosa–. Que se os dé bien la noche.

Eran los primeros en partir porque iban muy lejos, a los últimos cuarteles de la posesión real: al Goloso, a San Jorge, a Valdelaganar, cerca de Viñuelas.

Los que aún permanecían en el puentecillo comunicábanse los cuarteles en donde pensaban pasar la noche. Unos iban a Valdepalomero, a La Portillera, a Querá; otros pensaban vadear el Manzanares, cazando audazmente en la otra parte de El Pardo, frecuentada por los tiradores reales: La Atalaya, Los Torneos, Valdelapeña, Trofas y La Zarzuela.

Iba poco a poco disminuyendo la masa negra que obstruía el puente.

Alejábanse las cuadrillas, marcando su oscura silueta sobre el blanco del camino. Se destacaban un instante en lo alto del cerro, empequeñecidas por la distancia, y desaparecían.

El *Mosco* se aproximó a la venta:

—Cuando queráis...

Llevaba en un saquito, colgando del cuello, su tesoro, la *bicha*, que se apelotonaba en la cárcel de lienzo buscando el calor de su pecho. Junto a él estaba el ayudante, el que completaba su cuadrilla, un mozo pequeño y vivaracho, de simiesca agilidad, apodado *Chispas*, que no pensaba, como los otros, en el trabajo de los tejares, sino que, admirando a su maestro, deseaba continuar la caza todo el año.

Chispas llevaba al hombro la pesada *aguja* para demoler las madrigueras y abrir paso al hurón cuando éste se trasconejaba, no pudiendo ganar la boca de salida. Además, metidos en la faja, guardaba los *capillos*, las redes que se tendían a la salida de las madrigueras para apresar a los conejos.

Emprendieron la marcha por el mismo camino que los otros dañadores. El *Mosco* marchaba al frente, precedido de dos de sus perros, y *Chispas* cerraba la expedición.

—Podéis hablar; podéis fumar. Estamos aún en terreno seguro. Yo os diré cuando haya que ir con más ojos que un lince.

Los dos neófitos marchaban tras los ligeros pasos del *Mosco*, el cual no cesaba de hablar. Había permanecido en la venta lejos de ellos, para que nadie sospechase que le acompañaban en su expedición. Temía que alguien se *chivase* y fuese con el soplo. Por él nada; bien sabían los guardas que cazaba todas las noches, así se viniera abajo el cielo. Cuanto peor fuese la noche, más favorable para él. Pero al verle con la impedimenta de unos amigos, sin libertad para huir, podían aprovechar la ocasión y darle caza. Porque él no era capaz de escapar; yendo con personas que desconocían el terreno, antes se dejaría hacer pedazos que cometer tal indecencia.

—Es un disparate —continuó— ir a esta faena con gente floja como vosotros. Pero lo de esta noche no es caza seria: es un bicheo. Iremos cerca; asunto de registrar unas cuantas bocas, para que os enteréis de lo que es esto... ¡Qué contentos van a ponerse esta noche los gameños y los venados al ver que el *Mosco* no quiere nada con ellos!...

Les preguntó si habían merendado fuerte antes de salir de casa. En el monte sólo encontrarían algún arroyo donde beber un buche, y aun esto había que evitarlo, pues los cursos de agua eran los sitios más frecuentados por los guardas. Al volver a las Carolinas harían una cachuela, el gran plato de los cazadores, que sabía a gloria: un guiso de entrañas frescas de conejo.

Maltrana y el señor Manolo, oyendo al famoso dañador sus propósitos de no arriesgarse aquella noche, recobraban la tranquilidad. Les había encogido el corazón al oír a aquellas gentes que hablaban de heridas, de palizas y de presidios, como incidentes naturales de su oficio.

—¿Tú estás seguro de que no tropezaremos a los esbirros? —preguntó el señor Manolo a su hermano.

—Hombre, creo que no; pero nada puede asegurarse. A lo mejor... una casualidad...

Un largo silencio acogió estas palabras poco tranquilizadoras. El *Mosco* seguía hablando para distraer a sus acompañantes de la fatiga de la marcha. Describía la grandeza de El Pardo: nadie lo conocía tan bien como él. En algunos sitios no podrían encontrarle todos los guardas juntos, de a pie y a caballo. Eran catorce leguas de tierra las que guardaban los reyes para sus cacerías. Esto sin contar la Casa de Campo, La Granja, las posesiones de Aranjuez y otras que no recordaba... ¡Y los demás que reventasen!

Estas reflexiones hicieron olvidar su inquietud al señor Manolo, lanzándose cuesta abajo, desde las alturas de su federalismo ideal, a la práctica aplicación de lo que él llamaba, por antonomasia, «el programa».

—El día en que el Estado de Castilla sea autónomo, se acabará este escándalo. En las orillas del Manzanares haremos unas huertas, que me río yo de las de Valencia y Murcia. Echaremos abajo la arboleda, para que los correligionarios del cuarto estado se calienten en invierno; le meteremos el arado a la tierra para que críe trigo, y ¡viva el pan barato!... ¡Catorce leguas para divertirse un hombre, cuando el cuarto estado no tiene más que siete pies de tierra en el cementerio!... ¡Pero si eso es casi tan grande como una de las provincias del sistema unitario!...

Maltrana contemplaba los perros, que abrían la marcha, silenciosos, con el cuello estirado y las orejas avanzadas, husmeando el negro horizonte, sin un gruñido, sin prestar atención a los compañeros de raza que ladraban en las lejanas huertas.

Llevaban más de una hora de marcha, sin ver las tapias de El Pardo. El *Mosco* notaba el jadear de sus compañeros, la fatiga que sentían en las cuestas oscuras, cuyos pedruscos sueltos rodaban bajo sus pies.

—¡Animo! —les decía—. Ya me lo esperaba yo: sois de ciudad y no estáis acostumbrados a andar. ¡Pero si esto es un paseo!...

Atravesaron el arenoso lecho de dos torrentes secos. Al detenerse en una altura, volvió Maltrana la cabeza y vio flotando a sus espaldas, sobre los cerros negros, un velo rojo, un resplandor de lejano incendio, que coloreaba gran parte del horizonte. Era el vaho luminoso de Madrid invisible. Más acá esparcíanse, por la línea irregular del horizonte, grupos apretados de luces o rosarios de llamas sueltas, como si la tierra fuese una laguna de betún que reflejase los astros sombríamente.

El *Mosco* extendió el brazo con la seguridad de un experto conocedor del nocturno paisaje. Las luces más cercanas eran de Bellavistas y las Carolinas; las otras de Chamartín y Tetuán. De frente, por encima del oleaje de sombras, como débiles resplandores apenas perceptibles, señalaba otros pueblos: Aravaca y Pozuelo de Alcorcón; y lejos, muy lejos, donde sólo podían alcanzar sus ojos de búho, las luces de El Escorial.

Al descender de la altura, encontraron un ancho riachuelo. El *Mosco* se agachó para tomar sobre sus espaldas a Maltrana, sin hacer caso de su resistencia. Era costumbre de los dañadores pasar los cursos de agua llevando a cuestas al compañero. Al regreso, el camarada que pasaba a lomos prestaba igual servicio, y así la mojadura repartíase entre todos por igual. Únicamente los enfermos, los que iban a la caza convalecientes o con fiebre, estaban exentos de esta reciprocidad. El *Mosco* consideraba como enfermos a sus débiles compañeros, fatigados por la marcha.

Al otro lado del arroyo, Isidro y el señor Manolo vieron que el camino se deslizaba, tortuoso, entre dos altas vallas de plantas espinosas. El *Mosco* les ordenó que arrojasen los cigarros; ya no podrían fumar hasta la vuelta: entraban en terreno enemigo. Aquel sitio se llamaba «Mal Paso». Muchas veces, los guardas de El Pardo, saliéndose de su jurisdicción, se emboscaban allí para sorprender a los dañadores cuando volvían a sus casas. En aquel sitio le habían dado un balazo a su compadre el *Garrucha*, una noche en que volvían los dos cargados con un par de gamos. El pobre camarada, después de sanar de la herida, fue al presidio de Alcalá, por robo de caza mayor. El *Mosco* se había librado por pies, sin soltar su carga.

–¡Una injusticia –exclamó–; un abuso!... Este terreno no es suyo; aquí no son más que unos particulares como vosotros o como yo. Pero pertenecen a la «casa grande», y no hay tribunal ni Dios que no se ponga de su parte.

Aún caminaron otra buena hora, pero fuera de sendero, por campos de tierra movediza con ocultos pedruscos, en los que tropezaban. Isidro, al atravesar una viña, chocó con un ceporro, hiriéndose una pierna. Pero ¿dónde estaban aquellos bosques de El Pardo, que parecían correr hundiéndose en la sombra?...

–¡Ánimo! –decía el *Mosco* en voz queda–. Ya estamos cerca; ya veo las tapias.

Pero el señor Manolo y su amigo no distinguían nada. Isidro, con la pierna dolorida, despreciando los tropezones, como si ya no le pudieran ocurrir peores males, caminaba con los ojos puestos en Venus, que lucía en el horizonte. Al subir una cuesta, el astro remontábase en el cielo; cuando bajaban, hundíase, hasta quedar al ras de la colina de enfrente. Parecía jugar con ellos, atraerlos, para huir después de cima en cima.

Por fin, los dos neófitos se vieron al pie de las tapias de El Pardo. Maltrana consideró su altura con asombro. Aquello no eran tapias: eran las murallas de la China. ¿Y había él de saltarlas? Prefería quedarse al pie de ellas descansando. Esperaría tendido en el suelo el regreso del *Mosco*, aunque volviese al amanecer.

–¡Chist! –murmuró el cazador, para que hablase más bajo–. Tú subirás: yo me encargo de que subas.

La protesta de Maltrana era la última resistencia del miedo, el retroceso del instinto ante aquella tapia sombría, tras la cual estaba lo ilegítimo, lo vedado, la amenaza del guarda con su escopeta sin misericordia.

El *Mosco* y su ayudante preparaban el asalto en silencio, hablándose sin que sus palabras sonaran, moviéndose sin que sus pasos produjeran ruido. A Maltrana le parecían fantasmas... ¡Arriba! El *Chispas* apoyó un pie en las manos de su maestro, arañó la tapia, y en un instante se puso a horcajadas sobre ella.

¡Ahora, los perros! Los animales sabían su obligación; se dejaban coger por el *Mosco*, y empujados por él, agarrábanse muro arriba, se mecían un momento sobre el borde, con el vientre aplastado, y dejábanse caer en la parte opuesta, sin otro choque que un ruido ligerísimo de hojas secas.

Maltrana se sintió cogido por las piernas e izado, al mismo tiempo que el *Chispas*, inclinándose, le agarraba por los brazos. Los dañadores reían de su poco peso. Quedó un instante a horcajadas en lo alto de la pared, aturdido por la ascensión, doliéndole el cuerpo por el roce contra los ladrillos salientes. El *Mosco* le saludaba desde abajo con una gracia que ponía los pelos de punta.

—¡Qué buen blanco, gachó! ¡Qué escopetazo se pierden los guardas!

Isidro no tuvo fuerzas para protestar. ¡Vaya unas bromitas oportunas! Y obediente por necesidad, entregado por completo a sus burdos amigotes, tuvo que descender por la parte opuesta, ayudándole el *Chispas*, que le había precedido y le sostenía por las piernas. El señor Manolo, más ágil, saltó la tapia sin grandes esfuerzos, y un instante después se unió a ellos el *Mosco*.

Ya estaban en la ratonera. Isidro pensaba con terror en lo imposible que le sería franquear aquel obstáculo si le perseguían los guardas. Pero la impresión de miedo se amortiguó al mirar lo que le rodeaba.

La sorpresa le hizo creer, por un instante, que estaba en un mundo nuevo. El salto de la tapia era como el tránsito de un planeta a otro. Olvidó las colinas pedregosas, los bancales infecundos con más guijarros que plantas, toda la campiña árida sumida en la oscuridad al otro lado de la tapia, uniforme y plana a la vista como un charco negro.

Tenía ante sus ojos el bosque inmenso hermoseado por la difusa luz de las estrellas, borrando en la penumbra su acre aspereza de vegetación salvaje, unificando sus bravíos colores en una vaguedad fantástica de inmenso jardín encantado. Maltrana creyó ver un gigantesco dibujo blanco y negro sobre un papel azul perforado por innumerables picaduras de alfiler que daban paso a la luz.

La selva, dormida bajo el fulgor de las estrellas, parecía un jardín de leyenda. Maltrana pensó en Wágner y en su valeroso Sigfrido; en la rústica flautita del héroe que hacía hablar a los pájaros. Hasta creyó, por un instante, que de aquellas espesuras podría surgir un dragón no conocido por los guardas.

Los tupidos jarales contorneados por senderos tortuosos parecían arriates de rosales centenarios. La tierra era blanca, de una blancura de leche; los árboles formaban bóvedas de negro enrejado, por cuyos espacios libres asomaban los planetas sus ojos parpadeantes. En lo alto de las colinas, los pinos solitarios destacaban sobre el espacio azul sus copas de quitasol: unos, rectos y gallardos; otros, oblicuos como si quisieran acostarse.

No se veían las flores del fantástico jardín, pero Maltrana se las imaginaba enormes, como nunca se habían abierto en la tierra a la luz del sol. Flotaba en el ambiente un perfume resinoso, de acre caricia, tan denso, que parecía mascarse al respirar. Era una esencia para olfatos de gigante. Del silencio de la arboleda surgían gritos de pájaros invisibles, saludos burlones a los bípedos que avanzaban en el silencio junto a los matorrales, evitando destacar sus siluetas sobre los espacios de tierra blanca; menudas carreras que denunciaban el medroso despertar de los conejos, asustados por los pasos cautelosos de la cuadrilla.

Maltrana dudaba de la realidad. Debía estar soñando; aquel mundo no podía existir. De seguro que de un momento a otro iba a despertar, encontrándose en el camastro de la calle de los Artistas.

Los seres que le rodeaban no eran reales. Aquellos perros que caminaban sin el más leve ruido, sin respirar, volviendo la cabeza hacia el amo como si le ladrasen con los ojos, eran unos perros de ensueño. De ensueño también los dos cazadores que caminaban o se agachaban como sombras, hablándose sin mover los labios, entendiéndose por señas, y hasta el capataz de periódicos, que marchaba encorvado, con los ojos saltones y la boca abierta, contrayendo el estómago a impulsos del miedo. Sólo sonaban los pasos de Maltrana haciendo crujir la arena, y este ruido le parecía tan grande, tan agigantado por el silencio, que podía despertar a los guardas a muchas leguas de distancia.

De vez en cuando la selva agitábase con ondulaciones ruidosas. Una ráfaga de viento moviendo una rama daba la señal. Toda la arboleda se estremecía, inclinando las copas. Movían sus cabezas los olmos, los pinos, las carrascas, las encinas; vibraba la orquesta inmensa del bosque, y de un extremo a otro esparcíase el lamento de la sinfonía salvaje, despertando los ecos en las cañadas, aguzándose en las alturas, volviendo a descender en busca de nuevas masas de árboles que repitiesen este suspiro de arpa temblorosa.

Isidro, que al principio buscaba la tapia con los ojos, como si viese en su proximidad una esperanza, avanzaba ahora audazmente, temblándole las piernas, pero conquistado el ánimo por el majestuoso silencio. En aquella paz era imposible que los hombres matasen a sus semejantes.

El *Mosco*, que conocía todas las madrigueras de El Pardo, se detuvo junto a una gran encina. Allí se abrían ciertas bocas que indudablemente ocultaban algo. Su hermano y Maltrana agacháronse por consejo suyo. Los perros daban silenciosas vueltas alrededor del árbol, como si olfateasen la caza oculta en las entrañas del suelo. El *Chispas* se colocó de rodillas a alguna distancia. Estaban allí las bocas de salida, y colocó en ellas los capillos de red. El *Mosco* abrió la bolsa y sacó el hurón. La *bicha* llevaba al cuello un cascabelillo de sonido débil, y en una pata el cordel que la obligaba a volver a su amo.

Perdiose el sutil cascabeleo bajo tierra. El señor Manolo seguía con interés la operación, puesto a gatas al lado de su hermano. Maltrana, tendido de espaldas, miraba las estrellas, el cielo de oscuro azul escarchado de polvo luminoso. Había arrostrado el peligro por ver la caza furtiva, y ahora no le inspiraba interés. Prefería permanecer inmóvil, en dulce quietud, dolorido por la fatiga, acariciado por la paz que parecía descender de lo alto. Estaba allí como si la selva fuese suya. ¿Por qué habían de presentarse los guardas? La hermosura de la noche desvanecía su miedo, repelía de su ánimo toda posibilidad de peligro.

El *Chispas* dio un mugido de alegría; luego otro... luego otro. «Tres... cuatro... cinco: la *bicha* trabaja bien.» Iba recogiendo los conejos de los capillos así como caían; unos sanos, otros con la cabeza destrozada por el hurón y manando sangre. A los que salían ilesos, huyendo de la sanguinaria fierecilla, el mozo los estrangulaba con sus duros dedos. Pasábale las piezas al señor Manolo, y éste reía, con el goce brutal de la destrucción, ofreciendo a Maltrana los conejos para que los tentase. Aún estaban calientes: ¡cómo los dejaba la *bicha* al morderles!...

Anunció el *Chispas* que ya no salían más; la madriguera estaba despoblada. El *Mosco* tiró de la cuerda y volvió a sonar el apagado cascabeleo. La embriaguez de la sangre había enardecido a la *bicha*. El cazador lanzó un juramento sordo antes de volverla al saco; le había clavado en un dedo sus agudos colmillos.

Isidro abandonó de mala gana el lecho de hojarasca, para seguir a la cuadrilla en busca de nuevas bocas. ¿Por qué no se retiraban ya? La operación estaba vista. Pero el *Mosco* protestó.

–¿Retirarme?... ¡Botones! La noche se presenta bien.

Anduvieron dos horas por las cañadas buscando los lugares más conocidos del cazador por sus madrigueras. No había vivienda de conejo que no la tuviese anotada en su memoria.

Isidro aprovechaba todos los altos del *bicheo* para tenderse en la hojarasca mirando a lo alto. El planeta que había contemplado en el camino ya no lucía en el horizonte; se había ocultado, y nuevos astros invadían el cielo. Miraba también a su alrededor, admirando la hermosura bravía del bosque. Decididamente, las destrucciones que proyectaba el señor Manolo para cuando triunfase la autonomía del Estado castellano, el abatir la selva y meterle el arado, sería una reforma muy revolucionaria; pero así estaba mejor, era más hermosa, aunque la pública utilidad rabiase de coraje.

Una señal de alarma de los dos perros sacó a Isidro de sus divagaciones. Avanzaban cautelosamente, se detenían, volvían la cabeza para mirar al amo. Su cola elevábase con movimientos que revelaban indecisión; sus orejas aguzábanse con la inquietud.

–¡Chist! ¡chist! –murmuró el *Mosco* para que sus acompañantes permaneciesen quietos en la espesura.

Todos estaban de rodillas, apoyados en las manos, avanzando la cabeza lo mismo que los perros para oír mejor. El capataz abría la boca, como si por ella fuese a escapársele el corazón, encogido por el miedo. Maltrana sentía el zumbar de su sangre en las sienes.

Gruñó un perro, y el *Mosco* pareció tranquilizarse. Alguien estaba cerca, pero no era enemigo. Los perros anunciaban con movimientos silenciosos la proximidad de los guardas. Cuando se decidían a gruñir, era porque husmeaban gente conocida.

El cazador, incorporándose, dio varias palmadas en uno de sus muslos. Inmediatamente sonaron iguales golpes al otro lado de la espesura, como reproducidos por el eco. Después se llevó a la boca el dorso de una mano, y un silbido tenue, de pájaro, rasgó el silencio. Otro pájaro invisible le contestó.

–Adelante: son amigos –dijo el *Mosco*.

Troncháronse las ramas de los matorrales abriendo paso a dos hombres encorvados. Los perros de las cuadrillas frotáronse un instante con otros perros salidos de la espesura. Los hombres pasaron junto al *Mosco*.

–¿Qué lleváis cogido? –preguntó éste.

–Nada aún: dos gazapos.

–Que se os dé bien la noche.

La cuadrilla desapareció con sus perros, y el *Mosco* siguió adelante, prometiendo a los camaradas, aún no repuestos del susto, acabar en seguida la expedición, tan pronto como registrase ciertas bocas inmediatas a un arroyo, que eran las más ricas de El Pardo.

Detuviéronse en una espesura, oyendo a corta distancia el murmullo del agua invisible saltando entre guijarros.

Maltrana no atendía a la caza de sus compañeros; deseaba que acabase la expedición cuanto antes. Causábanle lástima y repugnancia aquellos cuerpecillos de pelo suave que el señor Manolo iba reuniendo al par que hacía grandes elogios del peso de su carne palpitante.

Tumbado en un declive, con los brazos cruzados bajo la cabeza, vio de pronto elevarse en el matorral que tenía delante dos cruces de varios brazos, toscas, rudas, como labradas a hachazos. Un hocico negro, barnizado por la humedad, asomó en la espesura; unos ojos lacrimosos y brillantes le contemplaron un momento. Maltrana, influido por el miedo, creyó ver un horrible monstruo, un digno engendro de la selva encantada; algo semejante al dragón de leyenda que había surgido en su memoria al dar los primeros pasos. El terror le hizo ponerse de pie con nervioso salto. Un bufido diabólico estremeció los matorrales. Desaparecieron las cruces, y crujió la maleza al romperse ante una carrera loca.

El *Mosco* acudió con gritos de cólera:

—¡Rediós!... ¡Y no haber traído la escopeta! ¡Cómo se enteran y se burlan!...

Los perros, después de un intento de persecución, retrocedieron al lado de su amo, viendo que éste permanecía inmóvil.

El encuentro con el venado quitó al *Mosco* todo deseo de continuar la caza.

—Vámonos; ¡para lo que hacemos aquí!...

Emprendieron la retirada, marchando directamente en busca de la tapia. Isidro, al saltarla con la ayuda de sus compañeros, volvió a verse en el campo yermo y negro matizado de luces a lo lejos. Creyó otra vez que había soñado, que los árboles rumorosos y el fantástico jardín sólo habían existido en su imaginación.

Los pesados racimos de bestias muertas que el señor Manolo sostenía en sus manos eran los únicos testimonios de la realidad de la aventura.

—Toca, Isidro —decía el capataz riendo—. ¡Qué famosa cachuela vamos a comernos!...

El joven, pensando en los guardas, sentía ahora un miedo mayor que el que había experimentado al otro lado de las tapias. Le parecía imposible que dentro de aquella ratonera hubiese permanecido sereno, tendido en la maleza, contemplando el cielo. ¡De qué balazo se había librado!...

El *Mosco* examinó la posición de las estrellas.

—Son las dos; antes de que amanezca estaremos en casa.

Pasaron de nuevo, a lomos de los dañadores, el riachuelo vecino al «Mal Paso». El *Chispas* y su maestro caminaban ágiles, sin el más leve indicio de fatiga, algo descontentos de su faena. Habían perdido la noche: total, docena y media de conejos. El cansancio, las inquietudes y sustos que aún tenían trémulos a Maltrana y al capataz eran para los dos cazadores incidentes sin importancia de la diaria lucha... ¡Vaya un modo de ganarse el pan!

Al detenerse un instante en la cumbre del cerro, el joven volvió a ver los rosarios luminosos del alumbrado de los pueblos, la nube roja que se cernía sobre Madrid.

Descansaba la gran villa envuelta en discreta luz, mientras en sus lóbregos alrededores se agitaban los aventureros de la vida, sin miedo al peligro.

Maltrana, contemplando el lejano Madrid, creyó ver un símbolo de la vida moderna, de la desigualdad social implacable y sin entrañas.

Los dichosos, los ahítos, descansaban tranquilos al calor de una civilización cuyas ventajas eran los únicos en monopolizar. La caravana de los felices no quería ir más allá, creyendo haber visto bastante. Dormían en torno de la hoguera, acariciados por su tibio aliento, con el voluptuoso sopor de una digestión copiosa. Y más allá del círculo rojo trazado por las llamas, en el muro de sombras temblonas tras las cuales estaba lo desconocido, brillaban ojos coléricos, sonaba el rechinar de las uñas al afilarse, estallaba el gruñido de las bestias hambrientas, cegadas por tanto resplandor. Los vagabundos del desierto social, los desertores de la caravana, los expulsados de ella, las fieras, los abortos de la noche, rondaban en torno del vivac, sin atreverse a salir del círculo de tinieblas, por miedo a afrontar la luz.

Les cegaba el fuego; intimidábales con glacial escalofrío el brillar de las armas caídas junto a los durmientes. Amenazaban, rugían; pero los dichosos, sumidos en dulce sueño, no podían oír sus amenazas y sus rugidos.

Maltrana pensó que alguna vez la hoguera, falta de nuevos combustibles, se extinguiría poco a poco; y cuando sólo quedasen rojos tizones y las tinieblas voraces invadiesen el círculo de luz, vendría la gran pelea, la lucha en la sombra, el empujón arrollador de la muchedumbre, el asalto de los engendros de la oscuridad, para apoderarse de todas las riquezas de los felices: de los bagajes que contienen el bienestar, monopolizado por ellos; de las armas, que son su mejor derecho.

4

EL SEGUNDO DÍA de carnaval, por la tarde, al salir Maltrana de la calle de los Artistas, se detuvo en los Cuatro Caminos, dudando entre bajar a Madrid o subir hacia Bellasvistas y las Carolinas.

Le repugnaba el carnaval madrileño, grosero y monótono, sin otros alicientes que los codazos y pisotones de la multitud, y se decidió a ir en busca de su amigo el *Mosco* y aprovechar de paso el viaje para hacer a su abuela una visita en su nueva casa, que era la de *Zaratustra*. La pobre vieja tenía deseos de hablarle, según le había a manifestado Polo la última vez que se vieron ante el fielato. Nada perdía con tener contenta a la abuela. En las Carolinas seguían hablando de su tesoro, y ¡quién iba a saber si pensaría en su nieto como heredero!

Isidro rió de la avaricia que se despertaba en él. Sentíase alegre, a pesar de que hacía tiempo que no ganaba dinero. Acababa de pedir prestadas a su padrastro unas cuantas piezas de cobre, aprovechando la confianza que inspiraba al albañil por haber satisfecho todos sus atrasos en la parte que le correspondía del alquiler de la casa.

Acariciaba aquella tarde la esperanza de merendar en casa del *Mosco*, ya que tenía la certeza de no cenar cuando bajase por la noche a Madrid.

En su miseria, no le abandonaba esa seguridad de la juventud que aguarda siempre algo inesperado y cree firmemente que el universo entero se preocupa de ella, torciendo el curso de los sucesos sin otro fin que sacarla de sus situaciones difíciles.

Isidro, en su optimismo, tenía el presentimiento de una gran fortuna. Por esto ponía buena cara a todos los desvíos de la suerte: ella acabaría por entregarse vencida.

Dos días antes, al pasar por la calle de Alcalá, frente al Ministerio de Hacienda, había encontrado a don Gaspar Jiménez, primer marqués de Jiménez, aquel senador pariente de la señora que le amparaba en su buena época. Varias veces se había tropezado con el solemne personaje, sin que éste reparase en él. Le reconocía, pero pasaba adelante fingiendo no verle. Debía estar enterado de su existencia errante, de su deseo de no ser hombre serio, de aquella vida bohemia que le hizo atascarse a más de la mitad de su carrera universitaria. El senador era inflexible. «La vida no es juego», como le había dicho al echarle de casa de su protectora.

Por todas estas razones, Maltrana experimentó gran asombro al ver que el personaje, muy tirado de levita y sombrero de copa, con el aspecto grave y entonado de uno de los directores del país, al cruzarse con él, en vez de distraer la mirada, la fijó en su persona, acariciándole con bondadosa sonrisa.

El senador se separó de otros dos señores no menos imponentes que iban con él, y aproximándose a Maltrana, púsole en la espalda la mano protectora:

–¿Cómo está usted, joven?... ¿Cómo marchan sus asuntos?...

El terrible Maltrana, que en las reuniones de la juventud era implacable, no perdonando persona ni institución, escupiendo su bilis sobre todo lo existente, describiendo el país como un establo de bestias en el que no se encontraba ni media persona, ablandábase conmovido ante la más leve muestra de consideración de un poderoso.

La palmada del senador y su sonrisa le trastornaron, hasta el punto de hacerle tartamudear. Pensó que era necesario tener largo trato con las personas para conocerlas. Aquel señor había sido para él un burgués despreciable y ridículo, un pedantón huero... He aquí los inconvenientes de juzgar de lejos a las personas. Ahora, al verle de cerca después de algunos años, le encontraba repentinamente simpático, con cierto aire de pensador, de economista sublime, de esos que poseen las llaves de la despensa nacional. No había que exagerar; por algo se sube, y cuando aquel tío llegaba tan alto, era porque algo llevaba dentro.

—¿No terminó usted la carrera? —continuó el senador—. Ha hecho usted bien, si sus aficiones le llevan por otro lado. Usted es artista; usted ha nacido para escritor.

Y con gran asombro de Maltrana, le habló de los artículos que llevaba publicados. Él no los conocía, le faltaba el tiempo para muchas cosas, pero se los habían recomendado con grandes elogios. Literatura «profunda», de la que a él le placía; estudios serios y concienzudos. Él amaba lo concienzudo, lo serio... Maltrana sentíase transfigurado, próximo a elevarse sobre el suelo con la hinchazón de la alegría, al oír que alguien elogiaba sus artículos y que este alguien era un señor que el día menos pensado llegaría a ministro.

—Venga usted a verme cuando pueda, con entera confianza; ya sabe usted que somos antiguos amigos: yo le considero como de la familia... Creo que le conviene a usted que nos veamos; algo bueno saldrá de la entrevista.

Maltrana, ansioso de esperanza tras estas palabras, intentaba visitar al día siguiente al senador. Pero éste quería pasar los días de carnaval en una finca suya de Medina del Campo, lejos del bullicio de la ciudad, como convenía a un hombre serio. Después de fiestas, le esperaba en su casa todas las mañanas.

Y se alejó escoltado por sus solemnes acompañantes, después de estrechar la mano de Isidro con igual llaneza que si fuese un colega. Maltrana le siguió con una mirada de intensa simpatía. Algo bueno iba a surgir de su inesperada amistad con el personaje... Y el recuerdo del marqués le acompañó como una promesa de fortuna en los días de carnaval.

Al llegar Maltrana a Bellasvistas, creyó ver la reproducción animada de un cuadro de Goya. Varias muchachas desgreñadas, de las de la busca, manteaban un pelele: un traje viejo lleno de paja, con enormes tumores, calzado con unas botinas rotas y rematado por una cabeza de cartón. Un grupo de mozuelos intentaba arrebatarlas el pelele para llevárselo prisionero a la taberna, y las greñudas, armadas de escobas, defendían a golpes el monigote. Corría el grupo por los desmontes con la algazara de la lucha; rodaban por el suelo algunas de las combatientes con tal ímpetu, que dejaban al descubierto las roñosidades de su interior.

Maltrana, con su raído macferlán y su sombrero de señorito pobre, pareció distraer de la lucha a esta ruda juventud. Las muchachas, cogiéndose del brazo, marchaban tras él cantando con insolente sonsonete:

¡Ahí va! ¡Ahí va el tío del gabán!

Los mozos reían la gracia y parecían dispuestos a apoyarla saludando con un cantazo al señorito si tenía el mal gusto de incomodarse.

Maltrana dejó a la espalda esta alegría hostil y salió al campo. Pensaba visitar la cabaña de *Zaratustra* antes de ir a las Carolinas.

Hallábase ésta en lo alto de un cerrillo, desde el cual se abarcaba con la vista todo Madrid. Parecía de lejos un montón de escombros y basura. Constaba de tres cuerpos sueltos, pero tan bajos, tan metidos en una oquedad de la tierra, que sus techos apenas sobresalían del perfil de la cumbre. El carro de *Zaratustra* parecía más grande que las viviendas; se veía mejor que éstas, caído sobre la zaga, con las dos barras en alto unidas por la barriguera de la mula, destacándose sobre el cielo como una horca.

Adivinó el joven la proximidad de la cabaña viendo correr hacia él una banda de perros. Eran los compañeros de *Zaratustra*. Los había de varias razas y tamaños, todos sucios, con los ojos amarillentos y una baba rabiosa en los colmillos: animales casi salvajes, que sólo de tarde en tarde veían llegar algún pobre, y sentían feroz extrañeza ante Isidro, irritados por su exterior de hombre de ciudad.

No ladraban. Aproximáronse, mudos, rechinando los dientes con franco propósito de morder, extendiendo sus zarpas hacia los pantalones. El joven cogió una piedra, llamando con fuertes gritos a *Zaratustra* y a la señora Eusebia.

Sonó detrás de la cabaña un silbido y la vocecilla de Polo llamando a sus canes. Isidro pudo seguir adelante escoltado por el fiero grupo, que giraba entorno de él, oliéndole las ropas.

Pasó entre el carro y una pared baja, y entró en una plazoleta que tenía al frente la campiña, con Madrid en el fondo, y a un lado las oscuras lomas de la Casa de Campo. El resto de la plazoleta estaba cerrado por las tres cabañas que constituían la vivienda y dependencias del gran *Zaratustra*. Éste se hallaba sentado en un cubo, cosiendo con bramante unos pedazos de alfombra vieja que habían de servir de manta a la mula.

–Perdona que no me levante –dijo con su voz de niño–. Tú eres de casa. ¡Ay, estas piernas!...

Había sustituido la casulla de piel de conejo con la otra de las grandes solemnidades: la de espejuelos y cintajos de colores, que le daba el aspecto de un salvaje de teatro.

Era un resto de su antigua alegría, un recuerdo de aquellos años en los que bajaba por carnaval al centro de Madrid cubierto de sus más vistosos harapos, aceptando la extrañeza y la burla de las gentes como testimonio de admiración. Seguía la costumbre de desfigurarse con adornos bravíos cuando llegaba la fiesta, pero se quedaba en casa, vencido por el reúma senil que inmovilizaba sus piernas.

Maltrana contempló curiosamente la mansión de *Zaratustra*, agrandada con nuevas edificaciones desde la última vez que la había visto. La actividad del anciano, su raro talento para sacar provecho de los despojos, le hacían vivir en una perpetua reforma de su casa. El trapero sonrió viendo el asombro del joven.

–¿Qué te parece?... Esto ha crecido mucho; esto es el palacio real de Tetuán. Vienen señores de Madrid sólo por verlo: sobre todo, pintores... Este cuerpo es el almacén –y señalaba la cabaña en cuya puerta permanecía sentado–. Lo de enfrente es la cocina y la cuadra. Tiene comunicación con el cuerpo central, la antigua casa, donde vivimos tu abuela y yo.

Maltrana sentía deseos de reír ante la majestad con que Polo hablaba de su vivienda, señalando sus diversas partes. Él lo había construido todo, con la ayuda de su criado, dándole la solidez de un castillo.

Parecían las tres cabañas otros tantos montones de basura y escombros en los cuales una familia de topos hubiese abierto agujeros que eran puertas, galerías tortuosas que servían de habitaciones. Todos los despojos de la villa habían sido empleados en la edificación. Sólo a trechos veíanse algunos ladrillos y cascotes de los derribos; lo demás estaba construido con los materiales más heterogéneos, viéndose empotrados en la argamasa, a guisa de ladrillos, botes de conserva, latas de petróleo, cafeteras, orinales, hormas de zapatos, y junto con estos despojos, tibores rotos de porcelana, columnillas de alabastro, trozos de estatuas, todo al azar, según el desorden de la recogida diaria en Madrid.

Maltrana vio una aguda punta oxidada saliendo del muro, sobre la cabeza de *Zaratustra*. La miró de cerca: era una jeringa. Más allá brillaban dos azulejos de reflejos dorados y surgía un brazo femenil de color de bronce, que, sin duda, había sostenido una lámpara de gas en algún café.

Varios cubos de cinc sin fondo, empotrados horizontalmente en el muro, servían de redondos tragaluces, semejantes a los de los camarotes de los barcos. Los techos eran de paja, de ramaje, de viejos encerados, formando una cubierta de gran espesor, que la lluvia más persistente no podía traspasar. Las rendijas estaban calafateadas con papeles y trapos. La techumbre de la cocina ostentaba como remate una tinaja rota, que servía de chimenea.

El almacén exhalaba un hedor de polvo, huesos en putrefacción y ropas corrompidas, junto con ese vaho indefinible de las casas viejas largamente cerradas. Un zumbido de moscas pegajosas vibraba en la oscura profundidad de las chozas. De vez en cuando aleteaba por cerca de Isidro un enorme moscardón azul, de reflejos metálicos, lúgubre, venenoso, hinchado repugnantemente, como si acabase de chupar la tierra de una tumba.

Maltrana preguntó por su abuela.

—Estoy solo en casa. He enviado el *Bobo* a Madrid a que vea las máscaras, y la vieja está en la Doctrina, en ese corralón de Bellasvistas donde juntan las señoras al rebaño femenino de la busca para que cante oraciones.

Zaratustra, que se preciaba de conocer a todo Madrid, había oído hablar de alguna de estas damas devotas cuando eran jóvenes, y reía, guiñando sus ojos lacrimosos. El diablo, harto de carne... Regalaban a las traperas una sábana por año, y arroz y castañas por Navidad; pero las obligaban a oír la explicación de la Doctrina dos veces por semana. En carnaval había gran reunión, para pedir al Señor que perdonase las locuras del mundo, y comenzaba la fatigosa época de la Cuaresma. Las que faltaban a estas grandes solemnidades perdían la sábana.

—Te digo, Isidro, que se la ganan bien, y cuando vienen a coger los trapos de esas señoras tienen callos en las rodillas, como los elefantes. Pero el mediano, cuando siente necesidad, no se para en nada, y hay que ver a las del barrio al salir de la Doctrina, hechas unas santitas, así que pierden de vista a las señoras... De la que menos, dicen que es una púa... A todo el mundo le gusta que le den algo. Y si no, ahí tienes a tu abuela, que piensa todo el año en la sábana. ¿Para qué la querrá, una mujer que todo el mundo sabe que es rica? ¡Las hembras, Isidro, mala gente!... Tu abuela me ha visto en varios apuros: tuve que pagar el arrendamiento de las tierras que cultivo ahí enfrente, porque ya sabes que yo soy agricultor antes que trapero. No tenía ni un botón, y me dejó en el apuro, sin querer decirme dónde guarda su tesoro. Y eso que anduvo el palo; porque a las hembras, el pan en una mano y la vara en otra... ¡Si las conoceré yo, que he tenido cinco!... De jóvenes, unos pericos verbeneros, sin otro afán que dar gusto al cuerpo y faltarle a uno; de viejas, borrachas y agarradas al perro chico, aunque su hombre vaya en cueros.

Quedó en silencio *Zaratustra*, mirando a Madrid, que cerraba el horizonte con su gran masa de tejados y torres. El cielo azul, sin el más leve vapor de humedad, un cielo de Castilla, seco y ardiente, de gran limpidez, que acusaba con energía los contornos, parecía aproximar la lejana población.

El trapero creía abarcar con sus ojillos pitañosos toda la humanidad albergada bajo este caparazón de tejas, que a aquellas horas corría y gritaba por las celdillas y callejones de la enorme colmena. Su voz tomaba un acento solemne, como siempre que creía decir algo trascendental.

–La hembra, Isidro, es inferior al hombre e indigna de él. Fíjate en eso y recuérdalo siempre; de algo te ha de servir ser amigo de un sabio que ha visto mucho y conoce la vida. La hembra es un animal de escaso caletre; fantasiosa lo mismo que el pavo, tonta como una marica sobre un canto. Dele usted su buen vestido, su buena bota ajustada y demás exigencias del rumbo, y la tendrá usted contenta. No le dé usted el señorío y boato que reclama, y entregará su cuerpo al demonio... El hombre es más digno y noble; se preocupa de otras cosas que de los trapos, y por eso es él quien debe mandar y dar dos palos a tiempo para que se le respete. Con blusa y alpargatas se siente muchas veces mejor que tirado de chistera y de gabán. Yo tengo buena ropa y podía ir todos los días lo mismo que hoy, pero no me da la gana; en cambio, no hay en la busca una hembra que, al agarrar entre los trapos una buena falda, no se la ponga para dar envidia a las compañeras. La mujer que anda mal vestida, así sea vieja y fea, es porque no puede ir mejor, pues ganas no le faltan. El hombre que va hecho un Adán no es porque carezca de «con qué», sino que tiene la atención en cosas más altas, por ser un animal noble e inteligente.

Así hablaba *Zaratustra*.

Maltrana, molestado por el hedor del almacén y el revoloteo de las moscas, acabó por abandonar su asiento, que consistía en tres pedazos de corcho clavados en forma de banco. Ya que la abuela estaba ausente, quería irse.

El trapero le detuvo. No le aconsejaba que esperase a la vieja; si habían de rezar en Bellasvistas por el perdón de todos los alegres pecados que aquella tarde se cometerían en Madrid, tenían oración cortada hasta la noche. Pero antes de que Isidro se fuese, quería enseñarle la casa, especialmente la habitación que había arreglado con motivo de su casamiento. A las mujeres les satisfacen las superfluidades del buen vivir, y no era caso de que la señora Eusebia, al abandonar su casa de las Carolinas, entrara en una vivienda de indios.

–Aquí hay su poquito de señorío –dijo *Zaratustra* incorporándose con cierto trabajo, después de clavar la aguja en los tapices y plegar éstos sobre el asiento.

Marchaba doblado por la cintura, con las piernas muy abiertas y rígidas. Así precedió a Maltrana por un pasillo lóbrego, bajo de techo y tan angosto, que los codos rozaban los objetos raros empotrados en la pared. La débil claridad que pasaba por un bote de escabeche puesto a guisa de claraboya difundía una luz amarillenta al final del pasillo, danzando en su pálido rayo un enjambre de moscas.

A un lado abríase un espacio semicircular que servía de cuadra. Las paredes eran de madera carcomida procedente de los derribos, con los intersticios rellenos de paja y trozos de periódicos; del techo pendían unas telarañas inmensas, monstruosas, ondeando como banderas ennegrecidas por el polvo, cubriendo las paredes como las muestras de una tienda de trapos.

La mula casi tocaba con las orejas el techo, y parecía más enorme, disparatadamente grande, en su mezquino albergue. Maltrana pensó en los milagros de la costumbre, en la agilidad de aquel animal para deslizarse todos los días por el pasadizo lóbrego, en el que apenas cabía un hombre. *Zaratustra* saliendo de la cuadra, levantó una cortina de percal rameado, pero Maltrana sólo vio una intensa oscuridad.

–Echa una cerilla –dijo el trapero.

Cuando lució sobre una cómoda un cabo de vela metido en el cuello de una botella, Isidro pudo ver entre temblonas sombras un antro más pequeño que la cuadra, con el techo de paja y las paredes llenas de escarpias, de las que pendían los numerosos harapos del vestuario de los dos viejos: faldas de gastada seda, levitones llenos de remiendos, sombreros de copa con la seda erizada y contraídos como si fuesen fuelles.

–Aquí hay señorío –dijo el trapero–. Eso no podrás negarlo. Mira esa cómoda; fíjate en esta cama, que debe haber sido de algún duque. Huele a palacio así que se la ve. Son piezas que me costaron muy buenas pesetas allá en el Rastro. Fui a comprarlas a los parientes de la *Mariposa*, unos descastados que al verse ricos no conocen a la familia. Aún andamos a pleito por unas pesetas que no quiero dar... Pero fíjate, galán, que la cosa lo merece.

Y Maltrana tenía que mirar a la luz de la vela la alta cama de forma antigua, toda ella dorada, pero tan vieja, que en algunos sitios mostrábase el metal descascarillado y sin brillo, y en otros estaba verde, revelando su permanencia en olvidados desvanes, bajo grietas que filtraban la lluvia.

Después, *Zaratustra* enseñaba con orgullo de artista los adornos de algunos trozos de pared libres de guiñapos: estampas de santos, cromos de señoras en pelota, o con bailarinas de color de rosa, todo recogido al azar, en el curso de la busca, y que inmediatamente tomaba sitio en el dormitorio con ayuda de tachuelas o pan mascado. Por fin, el trapero enseñaba lo mejor de la casa: unas cuantas tablas colocadas entre la cama y la pared, y en ellas montones de gruesos platillos, docenas de tazas de la loza fuerte usada en los cafés, pilas de vasos metidos unos en otros.

–Si quisiera –dijo el tío Polo–, podría convidar a todo el barrio de las Carolinas sin tener que pedir prestado a nadie. Fíjate, criatura; di si tu abuela se ha visto nunca en tal abundancia. Esto parece un café de la Puerta del Sol.

Maltrana, a la luz indecisa de la vela, veía todos los platos rajados por negras líneas, las tazas con grietas o sin asas, los vasos con los bordes rotos. Eran despojos de los establecimientos cuya basura recogía Polo, y que éste había ido almacenando durante años, sin saber ciertamente qué utilidad podía sacar de esta colección que era su lujo.

El dormitorio no tenía otro respiradero que la puerta. El techo era tan bajo, que entre él y la cama sólo existía el espacio necesario para dormir tendido. Había que subir a ella deslizándose como por la boca de una madriguera. Isidro notó la falta de ventanas.

–Es lo mejor que tiene el dormitorio. Cuando hace frío o cuando hiela, duerme uno tan ricamente con el calor de la mula y del estiércol, que da gloria. Mira si estará abrigado esto, que hasta en invierno tenemos moscas. Ni en la plaza de Oriente están un día de nieve tan bien como aquí.

El trapero levantó la luz hasta el techo, tocando con cierto cuidado, como objetos frágiles y preciosos, las telas empolvadas que pendían de la paja.

–Mira... telarañas. ¿Las ves? Aquí, allá, por todos lados. No tenemos ventanas, cristales y otras cosas superfluas y malignas para la salud; pero telarañas, puedo apostar con el más rico a ver quién las tiene mejores.

Maltrana parecía desconcertado por la gravedad con que hablaba *Zaratustra*.

–Donde veas telarañas sólo verás salud –continuó–. Eso no lo saben los mediquillos de Madrid, que, porque leen libros, se burlan de los sabios como yo, que leemos en la tierra y en el cielo. En las casas de las ciudades no hay telarañas, y todos andan esmirriados, amarilluchos y mueren jóvenes. La telaraña es un regalo de Dios, que vela por nuestra salud. Tamiza el aire, le quita los malos bicharracos que dan las enfermedades, se come a los microbios y demás insectos...

Así hablaba *Zaratustra*, paseando su luz cerca del techo; y surgían de la oscuridad los colgantes tejidos por las arañas, enormes, seculares, como si fuesen la obra de muchas generaciones, transparentando con fulgor sonrosado la llama de la vela. El viejo evitaba romper los frágiles tejidos. Colgaban hasta tocar su cama; agitábalos al dormir con su ronquido, y sentía gran disgusto cuando al despertar se encontraba con una telaraña caída junto a su boca.

–Esto es lo que alarga la vida; esto no se paga con dinero. Si tu abuela quiere que ande el palo, que me toque una tan sólo.

Cuando Maltrana volvió a la plazoleta cerró los ojos, deslumbrado por el sol. Respiraba con dificultad el aire puro, después de su permanencia en aquel antro saturado de polvo y estiércol.

Volvió a ver Madrid ante él, con su enorme masa de gran ciudad, con torres en las que sonaban campanas y chimeneas enormes ennegrecidas de humo. Sentía asombro, inmensa extrañeza, por esta vida ruda y salvaje que le rodeaba, teniendo a la vista un gran núcleo de civilización. El pasado, duro y cruel, la infancia del hombre, apenas despojada de su primitiva animalidad, acampaba a las puertas de una villa moderna.

Zaratustra procuraba retener al joven. Le era doloroso privarse de una charla en la que podía lucir su ciencia.

–¿Ves qué sol tan hermoso? –dijo–. Pues tendremos lluvia antes de que acabe la semana. Se mojará el Entierro de la Sardina. La cara de la luna es de cuidado todas las noches. O yo no sé una palabra de las cosas del cielo, o esta luna anuncia grandes revoluciones, hambres, pestes, sangre...

–Adiós, gran *Zaratustá* –dijo Maltrana.

Podía seguir filosofando, rodeado de sus perros, mientras contemplaba la villa ingrata que no reconocía su saber. Él se marchaba a las Carolinas, huyendo de aquella lobreguez maloliente que le trastornaba el estómago. Iba en busca de su amigo el *Mosco* y de su hija Feliciana, que tenía para guisar la cachuela unas manos de virgen, dignas de mil besos; las únicas del barrio que ofrecían cierta limpieza. Ya volvería otra vez, para ver a la abuela.

Y emprendió la marcha, seguido un buen trecho por los perros de *Zaratustra*.

Al entrar en el barrio de las Carolinas quedó desconcertado y confuso por el aspecto que ofrecía en pleno carnaval. En aquella gente adornada con los despojos de una ciudad, no se distinguían fácilmente las máscaras de los que no iban disfrazados. Pasaba junto a él un niño llevando en un pie una bota de charol y en el otro un zapato rojo, arrastrando la balumba de arrugas de unos pantalones de hombre, cubriéndose la cabeza con una pamela de paja desengomada y con vestigios de flores. No, no era una máscara. Marchaba con la gravedad del niño pobre que hace los encargos de sus padres, llevando sobre el pecho un gran frasco para que se lo llenasen en la taberna. Y tampoco eran máscaras las mujeres astrosas que veía a lo lejos con faldas multicolores; y los hombres con chaquetillas de soldado o con levitas verdinegras, cuyos faldones cubrían sus perneras remendadas, asomando el pecho velludo entre los forros de seda de las solapas.

Una careta vieja de cartón o un trapo con agujeros para los ojos era lo único que distinguía a las máscaras en aquel mundo donde todos parecían igualmente disfrazados.

En medio de las callejuelas, junto a las puertas y en el interior de los corrales, veíanse montones de papelillos de color mezclados con la basura. Eran los restos del primer día de carnaval, el *confetti* y las cintas de papel recogidos por la mañana en los paseos de Madrid; el residuo de la alegría de todo un pueblo, que se mezclaba en tal sumidero con los restos de su comida y sus ropas. Algunos chicuelos tremolaban banderas de papel, guirnaldas de flores contrahechas y otros adornos caídos de las carrozas que la tarde anterior corrían por la Castellana.

Isidro pasó varias calles formadas en su mayor parte de tapias de corral. Por encima de ellas asomaban las grandes pirámides de paja podrida destinada a la cocción de las tejerías. Al ruido de sus pasos, fieros mastines asomaban la enorme cabeza por las bardas con sordos ladridos.

Un hedor de boñiga húmeda impregnaba el aire. Por las puertas entreabiertas veíanse hociqueando en montones de zapatos viejos y pilas de harapos los cerdos corraleros, que eran vendidos a los tratantes de las afueras después que engordaban con la inmundicia de la población. Maltrana miraba estos animales sórdidos, de salvaje ferocidad, con gran repugnancia. Recordaba las confidencias del *Mosco*, indignado contra ciertos vecinos que, al encontrar en Madrid un perro muerto, se lo traían en el carro, arrojándolo en el corral, donde al poco tiempo sólo era un esqueleto descarnado.

Al salir Maltrana a un gran espacio limpio de casas, la vista del cielo libre y de la sierra disipó su impresión de náusea.

El Guadarrama obstruía el horizonte con su masa de color de rosa coronada de pirámides de sal. La nieve brillaba en las cumbres, herida por el sol; destacaba su virginal blancura sobre el intenso azul del cielo, cayendo en líneas serpenteadas, sierra abajo, por los derrumbaderos y barrancos. El panorama grandioso hacía olvidar la miseria de este hormiguero de la busca, donde seres humanos buscaban su subsistencia en los despojos abandonados por sus semejantes.

Maltrana comenzó a bajar la cuesta de la última calle de las Carolinas, que era la del *Mosco*. Frente a él, al final de la doble fila de míseras casuchas, estaba el cerro de los Pinos, la fuente del Caño Dorado, un frondoso rincón plantado por los constructores del canal del Lozoya, y que con los años se había convertido en un bosque.

Él joven vio venir hacia él un grupo de chicuelos. Al frente marchaba un mascarón enarbolando una escoba, con la cara hollinada y vestido con arpilleras y lazos de papel.

–¡No me conoces!... ¡No me conoces!

Y como saludo le echó un escobazo a la cara, huyendo después con paso vacilante, dando chillidos, seguido de la chusma infantil, que vociferaba aclamando sus gracias.

¡Ah, maldito borracho! ¿Pues no le había de conocer?... Era *Coleta*, que divertía al barrio con sus extravagancias de beodo.

Isidro siguió adelante, y al llegar a la casa del *Mosco* llamó en vano repetidas veces a la cerrada puerta.

Una mujer acudió con las manos cruzadas sobre el vientre. Era la *Borracha*, la hembra de *Coleta*, una andrajosa que llevaba una venda en la frente y un teloncito de lienzo colgando ante un ojo. En aquel barrio de suciedad gozaba gran fama por el abandono de su persona. Tenía costras en las manos, jamás lavadas, por miedo sin duda a que el agua empañase los anillos de latón que adornaban sus dedos. Una pústula perforaba los cartílagos de su nariz. La porquería y el aguardiente la iban barrenando la carne, según decía *Coleta* al insultarla en plena embriaguez con el apodo de *Borracha*.

–No están en casa, señor Isidro –dijo con hipócrita mansedumbre–. El *Mosco* se fue esta mañana con el señor Manolo, llevando las jaulas y la red. Han ido a pájaros. La chica, la Feliciana, va de máscara. Hace un rato ha bajado con las amigas al Caño Dorado... Allá está: desde aquí puede verla.

Y mostraba a Isidro un grupo de vivos colorines que corría entre la arboleda del cerro de los Pinos.

Él joven descendió la cuesta. Más allá de las últimas casas de los traperos, contrastando con la sórdida miseria del barrio, comenzaba el bosquecillo del Caño Dorado. El benéfico influjo de la humedad había hecho crecer en el fondo de la cañada una gran masa de árboles rumorosos, poblada de pájaros. Un parterre de antigua jardinería, con muros de boj igualados a tijera, extendíase en torno del Caño Dorado, nombre de la fuente a la que venían a llenar sus cántaros las muchachas de las Carolinas.

Era un rincón apacible y silencioso, cargado en primavera de flores y trinos, que no conocían los habitantes de Madrid; un oculto paraíso, un trozo de poesía para la horda traperil acampada en el cerro inmediato.

Maltrana gustaba de la tranquilidad del Caño Dorado. Su vieja jardinería le recordaba los parterres de la Moncloa, pero más solitarios, más campestres, sin encontrar en sus avenidas otros paseantes que algún chicuelo del barrio con el cántaro al hombro. Además, le alegraba el canto perpetuo del chorro cayendo desde el caño dorado en un tazón de cuatro círculos. Al entrar el joven en la arboleda vio venir hacia él las máscaras que le había mostrado la mujer de *Coleta*.

—¡Es Isidro!... ¡Es el sabio! ¡El que escribe en los papeles!

El grupo le rodeó: todo él era de mujeres. Se habían retirado al bosquecillo, cansadas de pasear por las calles del barrio, donde tenían que defenderse de los pellizcos de los mozos. Permanecían allí, satisfechas de sus disfraces, pero aburridas, con la careta en la mano, jugueteando como niñas. Al ver a Maltrana habían vuelto a enmascararse, y se agitaban en torno de él, empujándolo, cogiéndole por las solapas, gritando, con una algazara semejante al cloquear de un gallinero:

—¡No me conoces!... ¡No nos conoces!

Unas iban vestidas de bebé, con colores vistosos, suelta sobre la espalda la cabellera algo aceitosa, mostrando por debajo de las cortas enaguas la redondez de sus pantorrillas y el rayado chillón de las medias. Casi todas ellas llevaban guantes, y este forro de piel que ocultaba sus manos rudas y no muy limpias enorgullecíalas como una muestra de distinción, al mismo tiempo que paralizaba sus ademanes. Otras vestían de golfos, enfundadas en pantalones masculinos, que parecían próximos a estallar con la presión de las rollizas carnes. Un pañuelito rojo cubría el cuello de sus blusas, y por debajo de la boina asomaban los rulos de su peinado chulesco.

Al agitarse en torno de Isidro, envolviéronle en una espiral de almizcle, perfume barato del que se habían impregnado las vírgenes de la busca para mayor esplendor de la fiesta.

—¡No me conoces!... —gritaban los golfos de abultadas amenidades, tirándole del bigote, abofeteándole con un entusiasmo que enrojecía sus mejillas.

—¡No me conoces!... —gritaba un bebé de color de rosa, en el que Maltrana fijó su atención.

—¿Pues no te he de conocer, criatura? —exclamó el joven—. Tú eres Feliciana. No hay en todo el barrio otras manos como las tuyas. Por eso las llevas descubiertas, coquetona.

Muchas de las máscaras echaron a correr, chillando, asombradas de este reconocimiento y ofendidas por la alusión a sus manos enguantadas. Un grupo de mozos bajaba la cuesta, y ellas, con el deseo de ser perseguidas, corrieron a su encuentro. Maltrana quedó casi solo, junto al bebé. Las compañeras más íntimas se habían separado algunos pasos, fijando su atención en el encuentro de los mozos con las máscaras.

—Sí; tú eres Feliciana —volvió a decir el joven, cogiéndola las manos—. Dime, ¿cuándo volverá tu padre?...

—No soy Feliciana —chilló la máscara con una voz trémula en la que parecía vibrar la cólera—. Feliciana tiene las manos más feas que las mías. La prueba está en que las has visto muchas veces, sin decirla a la pobre una palabra.

—Vamos, muchacha, no digas tonterías. ¿Es que habéis bebido esta tarde?...

—Tú eres un orgulloso, Isidro —continuó la máscara, hablando con precipitación, como si temiese que lo faltara el ánimo antes de acabar—; tú eres un fatuo, que, admirado de tu importancia, no te fijas en nadie. Estás tan orgulloso de que te llamen sabio, que no miras a las gentes, ni tienes pizca de talento para adivinar lo que piensan los que te rodean.

Maltrana la oía con extrañeza.

—Pero ¿qué tonterías dices, niña? ¿Es que estás borracha?

Todas las máscaras se habían alejado hacia la cañada, donde sonaban los gritos de juguetonas persecuciones. Estaban solos; pero a pesar de esto, el bebé hablaba con su voz atiplada de máscara, fijando, a través de los agujeros del antifaz, sus ojos negros y profundos en los de Isidro.

–Yo no soy Feliciana, pero soy su mejor amiga. Ella es como yo misma... más que si fuésemos hermanas. ¿Y sabes lo que dice Feliciana?... Que eres un orgulloso; que por más que ella te mira, tú nunca te fijas en ella; que te parece muy poca cosa porque vive en las Carolinas y va a la fábrica de gorras... ¡Claro! ¡Como el señor vive en Madrid, y escribe en los papeles, y viste de señorito!... ¡A saber si tendrá en los Madriles cómicas que se lo disputen, señoronas que le hagan el amor!...

Maltrana reía de la candidez de la muchacha. Aquella infeliz se imaginaba su existencia como una carrera de abundancias y triunfos. Su credulidad resultaba una ironía cruel.

–Pero muchacha –dijo–, tú has bebido. Tú estás chispa, Feliciana.

–¡Y dale con Feliciana! –repuso ella con tono irritado–. Ya te he dicho que no lo soy. Si lo fuese, te diría cuatro frescas, y con motivo; ¡orgulloso! ¡pelambre! ¡golfo con pretensiones!... Pero no te enfades. Te digo esto porque llevo la careta puesta, y porque antes nos han hecho beber un poquito allá arriba. ¡Pobre Feliciana! ¡Pobres mujeres!... Los hombres habéis arreglado las cosas de tal modo, que nosotras tenemos que callarnos y reventar de pena si es que no nos adivinan. Y tú, golfito serio, con toda tu sabiduría, eres tan incapaz de adivinar, tan ciego... que no sabes distinguir entre Feliciana o las cachuelas de conejo a que te convida su padre.

Maltrana era ahora el que se sentía turbado, no sabiendo qué contestar. Su timidez encogíase ante la audacia con que se expresaba la mascarita.

Había vuelto a cogerla por las manos, y se las apretaba sin saber qué decir, repitiendo lo mismo:

–¡Feliciana... Feliciana!

–Hombre, ¡déjala en paz! Ya te he dicho que no soy Feliciana. ¿A qué repetir su nombre? ¡Para lo que te fijas en ella cuando la ves! Nunca la has mirado los ojos; nunca has visto en ella nada de extraordinario. Tú te crías para cosas mejores. Tu madre quería verte casado con una señora; tu abuela asegura que el mejor día vendrás a verla en carruaje de dos caballos, con una señorita de gorro alto... Deja a Feliciana; deja a la pobre que llore y se pudra de pena.

Pero sábelo, bandido, canallita, golfo presumido, sosaina: Feliciana tiene la desgracia de haberse chalao por ti; Feliciana te quiere; pero es mujer, y calla, y se le corrompe la sangre al ver que este burro, o no lo conoce, o es un ladrón que se divierte fingiendo que no se entera.

Detrás de la careta sonó un suspiro. El bebé se llevó las manos al pecho, y por los agujeros del cartón viéronse los ojos húmedos, lacrimosos.

Maltrana, turbado por las palabras de la máscara, no acertó a contestar. Instintivamente llevó una mano al antifaz y tiró de él.

Apareció el rostro de Feliciana congestionado, con los ojos llenos de lágrimas. Al verse con la cara descubierta, quiso escapar; después intentó sonreír.

—Todo ha sido una broma. Confiesa, Isidro, que he sabido marearte, y olvida esas tonterías.

—Feliciana —dijo el joven gravemente—, no llores. Broma o realidad, bendigo tu valor que te ha permitido decirme tales cosas. Tienes razón: soy un tonto; pero orgulloso, nunca. El ciego ya ve; el distraído se fija.

Sin darse cuenta de lo que hacía, una de sus manos soltó las de la muchacha, deslizándose instintivamente por su talle.

Feliciana fijó en él sus ojos húmedos, negros como dos gotas de tinta, que reflejaban el lejano foco de sol. La presión de aquel brazo en su talle parecía doblarla, vencerla.

Se miraron, sin osar decirse nada, asustados de su atrevimiento, de esta rápida aproximación.

Sonaron cerca de ellos los gritos de las máscaras. El alegre grupo volvía de la cañada perseguido por los mozos.

La audacia que había hecho hablar a la joven con la careta puesta la abandonó de pronto. Desvaneciose su atrevimiento, producto de unos sorbos de vino y del amparo del antifaz. Feliciana hizo el mismo gesto de espanto que si despertase de súbito completamente desnuda a la vista de los hombres. Se arrancó del brazo de Maltrana y corrió hacia un árbol inmediato, apoyando en él los codos, ocultando la cara entre las manos.

No quería que la viese Isidro. Tenía miedo de mirarle. Ahora lloraba de veras, y gemía entre suspiros:

—¡Qué vergüenza, Señor!... ¡qué vergüenza!

5

—SIÉNTESE USTED, joven. Está usted en su casa: ya sabe que le considero como de la familia.

Y el senador don Gaspar Jiménez acariciaba a Maltrana con aquellas palmaditas protectoras que enorgullecían al joven.

Estaba en el despacho del personaje, habitación amueblada con la severidad que correspondía a un hombre de su importancia y su seso. Las sillas eran de cuero, las paredes oscuras. En una librería alineábanse los tomos de las *Sesiones del Senado*, juntos con memorias, estadísticas y aranceles; volúmenes imponentes por el tamaño, impresos a expensas del Estado. Pendientes de los muros, en marcos coruscantes, exhibíanse varios títulos de individuo de honor de diversas sociedades, acreditando los méritos del marqués de Jiménez, y un tarjetón, prodigio de caligrafía, en el cual los compromisarios castellanos felicitaban a su «digno senador» por sus brillantes discursos en defensa de la protección a los trigos.

Un retrato al óleo, de tamaño natural, llenaba todo un lado del despacho. El marqués aparecía en el lienzo de pie, vestido de frac, con todas sus condecoraciones, apoyando un codo en la chimenea de su salón y sosteniendo con la diestra mano su frente cejijunta cargada de pensamientos. Una obra maestra. Al contemplar Isidro este figurón con el pecho constelado de condecoraciones, encontraba cierta semejanza a su poderoso amigo con varios prestidigitadores célebres. Después, sintió ganas de reír ante la seriedad y el empaque con que el senador se mostraba en el retrato. Era un caballero que se hacía representar de visita en su propia casa.

El grave marqués, que trataba siempre a las gentes con tono protector, parecía titubear en presencia de Maltrana.

Hablábale con cierta distracción, como si su pensamiento estuviese lejos. Se enteraba con forzada curiosidad de la vida del joven, de sus luchas y aspiraciones, mientras fruncía el ceño y su mirada vaga parecía buscar un pretexto para conducir la conversación adonde era su deseo.

Por fin, habló del motivo que le había hecho llamar a Isidro.

–Pues sí, joven amigo –dijo con la entonación solemne que empleaba al charlar en los corrillos de la Alta Cámara–. Yo me he tomado la libertad de hacerle venir porque tengo que proponer a usted algo que considero muy beneficioso para su persona. Yo entiendo que hay que proteger a la juventud; yo amo a los jóvenes; soy uno de ellos, por más que muchos no lo crean viéndome dedicado a serios estudios, a problemas graves, que mejor cuadran con la vejez. Pero la vida no es un sueño, como ya le dije a usted en cierta ocasión. La vida no es un juego, y hay que aceptarla con toda su seriedad... Por lo demás, lo que tal vez sea beneficioso para usted será indudablemente muy útil para mí, y si usted lo acepta, merecerá mi agradecimiento.

Isidro, que escuchaba atentamente estas palabras del senador, con todo su relleno de retazos oratorios, no sacó nada en claro. ¿Qué deseaba el señor marqués? Allí estaba él para servirle; podía decir cuál era su intención.

El personaje volvió a hablar con no menos anfibologías y rodeos, como si temiese descubrir de golpe su pensamiento. Él vivía muy ocupado. Era el hombre que en todo Madrid disponía de menos tiempo para dar satisfacción a sus particulares aficiones. Por una parte, la sagrada defensa de los trigos, y por otra, las asociaciones de propaganda católica y de religiosidad obrera, devoraban todo su tiempo. Era vicepresidente de unas Ligas, secretario de otras, y consideraba un deber sagrado no faltar a ninguna de sus reuniones. A más de esto, le asediaba el partido con sus exigencias de disciplina, gozaba del afecto del jefe, a cuya tertulia no le era lícito faltar, y tenía que ocuparse de la educación de sus hijos, dos muchachos irreprochables, que profesaban las ideas sanas de su padre y merecían los elogios de sus antiguos maestros, los buenos sacerdotes de la Compañía.

Maltrana acogió con graves movimientos de cabeza y risas interiores estas palabras. Conocía de vista a los hijos: les había encontrado muchas noches en Romea y otros salones donde cantan y bailan las «estrellas» del género ínfimo. Uno de ellos firmaba pagarés en blanco a todos los usureros de Madrid para atender de este modo al sostenimiento de cierta *divette* procedente de Perpiñán.

–En estas condiciones, pues –continuó el senador con entonación oratoria–, me es imposible dedicar mi actividad a los trabajos de pluma, exteriorizar mis modestas ideas sobre el papel. Porque yo, amigo Maltrana, también soy escritor. Por esto me inspiran tanto afecto los jóvenes que, como usted, se dedican a las bellas letras... Yo, según dicen mis amigos, hablo bastante bien; pues crea usted que soy más escritor que orador. He publicado poco; mi modestia me lo impide. Pero ¡si viese usted el montón de papel que llevo emborronado!...

Y como creyera ver en Maltrana un ademán de curiosidad, se apresuró a añadir:

–No; no puedo enseñarle ninguno de mis trabajos. Mi modestia me obliga a romperlos antes de acabarlos. Necesito que alguien me ayude y me empuje. Yo tengo ideas, muchas ideas; lo que me falta es el auxilio, la colaboración de un joven ilustrado que sea dueño de todo su tiempo para escribir: uno como usted.

Isidro comprendió que el personaje había llegado por fin adonde quería. Adivinábase en su rostro la placidez de haber soltado una proposición vergonzosa que era su tormento. El joven aceptó con breves palabras. ¿En qué había de consistir su trabajo? Estaba dispuesto a servirle, muy agradecido de que se fijase en él.

Y el pobre Maltrana lo sentía así, apreciando como un gran honor la propuesta del personaje.

Lo que deseaba el marqués de Jiménez era escribir un libro, pero un libro notable que consolidase su prestigio de economista, de pensador serio. No quería tener secretos con Maltrana, y le confesó que el tal libro sería un escalón, el último, para alcanzar la cartera de ministro el día que su partido volviese al Poder. El mismo jefe le prometía escribir un prólogo para la obra.

–Ya ve usted, amigo Maltrana. ¡Qué honor! ¡qué honor para nosotros!... Este «nosotros» dejó frío al joven. Renunciaba de antemano a todo lo que no fuese la retribución que el marqués quisiera darle.

–Usted escribirá –continuó el personaje–; yo le daré las ideas; y con esto creo que su trabajo será coser y cantar, como quien dice... Usted es un joven discreto que «se entera» de las cosas, y tendrá cuidado de no «salirse del tiesto» mezclando en la obra ideas de esas diabólicas y modernistas que se traen los muchachos de estos tiempos. El libro irá dedicado a su majestad el rey; no necesito decirle más. Una dedicatoria sencilla, pero hermosa, que usted tendrá la bondad de escribir. Asunto de decirle que, así como es el primer soldado de la nación, el primer agricultor, el primer cazador, el primero en todo, tanto si se trata de dirigir la política como de dirigir un automóvil, es también, para mí y para todas las gentes de bien que tenemos que perder, el primer sociólogo. ¿No será bonita una dedicatoria en este sentido?...

Isidro contestó con movimientos de afirmación.

–Porque mi obra, amigo Maltrana, va a ser socialista; no se asuste usted: socialista del verdadero socialismo, del práctico, del que puede ser, del que defendemos los espíritus sanos, uniendo las exigencias de la época con las santas tradiciones y los intereses creados.

El joven le pidió las ideas que habían de servirle de guía, la trama poderosa, sobre la cual no tendría él otro quehacer que alinear palabras con la pluma: «coser y cantar», como decía el personaje.

–El libro –dijo éste– podría titularse *El verdadero socialismo*; pero si usted encuentra otro título más bonito, por mí no se prive usted; yo no tengo en esto empeños de amor propio. Usted manda, usted es el amo. Haga todo lo que considere más acertado; cuantas más iniciativas tenga, mejor.

Y gravemente, arrugando el entrecejo, como si cada idea le costase una extracción dolorosa, expuso su plan. El libro debía ser un himno a la caridad; que los ricos diesen a los pobres, que los pobres respetasen a los ricos, y unos y otros se confiaran a la dirección de la Iglesia católica, maestra de siglos en estas cuestiones, y a su santidad el papa, el primer socialista del verdadero socialismo.

–Creo que con esto –continuó– ya tiene usted bastante para hacer el libro. No queda más que el escribirlo, lo más fácil; sólo que esto exige tiempo, y yo no lo tengo. Reconocerá usted que estas ideas no son cualquier cosa; que tienen puntos de vista completamente nuevos. De exponer cuestan muy poco; pero yo sé el tiempo que llevo rumiándolas, dándoles forma, preparándolas, para que usted no tenga más que escribirlas. Además, tengo mis iniciativas propias sobre la forma del libro. Debe ser grueso, muy grueso. No tema usted correrse; se gastará en imprenta lo que sea preciso. Los capítulos deben ostentar al frente esos párrafos en letra, pequeña que llaman sumarios. Esto me ha gustado siempre; da cierto aire de seriedad y de método. Luego deseo que todas las páginas lleven notas, muchas notas, que ocupen tanto como el texto. He visto que todas las obras importantes van así. También esto da aire de seriedad y prueba erudición en el autor. Hay que citar muchos nombres y que sean extranjeros; cuanto más enrevesados, mejor. Esto lo hará usted fácilmente; es asunto de consultar libros, de pasarse algunas semanas en la Biblioteca. ¡Si yo tuviese tiempo!...

Maltrana sonreía escuchando las indicaciones de su protector.

—La tarea es fácil —prosiguió el marqués—. No crea usted que yo ignoro dónde están las fuentes. En esto del socialismo sano y sin escándalo hemos coincidido algunos hombres de Europa. Según me dijo el jefe, hay un señor profesor, italiano o suizo, no recuerdo bien, que ha escrito algo muy sonado sobre el socialismo católico. Uno no tiene tiempo de leerlo todo. Búsquelo usted, y ya tiene una fuente más, después de las mías.

El senador habló aún largo rato de su obra, para demostrar a Maltrana la facilidad con que podía escribirla contando con la firme base de sus ideas.

—Y no es, joven amigo, que yo pretenda aminorar la recompensa de su tarea. Yo entiendo que estos encargos deben pagarse bien. Además, amo a la, juventud y deseo protegerla. Le daré a usted tres mil reales por su trabajo; pero que sea grueso el libro, ¿eh?, y sobre todo, notas... muchas notas. Tal vez si la cosa sale a mi gusto, como yo la he concebido, llegue a los cuatro mil. Por de pronto, tome usted veinte duros para los primeros gastos... papel, tinta, plumas.

Maltrana cogió el billete con cierta emoción, contestando aturdidamente a todas las recomendaciones del personaje.

—A trabajar, joven. La vida no es un sueño; hay que trabajar, hay que ser prácticos. Tratándose de un joven formal como lo es usted, creo inútil recomendarle la prudencia. Esto debo quedar en secreto. Además, no supone gran cosa: sólo significa que me falta el tiempo. El libro lo doy yo hecho; usted no tiene más que escribirlo. ¡Ay, si yo no estuviese tan ocupado!

Aún le recomendó otra vez que no olvidase los sumarios de los capítulos y las notas, muchas notas, con gran desfile de autores.

—Esto viste mucho. Cuando usted tenga un capítulo, me lo trae, y así con todos los demás. Yo los iré copiando, para que vaya de mi letra a la imprenta. Aunque ocupadísimo, creo que tendré tiempo para este pequeño trabajo.

Maltrana, al verse en la calle, creyó que la Fortuna marchaba ante él, abriéndole paso con el revoloteo de sus alas de oro. No sentía el más leve remordimiento por este trabajo de mercenario que acababan de encargarle. Se reía del socialismo católico y de las «ideas» de su protector: cuatro simplezas que aquel necio juzgaba suficientes para el esqueleto de un libro. ¡Valiente atún era el señor Jiménez!... Pero lo respetaba, viendo en él al hombre providencial que cambiaría el curso de su existencia, al suceso esperado que había de sacarle del atolladero de su voluntad.

El papelito de cien pesetas plegado en un bolsillo de su chaleco pesábale como un lastre que daba a su persona nuevo aplomo; veía tras él la seguridad de otros billetes, de más dinero, todo a cambio de llenar unos cuantos centenares de cuartillas de retazos de libros ajenos, de disparates para él inadmisibles, que el grave senador firmaría sin titubear, poniéndolos bajo el amparo de su empingorotada personalidad.

Podía dormir tranquilo el solemne marqués de Jiménez. Tendría el libro más pronto de lo que esperaba; grueso, muy grueso, con notas, con sumarios, hasta con apéndices, desfilando por el piso bajo de sus páginas, en tumultuosa corriente, los nombres de todos los autores conocidos y desconocidos, con algunos más que él inventaría. Difícil era que el personaje no se mostrase satisfecho; y una vez le tomase gusto a ser autor a tan poca costa, repetiría el encargo, dándole ideas para nuevos libros. El le sugeriría el deseo de ser académico, de conquistar la inmortalidad apedreándola con grandes volúmenes de interminables notas que nadie leería. Acababa de encontrar un filón; iba a tener una renta fija.

Y el bohemio, sin remordimientos por esta piratería literaria, aceptándola alegremente como una liberación de la miseria, pensó en cambiar el billete, en gozar por adelantado de su futuro bienestar.

Era más de mediodía. Maltrana se fue a la «taberna de los genios», que únicamente visitaba en los días prósperos. ¡Flojo atracón iba a darse! Buscó en la lista los platos mejores, aquellos cuyos nombres leía melancólicamente las noches que entraba en el establecimiento sin otro capital que una peseta. ¡Viva la abundancia! Comió a su antojo de lo más caro, tomó café, y hasta hizo que le trajesen de la Tabacalera de la calle de Sevilla un cigarro habano de los mejores. Había que solemnizar el suceso.

Saboreando la copa de coñac y envuelto en la nube azulada de oloroso humo, sentía la placidez de una buena digestión, aquella fe en el destino que surgía en él al llenar el estómago.

Pensaba en el porvenir. Su protector tenía razón: la vida no es un juego; debía cambiar inmediatamente de método. El trabajo exige orden; suprimiría la vida nocturna: dejaría de ir a la redacción. Ya no podía estar en el tabuco de la calle de los Artistas, esperando que su padrastro y su hermano abandonasen la cama para ocuparla él. Se acabó la bohemia triste y errante. Tenía derecho a una casa, como todos... ¿Y por que no a una mujer que le acompañase en esta ascensión hacia la Fortuna, que creía haber comenzado ya?...

La imagen de Feliciana, de la dulce Feli, como él la llamaba, pareció surgir ante sus ojos entre las nubes de humo azul.

Aún duraba en él la impresión de sorpresa y de orgullo que le produjeron las palabras de la muchacha cuatro días antes. Él, tan feo y miserable, que sólo burlas o indiferencia inspiraba a las mujeres, veíase amado, y para mayor asombro, era la hembra la que salía a su encuentro, ofreciéndose en un arrebato de audacia.

No dejaba de reconocer que en este amor había mucho de admiración. La pobre muchacha de las Carolinas le adoraba como un ser superior. Era el único hombre que le había revelado la existencia de una vida distinta de la vida salvaje, sucia y violenta que la rodeaba.

«Para la pobre Feli –pensó Maltrana–, yo soy la poesía; un pedazo de cielo que desciende hasta ella; algo superior que ama y venera a un mismo tiempo. ¡Con tal que no pierda las ilusiones al verme de cerca!...»

La Fortuna le había azotado largos años, para dárselo todo a un tiempo: dinero y amor. Desde que Feli hizo su confesión, él no podía dormir sin que se cortase su sueño con visiones, en las que aparecía la hija del *Mosco* acariciándolo con la sonrisa, tendiéndole los brazos. Al despertar, la imagen quedábase fija en su memoria, ennoblecida y hermoseada por el ensueño, como una ilusión más de las muchas que llevaba en el bagaje de sus esperanzas.

Maltrana, al preguntarse si amaba de veras a Feli, permanecía indeciso, no sabiendo ciertamente qué contestar. Él no conocía otro amor que el de las comedias y las novelas, y se confesaba noblemente que el suyo no era de este género. Habituado por sus aficiones filosóficas a buscar la causa de las cosas y a desentrañar las pasiones, abriéndolas en canal para sorprender su secreto, acababa por convertir en esqueletos descarnados los sentimientos más vivos.

No; él no amaba a Feli con grandes arrebatos, pero sentíase atraído por ella dulcemente. En esta atracción había un poco de agradecimiento y algo de orgullo personal, de halago al amor propio. La deseaba, además, por egoísmo, viendo en ella una hembra apetecible que podía embellecer su existencia.

Maltrana, con gran detrimento de su dignidad de filósofo, soñaba despierto muchas veces al pensar en su porvenir. Cuando su imaginación tomaba vuelos de águila, se veía aclamado por las naciones, reconocido por todas como el genio más grande del siglo, presidiendo, en nombre de la ciencia, los Estados Unidos de Europa, que vivían felices gracias a Maltrana, al gran Maltrana I, moderno Napoleón de las grandes conquistas del progreso.

Otras veces, sus ensueños aleteaban más bajos. Nada de dominaciones, ni de Estados Unidos de Europa y otros líos: contentábase con ser un hombre que tuviese asegurada la satisfacción, sus necesidades, y pasase la vida plácidamente entre la abundancia y el estudio. Y el joven, al escribir sus traducciones, soñaba con tener algún día habitación propia, muchos libros y algunos objetos de arte. Entonces, cuando se sintiera fatigado por el trabajo, unos brazos femeniles, blancos, desnudos, surgirían por detrás, estrechándole, y una boca acariciadora le rozaría las orejas murmurando palabras de cariño.

Esto no era imposible; podía conseguirlo. Llegaba el momento de realizar sus ensueños. La buena hada de las leyendas marchaba ante él con la varilla, de oro, haciendo brotar rosales en los bordes de su camino.

Salió de la taberna con el enorme cigarro en los labios, echando humo ante él, como si las ilusiones se le escaparan por la boca, precediéndole en la marcha.

El sol tibio de la tarde y el azul transparente del cielo parecían colarse en su alma. Aún vagaban por las calles algunos mascarones, últimos recuerdos de la pasada fiesta. Maltrana les sonreía, encontrándolos interesantes; también por su imaginación se paseaban como máscaras las más abigarradas ilusiones.

Con la alegría del bienestar, emprendió a pie su marcha hacia los Cuatro Caminos. Pensaba detenerse en la calle de Bravo Murillo, frente a la fábrica de gorras donde trabajaba Feli; aguardar la salida de ésta para hablarle de la fortuna que inesperadamente embellecía su vida.

Paseando por un andén de la ancha calle, más allá de los Depósitos viejos, vio Isidro venir a un antiguo conocido.

–Vaya usted con Dios, don Vicente.

Era un hombre vestido con ropas cuidadosamente cepilladas, pero que por su holgura revelaban no haber sido confeccionadas para su cuerpo. El sombrero, más grande que la cabeza, llevaba hinchado el sudador por ocultas cintas de papel. Tenía la cara rojiza, con profundos surcos en cuyo fondo la piel aparecía blanca y brillante. Los ojos parpadeaban, inflamados, sin pestañas, con las córneas manchadas de sangre. Las orejas sobresalían, casi despegadas del cráneo, como si fuesen a aletear. Las púas blancas y amarillentas del bigote y la barba delataban la torpeza de unas tijeras manejadas ciegamente.

Parecía fuerte, con una salud campesina capaz de afrontar las mayores rudezas, pero las privaciones habían amojamado su cuerpo y daban a su paso cierta irregularidad, como si las piernas sólo pudiesen avanzar a costa de nerviosos temblores. Gesticulaba y hablaba solo, sin hacer caso de la extrañeza de las gentes. De vez en cuando se detenía, y apoyando un codo en una mano, se llevaba la otra a la frente, partida por una arruga vertical.

Al oír que el joven le saludaba, dudó algunos instantes, como si sus ojos inflamados no pudiesen reconocerle.

–¡Ah! ¿Es usted, señor de Maltrana? –dijo con voz dulce–. Que la Virgen le guarde. ¿Trabaja usted mucho?..

Maltrana le había conocido por sus hábitos de noctámbulo. Como él se acostaba bien entrado el día y aquel hombre levantábase mucho antes de amanecer, se habían encontrado varias veces en las calles de Madrid, cerca de los mercados, cuando apenas apuntaba la mañana.

Isidro sentía por él irónica admiración. Había llegado tarde al mundo, así como él, en su petulancia juvenil, creía haber nacido demasiado pronto para que le comprendiesen. Dos siglos antes, la muchedumbre habría venerado al señor Vicente; los reyes le habrían visitado en su tugurio; las gentes piadosas, en la hora de su muerte, habrían caído sobre su cadáver, arrancándole los pelos y pedazos de su hábito como santas reliquias, y tal vez a aquellas horas figuraría en los altares, trocadas las sucias vestimentas en mantos de oro.

Iba siempre con los bolsillos repletos de hojitas impresas que contenían oraciones, de pequeñas estampas y de periódicos de religiosa procacidad que le entregaban las asociaciones católicas para que los repartiese. Maltrana le había tropezado un amanecer cerca de la plaza de la Cebada peleándose de palabra con un carretero porque arreaba sus bestias con acompañamiento de tremendas blasfemias. El señor Vicente se arrodillaba con los brazos en cruz ante el pecador, pidiéndole que le pegase con el látigo, que saciase en él su furia, a cambio de dejar en paz el santo nombre de Dios, pues antes quería morir que verlo insultado. El joven había sentido interés por este loco que vagaba por Madrid entre la extrañeza y la rechifla, como si fuese un resucitado. De nacer en otros tiempos, habría fundado una orden, una nueva regla religiosa, dejando su huella en la Historia.

Después le vio muchas mañanas deteniendo a las criadas en las inmediaciones de los mercados para darlas estampas y oraciones, hablándoles de la Virgen, con los ojos rojizos puestos en lo alto, sin fijarse en las risas de las muchachas, que sentían cierta lástima por la guilladura de este buen señor, que al mismo tiempo era persona fina.

Otras veces lo encontraba sentado en el puesto de un remendón, rozando con la cabeza las viejas caricaturas anticlericales de *El Motín* pegadas a la pared, mientras hablaba al zapatero de Dios y de los santos, sin intimidarse por los canturreos burlones y el golpear del martillo sobre la suela.

Metíase en las tabernas, sin miedo a las burlas de los alegres compadres, que le invitaban a tomar una copa. Gracias; él no bebía. El vino le dañaba los ojos. Pero a cambio de que le oyesen, acababa por tomar un sorbo, a guisa de mortificación, haciendo los mismos aspavientos que si fuese veneno, y les hablaba de sus devociones simples, de su piedad de hombre sencillo. Maltrana también le había visto irritado, con la cólera del loco pacífico que pierde su tranquilidad. Le saludaban con blasfemias cuidadosamente rebuscadas para provocar su furor. Al principio las acogía cerrando los ojos, bajando la cabeza, como un mártir en las primeras angustias del tormento; pero su paciencia se agotaba al ver que el pecador insulto iba abarcando toda la corte celestial. Resurgía el campesino, el hombre forzudo habituado a la violencia: sus puños se cerraban amenazantes.

–¡Virgen María! ¡Santísimo Señor! –rugía con una entonación semejante a la que usaban los malvados blasfemos cuando ofendían a Dios.

Pero bastaba que los burlones, compadecidos de esta cólera que nublaba la luz de sus ojos, cesaran en tales bromas, para que el exaltado se dulcificase, volviendo a llamar hermanos a todos los que le rodeaban.

Maltrana le veía también en las inmediaciones de los Cuatro Caminos, entablando conversación con los guardas de Consumos, entrándose en los merenderos para hablar de Dios a los que formaban círculo en torno del plato de gallinejas y el frasco de vino o a las parejas que, enlazadas por la cintura, descansaban en un banco, sudorosas y jadeantes por las vueltas que acababan de dar al compás del piano.

–Mis negocios van bien, señor Vicente –dijo Maltrana contestando a su pregunta–. ¿Y usted adónde va? ¿A la propaganda?

El santo varón sonrió, guiñando con inocente malicia sus ojos pitañosos.

–No hay que descansar, señor de Maltrana. Estos días han sido de prueba para la bondad del Señor. ¡Lo que habrán ofendido su santo nombre en las fiestas de máscaras! ¡Los pecados con que habrán puesto a prueba su bondad infinita!... Ahora es el buen momento: el del cansancio y el desengaño.

Y miraba hacia los Cuatro Caminos, como si en las barriadas miserables de los trabajadores se cobijasen gentes crapulosas que hubieran pasado aquellas fiestas en plena bacanal. Isidro le indicó que debía volver al centro de Madrid, si deseaba convertir grandes pecadores: en las afueras sólo encontraría infelices que, no teniendo el pan necesario, mal podían pensar en locuras.

—En todas partes existen pecadores necesitados de consejo —dijo el señor Vicente—. Cada uno escoge su campo según sus fuerzas. Los teólogos, los sacerdotes sabios, los pájaros gordos de la Iglesia, ya se encargan de la gente alta; yo soy un pobre pardillo de Dios que canto como puedo, y voy a los humildes, a los únicos que pueden entenderme. Aun así, ¡si viese usted lo que me cuesta conquistar ciertas almas! Catorce años empleé en traer al buen camino a un zapatero, que es la mejor de mis conversiones. ¡El tiempo y la saliva que me ha hecho perder! Pero digo mal: perder, no... ganar, pues al fin lo he traído al redil del Señor. Era uno de los tremendos; un hombre con pelos en el alma, que se ensuciaba en las cosas del cielo. En Granada fue cantonal cuando la revolución, y echó de su altar a la Santísima Virgen —aquí el señor Vicente se quitó el sombrero e hizo una reverencia—. Pues bien; le tengo hecho un corderito, y hace un mes se inscribió en la Hermandad del Sacramento de su parroquia. Es mi mejor conquista.

—¿Y esos ojos cómo van? —preguntó Isidro.

—¡Cómo quiere usted que vayan! Mal, muy mal. Me sofoco demasiado. Me dan muchos disgustos los pecadores.

Maltrana le aconsejó la calma.

—¿Cree usted que puedo permanecer tranquilo? —gritó el señor Vicente exaltándose—. Mi sangre se requema cuando oigo que en mi presencia cualquier bárbaro insulta a Dios con sucios juramentos. Es lo mismo que si me diesen un balazo en medio del pecho. Prefiero que me maten, sí señor, que me maten, antes que oír tales blasfemias.

Y al decir esto se golpeaba el pecho o abría los brazos como si ofreciese su vida al joven, suplicándole que le matase. Algunos transeúntes acortaban el paso y miraban al viejo, que movía los brazos y las piernas cual si retase a invisibles enemigos.

—Calma, señor Vicente —dijo Maltrana—. Cuídese; guarde la vida para servir a su Dios.

—¡Si todos fuesen como usted, señor de Maltrana! —exclamó el devoto con cierto respeto—. Usted es de los verdes, no crea que no le conozco; usted vive olvidado de Dios y su santa madre; pero tiene educación y no se burla de las cosas santas ni dice blasfemias. Usted es bueno, y llegará el día en que Dios le tocará el corazón. Por eso no le digo nada. ¡Qué he de decirle yo, pobre gorrión del Señor, a usted que lee y sabe tanto!... No puedo hacer otra cosa que rezar por la salud de su alma, y crea que más de una parte de rosario le llevo dedicada. Se olvida usted del Señor porque sus negocios andan mal; pero algún día sentirá los efectos de su misericordia, y se arrepentirá y se acordará de lo que le dice el hermano Vicente.

Maltrana, para amenizar su espera, quería retener a este personaje original, que mostraba deseos de seguir adelante, hacia los Cuatro Caminos.

–Usted fue soldado, ¿verdad? –dijo para prolongar la conversación.

–Sí, señor; fui militar. Otros que son santos lo fueron.

Y al recordar sus tiempos de soldado, latía en sus palabras cierto orgullo; la misma satisfacción soberbia que muestra la Iglesia al decir que muchos de sus santos fueron antes hombres de espada.

–¿No se lo dije en otra ocasión, amigo don Isidro? fui militar y estuve en aquel zafarrancho de Alcolea, pero al lado de los malos. Ya sabe usted lo que es la disciplina. Yo era cabo en Cádiz; dieron el grito y tuve que echar detrás de los mandones, disparando tiros en contra de la religión, de la reina y todo lo antiguo y lo bueno. Es el pecado mayor de mi vida; pero Dios me lo perdonará, porque fui forzado y no tuve intención de ofenderle... Después salí del servicio y me dediqué a las cosas santas.

–¿Y por qué no se hizo usted fraile?

–No me faltaron ganas, señor de Maltrana. Un marqués, antiguo coronel mío y persona muy devota, puso empeño en que me admitiesen en un convento; pero no quisieron tomarme. No tengo suficientes méritos para vestir el hábito.

Lo decía bajando la cabeza, encogiéndose para mostrar mejor su humildad. El joven pensaba que los frailes habían tenido miedo a las exaltaciones del señor Vicente, comprendiendo que su santa locura un tanto andariega no podía permanecer en un convento.

–Pero vivo lo mismo –continuó– que si perteneciese a una orden. Tengo mi regla. Un señor sacerdote me escribió en un papel lo que debo hacer a todas horas, y sigo sus indicaciones, bajo pena de desagradar al Señor. La regla me recomienda paseo, mucho paseo, unas cuantas horas de ejercicio sin pensar en las cosas santas. Otro señor sacerdote reformó el primer papel, ordenándome aún más horas de paseo; toda la tarde en el campo. Dicen que de no hacerlo así puede turbárseme la cabeza y el demonio me dará martirio con sus perversas tentaciones. Yo obedezco: todas las tardes salgo al campo; cada día a un sitio de las afueras. He dado la vuelta a Madrid como unas veinte veces. No hay en los alrededores niño ni mujer que no conozca al hermano Vicente. ¡Las estampas que llevo repartidas!... Me paseo por obediencia; hablo con los pájaros, con los perros, con todas las buenas bestias de Dios que me acompañan en el camino; pero ¿dejar de pensar en las cosas santas? no puedo... ¡no puedo!... y peco por desobediencia.

El señor Vicente irritábase contra esta imposibilidad de olvidar por unos instantes los asuntos del alma y las grandezas del cielo.

—Dicen que pienso demasiado, señor de Maltrana, y tal vez tengan razón. Hay noches en que la cabeza parece que me hierve, y no puedo dormir. El Malo me martiriza con imágenes infames. Dicen además los señores sacerdotes y los caballeros de las Conferencias que me alimento poco, que debía atender más al cuerpo... Eso no; santos famosos hubo que comían menos que un pájaro, y yo, señor, hay días en que no ayuno y gasto un real o más en mi manutención. Las buenas señoras que me protegen me dan dinero y muchos trajes, me recomiendan que me cuide, y yo digo que sí a todo, pero regalo lo mejor de sus limosnas a los pobres que viven en el pecado, para ver si de este modo los ablando y se arrepienten. Como seglar, procuro presentarme limpio y decentito: creo que voy bastante bien.

Al decir esto se miraba de los pies al pecho. Maltrana se fijó en su camisa de tela burda, que asomaba el cuello por encima de varias vueltas de una corbata oscura. El punto negro y bullidor de un parásito movíase entre el borde del lienzo y la piel rojiza de su cuello.

—No necesito más allá de un real para vivir —continuó el devoto con cierto orgullo—. Nunca he comprado un periódico, ni sé lo que es tener una caja de cerillas. Me acuesto a oscuras; y en cuanto a papelotes, ninguno me importa nada, ya que maldito lo que me interesa la política. A estas horas no sé quién manda en España. Lo mismo da que sean unos que otros. Todos son lo mismo: gobernantes, manipulantes y danzantes; y eso de la política, zarandajas, marañas, patrañas y tonterías.

El devoto exaltábase al hablar. Soltaba sus palabras atropelladamente; inclinaba la cabeza, como si el chorro de su verbosidad tirase de ella.

–El liberalismo, señor de Maltrana, y todo eso del progreso y las revoluciones está condensado en pocas palabras; lo que yo digo: «matar, robar y no hacer daño a nadie...». Matan el alma, se la roban a Dios, y después dicen que no hacen ningún daño... ¡La libertad! La gente se va detrás de sus patrañas, porque éstas halagan a la bestia que todos llevamos dentro y que desea campar a su gusto. Pero el hombre es malo y necesita, unas buenas disciplinas. Que dejen al hombre en completa libertad, y veremos barbaridades.

Maltrana, entretenido por esta charla, fingía aprobarlo todo con movimientos de cabeza.

–Usted habrá leído mucho, don Vicente.

–Nada, señor de Maltrana: soy lego. No tengo capacidad para comprender las obras de Teología. Además, estos ojos no están para lecturas... Pero tengo muchos libros, muchísimos: no caben en tres carros. Me gasto en ellos todo mi dinero; me conocen los libreros de lance de todo Madrid, y apenas cae en sus puestos una obra antigua de teología moral, de cánones y de vidas de santos, bien encuadernada en pergamino, la apartan, diciendo: «Para el hermano Vicente». ¡Lo que me cuestan los libros! Yo podría vivir en una buhardilla o ser huésped de una familia cristiana; pero tengo los libros, que son mi familia, y pago un cuarto de ocho duros para que estén bien alojados. No tengo sillas, no tengo cama, no enciendo luz, duermo en el suelo sobre un jergón; pero las obras están en sus estantes, hermosas y limpias como puedan estar las de un seminario o un obispado. Es mi vicio, es mi debilidad, mi placer pecaminoso. Me parece que forman un jardín, el jardín de la sabiduría eterna. Cada libro es una flor, con su riquísimo perfume de pergamino y de polvo. Yo no he leído más que un poco a santa Teresa y otro poco a san Juan de la Cruz. Pero si algún día me honra usted con su visita, verá un ejemplar de la *Summa* en muchos tomos, ¡en muchos!, y usted, que está más acostumbrado a los estudios, pasará un rato celestial. Yo no puedo; se me embrolla el pensamiento, me da vueltas la cabeza apenas leo cosas profundas. Soy un pobre animalito de Dios, con menos talento que la hermana hormiga que pasa junto a mis pies.

El devoto mirose los zapatos y añadió:

—Me aguardan en Bellasvistas, señor de Maltrana. Llevo tres reales en el bolsillo y unas hojitas para cierta viuda. La pobrecilla está muy mal; tiene un batallón de chiquillos. Ya sabe usted, don Isidro, dónde vivo. A ver si me honra un día con su presencia y visita mi jardín. No tiene más que preguntar por el señor Vicente, don Vicente o el hermano Vicente, como quiera, pues de todos estos modos me llaman... Deseo que sus negocios marchen bien. Sólo tengo que hacerle una recomendación, porque le quiero. Tenga mucha fe en nuestro señor Jesucristo, en su santa madre María y en nuestro poderoso patrón san José, y con estas ayudas crea que todo le saldrá bien, y si no es en la tierra, será en el cielo... Buenas tardes, señor de Maltrana.

Dijo esto apresuradamente, como una jaculatoria aprendida, llevándose la mano al sombrero y descubriendo un instante su cráneo rapado, puntiagudo, estrecho, con las orejas salientes. Después se alejó manoteando, como si no pudiera aplacarse fácilmente la exaltación que se despertaba en él al mencionar sus celestiales protectores.

Maltrana siguió con la vista un buen rato al interesante personaje, motivo de regocijo para las criadas de las plazuelas y para los desocupados que se reúnen en tabernas y portales.

«¡Y pensar —se decía Isidro— que si nace dos siglos antes hubiésemos tenido un san Vicente más!...»

El joven olvidó pronto a su original amigo. Comenzaban a salir mujeres de la fábrica de gorras. Maltrana vio a Feli detenerse en el portal y mirarle con el rabillo del ojo, como si estuviera enterada de su presencia por haberle visto desde las ventanas de la fábrica.

La muchacha emprendió su marcha hacia arriba, cuidando de no confundirse con las otras del oficio y de no aguardar a la compañera con la que llegaba todas las mañanas al taller.

Maltrana salió a su encuentro. Bastó un saludo algo tímido para que Feli sonriera, olvidando todos los propósitos de seriedad que se había forjado al verle. Sus mejillas se enrojecieron con el recuerdo de lo ocurrido en la tarde de carnaval.

Isidro comenzó a hablarla con emoción. Desde que la muchacha le había confesado su afecto, no podía contemplarla con la misma frialdad que cuando sólo era la hija de su amigote el *Mosco* y comía él las famosas cachuelas sin fijarse en sus miradas.

El recuerdo de su buena suerte, del libro encargado por el marqués de Jiménez, que le parecía el primer anuncio de la riqueza, le devolvió su aplomo de hombre superior.

–Feli, te esperaba porque necesito hablarte, porque deseo que charlemos sin prisa. Tengo que decirte cosas importantes.

Los dos atravesaron la calle, saliéronse de ella, y sin darse cuenta de lo que hacían, se internaron en los campos, siguiendo la linde del tercer depósito, hacia el cementerio de San Martín, que alzaba en el fondo su masa de cipreses.

La muchacha intentó detenerse. ¿Adónde iban por allí? Pero Isidro la empujó con dulzura.

–Echa para adelante; vienes conmigo, que te respeto y soy un caballero. No vamos a pasearnos por una calle donde tantos nos conocen: nos sería imposible hablar.

Siguieron un camino entre los sembrados, ennegrecido por la carbonilla de una fábrica cercana.

–Feli –continuó el joven–, era preciso que hablásemos. Después de la otra tarde en el Caño Dorado, de las cosas que me dijiste... yo necesitaba hablar. Tus amigas no me dejaron. Además, tú llorabas como si fueses a morir.

–¡Pero si yo no dije nada! –exclamó la muchacha con las mejillas arreboladas–. Y si dije algo, no lo recuerdo. No sabía lo que hablaba; estaba borracha.

Isidro se aproximó más, pegando todo un lado de su cuerpo al de Feli, percibiendo la firmeza elástica de su carne, su tibia suavidad, al través del mantoncillo y la falda sutil.

–Oye, Feli, no nos pongamos tontos. ¿A qué ir con disimulos y coqueterías, como si nos viésemos ahora por primera vez?... Yo te quiero; tú me quieres; los dos nos queremos. ¡Me parece que más sencillo!... No hay otra diferencia entre nosotros, que tú, como mujer, eres más lista en asuntos de amor y te has enterado antes de la verdad. Yo soy un pazguato y he necesitado que vinieras tú a decírmelo, como si fuese una señorita boba. En resumen: Feli, ¡rica! yo te quiero... ¿Y tú?

La muchacha no contestó con palabras. Bajó los ojos, y su cabeza fue inclinándose dulcemente en señal de asentimiento.

Maltrana metió un brazo por debajo del mantoncillo, enlazándolo con el de la joven. Así, muy agarrados, muy juntos. Este mudo apretón, este contacto invisible, valía más que todas las palabras.

Caminaban lentamente, sin mirarse, como si toda su atención y el calor de su vida estuviesen concentrados en los brazos, que se apretaban con estremecedor contacto, confundiendo los latidos de sus venas.

Maltrana creía caminar en medio de una bruma que le ocultaba los objetos, que hacía elástico el suelo, dando a sus pisadas una ligereza sobrenatural.

Un perfume extraño, de embriagadora suavidad, acariciaba su olfato. Parecíale imposible que una muchacha criada en las Carolinas, entre los desperdicios de la villa, oliese tan bien. Surgía de su cabellera negra peinada a la diabla, con gracioso descuido; de su cuerpo esbelto, del revoloteo de sus faldas. Era una esencia sobrenatural que seguramente no podía comprarse en perfumería alguna, que tal vez era un engaño de la imaginación, pero se le subía a la cabeza como el más fuerte de los vinos. Ninguna mujer, al pasar junto a Maltrana, olía así. El joven iba ya enterándose de lo que eran el amor y sus dulces engaños.

Vieron venir hacia ellos un viejo de cara hosca con un cayado al brazo, un guarda de Consumos que paseaba. Los dos, instintivamente, se separaron desenlazando los brazos.

Esta sorpresa les sacó de su dulce somnolencia. Maltrana, en quien las impresiones eran menos duraderas, volvió, como él decía, a la realidad.

Aquella noticia importantísima que deseaba comunicar a Feli era, sencillamente, el nuevo trabajo que iba a acometer, el dinero que llegaba inesperadamente, enloqueciéndole de alegría, cual si le asegurase el bienestar por todo el resto de la existencia.

—Tú me traes la buena suerte, Feli. Voy a ser rico; es decir, vamos a serlo los dos.

Y como la muchacha quisiera saber en qué consistía tanta riqueza, Isidro tuvo que explicarse con cierta vacilación.

—Ricos en seguida, lo que se llama ricos, no lo seremos. No van a darme más que tres mil realazos. Pero algo es algo, y tras ellos otros vendrán. Lo que importa es encontrar el camino, y en él estoy ya... ¿Sabes por qué era ciego, Feli, por qué no me fijaba en tu regraciosísima personilla? Porque hasta hoy he sido un mendigo, sin casa, sin una peseta, durmiendo poco menos que de limosna. ¿Cómo iba a pensar en una mujer, a proponerla que partiese la miseria conmigo?...

Maltrana quiso hablar de la indigencia en que, había estado hasta entonces, pero la muchacha lo atajó. Que era pobre, ¿y qué? Ya lo sabía ella. Muchas veces se había fijado en la voracidad con que comía en casa de su padre, reveladora de dolorosas escaseces. Pero era bueno, era sabio, y para ella el hombre más guapo del mundo.

—¡Guasona! —exclamó Isidro, volviendo a meter el brazo por debajo del mantón—. ¿Es que quieres burlarte de mí?

—Lo digo como lo siento —continuó la muchacha con sencillez—; el más guapo de Madrid. Pero no se enorgullezca usted por esto, señorito.

Ella se había enamorado sin saber cómo. Su padre la hablaba con admiración de los grandes hombres desconocidos a los que había tratado en sus tiempos de impresor. Al presentarse Maltrana, ella pensó que era uno de aquellos seres que, vistos desde la casucha del dañador, aparecían como semidioses.

La *Mariposa* hablaba de su nieto a todo el barrio, augurando que algún día le verían entre los mandones; el *Mosco* reconocía en Isidro un talento que se aproximaba al de sus grandes ídolos; el señor Manolo el *Federal* lamentábase, a sus espaldas, de que un muchacho de tanto mérito no se inscribiese en el censo del partido. Y Feli, incitada por estos elogios, mirábale con creciente admiración, escuchando horas enteras de sus labios cosas que no entendía, pero que sonaban en su oído como música celeste. De vez en cuando, en la muralla de palabras incomprensibles se abría un desgarrón, una gran ventana, por la que contemplaba la muchacha un cielo nuevo, otro sol, un mundo sobrenatural que sólo habitaban los seres como Isidro. Cuando éste recitaba versos al final de sus meriendas con el *Mosco*, cuando hablaba de aquellos grandes escritores que vivían en el extranjero con honores de príncipe, a la pobre Feli le temblaba el corazón, sentía que sus piernas se doblaban, le faltaba poco para llorar, como si estuviese en presencia de una religión nueva.

Comenzó a pasar las noches en continuo ensueño, viéndole a él, siempre a él, hermoso como un ángel, asombrando a los hombres con su grandeza; siendo lo más extraño que al día siguiente, contemplándolo en su realidad, lo encontraba no como era, sino embellecido con los mismos atractivos de la nocturna visión.

—¡También tú! —exclamó Maltrana—. ¡También tú sueñas!...

Feli habló luego con tristeza de las dudas que le habían atormentado. Isidro estaba demasiado alto para que descendiese hasta ella, pobre muchacha hija de un dañador que vivía entre la gente miserable de la busca. Cada vez que llegaba con palidez de hambriento, buscando los almuerzos y las meriendas del *Mosco*, experimentaba ella una alegría. Aplicábase al cocineo, poniendo todos sus sentidos en el guiso de los gazapos. Bendecía estas privaciones de la existencia bohemia, como algo providencial que aproximaba al hombre amado, dándola nuevas esperanzas. Pero luego transcurrían largas temporadas sin que le viese. Estaba en Madrid... ¡en Madrid! Y la muchacha repetía la palabra con cierta cólera, como si evocase un mundo desconocido lleno de tentaciones. Isidro debía tener allá mujeres muy hermosas; seguramente que era amigo de las actrices, como todos los que escriben en los papeles. ¡Las noches que había pasado gimiendo de desesperación, creyendo perdidas sus ilusiones!...

La inocente Feli decía esto trémula aún de miedo, como si no tuviese la seguridad de poseer a Isidro, como si temiera que se lo arrebatasen aquellas tentaciones que abultaba con fantástico relieve. Maltrana rió de la simpleza de la muchacha. ¡Alma cándida y trémula!... ¡Si conociese la realidad de su vida!... ¡Suponerle de jolgorio entre actrices y grandes cocotas, a las mismas horas en que, desfallecido de hambre, pensaba en la cazuela bienhechora de la redacción! ¡Creerle favorecido por las mujeres, perseguido por ellas, cuando hasta los hombres se burlaban de la ruindad física del pobre *Homero* y le herían con sus bromas!... Las palabras de la joven resultaban, sin saberlo ella, de una ironía cruel. Maltrana siguió riendo de la inocencia de Feli cuando ésta le dijo con un gestecillo hosco:

—Se acabaron las calaveradas, ¿eh? Sólo me querrás a mi: no harás caso de las señoronas. Porque advierto a usted, señorito, que yo soy muy celosa, y si me haces alguna de las tuyas, grandísimo pillo, me la pagarás... ¡vaya si me la pagarás!

Habían entrado en el camino viejo que conduce de Madrid a la Patriarcal de San Martín. Por este camino bajaban, al caer la tarde, las mendigas de las afueras para recoger la sopa en el Asilo de San Bernardino.

Los dos jóvenes llegaron al parterre que se extiende ante la Patriarcal. Sus pasos, haciendo crujir la arena, sonaban agigantados por el silencio. De vez en cuando oíase el chillido de un pájaro y el follaje se estremecía con invisibles aleteos.

Feli, que siempre había visto de lejos este cementerio, sintió gran inquietud al encontrarse cerca de él. Por entre el ramaje y el hierro de las verjas veíase la blancura del mármol de los panteones. El brazo de la muchacha se estremeció de inquietud, apretando el de su novio.

–¡Tonta! –exclamó Maltrana–. ¡Si esto es un jardín! La última que enterraron fue mi protectora, y antes de que trajesen su cadáver habían pasado muchos años sin entierros... Esto es muy bonito: hace pensar en el amor más que en la muerte.

Contemplaba la joven desde el parterre todo el frente del cementerio: dos pabellones color de rosa unidos por una doble columnata del mismo tinte alegre. En un pabellón estaba la capilla, cerrada muchos años, con una espadaña de hierro en el tejado, de la cual pendían dos campanas cubiertas de herrumbre. El pabellón opuesto servía de habitación al conserje, y en una ventana de medio punto alineábanse macetas de flores bajo una cortina de tonos alegres que la brisa hacía ondear.

Una verja cerraba la columnata, y por entre sus hierros veíase todo el cementerio como un frondoso jardín. Los cipreses, esbeltos y elegantes, alineábanse a lo largo de las avenidas. En el espacio comprendido entre sus troncos agrupábanse altos rosales de hermosa vejez. Las plantas trepadoras enroscaban sus verdes ondulaciones en las columnas de los claustros, llegando hasta los arcos de herradura. Los mausoleos, las imágenes yacentes, los ángeles de mármol, en medio de las platabandas de tupida vegetación, parecían estatuas de jardín.

Maltrana, siempre que veía de lejos este cementerio, destacando en el cielo las techumbres redondas de sus pabellones, las columnatas y la helénica vegetación de sus esbeltos cipreses, pensaba en una acrópolis clásica de aquellas que eran fortaleza, santuario y paseo a un tiempo.

La dulce calma, cortada por el rumor del follaje y el piar lento de los pájaros, disipó la inquietud de Feli.

—Entremos —dijo su novio—. Esto es un cementerio de novela; un jardín como no hay otro en Madrid.

La enamorada pareja sentíase atraída por el poético silencio de este rincón olvidado.

En la columnata vieron a una vieja haciendo calceta, y junto a ella un hombrón, que fijó en los jóvenes su mirada escrutadora.

—¿Vienen ustedes por algún pariente? —dijo.

Maltrana contestó con la firmeza del que dice verdad:

—Tengo aquí lo mejor de mi familia.

El guardián no parecía satisfecho.

—¿No vienen ustedes a pintar? —preguntó de nuevo—. Porque para pintar se necesita permiso.

Isidro sonrió, echando atrás las aletas de su macferlán. ¡Pintar! ¡Vaya una pregunta! ¿En dónde iba a ocultar los colores y la paleta?...

Los dos jóvenes, tras un gruñido de asentimiento del portero, entraron en la Patriarcal, comentando las extrañas preguntas de éste con risas que parecían alegrar el fúnebre silencio.

Maltrana quiso que Feli viese la sepultura de su protectora, y los dos salieron de la avenida central para descender por una escalerilla en forma de túnel a un patio inmediato. En este rectángulo, mucho más bajo que el centro del cementerio, no vieron árboles ni platabandas. El suelo estaba totalmente ocupado por la muerte; las tumbas se apretaban entre las galerías del claustro.

Embellecía el abandono este rincón con desolada poesía. Las grandes losas sepulcrales estaban curvadas por el tiempo y la lluvia, con las inscripciones borrosas; las plantas parásitas, creciendo entre las piezas de mármol, las hacían saltar, desuniéndolas con el impulso vital de sus raíces. Las coronas, pendientes de cruces de hierro mohoso, habían perdido sus flores, sus doradas siemprevivas; eran aros de paja negra y putrefacta, guardando en sus briznas un hervidero de insectos.

Los pasos de los dos jóvenes hacían resonar las oquedades repletas de huesos; por todos lados, en el suelo y en las paredes, la sensación de lo hueco, la repetición interminable del más leve ruido, la nada sonora de la muerte.

Maltrana se detuvo ante un nicho. Allí estaba su ángel bueno, la que él llamaba por antonomasia «la señora». Acordábase, conmovido, de las palabras de la buena anciana cuando le prometía buscarle una esposa que le hiciese feliz. Señora, la compañera estaba allí: venía a saludarla, agradecida por lo que había hecho con él. No era rica, tal vez no era buena cristiana, como la deseaba ella; pero embellecería su existencia, dándole ánimos para seguir aquel camino áspero en el que le había abandonado su mano protectora, paralizada por la muerte.

Al salir del fúnebre patio, les pareció aún más hermosa la avenida central del cementerio. El jardín, con su belleza melancólica, ahuyentaba toda idea de muerte. Era distinto de los patios cercanos, henchidos de cadáveres. Sus diseminadas tumbas parecían monumentos de adorno, colocados allí sin otro objeto que alterar la verde monotonía de la vegetación. Eran sepulturas de ricos, de privilegiados, que aun después de muertos parecían guardar la tranquila compostura de los felices. Los nombres de antiguos ministros, de generales, de duquesas famosas por sus gracias, brillaban en las caras de estos enormes juguetes de mármol.

Las primeras mariposas movían sus alas sobre los rosales, cuya sequedad invernal comenzaba a hincharse a impulso de los tiernos brotes. Zumbaban los insectos en el ambiente dorado de la tarde; la tierra se agrietaba para dar paso a una vegetación salvaje, a una maraña verde, que parecía la cabellera primaveral surgiendo lentamente de la tierra. Las hormigas removían el suelo, elevaban pirámides junto al túnel de su vivienda, y en negros rosarios atravesaban los andenes, realizando bajo la hierba oscuras epopeyas de combates, conquistas y trabajos hercúleos. De ciprés en ciprés aleteaban pájaros negros, rasgando el silencio con su silbido. Eran los mirlos y las currucas ocultos en la espesura de la Patriarcal, único refugio de follaje en medio de las yermas colinas.

Tres niños con blancas blusas, sonrosados y mofletudos como angelotes, tres pequeñuelos de la familia del conserje o de alguna casucha cercana, jugueteaban puestos en cuclillas sobre la hierba, hurgando los hormigueros y arrojando pedradas a los pájaros, que apenas si movían las alas. Feli los contempló con ojos amorosos; sentía deseos de abrazarse a ellos, de comerse a besos sus hociquillos sonrosados y sucios, como si fuesen una imagen de la vida triunfadora, invadiendo el rincón del olvido.

Maltrana, bajo la influencia de este ambiente melancólico y dulce, hablaba a Feli de sus ideas. Le gustaba el cementerio de San Martín, con su rumorosa vegetación de jardín abandonado, porque ofrecía la belleza de la Muerte tal como él la había concebido.

La Muerte no era un esqueleto de burlesca risa y grotescas cabriolas, cual la representaba el bárbaro arte de la Edad Media en su horror a la carne. Era una gran señora de belleza triste, pálida, intensamente pálida, con una piel mate que parecía absorber la vida del aire, sin dejar en su superficie brillo ni jugo; con unos ojos negros, intensos, helados, profundos, que recogían la luz del espacio sin devolver el más leve fulgor. Era una matrona de potentes caderas, en cuyas entrañas renacía la vida; de robustos y voluminosos pechos, siempre hinchados de leche densa y amarga. A un pecho se agarraba el Recuerdo, gimiendo al paladear el líquido de acíbar; al otro el Olvido, que chupaba cerrando los ojos, queriendo dormir. A su paso callaban los pájaros, mustiábanse las flores, caían al suelo los seres animados, se hacía el silencio. Sus pies, invisibles bajo la túnica de crespones, hacían temblar la tierra cual si estuviesen calzados con coturnos de hierro. Pero apenas pasaba, todo resurgía a su espalda, casi en los bordes de sus fúnebres velos: revivían las flores con nueva fuerza, trinaban otros pájaros, y del polvo donde habían caído los viejos, los inútiles y los débiles, volvían a levantarse, transfigurados por la juventud. Ella era el abono de la vida, la hoz que siega el prado para que resurja con mayor fuerza. Maltrana la conocía: la había visto pasar ante sus ojos, con todo su esplendor melancólico, evocada por la más sublime de las exaltaciones artísticas. Wágner la sacaba de las tinieblas de lo misterioso, haciéndola marchar entre graves melodías que eran ecos del dolor humano. Por dos veces la había contemplado Maltrana cerrando los ojos, con su piel pálida, sus ojos negros y fríos que brillaban hacia adentro, sus caderas de eterna creadora y sus pechos amargos: cuando el salvaje Sigmundo habla a la walkyria que le anuncia la muerte; cuando la desesperada Iseo se enrosca de dolor y se mesa los cabellos, agitados por el viento del mar, ante el cadáver de Tristán.

Era ella, la verdadera, la única, la que inspira miedo y consuelo; la belleza triste que nunca se aja; la pálida señora del mundo; la beldad que llega puntual a la cita con su beso de olvido y de paz, con el supremo espasmo de la insensibilidad y el anonadamiento.

Feli escuchaba a su novio con los ojos dilatados por el asombro, pugnando por entenderle.

—¡Cuánto sabes, Isidro! —murmuró acariciándole con la mirada—. Por eso te quiero tanto: porque dices cosas bonitas.

Maltrana rió de la sencillez de la muchacha, sintiéndose halagado al mismo tiempo por su admiración. Casi se arrepintió de lo que llevaba dicho: eran tonterías; la hablaba como si fuese un compañero al que quisiera turbar con sus paradojas. Se cogieron del brazo otra vez, y Maltrana condujo a la joven a una galería de nichos, en lo más hondo del cementerio.

—Quiero enseñarte cómo acaban los hombres de talento, cómo reposan los que en vida tuvieron adoradores y fanáticos... Mira.

Y después de una rápida busca con los ojos, le señaló un nicho, el más mísero de todos. Su boca apenas estaba cubierta con un hule, desprendido de las puntas; un andrajo negro con letras amarillas y borrosas. Feli leyó con algún trabajo: «Aparisi y Guijarro».

—Ese señor —continuó Isidro— fue famoso en vida. Pronunciaba en el Congreso discursos que duraban varias sesiones. Los curas de toda España, los devotos, las mujeres, aguardaban con impaciencia los periódicos para leerle. Y ahora, mírale: cualquier tabernero tiene mejor alojamiento después de muerto... Era un poeta, un soñador; y los poetas, no sé por qué, tienen mala sombra en la política... Yo no creo en él; pero le compadezco y le defiendo por espíritu de cuerpo. Este olvido nos consuela a los que trabajamos sin esperanza en la tienda de enfrente, que es la de los pobres, la del populacho.

Maltrana siguió hablando con tono de cólera. Bien podía el rey de aquel tribuno adecentar su tumba; bien podían los representantes de la tradición acordarse un poco del gran artista que les había enardecido con sus himnos oratorios. Equivalía a una burla infame citar su nombre a todas horas, como gloria y bandera de las aspiraciones hacia el pasado, mientras sus restos permanecían en un rincón, sin el más leve signo de homenaje, como los de un hombre que hubiese atravesado la vida sin ruido y sin afectos.

Feli deletreaba las inscripciones en lápiz que ennegrecían el yeso alrededor del nicho. Eran versos disparatados e ingenuos en honor del «Cicerón español», del «paladín de la fe y las tradiciones»; testimonios de entusiasmo de algunos curas de misa y olla, que, al venir a Madrid, no habían querido tornar a sus pueblos sin ver la tumba de su grande hombre. El hule caído parecía reírse con sus arrugas de tales elogios, que sonaban a falso en este abandono.

Maltrana examinó las firmas.

–Todas son del populacho: curas pobres, guerrilleros ilusos; gente de abajo, de la que tiene corazón.

Aquel soñador de Levante, artista engañado, también tenía corazón, y por eso reposaba en el olvido.

–Era pobre y defendió a los ricos –continuó Maltrana–; era plebeyo y pidió la resurrección del pasado con sus privilegios de raza; tenía el carácter independiente y un tanto levantisco de su tierra y deseaba el absolutismo. Los que él defendió no se acuerdan de él, y tal vez siguen con esto al instinto, que no engaña. Vivió para ellos, pero no fue de su familia.

Los dos jóvenes se alejaron de este rincón, volviendo a la avenida central. Remataba ésta en un edificio abierto, especie de ábside, que ocupaba el fondo del cementerio, con muros en semicírculo y media cúpula. En las paredes habíanse abierto grandes hornacinas con ricas urnas funerarias. Los segmentos de la bóveda ostentaban varias pinturas representando la resurrección de Jesús. La gran puerta del fondo, cerrada por una verja mohosa, dejaba ver al través de sus vidrios el cerro de enfrente y un grupo de álamos entre dos casitas rojas en lo más hondo de una cañada.

Sobre esta puerta abríase un medio punto de vidrios de colores, por el que se filtraba el sol de la tarde, dando a las paredes, a las tumbas, al suelo, las palpitaciones policromas del iris. La luz fantástica parecía prestar vida a las figuras de la bóveda, animándolas con esplendores de apoteosis.

–¡Qué bonito! –murmuró la muchacha.

Esta luz alegraba los ojos, borrando la lúgubre significación del sitio. A Feli le parecía el ábside un salón de baile alumbrado con luces de colores: creía que todos los muertos, con trajes vistosos, sonrientes y sin infundir miedo, iban a mostrarse para intervenir en la fiesta. Los pájaros piaban en el inmediato jardín o revoloteaban bajo las arcadas, como atraídos por la hermosa iluminación.

La clase social de las gentes enterradas en esta parte del cementerio sólo evocaba imágenes de lujo, de placer y de fiestas. Eran duquesas famosas por su hermosura, damas palaciegas que habían muerto en lo mejor de su edad, mujeres que gozaron sus épocas de reinado y adoración. Los nombres que brillaban en letras de oro sobre la blancura láctea del mármol hacían soñar en fiestas elegantes, amorosas entrevistas, tocadores lujosos impregnados de suaves esencias, adornados con flores costosas.

Maltrana, como si sintiera los efectos de este recuerdo de voluptuosidad y amor que las ilustres muertas evocaban con sus nombres, fijó los ojos en Feli, que contemplaba absorta las hermosas tumbas. Pasó un brazo por su talle, la atrajo hacia él y la besó donde pudo, donde alcanzaron sus labios, entre el lóbulo sonrosado de una oreja y el cuello moreno, que erizó su piel, estremecida al contacto de los labios.

La joven se desasió con rudo empujón.

–¡Isidro! –exclamó avergonzada–. ¡Isidro!...

Y bajó la cabeza tristemente, como dolorida por la audacia del amante.

Después habló para acusarse a sí misma, sin dirigir el menor reproche al joven. Ella tenía la culpa: debía haber evitado esta soledad, negarse a entrar en el cementerio con Isidro, que estaba acostumbrado a los mayores atrevimientos con sus impúdicas amigas de Madrid... ¡Besarla!... ¡y en aquel sitio!...

Miró en torno, como si esperase que se abrieran las tumbas, irguiéndose airados los cadáveres por tal profanación.

Maltrana sonreía. ¡Tonta! ¿a qué tal miedo? Aquel sitio era lo mismo que otro; mejor aún, por su poesía silenciosa de jardín abandonado, propicio al amor. Ellos no hacían más que repetir el eterno himno de la vida. Antes lo habían cantado aquellas gentes que fueron felices y dormían ahora en sus envolturas de mármol. Lo único verdadero de la vida era el amor. Si los muertos pudiesen recordar el pasado, la memoria de las horas amorosas sería el consuelo de su eterna noche. Aquellas aristócratas ocultas tras la piedra que pregonaba sus títulos, sus bandas y su caridad no pasaron toda la vida con la diadema nobiliaria en el peinado y los cintajos en el pecho, echándolas de damas benéficas. Habían sido mujeres orgullosas de su hermosura, propicias a conceder la admiración de sus encantos como una limosna regia.

Isidro, con impúdica imaginación, se las representaba en el abandono de su dormitorio, mostrando misterios de nácar y rosa al través de la espuma de sus blondas, agarradas al hombre amado con el supremo estremecimiento del deseo, olvidándose de las vanas grandezas de la vida, concentrando toda su existencia en el violento estrujón carnal. Aquel personaje tendido sobre su sarcófago con la severa toga del que juzga a sus semejantes no siempre había sido ceñudo y austero, como lo mostraba el escultor. Alguna vez el hombre vencería al personaje, y recatándose como un mozuelo, dando al diablo su gesto imponente, habría buscado un rayo de felicidad en misteriosos rincones, lejos de la familia, abominando de su moral avinagrada y áspera. Los muertos habían conocido la dicha mucho antes; ahora les tocaba el turno a ellos, y debían aprovecharse de la buena suerte.

—Feli, vida mía —exclamó Maltrana con su vehemente exageración—, ríete de los muertos; no nos odian, nos envidian. Grita conmigo: ¡viva el amor!...

—No; vámonos —murmuró la muchacha—. Fuera de aquí hablaremos; gritaré lo que quieras. ¡Quererse por primera vez en un cementerio!... Esto da mala sombra; acabaremos mal. Vámonos, Isidro.

Tiraba de él poseída de un terror infantil, y el joven la siguió. Pero al pasar bajo el arco que daba entrada al ábside, Isidro la detuvo, lanzando una exclamación de asombro.

La luz de la vidriera envolvía a Feli. Era una faja de colores palpitantes, que abarcaba a la joven de pies a cabeza, haciendo temblar todo su cuerpo como si estuviese formado con las tintas del iris.

—¡Qué bonita! —exclamó Maltrana con arrobamiento—. ¡Si pudieras verte!... Tienes la falda verde y el pecho azul. Tu boca es de color naranja; una mejilla es violeta y la otra ámbar. Parece que tengas claveles en la frente.

Feli permanecía inmóvil, sonriendo con femenil complacencia, gozosa de que su novio la viese tan bella. Sentía la caricia del rayo mágico de sol; entornaba los ojos, cegada por la ola de colores que palpitaba en sus ropas y su carne.

El halago de la coquetería disipaba su miedo al cementerio, con esa facilidad que tienen las mujeres para el olvido cuando se sienten acariciadas en su vanidad.

Algo más que el contacto ardoroso de la luz sintió de pronto Feli. Su novio la estrujaba otra vez, pero con mayores arrebatos, sin que ella intentase resistir.

–Deja que bese ese amarillo de oro... Ahora, el morado; ahora, el azul... el rosa de tu frente... el heliotropo de tus labios... las violetas de tus ojos.

Caían los besos sobre ella como una lluvia sonora, con chasquidos de pasión, que agrandaba el eco del cementerio.

Feli revolvíase entre sus brazos, intentando en vano librarse de ellos. Al moverse, los colores cambiaban de sitio, pasando de una parte a otra de su cuerpo adorable. Todos los resplandores de la luz desfilaban por su boca. Maltrana no perdonó uno; quiso saborearlos todos, en medio de aquella gloria de colores que envolvía su amoroso grupo.

Feliciana cerraba los ojos, estremecida por el chaparrón de besos, vibrando su virgen sensibilidad con el apretón de los masculinos brazos, sintiéndose próxima a caer al suelo, como si las piernas temblorosas no pudiesen sostenerla, murmurando entre suspiros dulces:

–Basta... déjame... Que me matas: que grito... Asesino...

Por fin pudo desasirse: y arreglándose el mantón, atusándose el pelo alborotado por los viriles apretones, fijó sus ojos en el novio, con una mirada en la que había reproche y agradecimiento.

–En seguidita me coges otra vez... ¡Y cómo se ha divertido el niño con esa tontuna de los colores! Vámonos o reñimos.

Echó a correr hacia la salida, como si quisiera evitar las explicaciones de Maltrana, y éste la siguió. Cerca de la verja, los dos acortaron el paso y marcharon unidos, con rostro grave, como si saliesen tristes de su visita a las tumbas.

Pasaron sin despegar los labios ante el portero que les había acogido con tan extrañas preguntas; pero, al alejarse, Feli volvió la cara para mirarle y prorrumpió en una carcajada de niña. Isidro adivinaba el pensamiento de su novia; recordó el gesto hosco con que el portero les había preguntado si entraban a pintar.

–El tío presentía el suceso –dijo Maltrana alegremente–. De enterarse a tiempo, hubiera sido capaz de pedir su parte de colores.

El recuerdo de las caricias le hizo juntarse, enlazar sus brazos, caminar apoyados uno en otro, mirándose con ojos en los que aún brillaba el fuego de las recientes sensaciones.

Feli olvidaba su enfado. Al verse en campo raso, donde no podía temer nuevos arrebatos del novio, se abandonaba, apoyábase en él con desmayo, acariciándolo con el soplo de su respiración, mirándole de tan cerca, que Maltrana creía sentir el calor de sus ojos de brasa.

Finalizaba la tarde. Ocultábase el sol, y en el cielo de suave color de violeta flotaba la luna como una nubecilla pálida, borrosa aún por la luz diurna.

Los dos amantes siguieron el camino a lo largo del tercer depósito, haciendo crujir bajo sus pies el polvo de carbón que ennegrecía el suelo. Pasaban hacia Madrid mujeres astrosas con niños dormidos en sus brazos; viejas arrugadas y negras como brujas, con pucheros destinados a recibir el rancho de San Bernardino.

Estas infelices, al cruzarse con la joven pareja, husmeaban el amor con su instinto de hembras, e imploraban una limosna. Isidro repartió pródigamente el dinero, acompañándolo de inmorales consejos, que hacían reír a Feli. Nada de comprar pan: aquella limosna era para vino, para tomar la gran *curda*. El mundo había de alegrarse y saltar loco de embriaguez; debía reflejar la felicidad que rebosaba en su alma al verse amado por Feli.

También ellos dos iban en busca de un merendero, de un lugar bonito, para comer, para beber, para darse dos vueltas de vals al son de un piano.

¡Viva la vida! Maltrana, recordando las afirmaciones de otros tiempos, repetía a su novia que la vida es alegre, que la vida tiene un sentido helénico, que el dolor, que parece interminable, no es más que un accidente pasajero, el aperitivo de la felicidad, tras el cual se atraca uno mejor de las dichas de la existencia.

Pasó un hombre con un cesto de naranjas, y al sorprender Isidro una ávida mirada de su novia le hizo detenerse. ¡A soltar en seguida lo mejor del cesto!

A Feli le gustaban las naranjas; aún no las había probado aquel año, y él era capaz de tender a sus pies, como alfombra de oro, toda la cosecha de los campos valencianos.

Feliciana sólo quiso aceptar una naranja, la más hermosa, y los dos siguieron adelante, juguetéando ella como una niña con la pequeña esfera de color de fuego, haciéndola saltar entre sus manos. Acabó por abrir un agujero en ella y por chupar su jugo apretándola entre los dedos. Un chorro de ámbar descendió por la comisura de sus labios hasta la barbilla de graciosa redondez, endulzando su piel. Isidro quiso beberlo, y de nuevo rozó con su boca la boca de Feli.

–¡Otra vez! –exclamó la muchacha, echándose atrás entre sonriente e indignada–. Pero, condenado, ¿no ves que nos miran... que pasa gente?

Después rió del gesto desalentado de Isidro, el cual bajaba la cabeza como un niño enfurruñado. Con mimosa gracia puso en su boca la naranja.

–Toma y no llores... Yo he puesto ahí los labios; chupa, y cuidadito con volver al besuqueo... A ti habrá que tratarte como a un niño de teta. Zurra... zurra al nene, que es malo.

Y con su mano fina y blanca, aquella mano de señorita, que era el asombro de las Carolinas, abofeteó cariñosamente la cara del joven.

Al anochecer entraron en un merendero de la hondonada de Amaniel. La muchacha habló débilmente de la necesidad de volver a casa en seguida, pero Isidro protestó. Su padre no iba a inquietarse por tan poca cosa; la creería, como otras veces, en casa de su compañera de Bellasvistas. Tal vez a aquellas horas estaría ya en el «Ventorro de las Latas», preparando su marcha a El Pardo.

Unos faroles de papel iluminaban el merendero con difuso resplandor. Los tranvías viejos habían servido para su construcción, igual que en el barrio de las Carolinas. Los bancos de movibles respaldos procedían de una jardinera; los tabiques eran de persianas de ventanilla. Junto al techo, a guisa de friso, alineábase un saldo de fotografías amarillentas, mezclándose las vistas de la Habana y de los bulevares de París y Viena con reproducciones de la Fuente de la Teja y el Viaducto. Cabezas de angelotes pintarrajeadas y doradas, restos de una anaquelería de tienda pretenciosa, aparentaban sostener las viguetas del techo.

Isidro, que lo veía todo de color rosa, admiraba el adorno del merendero. ¡Muy hermoso! ¡muy original! ¡Aquello era arte moderno!

Y el amo, satisfecho por estos elogios de un señorito que parecía inteligente, contestaba con modestia:

—Un poquito de gusto, y nada más. Así y todo, me cuesta, una porción de dinero... ¿Qué van ustedes a tomar?

El merendero completo quería Isidro para Feli. Pero ésta no sentía apetito, no quería nada; y al fin, por no contrariarle, pidió una botella de cerveza.

Otras parejas ocupaban los rincones, silenciosas, en íntimo contacto por debajo de la mesa y devorándose con los ojos. Maltrana se creía en un mundo nuevo, mejor que el que había conocido hasta entonces. ¡Viva la alegría de la vida... y el helenismo también!

Tras un macizo de plantas estalló de pronto, como un cohete, el sonido de un piano, con acompañamiento de golpes de timbre. Isidro miró con admiración al muchacho de boina, pañuelito al cuello y anchos pantalones de odalisca que daba vueltas al manubrio. Pero ¡qué talento tenía aquel golfo! ¡Qué musicazo! Nunca había experimentado Maltrana igual impresión: ni en los mejores conciertos. Aquel vals, que a primera vista parecía escrito para un baile de criadas, era una pieza sublime: la obra tal vez de un gran genio desconocido. El joven no vacilaba en sus afirmaciones; aquello era tan magnífico como la *Novena sinfonía*.

—Alza, Feli: vamos a darnos dos vueltecitas. A ver cómo meneas ese cuerpecito gitano.

Ninguno de los dos sabía bailar. Isidro, en sus tiempos de estudiante, había tomado lecciones de sus amigas de los cafés cercanos a la Universidad. Feliciana había bailado con sus compañeras, y fue ella la que, guiada por el instinto femenil, siguió mejor el ritmo de la música, arrastrando a su pareja.

¡Valiente cosa les importaba bailar bien o mal y que se rieran o no los parroquianos del merendero!... Lo interesante era estar en brazos uno del otro, pegados desde el pecho a las rodillas, transmitiéndose el alma con el calor de sus cuerpos, confundiendo los alientos.

Sentían una alegría loca, como si el sorbo de cerveza, que acababan de beber contuviese todas las embriagueces de la tierra. No se besaban por un resto de pudor, por miedo a la gente, pero sus labios secos, acariciados por la humedad de la lengua, parecían atraerse al través de la pequeñísima distancia que los separaba.

Cuando abandonaron el merendero, iban con paso vacilante, silenciosos, por la soledad del campo.

Se detuvieron en las inmediaciones del Canalillo. La luna reflejaba su cara bonachona en el cristal azul del agua que transcurría silenciosa.

Los dos huyeron de la luz. Querían descansar; sentíanse sin fuerzas para seguir adelante, y se detuvieron junto a un desmonte, ocultándose en la sombra que proyectaba la masa de tierra.

Sonaron en la penumbra suaves chasquidos, apagadas voces de protesta.

Feli hablaba quedamente, con llorosa voz.

–Júrame que no me abandonarás. Que me querrás siempre... que no me desprecias porque soy débil contigo... porque te quiero.

Isidro lo juraba todo sin hablar; lo juraba con sus manos inquietas, con sus labios acariciadores, con el viril estrujón que hacía caer vencida y esclava en entre sus brazos a aquella alma simple y primitiva, ansiosa de ideal.

6

UN DOMINGO por la mañana, Isidro y Feli bajaron al Rastro.
La tarde anterior, el joven había hablado con acento de resolución.
—Feli, de mañana no pasa. Ya es hora de vivir juntos. Estoy harto de que vaguemos por los desmontes como gitanos. Yo trabajo para ti y tenemos derecho a formar nuestro nido.

Feliciana dudó un instante. ¿Y su padre?... Pero una mirada de él bastó para vencer su resistencia. Estaba en plena embriaguez de amor, sin otra voluntad que la de adorarle y seguirle. ¡Con él, con él, aunque hubiese de renegar de todo su pasado!

Maltrana tenía dinero y se aburguesaba, según decía él irónicamente al hablar de su opulencia. Necesitaba poseer una casa, vivir bajo un techo que fuese suyo, tener un refugio donde encerrarse y trabajar acariciado por el calor de la intimidad amorosa.

Su obra *El verdadero socialismo* estaba próxima a terminarse. Había trabajado con gran actividad, escribiendo durante el día en la Biblioteca Nacional, en el Ateneo, allí donde encontraba silencio y libros. La tarea avanzaba rápidamente, sin que se le olvidasen las recomendaciones del marqués de Jiménez, gran amigo de la erudición. Cada página llevaba al pie un gran cimiento de letra menuda y apretada citando autores de todas las naciones, libros de todas las literaturas, y hasta largos fragmentos en diversos idiomas.

No hacía afirmación, por simple que fuese, que no la acompañase con el testimonio de media docena de escritores. El autor caminaba despacio, con largos titubeos, pero cuando avanzaba el pie, lo ponía en firme, como hombre a quien guían y llevan del brazo todos los sabios de la tierra.

La erudición corría como un torrente por la parte baja del libro. Amontonábala Maltrana con una facilidad exenta de escrúpulos. Cuando quería demostrar algo con textos ajenos y no los hallaba a mano, valíase del ilustre Murfinos, de la Academia de Noruega, de Max Stradivarius, célebre catedrático de la Universidad de Gottinga, y otros sociólogos no menos fantásticos, inventados por él para deslumbrar a su cliente. Al fin, él no había de firmar la obra. El marqués de Jiménez recibía un capítulo cada dos días, y al copiarlo de su letra –a pesar de sus grandes ocupaciones–, admirábase de la sabiduría del joven.

«Esto va a dar golpe –pensaba–. Tal vez es demasiado bueno; hay que poner un poco de estilo propio.»

Y para comunicar a la obra el «estilo propio», cambiaba de lugar las comas o el orden de las palabras; escribía «ilustre» allí donde Maltrana había puesto «célebre», o viceversa. Un trabajo pesadísimo para él... ¡Y aún habría quien dudase, al publicar el libro, de que era obra suya!...

Maltrana, obligado a trabajar durante el día, había abandonado el cuartucho de la calle de los Artistas, ya que su único camastro lo ocupaban por la noche el señor José y su hijo. El joven dormía en Madrid, en el hospedaje de un compañero de bohemia, pero esto era con carácter provisional.

Necesitaba una casa. Le repugnaba vagar con Feli todas las tardes por los campos inmediatos a los Cuatro Caminos, acompañándola después a su barrio, cuando cerraba la noche.

El *Mosco*, aunque no ponía gran atención en los actos de su hija, comenzaba a mostrar cierta extrañeza por la tardanza con que se presentaba de vuelta del taller, alegando ocupaciones extraordinarias para justificar su retraso.

Las áridas cercanías de Madrid embellecíanse con la llegada de la primavera. Cubríanse los cerros de verde al crecer la cabellera de las cebadas y los trigos. En las cañadas, los grupos de almendros adornábanse con flores: unas blancas como el nácar; otras sonrosadas, con el color de la carne femenil. Las lilas pendían como racimos de violetas de las altas ramas. Zumbaban los insectos, ebrios de calor y vida; aleteaban los pájaros, poblando el follaje de estremecimientos y suspiros; chirriaban los primeros grillos, ocultos en la hierba. El campo parecía embellecerse para ocultar en sus espesuras las caricias del amor, para arrullar a las parejas con los perfumes y cantos de su vida exuberante.

Junto a la Huerta del Obispo, un camino bordeado de almendros atraía todas las tardes a Isidro y Feli. Paseaban cogidos del talle entre los árboles, que extendían sobre sus cabezas una bóveda de flores. Sus corolas rojas, inflamadas, parecían abrirse para saludarles.

—Míralas —decía Feli—; son boquitas que nos sonríen, que quieren hablarnos.

Maltrana aceptaba esta cándida afirmación de la muchacha. Sí; eran bocas de flor que se abrían para decir a Feli que era muy bonita.

—Y yo —continuaba con gravedad— me adhiero a la sabia opinión de este mitin florido.

La brisa de la tarde estremecía los árboles, y una nevada de pétalos caía sobre Feli, enredándose en su peinado.

Sentábanse en los ribazos cubiertos de hierba, y al hablarse arrancaban las margaritas silvestres que crecían al alcance de sus manos. Así esperaban la llegada del crepúsculo, y las sombras les sorprendían muchas veces en las inmediaciones del canal silencioso y profundo, que había presenciado sin un murmullo, con la bonachona complicidad de la luna, la comunión primera de su amor.

Feli vivía en dulce somnolencia, absorta por su felicidad, algo asombrada de que el mundo guardase ocultas tantas delicias. Todo le parecía bueno; se abandonaba con sublime impudor; sentíase capaz de caer en los brazos de Isidro en plena glorieta de los Cuatro Caminos con el mismo arrobamiento que si estuvieran en despoblado.

Maltrana era más exigente y descontentadizo. ¡Muy bonito el campo de primavera, con su ambiente poético y aquellos crepúsculos, que eran lo mejor del mundo! Pero ellos no iban a permanecer así toda la vida, vagando como perros enamorados, en busca de un rincón solitario, huyendo de las gentes, estremecidos de espanto al menor ruido.

Además, pensaba en el *Mosco*, que podía sorprenderles, enterado de lo que ocurría por cualquier murmurador. No nombraba a su terrible amigo, pero le parecían peligrosos e insostenibles estos idílicos encuentros en campo libre, cerca de las Carolinas.

Isidro tuvo la audaz resolución de los débiles. El miedo al *Mosco* le hizo ser atrevido y arrostrar el peligro de una vez... ¿Era de veras que Feli le quería? Pues a seguirle, a vivir juntos, olvidados de todo lo que no fuese su amor.

Los dos hablaron sin emoción alguna, con el egoísmo de la pasión, de abandonar al padre, de engañar al amigo.

Maltrana tenía dos mil reales, un capital, pues jamás había visto tanto dinero. Vivirían en el interior de Madrid, donde no les conociesen. Serían marido y mujer para las gentes que sólo comprenden el amor con documentos y sellos. Más adelante, cuando tuviesen hijos, ya pensarían en el matrimonio. Feliciana, vencida en sus últimos escrúpulos, contestaba afirmativamente a todos los proyectos de su amante. Ella también deseaba la nueva vida: estar siempre junto a Isidro, no volver a aquel barrio de traperos, que le parecía ahora más sucio, más triste.

Maltrana discutió con Feli largamente los detalles de su instalación.

—Hay que ser prácticos —decía—; hay que ser burgueses...

Y Feli contestaba, con no menos seriedad:

—Ya verás hacer economías y vivir bien.

Isidro, en su deseo de ser práctico, buscaba una casa en el extremo opuesto de Madrid, un rincón donde no pudiesen dar con ellos, después del escándalo que seguiría a su fuga. ¡Pero los alquileres eran tan caros!...

Un sábado expuso a Feli su resolución. Ya tenían casa; al día siguiente irían a ella. Había encontrado al hermano Vicente, aquel santo loco que repartía papelillos católicos y propagaba la religión en las afueras. Vivía en las inmediaciones de la plaza de la Cebada. Isidro había subido a la habitación, un piso cuarto, bajo el tejado, pero con piezas de sobra para el hermano Vicente y los viejos mamotretos de su biblioteca. Vivirían con él. Era un buen hombre, dulce y tolerante, sin otros defectos que su manía de santidad. Había tenido en su casa a varios obreros con sus familias, pero acabó por despedirles, a causa de los chismorreos de las mujeres y las embriagueces de ellos. No quería más huéspedes; pero el señor de Maltrana —como él decía— era un hombre cortés y bien educado, que le escuchaba en silencio, sin permitirse una burla. Al decirle el joven que se había casado, aceptó con gozo la vida en común que le propuso Maltrana.

Enumeró éste a Feli las ventajas de tal arreglo. Vivirían al otro extremo de Madrid: listos habían de ser los que les encontrasen. Sólo pagarían tres duros por la casa. Del resto del alquiler se encargaría «el santo», que ocupaba las dos mejores habitaciones con su balumba de libros viejos. Ellos tendrían por suyas la cocina, jamás utilizada por el señor Vicente, a causa de sus ayunos y su alimentación de pájaro; una habitación grande, en la que escribiría él, y desde cuyas ventanas se abarcaban los tejados de todo Madrid, y otra que les serviría de dormitorio... En fin, un palacio, que iban a embellecer con su amor, ellos que vagaban por el campo como los amantes de los idilios antiguos.

Sólo les faltaba amueblar la casa; y se dedicaron a ello con el entusiasmo de la novedad, halagados por esta ocupación, que era de burgueses, según decía Maltrana.

Feli abandonó para siempre la casa de su padre y el barrio de las Carolinas. El *Mosco* dormía aquella mañana, cansado de su expedición de la noche anterior. Ni una duda ni un remordimiento sintió la joven: huyó sin que dijeran nada a su alma los lugares en donde había transcurrido su vida. Sólo pensó en no hacer esperar a Isidro, que la aguardaba en la glorieta de Bilbao.

A las once entraron en la plazuela del Rastro. Feliciana apenas conocía esta parte de Madrid. Habituada a la vida semirrural de Tetuán, sintió cierta inquietud viéndose empujada por el gentío en los alrededores de la plaza de la Cebada.

Las vendedoras, con un par de limones en una mano o unos fajos de perejil, pregonaban sus mercancías a grito pelado. En la calle de la Ruda tuvo que agarrarse del brazo de Isidro para poder andar sobre el asfalto resbaladizo, cubierto de hojas verdes, paja mojada y escamas de pescado. Mujeres de delantal mugriento, abombado por la voluminosa panza, pregonaban el buen repollo y la fresca escarola. Los cestones de los vendedores ambulantes ocupaban el arroyo; las tiendas se apoderaban con sus puestos exteriores de las estrechas aceras.

Al llegar a la plazuela del Rastro, la joven descansó un instante apoyada en la verja del monumento al soldado de Cascorro.

Maltrana parecía reflexionar, y acabó por hundir sus manos en los bolsillos del chaleco, juntando dos billetes de veinticinco pesetas y un puñado de monedas de plata.

–Guarda tú el dinero, nena. Me conozco: si lo llevo yo, me lo gasto en chucherías antes de que compremos nuestro ajuar.

Feliciana acogió con agrado esta prudente resolución, y envolvió en su pañuelo la pequeña fortuna, apretándola entre ambas manos con un mohín de mujer hacendosa dispuesta a defender el dinero.

Después avanzaron los dos cuesta abajo, en el infernal estrépito del Rastro.

Abríase ante ellos la Ribera de Curtidores, con su declive tan rudo, que las últimas casas tienen sus tejados al nivel del arranque de la calle. Por encima de las cubiertas de las *Américas* veía Feli la ondulación de los cerros amarillentos, la llanura castellana, de suaves hinchazones, con su sequedad que acusa los objetos a luengas distancias.

Así como descendieron por la Ribera de Curtidores, se achicó el panorama, fue hundiéndose, hasta ocultarse detrás de los tejados de los almacenes que cerraban el fondo de la calle. A ambos lados, bajo toldos de lienzo blanco o de sacos oscuros, estaban los puestos de los chamarileros tradicionales, que viven todo el año en el Rastro.

En el suelo, sobre viejas lonas, esparcíanse los más heterogéneos objetos: espadas con fundas de terciopelo que habían servido en los teatros, machetes cubanos, sables corvos de la Milicia Nacional, loza desportillada, saleros rotos, vasos de porcelana remendados con groseras lañas, viejas litografías de vidrios empolvados representando las desdichas de Atala o las hazañas de Hernán Cortés, lienzos embetunados, en cuya negrura distinguíase una pincelada roja que era una pierna, una mancha amarilla que era una calva.

Los palos que sostenían los sombrajos estaban unidos por cuerdas, y pendientes de ellas se balanceaban uniformes de soldados, viejas levitas, pantalones roídos por el roce, sobrefaldas de gasa que habían sido de moda treinta años antes, sayas que olían a humedad y a polvo, delatando el olvido en los cofres de algún desván.

Otros puestos eran de géneros nuevos, y los vendedores, en vez de permanecer inmóviles, con moruna pasividad, esperando la pregunta del comprador, agitábanse pregonando la baratura de las mercancías, anunciando su procedencia de famosas quiebras. Eran los sobrantes de la elegancia, los desperdicios del capricho femenil: abalorios que ya no se usaban en los vestidos, guirnaldas de flores para los sombreros, blondas y puntillas amarillentas, envejecido todo ello por la moda antes de ser aprovechado. En otros puestos se exhibían viejos telescopios, cornetines, cartucheras de agrietado cuero, sillas de montar, y entre las ropas mugrientas asomaban, como una primavera moribunda, las pálidas rosas de alguna casulla.

Por el centro de la calle pasaban los vendedores ambulantes con grandes cestos de quincalla, pregonando las piezas a real, desde la palmatoria al cepillo y el juego de peines. Eran golfos de poderosos pulmones, que para atraer al público se agitaban como epilépticos, corriendo en torno de su puesto, manoteando, exhibiendo sus artículos, entregándolos a ciertos compinches que se fingían compradores para impulsar a la gente reacia.

—¡Aquí! ¡al tío que se ha vuelto loco y todo lo regala! —gritaba uno con voz de trueno.

—¡Lleven y compren! —mugía otro—. ¡Aire!... ¡Marchen, marchen!

Entre la miseria sórdida y gris acumulada en los puestos de las aceras brillaba de pronto un fulgor, deslumbrando a los curiosos. Era una instalación de objetos de bronce, bien fregoteados para la venta del domingo: braseros de cúpula dorada, almireces, vasijas de cocina, y entre estas piezas, gran cantidad de revólveres vizcaínos, de una baratura que hacía temblar por la suerte de los que osasen dispararlos.

Feli y su amante deseaban adquirir la cama antes que los otros muebles, y se detenían indecisos al ver en los puestos y en las puertas de las tiendas camas de todas clases, de hierro y de madera, unas plegadas, otras extendidas, con su colchón de muelles. La muchacha deteníase, asombrada por esta abundancia, indecisa, desorientada, gustándole varias a un tiempo y sin decidirse por ninguna.

Maltrana la hacía seguir adelante. Aún quedaba mucho por ver: estaban en la entrada del Rastro. Abajo, en las *Américas* tenía él amigos, tenía parientes: ellos les indicarían lo más ventajoso.

En la parte baja de la Ribera pululaban los golfos ofreciendo «las buenas botellas modernistas de cristal tallado... a real». Unas mujeres atraían en torno de ellas gran aglomeración de gentes de su sexo, ofreciendo «las magníficas medias escocesas de hilo... a tres reales el par».

Maltrana se introdujo en el corro femenil, llevando del brazo a Feli. Quería que fuese para ella la primera compra que hiciesen juntos; ¡a ver!... unos cuantos pares de los más bonitos: media docena. La joven le tiraba del brazo protestando con voz queda. Era un disparate: ¿para qué media docena? Jamás había tenido tantas... No debía derrochar el dinero.

Pero Maltrana le impuso silencio fingiéndose enfadado.

–Usted, señora mía, tomará lo que le den... Vamos, Feli, págale a esta buena mujer, ya que eres el ama del dinero.... ¡Pues poco bonita que va a estar mi nena cuando meta en estas envolturas de colores sus pantorrillas de diosa!...

Se alejaron del corro, llevando ella el regalo en un paquete. Ruborizábase por el carácter íntimo del obsequio y murmuraba al oído de su amante:

–Las medias hacen reñir; es un regalo que trae mala sombra: lo he oído muchas veces. Hay que deshacer el efecto con otro regalo.

Y se detuvo ante el puesto de un chamarilero, donde se amontonaban los objetos más diversos. Acababa de ver un tintero de cristal, enorme, con una esfera dorada a guisa de tapón. Feli lo compró después de largo regateo, entregándolo a Maltrana.

–Toma. Ya necesitas plumear, pobrecito mío, hasta que lo agotes.

Siguieron adelante, y entraron en el corralón de las *Nuevas Américas*. Allí estaban los comerciantes en grande, los que adquieren el hierro y los adornos de los derribos. Las tiendas estaban establecidas en casuchas de madera vieja, pero su inmensa balumba de objetos, no encontrando espacio en tales estrecheces, esparcíase por los callejones y plazoletas del corralón.

En un sitio predominaba el mármol, y se exhibían en número considerable cruces de tumba y de fachada de iglesia, mostradores, lavabos, y hasta sepulturas, cuyos constructores se habían declarado en quiebra antes de llevarlas al cementerio. En otro lugar se amontonaban las alfombras, plegadas en rollo, con intenso olor de polvo, mostrando los apagados colores de su revés. Mostrábanse las filas de herramientas industriales y agrícolas, con reflejos de oscuro azul, los rótulos arrancados de puertas y balcones anunciando con letras de oro modistas francesas y peluquerías elegantes que ya no existían.

En las plazoletas elevábase en montañas el hierro viejo y oxidado, tan frágil por la herrumbre, que parecía próximo a quebrarse como el cristal. Eran máquinas desmontadas, cuyas ruedas yacían empotradas en el barro; calderas enormes, con el cóncavo vientre hundido en pilas de planchas rotas; y entre estos grupos de residuos de la industria, filas y más filas de balcones en correcta formación, y verjas de jardín guardando en sus garras el yeso de las pilastras.

Los dos amantes apenas se detuvieron en esta parte del Rastro. Atravesaron la ronda de Embajadores, llena de gente, de chamarileros libres que no podían pagar un puesto, de corrillos que escuchaban el canturreo de un crimen célebre ante el cartelón pintarrajeado con las escenas más truculentas del suceso, y entraron en otro corral.

—Esto —dijo Maltrana— es el Rastro del Rastro; lo más barato de la baratura. Los de la Ribera de Curtidores miran a los de aquí como puedan mirarles a ellos los comerciantes de la Puerta del Sol.

Al entrar vieron librerías de lance, en cuyo interior se agrupaban viejos señores de traje raído hojeando volúmenes, hundiendo en ellos su nariz coronada por los anteojos; tiendecillas de indescriptible amontonamiento, en las que se confundían cuadros de agujereado lienzo, piezas de vidrio sucio y opaco, cofres viejos y cornucopias con el oro descascarillado y los remates incompletos.

Antiguas decoraciones de teatro, lienzos gruesos con manchas de color en las que se columbraban restos de palacios y frondosos bosques, servían de cortinas y tabiques a estas tiendas de la miseria. El suelo era de guijarros desiguales, que de trecho en trecho se hundían en el fango, desapareciendo bajo los arroyos de agua negra y hedionda. Estos callejones oliendo a polvo y a miseria secular, con su pavimento de islas de pedruscos y mares tortuosos de fango líquido, daban al Rastro gran semejanza con las avenidas angostas y sombrías de un zoco moruno.

En la plaza vieron a los vendedores más míseros, con sus puestos de objetos rotos, de una utilidad desconocida.

Maltrana señaló riendo algunos de estos comercios, cuyo valor en conjunto no ascendía a más de tres pesetas. Sobre unos periódicos viejos exhibíanse martillos faltos de mango, cuchillos mellados y sin empuñadura, pomos de picaporte, petacas viejas, ejemplares mugrientos de revistas ilustradas. El vendedor permanecía inmóvil en una silla rota, sin prestar gran atención a las moscas que revoloteaban en torno de sus labios; y más para espantarlas que para atraer al público, gritaba de tarde en tarde: «¡A perra chica... a perra chica la pieza!»

Lo que más abundaba en los puestos era la ferretería vieja y rojiza por el óxido. Isidro admiraba la paciencia de algunos rebuscadores, que, necesitando un tornillo o un clavo igual al que llevaban en la mano, iban toda la mañana de puesto en puesto, sin fatigarse, removiendo montones de hierro.

Algunas mujeres examinaban los puestos de vidrios, deseando sacar utilidad de sus despojos, fijándose en las grietas y desportilladuras de un salero, de un vaso, de una botella, antes de ofrecer en junto por todo ello cinco céntimos.

Un puesto de muñecas viejas atrajo la atención de Feli. Eran bebés que habían vivido en las casas de los ricos, y con una mejilla rota o faltos de una pierna esperaban en el Rastro su segunda campaña, ofreciéndose a la niñez pobre, a los pequeñuelos de la miseria, obligados a buscar su alegría en este estercolero.

Una pobre mujer con una muñeca en la mano discutía con el vendedor, mientras su hija se agarraba a sus faldas pugnando por tocar el desnudo monigote, que tenía la cara ennegrecida y una de las piernas quemada.

—¡Dámela... la quedo! —lloriqueaba la pequeña con balbuceo infantil.

Pero la madre dejó la muñeca en el suelo.

—¡Si piden tres perros, hija!... Eso es sólo pa los ricos.

Feli intervino, conmovida por el gesto de inmensa decepción de la pequeña.

—Tómela usted, señora... Yo se la regalo.

Y pagó, mientras la pobre mujer le daba las gracias, y la niña, con el mutilado monigote sobre el pecho, repetía a instancias de la madre:

—Gracias, señora... muchas gracias.

Isidro, mientras tanto, examinaba las caras de los vendedores. Buscaba a uno de sus tíos, apodado el *Ingeniero*, el cual, según noticias, aunque retirado de los negocios, colocaba allí su tenderete todos los domingos.

En el otro extremo de la plaza sonaba como un quejido la música de un órgano. Las melodías gangosas llegaban a jirones hasta Maltrana cuando se hacía un corto silencio en el vocear de los vendedores.

Cogiendo del brazo a Feli, fue el joven hacia donde sonaba el lamento del órgano.

La música no le había engañado: el que la hacía era su tío el *Ingeniero*, llamado así por la rara habilidad que demostraba en el arreglo de los instrumentos de música y juguetes mecánicos. Vestía un gabán de color de castaña con grandes botones, y bajo la visera de su gorra destacábanse las dos manchas negras de los anteojos con bordes de paño que abrigaban su vista enferma.

Estaba sentado en un sillón de madera blanca y dorada, con las graciosas curvas del siglo XVIII; la seda antigua enseñaba, entre desgarrones y deshilachados, el lejano recuerdo de una escena pastoril.

A su lado, una mujerona chata, de desbordantes grasas, sentada en un taburete, se cubría de los rayos del sol con una sombrilla roja, de encajes, cuya riqueza contrastaba con la mugre de sus ropas.

Isidro no le prestó atención. Conocía las debilidades del *Ingeniero*. Aquélla sería la favorita del momento. Su tío, desde que había quedado viudo, gozaba de una fama vergonzosa en todo el barrio, desde la Ribera de Curtidores al paseo de las Acacias. No había vendedora de mollejas, tripicallera o chamarilera del Rastro a la que no cortejase, valiéndose del prestigio que lo daban sus habilidades y los cuantiosos ahorros que todos le suponían. Las odaliscas turnaban en su favor con alternativas de escándalos y riñas, sin que el ilustre *Ingeniero* se decidiese formalmente por ninguna.

Sentado en el hermoso sillón, daba vueltas al manubrio, deleitándole los chillones sonidos, que acompañaba con movimientos de cabeza. A sus pies vio Maltrana una numerosa colección de cartillas para ciegos. ¡Quién podría ir al Rastro en busca de tales cosas!...

El *Ingeniero*, percibiendo al través de las negras antiparras una pareja detenida ante su «establecimiento», husmeó al comprador.

–Un órgano magnífico, caballero; fabricación alemana, y se da regalado. Usted es persona de gusto. Voy a cambiar el papel y oirá cosa buena: la marcha de *El Profeta*.

Isidro le contestó con una carcajada, al mismo tiempo que la grasienta odalisca tirábale de la manga para advertirle su equivocación.

—¡Pero tío, si soy yo! —dijo Maltrana.

—¿Y quién eres tú?...

—Isidro, el hijo de su hermana. Me he casado, vengo con mi mujer a comprar unas cosillas, y he querido verle para que me aconseje.

El *Ingeniero*, al oír que era una mujer la que acompañaba a su sobrino, abandonó bruscamente el manubrio, y pisando las cartillas, aproximó a Feli sus antiparras, contemplándola largo rato.

—Muy bien, sobrino, muy bien; mi enhorabuena —dijo con sonrisa de inteligente en el género—. Tanto gusto en conocerla, joven, y que siga usted muchos años tan antipática y tan feota... La pobrecita está ciega. Caballeros, ¡y qué par de ojos se trae la socia!

Luego continuó, dirigiéndose a su enorme compañera, con el mismo acento que si hablase a un perro:

—Oye, tú, ¿no encuentras que esta joven se parece mucho a Nicanora, la cigarrera de la calle de Mira el Sol?...

—No señor, no se parece —dijo la mujerona con no menos rudeza, mostrando al hablar unos dientes picudos y amarillos entre las salchichas de sus labios—. Bien se ve que estás ciego. La señora es más guapa. Ya quisiera la Nicanora parecerse a la suela de sus zapatos.

—¡Muuú! —mugió burlescamente el *Ingeniero*—. Ya la has metido; ya has soltado una barbaridaz. No la hagan ustés caso —continuó, dirigiéndose a los dos jóvenes—; le tié tirria a la Nicanora porque la chica está por mí. La semana pasá se tiraron del pelo y fueron a la delegación del distrito.

—Que sus den morcilla a los dos —dijo la gorda con bronco vozarrón.

Y satisfecha de este caritativo deseo, se removió en el asiento, enderezó la sombrilla, y quedó inmóvil, con los morros apretados, fingiendo no ver ni oír al *Ingeniero* y sus parientes.

El chamarilero, sentado en el sillón, aconsejaba a su sobrino dónde debía hacer las compras. La tienda de la Ribera de Curtidores era ahora de sus hijos; se la había traspasado para quedar en completa libertad. Bien podía divertirse después de tanto trabajar. Pero le restaba la afición al negocio, sobre todo a los instrumentos de música. Los compañeros no adquirían un mecanismo defectuoso que no se lo ofreciesen para que lo arreglara; siempre tenía alguna joya como aquel órgano, y todos los domingos colocaba su puesto en las *Américas*, para no perder la costumbre.

El *Ingeniero* indignábase al hablar de sus parientes. Su hermano el anticuario era un orgulloso, que desde que trataba, por su negocio, con marqueses y curas ricos, no había quien lo sufriese. No se veían una vez que no le echase en cara sus aventurillas y escándalos. Era un jesuita, un hipócrita; vivía como un imbécil, sin alegría, sin amables desórdenes. ¿De qué le servía el dinero?... Aconsejaba a su sobrino que no entrase a verle en el viejo patio de las *Américas*.

—Te recibirá con unos aires de personaje que dan ganas de soltarle dos tortas... En cuanto a mis hijos, los dos han salido a su tío. Se pelean conmigo y me reniegan por menos de una perra chica. Apenas me saludan, y alegan que esto es porque vivo como vivo, porque hablo con ésta o con la otra. Todo filfa, pues lo que buscan es no pagarme lo que me deben por el traspaso de la tienda. ¡Qué les importa a esos judíos lo que haga su padre!... Yo parezco un chaval al lado de ellos. Aquí no hay otro joven en la familia, alegre y que se las traiga, que este cura: el *Ingeniero*.

Después aconsejó a Isidro que comprase la cama en la tienda de sus hijos. Tenían géneros baratos y nuevos. No debía adquirirla en las *Américas*. Eran todas de largo uso; la que menos, había visto morir a toda una familia. Sus primos le darían con economía lo que necesitase.

Luego preguntó por su madre, la señora Eusebia. Más de un año hacía que no la había visto. ¿Cómo le iba a la abuela con el señor Polo? Un día que tuviese humor, tal vez se decidiera a ir a Tetuán. Ya no conocía a las gentes de allá. Madrid terminaba para él en el Café de San Millán, donde se reunía con ciertos amigotes para admirar a las hembras de la plaza de la Cebada. Cuando el sobrino quisiera encontrarle, ya sabía dónde: siempre en su «farmacia». Le tenía ley al Rastro y sus alrededores, y eso que el barrio, con todo su comercio, era igual a aquellas casuchas de Tetuán de donde procedía la familia. Traperos todos: unos de burro y carro, otros con casa abierta, pero viviendo por igual de los desperdicios de la villa. Los restos de la existencia diaria, la comida y los trapos rotos, los expelía Madrid hacia lo alto; los residuos de su lujo, los muebles y las ropas, empujados por los vaivenes de la fortuna, bajaban la cuesta del Rastro para amontonarse en el estercolero de las *Américas*.

–¡Las cosas que uno ha visto, muchacho!... ¡Si los muebles hablasen!

Comenzó a dar vueltas al manubrio del organillo y la gangosa melodía sonó otra vez.

Maltrana dijo adiós a su tío; pero éste, antes de que se alejasen, tuvo un arranque de generosidad.

–Tomad lo que queráis. Ya que sois recién casados, os debo un regalo.

Y les mostraba noblemente la mercancía esparcida a sus pies, las cartillas de ciegos, con las páginas al viento o puestas en ángulo con el lomo en alto. Los dos jóvenes diéronle las gracias.

–No os ofrezco el órgano –siguió diciendo– porque le tengo querencia a la Gran Marcha. Pero cuando me canse, venid por él: pasaréis buenos ratos.

Se alejó la enamorada pareja. Feli reía del *Ingeniero*, de sus pretensiones galantes y del mastín con faldas que le acompañaba.

–Es un hombre temible –dijo Isidro con tono irónico–. El terror del barrio... Y tú parece que le has dado golpe: tendré que vigilaros...

Volviendo hacia lo alto del Rastro, asomáronse al patio de las *Viejas Américas*. La muchacha admiró las grandes tiendas de antigüedades y las de muebles con sus sillerías de sedas vistosas que alegraban los sombríos rincones del caserón. Isidro mostró a Feliciana un hombre obeso y cejudo que en la puerta de su tienda enseñaba unas planchas pintadas en cobre a dos señoras extranjeras. Aquel era su tío; debían pasar sin saludarlo, no creyera que iban a pedirle algo.

Permanecieron más de una hora en la tienda de los hijos del *Ingeniero*. Maltrana reconoció que sus primos eran unos judíos, como decía el padre, sin alegría, sin afectos, cual si tuviesen cegada el alma por el polvo amontonado en el establecimiento. Le hablaban con seriedad recelosa, temiendo que apelase al parentesco para no pagar.

En otro sitio hubiese adquirido Isidro los mismos muebles a menos precio. Pagaba el parentesco y la vergüenza del regateo. Compraron una camita dorada, una mesa de escribir, otra de comedor, varias sillas y un colchón con almohadas y dos mantas. Todo era modesto, de poco precio; pero la cama, con sus hierros coruscantes, les pareció a los dos un derroche, un alarde de suprema elegancia, una manifestación de su propósito de vivir en grande, sin privaciones. Siete duros les costó esta joya. Los dos se miraban con inquietud. ¡Qué modo de gastar el dinero! Pero este remordimiento desvanecíase al examinar la cama otra vez, fijándose especialmente en el colchón de muelles. ¡Ella, que no había conocido otro lecho que un jergón sobre tablones en la casucha del *Mosco*! ¡Él, que durante años aguardaba a que le dejasen libre el camastro para descansar sus huesos!...

Los dos abandonaron la tienda, trémulos de emoción por las adquisiciones que acababan de realizar. Por fin, iban a tener una casa, a ser dueños de algo. Comenzaban una vida nueva. Antes de dos horas tendrían los muebles en su casita, en aquel nido próximo a las nubes.

–¡Cuánto dinero hemos gastado! –decía Feli, apreciando con el tacto la disminución del envoltorio que llevaba en la mano–. Si seguimos derrochando así, dentro de poco pediremos limosna.

Isidro la tranquilizaba: aún tenía más dinero para las necesidades de la casa. Y después, ganaría nuevas cantidades; contaba con su pluma para vivir.

Y hablaba de su pluma con petulante seguridad, como si el mundo entero aguardase impaciente que él se dignara escribir algo para adquirirlo.

Salieron del Rastro. Cerca de la plazuela contemplaron un instante los puestos de los remendones que aprovechan el calzado viejo recogido en las calles. Tenían ante ellos grandes montones de zapatos húmedos, extraídos de una gran cuba, y agarrándolos como animalillos muertos, les arrancaban las tachuelas, las suelas, los tacones, todo lo aprovechable. Lo inservible caía en el suelo, pegándose a las piedras como inertes piltrafas.

Junto a la estatua del héroe de Cascorro se cruzaron con dos ropavejeros que volvían de recorrer las calles pregonando sus ofrecimientos de compra. Llevaban al brazo varias prendas de ropa. Calzaban alpargatas, cubríanse la cabeza con boinas, pero encima de ellas, como si fuesen las enseñas del oficio, llevaban con solemnidad, uno de ellos un sombrero de copa, y el otro una teja de cura de un negro verdoso. Caminaban gravemente, como dos caricaturas de la riqueza y el clero, sin prestar atención a las risas de los curiosos, y se metieron en la taberna del *Manco* para hablar de sus asuntos entre dos «tintas».

Isidro y Feliciana sentían impaciencia por verse en su casita. Dudaron un instante ante la puerta de un café, no sabiendo si almorzar en él. No; mejor sería en su casa, completamente solos, sin la molestia de las miradas del público.

Al presentarse el camarero con una gran bandeja en aquel piso alto donde ocultaban su felicidad, tuvieron que colocar sobre una mesilla del señor Vicente el solomillo con patatas, la merluza frita, el postre de pasas y almendras y la botella del vino. Comieron con el buen apetito de la juventud, con esa excitación que proporciona la novedad de los cambios de sitio.

Feli, de vez en cuando, fruncía el entrecejo con sus preocupaciones de amita de casa.

—Esto empieza mal; gastamos demasiado. Con lo que cuesta este aparato que han traído del café tengo yo para dos días.

Maltrana contestaba con risas. Había que alegrarse: aquel domingo era el de sus bodas, el primer día que pasaban juntos. Ya pensarían luego en las economías.

Bebieron en el mismo vaso, cuidando el uno de poner los labios en la empañadura que dejaba la boca del otro. Se besaban entre bocado y bocado, marcándose en las mejillas redondeles de vino y de grasa:

—¡Cochino, cómo me pones! —decía Feli con gracioso mohín, limpiándose la cara—. ¡Ay! ¡Déjame comer! ¡déjame tranquila! Mira que estoy cansada, que deseo paz... que aún nos queda mucho por arreglar.

La presencia del señor Vicente hizo que el almuerzo acabase con cierta tranquilidad. Venía de oír varias misas, de asistir a una reunión de Hermandad, de hablar con los señores de la Conferencia, que le entregaban las estampitas y hojas piadosas para los impíos de la plebe. Los domingos eran días de gran trabajo.

Se negó a aceptar los restos del almuerzo que le ofrecía el joven. Gracias, señor de Maltrana; no era orgullo, pero estaban en Cuaresma, y él ayunaba rigurosamente. Había devorado en la calle su modesta colación; la carne pecadora ya tenía bastante.

Fijaba sus ojos enfermos en Feli con cierta inquietud, turbado por la presencia de una mujer joven y bonita en su propia sala, en medio de los estantes empolvados repletos de tomos de pergamino que guardaban toda la sabiduría y la santidad del mundo.

—¿Conque usted es la señora del señor de Multrana? Vaya, vaya... Que sea por muchos años.

Y al decir esto, paseaba por la habitación con sus zapatos de cura, que parecían querer escapársele a cada paso, acompañando sus movimientos con un monótono chac-chac. Tenía en sus piernas algo inexplicable que parecía repeler los lacios pantalones que las cubrían. Feli pensaba que aquel hombre había nacido para llevar una sotana, un hábito, una envoltura talar. Se movía y andaba como si unas sayas invisibles estorbasen su paso.

—¿Conque usted es la señora del señor de Maltrana? —repitió otra vez, no sabiendo qué decir—. Vaya, vaya... Que Dios la bendiga y la dé muchos hijos, para que la acompañen en el ciclo... Tiene usted cara de buena; el señor de Maltrana también es bueno, aunque algo olvidado de la salud del alma. Usted le guiará por el buen camino: las señoras, para estos casos, saben más que nosotros. Creo que nos entenderemos, que viviremos como buenos cristianos, en santa paz. El señor Vicente entró a detallar su futura vida. Libertad completa para todos. Ellos tenían su llave, y él guardaba la suya. Cada uno podía entrar y salir cuando quisiera. No hacía falta llamarse más que en casos de necesidad, como buenos hermanos. Él se acostaba muchas veces cuando aún había sol en el horizonte. Otras llegaba a altas horas de la noche. Se retrasaba peleando con algún pecador de lengua blasfema; velaba enfermos, con la esperanza de que se arrepintiesen a última hora. La noche era tan buena como el día para servir a Dios. Además, dormía poco: le repugnaba el sueño, por ser el momento que aprovecha el Malo para tentar y atormentar con visiones pecaminosas e impuros disparates. Ansiaba la llegada del día como un descanso, y antes de apuntar el alba estaba de pie para asistir a la misa primera. Cuando ellos se levantasen, ya andaría él muchas horas por el mundo.

—No crea usted, señora —continuó—, que siempre he vivido tan cristianamente. He tenido mis épocas de calavera, de trasnochador.

Al decir esto, sonrió con una candidez que pretendía ser maliciosa.

—Cuando yo conquistaba a mi zapatero, un demonio de Granada que cometió enormes sacrilegios, y cuya conversión no sé si se la habrá contado don

Isidro, entonces pasé meses y aun años acostándome después de la salida del sol. El pecador tenía gusto en oírme, y yo me agarraba a él, acompañándolo a las tabernas y a sitios peores, señora... a sitios donde fueran conducidas en tiempos de martirio las santas vírgenes para ser atormentadas en lo que más estimaban. El Señor me lo perdone... Él bebía y hacía cosas peores; yo le hablaba, sin aceptar sus obsequios, sin hacer caso de sus blasfemias, esperando que estuviese bien borracho para ver si de este modo podía meterlo en una iglesia y que oyese una misa, una tan sólo, con la esperanza de que Dios y su santísima Madre me habían de ayudar, tocándole el corazón. ¡Y costó, pero llegó! Pasé años haciendo una vida de pillo, pero puedo decir que he devuelto un alma al Señor... Ya le contará más despacio el señor de Maltrana mi conquista del zapatero.

Y paseaba, guiñando los sanguinolentos ojos, frotándose las manos, celebrando su malicia y aquella conversión que era el acto más glorioso de su vida.

—Aquí estará usted muy bien, señora —continuó—. Hay de todo en el distrito; tiene usted inmediatas varias iglesias, con misas a todas las horas. Además, casi a la mano, está la catedral. San Isidro, con su famosa capilla isidoriana. Si usted no la ha oído, vaya a oírla. Un coro de ángeles, una bandada de querubines, que la dejarán con la boca abierta.

Cuando se presentaron dos mozos de cordel trayendo a cuestas una parte de los muebles, el señor Vicente se despidió. Tenía que hacer propaganda aquella tarde. Ahora visitaba a la gente de la carretera de Extremadura: unos pobrecillos sin más medios de existencia que el trabajo en los tejares durante el verano y el robar cardillos y leña de la Casa de Campo. Allí se quedaban los dos como dueños de todo. Con otros huéspedes no osaría tales confianzas. Pero el señor de Maltrana podía hacer lo que gustase y disponer de su biblioteca: todas las puertas quedaban abiertas. Si necesitaba clavar algo en el arreglo de la casa, allí tenía un poco de todo, en el cajón de los chismes. Y le mostró en el fondo de una caja clavos, tachuelas, dos martillos rotos, todo de hierro viejo recolectado en sus excursiones por las afueras y traído a casa con una minuciosidad que le hacía aprovechar cuantos objetos veía en el suelo. Si la señora necesitaba botones, hilos o agujas, también encontraría gran provisión en una tabla de la biblioteca.

Los amantes, viéndose solos, dedicaron gran parte de la tarde al arreglo de los muebles. Los habían dejado los portadores agrupados en el centro de la habitación que destinaba Isidro para despacho. Después de largas reflexiones y no menores titubeos, se dispusieron los jóvenes a colocarlos.

–Aquí la mesa, junto a la ventana –dijo Feli–. Tú escribirás de espaldas a la cocina, y yo vendré de puntillas, poquito a poco, y... ¡zas! te daré el gran susto, cuando menos lo esperes, echándote los brazos al cuello, besándote... así, así.

Y el silencio monacal de la casa del hermano Vicente conmovíase escandalizado por una lluvia de ruidosos besos y por los suspiros de pasión que acompañaban a los fuertes abrazos.

Al colocar la mesa de comedor, sentáronse frente a frente; pero arrepentidos de establecer entre los dos este obstáculo, diéronse las manos por encima de ella, mientras por debajo se buscaban los pies. Luego, soltándose Feli con inesperado tirón, se levantó y corrió alrededor de la mesa, perseguida por Isidro, que lo acosaba con rugidos de ogro.

–¡Que te como, feísima!... ¡Que te devoro, sosa... desgalichá!

Con tales intermedios, el arreglo de los muebles, a pesar de ser pocos, amenazaba prolongarse hasta bien entrada la noche.

La colocación de la cama fue el asunto magno de la tarde. Cambiáronla de sitio un sinnúmero de veces, sin que llegase a quedar nunca a gusto de los dos. Sudaban, con la cara roja de fatiga, al mover y dar vueltas a este armatoste dorado en la estrechez de la habitación.

Feli, arremangándose los brazos, pegados a su frente los rebeldes rizos con el sudor y el polvo, daba paraditas en el suelo y torcía el gesto, no encontrando nunca a su gusto la posición de la cama. Quería que se viese bien, que la luz hiciera brillar el oro con todo su esplendor: para esto habían gastado el dinero. Y cuando la veía colocada en estas condiciones, surgían otros inconvenientes. ¿Es que iba a dormir ella junto a la pared?... No; ella sería la primera en levantarse; había de madrugar para el buen arreglo de la casa, y no quería que Isidro viese turbado su sueño.

Nuevos cambios de sitio, otros tirones y esfuerzos, sin que el maldito, lecho llegase a colocarse a su gusto en la estrecha habitación.

Feli, para apreciar en todos sus detalles la hermosura de este mueble, que la llenaba de orgullo, colocó el colchón, las mantas y las almohadas sin funda. Sábanas ya las compraría al día siguiente, pues había sentido repugnancia por las que le ofrecían en el Rastro. Quedó largo rato contemplando la cama con cierta indecisión.

–¿Estará bien así, Isidro? ¿Qué dices tú?...

Maltrana, cogiéndola del talle, le hablaba al oído, cosquilleándole una oreja con su aliento. Así o de otra manera, bien estaba. ¿Iban a pasar la tarde sudando y haciendo fuerza como gallegos? La pobre cama tenía derecho a quejarse con tantos arrastres y vueltas. Había que dejarla quieta... hacerle los honores de la nueva instalación...

Feli se abandonó, vencida, trastornada por el susurro tibio que acariciaba su oído, erizando al mismo tiempo la suave película de su mejilla. Durante una hora durmieron los ecos de la casa del santo, sin otros estremecimientos que el metálico ruido del armatoste, que parecía condenado a no descansar.

Cuando los amantes, dando por terminado el arreglo del dormitorio, volvieron a lo que había de ser despacho, Maltrana buscó el martillo y los clavos.

Quería adornar su habitación de trabajo colocando unas láminas regaladas por un amigo. Eran retratos, y el joven explicó a Feli la grandeza de todos aquellos señores que mostraban sobre el papel su gesto leonino, mirando a lo alto con ojos ardientes de inspiración.

–Fíjate, nena; éste es Víctor Hugo, un semidiós. Cuando yo arregle mis libros, te daré a leer algo suyo. Este otro es David-Federico Strauss, uno que se metió a examinar la vida de Jesús y no dejó en ella títere con cabeza. Este barbudo es Darwin; el otro, que parece un erizo blanco, mi gran tío Schopenhauer; el de más allá, Zola, con su mirada triste, como si fuese a llorar; aquel viejo tan guapo y simpático, el amigo Hæckel... Todos gentes distinguidas, apreciables puntos, que no se ofenderán de vivir con nosotros en plena alegría juvenil. ¡Las cosas que van a presenciar estos ilustres gachós!...

Feli sonreía contemplando los retratos, creyendo de buena fe, en su sencilla ignorancia, que eran señores de Madrid a los que conocía y trataba su amante. Esta misma amistad la hizo presentir que podían ser mal vistos por el dueño de la casa.

—Pero Isidro, ¿y don Vicente? ¿No se ofenderá al ver a estos caballeros?

Maltrana prorrumpió en una carcajada al oír el nombre del «santo». El día anterior, al dejar los grabados en la casa, se los había enseñado, quedando el devoto perplejo largo rato en su contemplación.

—Yo —dijo— desconfío siempre de los señores que tienen mucha fama. No conozco a estos caballeros más que para servirles; jamás leo periódicos; pero me escamo cuando los papeles hablan mucho de un hombre. Ahora sólo se habla de los grandes pecadores: los santos viven en la oscuridad.

Luego de una larga reflexión, había preguntado:

—¿No estarán entre estos señores Voltaire y Garibaldi?

El hermano Vicente no conocía mayores impíos. El nombre de Voltaire, pronunciado con todas sus letras, le hacía estremecer, al mismo tiempo que se alteraban sus ojos inflamados con el lagrimeo de la rabia.

—No; señor Vicente; no están.

—Me alegro. Porque si estuvieran Voltaire y Garibaldi, yo me marcharía. No podría vivir bajo el mismo techo que esos demonios.

Y más tranquilo ya, examinó los retratos, alabando a algunos de aquellos señores, que, por sus grandes barbas de plata y sus frentes serenas, tenían, según él, caras de santo.

Cuando Maltrana terminó de clavar unas perchas en el dormitorio y dio por definitivamente colocados todos los muebles, comenzaba a anochecer. Había que pensar en la cena y en la luz. Las necesidades de la vida turbaban su amoroso aislamiento, haciéndoles salir de aquella inconsciencia de pájaros errantes que por primera vez construían nido.

Isidro tomó el sombrero para bajar a la calle y hacer sus compras.

—Adiós, niña... Rica, adiós: vuelvo en seguida.

Se despedían entre fuertes abrazos. Alejábanse y volvían a juntarse, con nuevos besos, como si fuese él a emprender un interminable viaje. Por fin, se separaron en el rellano de la escalera.

—Cierra bien —dijo Maltrana, como si temiese los mayores peligros durante su ausencia.

Y sólo se decidió a bajar cuando vio cerrada la puerta y sonaron tras ella los ruidos de la llave y el cerrojo.

Volvió a la media hora, con un paquete de bujías, dos chuletas empanadas de una taberna cercana, una libreta, una botella de vino y un paquete de dulces. ¡Juerga completa! Decididamente, la vida de burgués, con casa propia y mujer única, tenía grandes encantos. La vida era alegre; había que dar a la vida un sentido helénico, y el helenismo no podía ser más fácil de conseguir: estaba en el escaparate de una confitería, en los ojos de una tierna muchacha, aunque hubiese nacido entre los estercoleros de Tetuán.

Feli le aguardaba en el rellano, trémula de miedo.

—Isidro, ¿eres tú? —preguntó con voz acongojada.

Había anochecido. Al invadir las sombras su nueva habitación, la muchacha experimentó el terror de lo desconocido. La daban miedo los libros en sus vetustas estanterías; pensaba con pavor en cierto Cristo ensangrentado, con lacias melenas, que el señor Vicente tenía en la pieza inmediata. Se había refugiado en la escalera y aguardaba impaciente la llegada de Isidro.

Éste encendió una bujía, y fue alineando sus provisiones sobre la mesa. Feli, con la luz y los dulces, recobró la alegría.

Comieron y bebieron, hablando de acostarse al poco rato. Reían, pensando en que otras noches, a aquellas horas, todavía vagaban por los campos. Iban a dormir como las gallinas. ¡Oh la vida ordenada! ¡La vida tranquila, lejos de todos, queriéndose mucho, aislados del mundo, en el dulce egoísmo del cariño!... Les parecía imposible que las gentes fuesen tan ciegas que no supieran vivir así.

Mientras comían, hablaron de lo que pensaban hacer a la mañana siguiente. Visitarían las tiendas de la calle de Toledo para que ella compre las sábanas. Isidro, desoyendo sus protestas, pensaba regalarle cierto vestido expuesto en un maniquí a la puerta de una tienda de modas. Además, acordábase de que hacía tiempo que soñaba Feli con unas botas altas, muy altas, de suave color de limón y con muchos botones.

—Pero ¡nos vamos a arruinar, nene! —suspiraba ella, posando la cabeza en un hombro del amante—. Tú no tienes dinero para tanto.

Maltrana protestó. Él trabajaría. ¿Y para quién era todo su dinero?... Para su Feli, para su gorrera graciosa, que lo había abandonado todo; siguiéndole a él, pobre y feo.

—¡No digas eso!... —suspiraba ella—. Tú eres el hombre más guapo de Madrid, el que más sabe. Aunque me buscase el mismísimo príncipe de Asturias, le diría que no. Ya tengo a mi Isidro, que es para esta pobrecita mucho más que los príncipes y los reyes. ¡Si supieras qué celos me daba una compañera de taller cuando decía que, aunque feo, eres simpático!...

Terminada la cena, devoraron los dulces y bebieron las últimas gotas de vino. Feli, sin darse cuenta, habíase deslizado de su asiento, acabando por acomodarse en las rodillas de Maltrana. Le ofrecía entre sus labios un dulce; lo partían con largo y meloso beso, y el joven, después de esta caricia, hablaba gravemente de su porvenir.

—Vivimos mal, Feli —decía—. ¿Crees tú que estoy satisfecho de la existencia que te ofrezco?... Ahora podemos sufrirlo todo porque somos jóvenes, porque nos amamos. Tenemos la salsa que hace chuparse los dedos con el plato más insípido: la alegría y el amor...

—Yo estoy bien, nene. Quisiera quedarme para siempre así... con la cabecita en tu hombro... y dormirme... y no despertar nunca.

—Pues yo deseo más. Yo quiero darte criada y un cuarto mejor, y que vistas como una señora, y vayas al teatro, y algún día la gente te salude, y digan todos: «Ahí va la mujer de Isidro», y hasta en los periódicos se hable de «la bellísima señora de Maltrana».

Feli rió como una niña.

—Pero ¡qué tonto!... ¡Qué cosas tan *superficiales* deseas! Lo que importa es quererse. La gente que se arregle como pueda; que diga lo que mejor le plazca.

Maltrana quedó largo rato pensativo. Sentía el entusiasmo, la fe en el porvenir, los ensueños de ambición que acompañaban todos sus momentos de bienestar físico.

—Empezamos mal, Feli; con grandes necesidades, como todos los que subieron muy alto... Tú no te das cuenta de adónde podemos llegar. Me quieres, pero ignoras en realidad quién es tu Isidro. Hasta el presente he luchado con la mala suerte; pero tú me traes la Fortuna. Trabajaré, escribiré mucho: tengo ahora una fuerza, un vigor para el trabajo, que no había conocido nunca. La gente acabará por fijarse en Maltrana, por ver en él un gran escritor, un talento extraordinario.

—¡Quién lo duda, bobito! —exclamó Feli—. Tú tienes mucho talento: eso lo he dicho yo desde que te conocí. Deja que te bese esa frente donde guardas tu talentazo; deja que te acaricie con los labios ese almacén de donde sacas tus cosas bonitas.

Oprimía entre sus brazos la cabeza del amante, la besaba enardecida, como si quisiera morder su frente enorme y rugosa.

Maltrana, después de desasirse, continuó con entusiasmo:

—Me dedicaré a la política; quiero que seas una gran señora, y en este país no hay camino mejor para subir aprisa. Yo llevo dentro algo. El día que me conozcan, impondré respeto. Seré director de periódico, seré diputado... ¡Llegaré a ministro, Feli, y tú serás mi mujer, la esposa de Su Excelencia!...

El joven hablaba con la fe de todos los humildes de alguna imaginación, que hasta en los momentos de mayor angustia se sienten tocados por las alas de oro de la Quimera y creen que en el porvenir les aguardan inmóviles la riqueza o la fortuna política para que las tomen con sus manos. Feli reía con entusiasmo infantil, no sintiendo la menor duda acerca de las esperanzas de su amante, creyendo que estos ensueños podían realizarse al día siguiente.

—¡Yo, ministra! —exclamó—. ¡Y tendré coches, y los lacayos se me quitarán la chistera con galones dorados, y mi tío el *Federal* se quedará con un palmo de boca abierta cuando pase en carretela por la Puerta del Sol, frente a su oficina!... ¡Y tú irás a Palacio y te tratarás con las grandes damas, y...!

El rostro de Feli pareció entenebrecerse. Apretó los labios, le brillaron los ojos, y dijo con enfurruñamiento:

—No; tú no serás ministro; no quiero que lo seas, no me da la gana, ¿lo entiendes, Isidro?... Dime que no lo aceptarás aunque te lo ofrezcan; dímelo, o reñimos... El mundo está lleno de tentaciones, y ¡no digo nada si acudirían las señoronas al ver a este feo, que habla como los propios ángeles y tiene tanto talento, vestido de general, con una casaca de esas que tienen la pechera bordada de ojos!... ¡lo mismo que las moscas a la miel! ¡Ojo, señorito! Yo tengo mucho quinqué, y adivino las cosas. No serás ministro, no. Dime en seguida que no lo serás, o te pego.

Se incorporaba sobre las rodillas de Isidro, y fingiendo furor, abofeteábale con su blanca manecita. Después, pareciéndole poco este castigo, metía sus dedos en la crespa cabellera del joven, tirando sin compasión de los mechones.

–No, no lo seré –exclamó Maltrana–. Presento la dimisión de la cartera; crisis total. Pero ¡déjame el pelo, niña, que me haces daño!

–Está bien –dijo Feli más tranquila–. Te dejo, pero ¡cuidadito con faltarme a la palabra!... Lo que deseo es que algún día vivamos como esos matrimonios que no tienen que rabiar por el puchero, que envían sus hijos a un colegio, tienen su buena casa allá en el barrio de Salamanca, salen a paseo juntos, y los días que hace mal tiempo se dan una vueltecita en coche, muy apegadizos, con los vidrios levantados. ¿Puede ser esto, Isidrín?... Tú escribirás mucho; escribe cuanto quieras: yo no he de enfadarme por eso. Pero sin cansarte, ¿eh? Cuando te canses, lo dejas; no quiero que se me pongan enfermos estos ojitos tan monos.

Y besaba los ojos de Maltrana delicadamente, como si temiera lastimarlos con sus labios.

–Podías hacer también cosas para los teatros; mi tío dice que eso da mucho dinero... Pero no: ¡qué bruta soy! Dime que no en seguida, o te araño. ¡Dónde iba yo a meterte!... Nada de teatro: queda prohibido. Escribirás en los periódicos, escribirás libros; y si alguna vez las señoronas te envían cartitas, entusiasmadas por esas cosas tan monas que sabes decir, ¡cuidado con hacer caso de ellas!... Mira que tú aún no me conoces; mira que yo, cuando le tengo ley a una persona, soy peor que una mosca.

Y la pobre Feli, haciéndose la temible, se apretaba contra Isidro, le estrechaba en sus brazos, frotaba su cara en uno de sus hombros, le acariciaba el cuello con el raso de sus labios.

Sentíanse invadidos los dos por una dulce laxitud, por un deseo de descansar en algo más sólido que las frágiles sillas... ¡A dormir! Pero no durmieron: no tenían sueño.

Escucharon desde su cama, envueltos en la oscuridad, el rechinar de la cerradura y la entrada del señor Vicente, a tientas, en su habitación.

Feli, apretando su boca contra un brazo del amante para que no sonase su risa, seguía, regocijada, todos los ruidos del «santo», adivinando su significación. ¡Plam! ¡Plam! Era que se quitaba, los zapatones de fraile, arrojándolos lejos. Ahora, se desnudaba; después se tendía en el jergón.

La traviesa Feli tuvo un pensamiento que la hizo retorcerse con grandes contorsiones para ahogar su risa. Isidro le preguntó al oído, riendo igualmente, sin saber por qué. ¿En qué pensaba?

—Pienso... —murmuró la muchacha— pienso en la figura que hará el santo en camisa.

Y los dos, fuertemente abrazados, volvían a reír, estremeciéndose sus carnes desnudas bajo la manta, rozándose con el temblor del regocijo sofocado.

Sonó largo rato un murmullo en la vecina habitación. El señor Vicente rezaba sus oraciones. Luego, un ronquido fatigoso cortó el silencio.

Los amantes no durmieron. Reían de este roncar grotesco interrumpido por largos suspiros. El señor Vicente despertaba unos instantes, mascullando santas exclamaciones: «¡Ay, señor!», y volvía a sumirse en su sueño intranquilo, cortado por las visiones del ayuno y la exaltación.

Oían detrás del tabique su voz medrosa con sacudidas de terror:

—¡Suéltame... te conozco! Eres el Malo... ¡Largo de aquí!

Feli no pudo contenerse por más tiempo, y su carcajada infantil rodó en el silencio como una campanilla de plata.

Así transcurrió la noche. Los amantes ya no reían; callaban, como si durmiesen. En su habitación gemía la cama con ligeros temblores, cual si anduviesen ratas por debajo de ella.

Al otro lado del tabique hablaba en sueños el señor Vicente, estremecido por el horror de sus visiones.

—Te conozco, Malo... Pierdes el tiempo enseñándome esas asquerosidades... Mi carne está muerta... Gloria al Señor... La impureza no entrará en la casa de su siervo.

7

MALTRANA, EN LA APACIBLE calma de su nueva existencia, terminó pronto el libro del marqués de Jiménez. El grave prócer mostrábase satisfecho del trabajo. Además, por encargo suyo, vigilaba el joven la impresión y corregía las pruebas. ¡El senador tenía tantas ocupaciones!...

Cada vez que Isidro le presentaba un pliego impreso, don Gaspar examinábalo minuciosamente, dando bufidos de satisfacción ante las páginas que presentaban gran cimiento de notas. Las que aparecían con el texto solo, provocaban en él un mohín de disgusto.

—No tienen seriedad —decía el senador—. Parecen páginas de una novela. Pero, hombre, ¿qué le hubiera costado poner unas cositas al pie?...

Cuando el libro estuvo impreso, el marqués hizo un nuevo encargo a Maltrana. El jefe del partido, que había de escribir el prólogo, entreteníale con excusas, sin cumplir su promesa. Don Gaspar no se ofendía por ello, conociendo las exigencias de la política, la vida cruel, abrumada de trabajo, que arrastran sus hombres. Por fin, el importante personaje, dando al marqués una muestra de gran confianza, le había rogado que escribiese él mismo el prólogo, autorizándole para que pusiese su firma al pie. Quien había escrito un libro tan notable, bien podía en una noche pergeñar unas cuantas cuartillas a guisa de introducción.

—Y yo, joven amigo —siguió diciendo el prócer—, le transmito a usted el encargo, rogándole que haga todo cuanto sepa... ¡Qué honor, joven! ¡Escribir cosas que ha de avalorar con su firma un personaje ilustre! Muy pocos alcanzan esta gloria a la edad de usted... Creo inútil indicarle lo que el prólogo debe decir. A su talento me confío. El jefe me quiere mucho; de permitirlo sus ocupaciones, hubiese dedicado a mi obra grandísimas alabanzas. Tire usted de pluma sin miedo. Mejor que nadie, sabe usted que ese libro es el resumen de una larga vida política y que hay en él cosas muy notables.

Descendiendo, como él decía, a la práctica, y sin soñar –eso nunca–, habló el marqués de la remuneración del nuevo trabajo. Por el libro, ajustado en tres mil reales, le daría mil pesetas, pues estaba contento, aunque no había apretado la mano tanto como él deseaba en lo de las notas. Aun así, el jefe, que sólo conocía el índice, había hecho grandes elogios de la erudición de la obra. Por el prólogo le aumentaría cincuenta duros, pero tendría que lucirse, haciendo un trabajo que asombrase y apabullase a los otros caudillos de grupo que osaban discutir en el Congreso con el ilustre jefe.

–Estos son misterios de alta política. ¡Qué honor para usted conocerlos siendo tan joven! Punto en boca, amigo Maltrana: me perdería usted ante el jefe si éste llegase a saber que el prólogo lo ha hecho otro que yo. No tendría confianza en mi, y a usted le conviene que la tenga... Cuando seamos poder... ¡Ya verá usted cuando seamos poder!

Con estas esperanzas pretendía halagar a Maltrana para que guardase silencio. El joven escribió el prólogo, mostrándose satisfecho de la retribución. ¡Cinco mil reales, de los cuales llevaba comidos cerca de la mitad!... Le quedaba cuerda para dos meses largos, y en este tiempo, raro sería que don Gaspar, halagado por el éxito, no desease hacer otro libro. Decididamente, la vida era alegre.

Aún no había salido del primer encantamiento de su existencia plácida, ordenada y tranquila al lado de Feli. La muchacha se revelaba como una excelente ama de casa. Descendía por las mañanas a la plazuela con mantón y cesta; después, pasábase el día con los brazos arremangados, cocinando, sacudiendo el polvo, repasando la escasa ropa de Isidro.

Nunca había ido éste tan pulcro. Sus amigos hablaban con asombro de la blancura de su camisa y la limpieza de su sombrero. Además, engruesaba, tenía mejor color. Los pucheretes de Feli, los guisos campestres aprendidos en casa de su padre y el no trasnochar daban nuevo vigor a su cuerpo quebrantado por las privaciones y desarreglos de la vida bohemia.

–Tiene una muchacha –decían sus camaradas– que le arregla y le cuida: una verdadera ganga, y además, guapa. ¡Qué suerte la de ese chico!...

Y comentaban el astuto recelo de Maltrana, que, conociendo la lengua libre y las audacias de la tropa menuda de sus amigos, cuidábase de ocultarles su domicilio. Temía las visitas de éstos, y aun a los más íntimos les daba cita en el salón del Ateneo llamado de la «Cacharrería».

Feli, por su parte, también experimentaba los beneficiosos efectos de la nueva existencia. Mostrábase alegre; sólo de tarde en tarde pasaba una nube por sus ojos, acordándose del *Mosco*. ¡Qué haría su padre en la casucha de las Carolinas! ¡Qué diría de ella!...

Cuando en las tardes de los domingos salían los dos a las afueras, evitando el aproximarse a los Cuatro Caminos, o paseaban por las avenidas más solitarias del Retiro, el amante contemplábala con cierto orgullo, como si fuese obra suya, complaciéndose en sus perfecciones.

–¡Si te viesen tus amigas de antes, chiquilla!... Estás hecha una señorita; el día en que menos lo esperes te compro un sombrero.

Había adquirido Feli su traje en una tienda de modas de la calle de Toledo. La sedujeron unos maniquíes colocados en la acera como si fuesen damas sin cabeza, vestidas de colorines y alineadas para una recepción. Del vientre de todas ellas colgaba un cartel con la cifra del precio. Feliciana había escogido un traje azul con adornos negros, «última moda venida de París», según declaración formal del hortera. Con él y una mantilla modesta, la muchacha parecía otra. Hasta ocultaba con guantes aquellas manos que eran su orgullo en el barrio de las Carolinas.

Pero lo que más satisfacía su vanidad femenil eran las botas, las famosas botas color limón con las que había soñado tantas veces, y que apreciaba como el mejor de los regalos de Isidro. El calzado era una de sus preocupaciones. Consideraba sus pies la parte más preciada de su persona, y al andar fijaba los ojos coquetamente en las dos manchas de oro pálido, de aguda punta, que aparecían y se ocultaban alternativamente bajo el borde de su falda.

De sus paseos del domingo volvían fatigados, con los pies cubiertos de polvo, pensando en la dulce quietud de su casita, en la cena que les esperaba, en la noche de cariñosa intimidad, interrumpida al otro lado del tabique por las visiones tentadoras del señor Vicente.

–Estamos hechos unos burgueses –decía Isidro–. No hay en Madrid una pareja legal que viva tan virtuosamente como este par de socios... libres.

Y se aislaban cada vez más, satisfechos de su amor, olvidados del mundo, creyendo que la vida podía deslizarse de este modo eternamente.

Maltrana, al ir por la calle, examinaba a las gentes con extrañeza, como si fuesen de otra raza, como si él procediese de un mundo distinto. Al bajar de su alta habitación, creía descender a otro planeta.

La gran mayoría de los transeúntes no amaban ni eran amados. ¡Y podían subsistir así!... Él apenas si se acordaba de los tiempos recientes en que vivía como en el limbo, sin otras pasiones que leer, soltar paradojas y morder a los de arriba, no enterándose de que existían mujeres en el mundo y un sentimiento llamado amor. Ahora le parecía imposible haber vivido de este modo, como una planta, como un pedrusco, sin verdadera alegría, sin dulces tristezas... sin ideal. Como él había sido, así eran casi todas las gentes que pasaban junto a él. Vivían preocupadas por las más groseras aspiraciones, sin una chispa de amor. Toda la poesía de la tierra se reconcentraba en unos cuantos, que eran ellos, los enamorados.

Maltrana pensaba con orgullo que en el mundo existe una reducida aristocracia, y que él pertenecía a ella: la aristocracia del amor, de los que saben embellecer la vida con sus pasiones. Los demás eran pobres bestias que bostezaban de aburrimiento con los ojos bajos y los pies en el barro, aunque gozasen de todos los refinamientos del bienestar.

Una tarde, Maltrana encontró al señor Manolo el *Federal* en la acera de la Puerta del Sol, donde tenía establecidas sus oficinas.

–Bien, muy bien, ciudadano –dijo irónicamente el capataz–. Tú y la Feli la habéis metido hasta el corvejón. Paece mentira que hombres intelectuales que no son del cuarto estado cometan esas pifias.

Le miraba con sus ojos saltones, limpiándose el sudor de la frente, jadeando, antes de hacer caer sobre Isidro la avalancha de su indignación.

–Paece mentira, hombre... Y no creas que yo pienso ojetar nada contra el hecho de que tú y la Feliciana haigáis pactado el amontonaros, en uso de vuestra perfecta autonomía. Eso podrá escandalizar a los reaccionarios y a los unitarios, pero no a mí, que soy un ciudadano consciente y he pactado también muchas veces. El hombre es libre, la mujer es libre, el amor debe ser libre y autónomo... Pero lo que resulta una chiquillada, digna de azotes, es el dejar esa mocosa a su padre abandonado allá en las Carolinas. Yo voy a hacerle un rato de sociedad con más frecuencia que antes. El *Chispas* vive con él, y no se las campanean mal. Hacen cada cachuela que Dios se chupa los dedos. Pero el pobre *Mosco* está triste, le falta algo; no quiere que le nombren a la chica, y menos a ti. Bebe como un mosquito, y cuando tiene la tajá, la toma con los guardas, y quiere irse al Pardo para matar cara a cara al que asesinó a *Puesto en ama*. Le habéis puesto de un modo, que el día menos pensado hará una barbaridad.

Maltrana se conmovió con hondo remordimiento al pensar en el daño causado a aquel amigo. Sintió vehementes anhelos de reparar su falta. El señor Manolo podía interceder por ellos; él conseguiría que su hermano les perdonase.

–Lo que habéis hecho –continuó el *Federal*– es una chiquillada que no tiene nombre. ¿Os queríais?... está bien; pues haber venido a mí, que soy la práctica, y juntos hubiésemos ido a las Carolinas a tener un rato de sociedad, y yo, con mi labia, habría presentado una moción... «Hermano: estos chicos se quieren, ya tienen edad de ser autónomos, y deben confederarse ante la Naturaleza. Además, las cosas no merecen otro arreglo: andan, después de cerrada la noche, muy agarraditos por los desmontes, según dicen las malas lenguas, y me recelo que se han comido el puchero antes de las doce. He dicho.» E iniciado el debate, habríamos discutido con todos los turnos que fuesen menester, y al reasumir yo, es seguro que, en uso de vuestros derechos individuales, os habríais ido al catre, sin que el *Mosco* las echase de tirano centralizador. Pero ahora, después de vuestra calaverada sin substancia, veo difícil que encaucemos el debate.

Maltrana, impulsado por el remordimiento, tuvo un arranque de audacia, y habló de ir con el capataz en busca del *Mosco* para pedirle perdón.

—No: es demasiado pronto —dijo el señor Manolo—. No vayas; si te presentases así, de sopetón, sería capaz de tratarte lo mismo que a un gamo. Tiene unas ganas locas de matar a alguien. Déjame que yo lo arregle; tú no sabes adonde llega mi habilidad; figúrate que estás hablando con la mismísima diplomacia.

Él ablandaría poco a poco a la fiera. Mientras ellos no fueran por allá, no correrían peligro alguno. El *Mosco* permanecía en sus territorios y juraba no volver a Madrid, por no encontrarse con los fugitivos. Le enfurecía que le hablasen de ellos. El señor Manolo no los mentaba nunca, y eso que sabía dónde se ocultaban desde la semana siguiente a la de su fuga. Vivían cerca de la plaza de la Cebada, en la casa de un reaccionario, de un loco que repartía estampas y regocijaba a la gente con sus sermones.

—Yo lo sé todo —dijo el capataz, riendo ante el asombro de Maltrana—. En mi oficina se habla de cuanto ocurre en Madrid.

Y miraba su oficina, la ancha acera, con su incesante corriente de transeúntes y sus vendedores, de plantón, pregonando billetes del próximo sorteo, gomas para los paraguas, libros baratos y perrillos de cría con un cascabel al cuello.

Se despidió Maltrana del señor Manolo, luego que éste le prometió interceder cerca del *Mosco* para que los perdonase. Podía marchar tranquilo, que en buenas manos dejaba el encargo. Él era la diplomacia.

Al llegar a su casa habló Maltrana de este encuentro. Feli lloró un poco, pero su dolor fue más breve de lo que esperaba Isidro. La vida ruda de las Carolinas, aquella existencia de nocturnas aventuras que separaba al padre de la hija, haciendo familiar en la casa el riesgo de la muerte, había embotado los sentimientos filiales de la muchacha. Tantas veces había visto al padre herido y próximo a morir, que el disgusto doméstico de su fuga lo apreciaba como un incidente de escasa importancia. En ella no existía otro sentimiento vivo que el del amor.

—Que arregle tío Manolo todo eso —acabó por decir—; que nos perdone padre. Pero nada de separarnos, ¿eh? Contigo, siempre contigo.

Una mañana, al pasar Isidro después de las nueve por la Puerta del Sol, con dirección a la Biblioteca Nacional, reconoció en la entrada de la calle del Carmen el carro de *Zaratustra* por los bizarros adornos de su caballería. El filósofo de la busca estaba sentado dentro del vehículo, con las barbas esparcidas sobre las rodillas, aguardando a su criado el *Bobo*, que recogía el estiércol de los pisos altos.

Zaratustra se incorporó al reconocer a Maltrana. Reía maliciosamente, guiñaba sus ojillos al verle por primera vez después de su fuga con Feliciana, que tanto había dado que hablar a las gentes de las Carolinas.

–No vayas por allá, muchacho –dijo poniéndose serio–. El *Mosco* es muy bruto, y está que echa chispas. Han pasado dos meses desde que os fuisteis, pero te soltará un escopetazo lo mismo que el primer día. Algunos chavales de la busca que querían a la Feliciana han averiguado dónde vivís, y le llevan este soplo y otros. Un día habló con tu abuela, y le dijo que te matará si te encuentra al paso... Pero buscarte, no creo que te busque. Se pasa las noches en El Pardo, y algunas veces va de día. Es una rabia de cazar, una locura. Me han dicho que los guardas andan de cabeza. Comenzaban a hacer la vista gorda por huir de compromisos, pero ahora se desesperan y gritan: «Quiere que le matemos». El mejor día, cazando, el rey se va a encontrar con el *Mosco*, que anda por todo El Pardo como si fuese de su propiedad.

Zaratustra pasó repentinamente a hablar de la muchacha.

–Te has llevado lo mejor del barrio, granuja. ¡Los que te envidian por allá y desean verte morir!... Pero lo que has hecho es propio de tus pocos años. ¡Ay, si tuvieses los míos! ¡Si poseyeras mi sabiduría!... Ya te cansarás: el amor es un sarampión de cabeza, que todos sufrimos a cierta edad. Cree, muchacho, que el hombre está mucho mejor solo. Ya sabes que yo pasé unos cuantos meses en la Modelo. La di tal paliza a mi tercera mujer, que la dejé chorreando sangre al pillarla con un criado que era joven. Y la muy perra tenía cerca de sesenta años. Cuando salí de la cárcel volví a tomarla, y al morir ella tomé otras. Todas son iguales, y hay que tragarlas como son, ya que las necesitamos. Te lo dije otra vez: el hombre es un animal noble y altivo; la mujer...

–Sí, Zaratustra, lo sé –interrumpió Maltrana, que temía la charla del viejo–. La mujer, si no tiene su buen traje, su bota ajustada y demás señorío, da su cuerpo al demonio. Adiós, gran filósofo; expresiones a la abuela.

Zaratustra no le dejó marchar hasta enterarse de las señas de su domicilio. Alguna mañana que acabase pronto su tarea iría a verles y echarían un párrafo.

La Feliciana se alegraría de hablar con el señor Polo, que la había visto nacer.

Transcurrió algún tiempo, sin que nuevos encuentros viniesen a recordar a los dos amantes el grave trastorno que habían causado con su fuga en la vivienda del cazador.

Isidro carecía de trabajo; pero aún duraba en las prudentes manos de Feli una parte del dinero del marqués de Jiménez. Había visitado a éste, por si le ocurrían nuevas ideas y le tentaba el deseo de publicar otros libros; pero el prócer estaba en plena luna de miel literaria.

La obra reinaba esplendorosa, con su magnífica cubierta, en los escaparates de las librerías. ¿Venderse?... ni un ejemplar. El senador lo declaraba con desaliento: nadie quería enterarse de la verdadera solución del problema social. ¡Qué país!... Así andaba él. Caliéntese usted la cabeza, trabaje usted noches y noches, estudie condensando en innumerables notas toda la sabiduría del mundo, para que después le hagan a uno menos caso que a un novillero.

El marqués lanzaba estas lamentaciones ante el joven, olvidando momentáneamente su intervención en la obra. Pero de esta indiferencia del público le compensaban los elogios de sus compañeros de la Alta Cámara, a los que había regalado el libro y lo conservaban intacto sobre la mesa, sin cortarle las hojas; los sueltos laudatorios de los diarios, obra también de gentes que no hacían más que pasear la mirada por el índice.

El prólogo del jefe lo habían publicado todos los periódicos del partido.

—¡Qué hombre, amigo Maltrana! —exclamaba el senador—. ¡Que talentazo! ¡Y qué modo de escribir tan... castizo!

Se olvidaba, en su entusiasmo, de quién era el que le escuchaba, y seguía en sus elogios al jefe y a la bondad con que le cubría de alabanzas en varios pasajes del prólogo.

El marqués de Jiménez no pensaba publicar otro libro hasta el año siguiente. Era un mal el prodigarse. Además, sentíase fatigado, pues una obra como la que acababa de publicar no se escribe todos los meses.

Lamentábase en presencia de Maltrana de sus fatigas y trabajos, con una sinceridad que daba ganas de llorar... Por ahora no tenía otra ocupación que leer las críticas de los periódicos. Pasaba las noches en un sueño inquieto, temblando por lo que podría decir la prensa al día siguiente, y cuando encontraba un pequeño suelto laudatorio lo leía a la familia, y encerrándose en su despacho, pasaba las horas contemplando con ojos amorosos el pedacito de papel, para mostrarlo después, con ademán displicente de grande hombre fatigado de la gloria, a todos sus visitantes.

Maltrana renunció por el momento a todo encargo de trabajo por parte del senador. Pero su fe no se alteró por esto: otros le proporcionarían nuevas tareas. Al verse falto de ocupación, dejó de estar en casa, y pasó las tardes en el Ateneo o en los cafés, discutiendo con la juventud literaria. De noche comenzó a recogerse tarde, aconsejando a Feli que le esperase acostada. La literatura imponía deberes: era preciso dejarse ver para hacer carrera y adquirir un nombre, asistir a los estrenos de los teatros, intervenir con interrupciones en los debates del Ateneo, hacerse notar en las interminables y estériles disputas sobre si hay Dios o no lo hay, y acerca de la separación de la Iglesia y el Estado.

Una mañana, Feli le despertó cuando estaba en lo mejor de su sueño. La noche anterior había intervenido en una discusión sobre «la filosofía de lo maravilloso», y aunque con la certeza de que esto no podía reportarle ningún beneficio positivo y los periódicos no le dedicarían más allá de una línea, descansaba satisfecho de su tarea. El grande hombre inédito se despabiló al oír que en el despacho le aguardaba su padrastro, el señor José, mostrando gran agitación. ¿Qué le quería el bueno del albañil?

Cuando salió, el señor José, casi llorando, le agarró las manos.

–¡Qué desgracia, Isidro! ¡Qué vergüenza!... Si tú no arreglas eso, voy a morir.

El joven lo hizo sentar, tranquilizándolo. ¿Qué era ello? No había que apurarse, pues para todo hay remedio. Y el albañil, en presencia de Feli, habló de Pepín, del famoso *Barrabás*, que iba a ser motivo de su muerte.

Estaba en la Cárcel Modelo. Tres días antes lo habían cogido con otros golfos, por un robo de bronces y alambres en una fábrica de Vallecas. Hacía más de un mes que había huido de la calle de los Artistas, sin que el padre pudiese averiguar su paradero. Esta fuga no era la primera. Ya sabía Isidro que varias veces había desaparecido, sin que le corrigiesen las palizas que le propinaba al volver. Tenía piel de perro, según afirmaba el señor José. Ni golpes ni consejos habían servido de nada al padre. Era un golfo, pero de los de marca; el talento de su hermano para los libros lo tenía él para el mal. Colocábase al frente de sus camaradas, como más atrevido, y éstos lo alzaban capitán.

—¡Lo que me ha hecho sufrir! —continuó el señor José—. He perdido varios jornales en un mes por dedicarme a su busca y captura, y todo inútil. Y eso que yo aún conservo cierto olfato de mis tiempos de guardia civil. He pasado días enteros en las inmediaciones del cerro del Pimiento. Me dijeron que andaba por allí con una cuadrilla de pillos y cierta pelona que es su querida, la *Piquirri*, una chicuela seca como una caña, con la cara llena de costurones, que vende periódicos en la Puerta del Sol y se arremanga para que los señores viejos la vean unas pantorrillas que parecen flautas. No he podido atraparle... Después, le busqué en la montaña del Príncipe Pío, en unas cuevas que hay debajo de los cuarteles por la parte de la estación del Norte. Creí pillarle en lo que llaman el «Palacio de Cristal», un chamizo donde se juntan los golfos con todos los plumeros y pericos que esperan a los soldados cerca de los cuarteles... Tampoco le vi... Y anoche, hablando en los Cuatro Caminos con un chico de Zamora que sirvió conmigo y está en Orden público, supe el paradero del granuja. Está en la Modelo; tú fíjate bien, Isidro; ¡un hijo mío en la Modelo!... Yo, que soy su padre, podré parecer tosco y pasar por ignorante, pero allí donde he estado nadie ha tenido que decir de mi, y los jefes me citaban como modelo de honradez.

El señor José llevábase una mano a los ojos, fregoteándolos para que las lágrimas retrocediesen. ¡Un hijo suyo en la cárcel!... Le parecía que todo su pasado de áspera integridad y honradez feroz se derrumbaba de un golpe. ¡Quién le hubiera dicho, cuando con el fusil al hombro conducía delincuentes esposados por las carreteras, que él, el soldado de la ley, el guardián del orden, procrearía carne de presidio, aumentando con un individuo más el ejército sombrío y desesperado que vivía en guerra continua con la sociedad!

Ya no tendría valor para detener en las calles a sus antiguos jefes, pacíficos veteranos que vegetaban en Madrid, abrumados por las estrecheces del sueldo de retiro. Ya no osaría decir: «¿Cómo va, mi capitán?» a aquellos señores que, recordando su pasado de probidad y obediencia, le estrechaban la mano como si fuese un igual, preguntándole por la familia. ¿Cómo iba a contestarles que un hijo suyo, el único, estaba en la cárcel por ladrón?... Aquel miserable le hacía abandonar el mundo de los buenos, le arrebataba para siempre el orgullo de una virtud que era su único lujo. ¡A los catorce años en la cárcel, y llevaba su apellido, que tantas veces había alcanzado elogios por servicios a la sociedad!...

–Yo deseo, Isidro –siguió gimoteando el señor José–, que en este asunto hagas lo que puedas. Ciertamente, no sé lo que quiero. No te pido que lo saques de allí; aunque esto pudiera ser, yo me opondría. Que se pudra en la cárcel, que se muera... ¡por pillo!

Pero tras estas palabras enérgicas, reaparecía el padre.

–Quiero –continuó con dulzura– que vayas a verle. Yo no puedo ir: creo que me lo comería, que le haría pedazos si le viese... Tú tienes otra labia; él te respeta y te hará más caso. Sermonéale; si ha caído, al menos que se corrija y se arrepienta. Grandes criminales he visto que acabaron como personas honradas. Y... –aquí titubeó– y si conoces al escribano que tiene la causa o alguna otra persona que pueda influir, hazlo por Dios. Que el muchacho salga de este mal paso; que una vez esté en la calle yo lo cogeré, y antes muere a mis manos que vuelve a escaparse.

El señor José estaba trastornado por el suceso.

¡Qué mundo, señores! Parecía cambiado y con gentes distintas a las que él había conocido en sus tiempos juveniles. Creía que los buenos formaban una casta, y que él y los que de él saliesen figurarían eternamente en ella. Por esto profesaban ideas sanas, respetaban la autoridad y acataban todo lo establecido... Y de repente, un pedazo de su carne, una prolongación de su persona, se pasaba de un salto al campo de los malos, burlándose de todas las doctrinas de orden y sumisión enseñadas por su padre.

El señor José comenzaba a sospechar si el mundo sería distinto de como él lo imaginaba. No sentía las mismas energías de antes para abominar de los vociferadores, que deseaban que la sociedad diese una vuelta, colocándose arriba los de abajo. El dolor le hacía tolerante. Ya no comparaba la organización social con la disciplina militar. No; la sociedad no era un ejército; era más bien un rebaño triste y manso, que los malos pastores obligaban a pastar en campos de desolación, reservándose para ellos las mejores tierras. Los lobos de la desgracia rondaban en torno de él, arrebatando las reses más débiles, las que marchaban a la cola.

—Te digo, Isidro —continuó—, que soy otro, y que cada día pierdo algo de mis creencias. Esto es el fin del mundo: todo farsas y mentiras. Voy creyendo que vivimos en plena comedia y que somos muchos los que hacemos el papel de bobos. De lo que tengo certeza es de que existen muchos ladrones, muchísimos, que no conoce la Guardia civil ni los conocerá jamás. Si ahora tuviese yo que conducir criminales, los miraría con mejores ojos. ¡Pobres diablos! También éstos son de los lobos... Los ladrones, los verdaderos ladrones que turban el orden y la paz, los que ponen en peligro la vida de los hombres, están muy altos, en sitios adonde no llega la autoridad.

El señor José hablaba como un ciego que fuese recobrando poco a poco la luz. Fijábase con asombro en todo lo que le rodeaba. La injusticia conmovía su carácter sencillo y recto, que comenzaba a perder el endurecimiento de la disciplina.

—Vivimos entre ladrones, Isidro. Verbigracia: yo me gano ahora el jornal trabajando en un gran edificio de las afueras que construye el gobierno no sé si para cuartel, hospicio u otra cosa. La obra es por contrata; al contratista le dan sus buenos millones, y él hace el edificio como si fuese de cartón. Lo que importa es ganar dinero, mucho dinero, para partírselo tal vez con los mandones que le protegen. Los que conocemos el oficio temblamos de miedo al ver cómo nos obliga a construir. Sólo llevamos hecho un piso, y estamos seguros de que el día que lo carguen se vendrá abajo, aplastando a todo Cristo. ¡Con tal que no estemos nosotros!... El contratista viene en su automóvil una vez por semana; mira, recomienda que se haga todo por el sistema de «mírame y no me toques», y se va. El cemento es polvo de la carretera, las paredes son tabiques, las pilastras están huecas... El mejor día hay una catástrofe, que ni la del Dos de Mayo... Y por tres o cuatro pesetas estamos allí centenares de hombres honrados con la muerte en la garganta, mientras los culpables hacen vida de grandes señores. Yo soy imparcial y reconozco mis engaños. A ésos que hablan de revoluciones del pobre los creo, como siempre, unos escandalosos perturbadores, pero en algunas cosas no les falta razón.

Aún habló el señor José largamente, mezclando las desilusiones de su vida con los pesares que le daba el rebelde *Barrabás*. Isidro le prometió que aquella misma tarde iría a ver al muchacho. Era amigo del director de la cárcel y podía recomendarle al maldito golfo. Buscaría además entre sus amigos alguno que pudiese influir con los señores del Juzgado.

Marchose el albañil, y por la tarde se dirigió Maltrana a la Cárcel Modelo. Feli le dio gran prisa por que fuese a ver a su hermanastro. La sensibilidad femenil se había interesado por este suceso que venía a alterar la calma doméstica. Recordaba vagamente al *Barrabás*, de haberle visto merodear por las Carolinas con una banda de golfos. ¡Pobrecillo! Tenía cara de bueno: le habrían perdido las malas compañías.

Isidro entró en la cárcel, siguiendo al empleado que el director le dio por guía. Al abrirse el último rastrillo, experimentó una impresión de frío y de tristeza; vio de un golpe las naves enormes, las galerías superpuestas, y en ellas las puertas de las celdas con gruesos cerrojos. Un silencio de tumba pesaba sobre la población invisible. La luz cenital de las monteras de cristales se ensombrecía al descender, adquiriendo la vaguedad crepuscular de las bodegas. Las filas de puertas recordaban a Isidro las tramadas de nichos de un cementerio. Detrás de ellas existían hombres silenciosos, que comían y pensaban; pero eran cadáveres animados, que la estrechez de su tumba obligaba a la inmovilidad; vivos que únicamente sentían la vida a son de corneta, al recibir el rancho por el ventanillo o al salir al sol, para pasear, como fieras enjauladas, durante algunos minutos. Un tropel de pájaros refugiados bajo las claraboyas de las naves revoloteaba en esta luz plomiza. Sus alegres piídos y el murmullo de sus alas sonaban como un remedo irónico de la alegre risa de la primavera.

Maltrana pensó con horror en la posibilidad de un largo encierro en uno de estos ataúdes de mampostería. Centenares de hombres vivían allí, sin que un grito, una palabra, un suspiro, conmoviese el silencio de estas naves, que parecían las de una catedral abandonada. Nunca se había creído valeroso; desconocía el impulso brutal de la agresión; pero a la vista de este cementerio de vivos se juró ser aún más prudente. Si le injuriaban, perdonaría la injuria antes que venir a este infierno silencioso por un arrebato de su animalidad.

El empleado le hizo subir una escalera, al término de la cual estaban las celdas de los niños. Apenas avanzaron algunos pasos por una larga galería, el empleado que vigilaba esta sección dio una voz, y un muchacho descalzo, con ligereza de diablillo, saltó de puerta en puerta, descorriendo con gran estrépito los cerrojos.

En la entrada de cada celda apareció un niño, cuadrándose con militar rigidez. Se examinaban con miradas oblicuas unos a otros, apretando los labios para sofocar la risa.

Calzaban alpargatas deshilachadas, o iban con los pies desnudos sobre los fríos baldosines. Vestían ropas remendadas y mugrientas. Algunos no tenían otro traje que la camisa y un pantalón de hombre sostenido por un tirante que les cruzaba el pecho. Llevaban rapadas las cabezas, mostrando muchos de ellos la extraña configuración de sus huesos craneanos. Había testas enormes, que parecían temblar por su peso sobre el cuello delgado y débil; otras presentaban por detrás un ángulo recto, un corte radical, que denunciaba la anulación de gran parte de la masa encefálica. Los había de ojos picarescos e insolentes, que miraban con fijeza agresiva; otros tenían el cuello ondulado por las cicatrices de la escrófula, o la nariz y las mejillas roídas por la viruela. Manteníanse rígidos, las manos pegadas a las piernas, sacando el vientre, con el bullón de la camisa lleno de objetos y papeles que les servían de juguetes.

El guía de Maltrana los conocía a todos como antiguos parroquianos de la casa. El primero en quien se fijó fue el *Machaco*.

—Cuando le trajeron por primera vez —dijo el empleado— tenía tanto miedo, que en el rastrillo le dio un accidente y hubo que curarle. Después, mira esto como su casa... Tú, ¿cuántas veces has venido?...

El empleado preguntaba al *Machaco*, y éste contestó, sonriendo con sencillez infantil:

—Con ésta veintitrés.

—Te han traído por un portamonedas de señora, ¿verdad?... Le darías tirón y echarías a correr.

—No, señor —dijo el *Machaco* poniéndose serio—. Lo saqué de dentro del bolsillo. Yo ya no hago esas cosas.

El empleado sonrió ante esta protesta de la dignidad profesional, y siguió presentando a los otros. Un muchacho cabezudo, con ojos azorados y chaquetón de paño pardo, era el *Paleto*. Le habían traído por robar un corsé. Miraba a Maltrana con ojos de víctima moribunda, creyéndolo un señor poderoso.

–Sí, señor; me llevé el corsé –gimió con su rudo acento de campesino–. Tenía hambre... vine a Madrid con mi padre... buscábamos trabajo. No lo haré más, señor... yo soy bueno.

Las grotescas contorsiones del *Paleto*, sus gemidos, provocaron una hilaridad bárbara en todas las puertas.

–¡Uuú! ¡uuú! –rugían los golfos, burlándose del arrepentimiento y el miedo del *Paleto*.

–¡A ver si hay silencio! –gritó el empleado imperiosamente.

Todos quedaron inmóviles, con la vista baja, pero vagando en su boca una sonrisa, como si les divirtieran muchísimo los incidentes de su vida de encierro.

El empleado siguió designando por sus nombres a la doble fila de pillos. Éste era el *Besugo*, consorte del *Gallego*, el *Margallo* y el *Viruelas*, y compañeros los cuatro del *Barrabás* en el robo de bronces y alambres en Vallecas. Al hermano de Maltrana lo tenían alejado de ellos, para evitar peleas, pues hablaba de comerse los hígados de sus consortes por haber charlado de sobra en las declaraciones.

–El muchacho es una alhaja –dijo el empleado irónicamente–. Tiene genio. Crea usted que sería un bien para la familia que reventase aquí. Cuando crezca, de seguro que le veremos en las celdas de abajo.

Maltrana examinó a los camaradas de su hermano, golfos de mirada viciosa y quijada fuerte, más voluminosa que el resto de la cara. El *Viruelas* era un monstruo de fealdad, con las facciones roídas, la nariz aplastada, los ojos casi ocultos bajo las cejas colgantes, y un hedor nauseabundo que surgía al mismo tiempo de su boca y su piel.

Luego, el empleado fue presentándole a otros: el *Golfín*, un angelito de pelo rizado y ojos garzos, con el que había que tener gran vigilancia por la intensa simpatía que inspiraba a sus compañeros; el *Boto*, el *Feo* y el *Paniego*, que llevaban varias temporadas en el establecimiento, y siempre «trabajaban» juntos; el *Morritos*, el *Lentejas* y el *Lagarto*, que aún no contaban trece años, pero tenían sus novias fuera de la cárcel, lo que les daba gran prestigio entre los compañeros. Eran mujeres que casi podían ser sus madres: prostitutas callejeras, que tomaban a risa la pasión de sus hombrecitos y les aconsejaban que robasen, pues sólo podían creer en su cariño cuando se presentaban con dinero.

El empleado habló a uno de éstos:

—¿Y la novia? ¿viene a verte alguna vez?

Contestó con un movimiento negativo. ¡Las mujeres! ¡todas iguales! ¡Sólo eran tiernas cuando veían *parné*! Y su cara viciosa, ajada prematuramente, completó estas palabras con un gesto cínico.

Maltrana saludó al vigilante de la sección de los niños: un viejo de hirsutas barbas, con una expresión de bondad en los ojos. El otro empleado explicó a Maltrana las dificultades del cargo. Había que ser dulce con los presos; el director exigía la abstención de toda violencia; pero debían tratarles con energía al mismo tiempo, pues los golfos, maliciosos como monos, se insolentaban y sublevaban a la menor blandura. Por medio de ingeniosas telegrafías comunicábanse de una a otra celda, tramando complots contra todo vigilante que les era antipático.

Su revolución consistía en «darle tapadera», entendiéndose por esto que cada uno, encerrado en su celda, golpease la puerta con el redondel que tapaba el orificio de su letrina, armando a un tiempo tal estrépito, que se conmovía toda la cárcel. El empleado a quien obsequiaban con este estruendo había de abandonar su puesto, trasladándose a las galerías de hombres, más tranquilas y disciplinadas que la de estos gorilas del crimen.

Al final de la galería encontró Maltrana al *Barrabás*, erguido en la puerta de su celda.

Había visto entrar a su hermano, sereno, sin mostrar emoción alguna. Su orgullo consistía en ser un «buen preso», imitando los gestos y la impasibilidad de los veteranos del crimen que estaban abajo; en conocer los toques de corneta y moverse automáticamente, cual si llevase varias campañas y viviera en la casa como en su propio elemento.

Saludó al empleado llevándose la mano a la cabeza y quedó inmóvil.

–Bien, muy bien –dijo Maltrana–. Tú parece que estás aquí perfectamente, mientras tu pobre padre va a morir de vergüenza. ¡Golfo! ¡ratero!

El *Barrabás* sonrió e hizo un ligero movimiento de hombros, como dando a entender a su hermano que para dirigirle tales reconvenciones no era precisa su visita.

–Éste es un mozo de cuidado –dijo el guardián dándole golpecitos en la nuca–. Éste irá a Ceuta. Cuando le trajeron estaba algo amarillo, tenía su poquito de miedo; pero apenas entró, ¡como el pez en el agua!... Si le dejásemos, cobraría el barato. Quiere ser el jefe, le disputa el cartel al *Machaco*: las echa de matoncillo...

Maltrana, mirando a su hermano con repugnancia, siguió reconviniéndole.

–Estás aquí por ladrón. ¿Sabes tú lo que es eso, Pepín? ¿No conoces lo que nos afrenta a todos? ¿No comprendes que vas a matar a tu pobre padre?...

El *Barrabás* abandonó su inmovilidad y miró con ojos hostiles, homicidas, a los que estaban plantados algunas puertas más allá.

–Estoy aquí –dijo con voz ronca– por esos voceras, que se han chivado, contándoselo todo al juez. Mis consortes tienen la culpa; en cuanto pueda, les saco el redaño.

Y se erguía con la arrogancia fanfarrona de un gallo joven, estremeciéndose todo su cuerpo linfático y desmedrado, con esa ruindad física de los homicidas por instinto.

Maltrana comprendió que sus palabras no causarían efecto alguno en el muchacho. Había hecho mucho camino cuesta abajo durante el tiempo que no le veía. Estaba agarrado por el engranaje del crimen. Cuando saliese de esta mala aventura, caería en otra. La cárcel era su casa, y toda aquella juventud que se aislaba de la sociedad, su verdadera familia, la escogida por él, con la atracción de las comunes aficiones.

El *Barrabás* siguió hablando, sin fijarse en la mirada de reprobación de su hermano, creyendo ingenuamente que eran portentosas hazañas las raterías verificadas por su banda. Tal vez le inspiraba lástima aquel hermano infeliz, incapaz de pelearse con otro hombre y sin agallas para apoderarse de un mal pañuelo.

A él le hacían caso en la cárcel. Lo declaraba con orgullo: pocos días llevaba allí, y los empleados le elogiaban, porque «hacía un buen preso», siendo el primero en la formación y ayudándoles con su influencia para que todos obedeciesen. Los compañeros y consortes le respetaban. Sabían que no era un ladronzuelo cobarde, de los que meten los dedos en los bolsillos y huyen muertos de miedo a la menor alarma. Tampoco era un «quincenario» de los que pasan en la celda medio mes sin enterarse del motivo de su detención. Era un detenido de causa, y los camaradas conocían su historia. Sabían que en el «Palacio de Cristal» había descalabrado a dos compañeros de los más audaces y que en todas las cuevas del Príncipe Pío, por su labia y por la facilidad con que empalmaba la navajilla, no le disputaba nadie el mejor sitio para dormir y las primeras hembras del rebaño de vendedoras de periódicos y explotadoras de señores viejos que seguían a los golfos en sus antros.

Los pequeños presos, al saber que el visitante no era un señor de los Juzgados, sino un hermano del *Barrabás*, abandonaban su posición rígida, aproximándose unos a otros para aprovechar este rato de inesperada tertulia.

El pilluelo, viendo alejarse hacia estos grupos al empleado que acompañaba a Maltrana, se espontaneó más con su hermano; quiso deslumbrarle con las grandezas de su porvenir.

—¿Ves todos éstos? —dijo señalando a los camaradas—. Pues me tienen miedo y quieren que sea su capitán. Hemos resuelto, cuando salgamos, hacer una partida y que yo sea el jefe.

Circulaba, ocultamente, de celda en celda, un grueso volumen de páginas mugrientas, con las puntas de la encuadernación roídas por el manoseo. Era la historia de José María, «el rey de Sierra Morena». Las enfermizas imaginaciones de estos torpes engendros exaltábanse al leer, en el silencio del encierro, las hazañas del caballeresco bandido, al contemplar en las láminas las arrogantes figuras de los paladines de carretera, con sus grandes patillas, el trabuco debajo del brazo y el cinto repleto de onzas. Así serían ellos cuando saliesen al campo: el *Barrabás* marcharía al frente, por montes y caminos, como glorioso capitán. Y el libro, por medios habilísimos, pasaba de unos a otros, a pesar de que el director perseguía tales obras como si fuesen veneno puro.

—Si éstos me siguen —continuó el *Barrabás* con énfasis—, si no son unos cobardes como mis consortes, ya oirás hablar de mí... Algún día puede que os tape con onzas de oro a padre y a ti... Cada uno sabe lo que le conviene. ¿Qué había de ser yo? ¿albañil, como mi padre? Muchas gracias; no quiero morir aplastado lo mismo que un sapo, o en medio de la calle pidiendo limosna.

Él deseaba vivir: juerga, alegría, mujeres; de lo bueno, lo mejor. Sabía dónde se encontraba todo: sólo era asunto de agallas el hacerse dueño, y él las tenía. Aunque muchacho, había visto bastante.

Su sonrisa era una mueca de viejo, un gesto de repugnante precocidad, que se reflejaba en sus ojos con un brillo feroz.

Maltrana, molestado por el cinismo del pequeño, huyendo su mirada, que parecía insultarle, se fijó en otro muchacho que se aproximaba a ellos. Iba descalzo, sin otras ropas que un pantalón y una elástica, pero llevaba el pelo cuidadosamente peinado, con una raya en el centro y dos bandos luengos y lustrosos.

—Y tú, ¿por qué estás aquí? —le preguntó Isidro.

El aludido contestó gravemente:

—Por darle una puñalada... a un queso.

Rió *Barrabás* la estúpida gracia con estruendosas carcajadas, y los grupos cercanos rieron también, como escandaloso eco. Todos se habían enterado de quién era Maltrana, y le miraban burlonamente. Al escuchar sus reconvenciones al hermano le consideraban como un enemigo. Era igual a muchos individuos de sus familias que venían a sermonearles en presencia de los camaradas, poniéndoles en ridículo, cual si no fuesen ya unos hombres.

—A ver si hay formalidad —dijo el empleado aproximándose al oír las risas—. Al primero que venga con chirigotas le suelto un capón.

Amenazaba como un maestro de escuela, con los nudillos de su mano. Luego añadió, señalando al de la puñalada al queso:

—Éste se ve aquí por sinvergüenza. Su padre es rico, y él le ha robado, ha empeñado cosas de su casa, se ha escapado con mujeres. Aún no tiene catorce años. Su familia, para que se corrija, le ha metido en esta escuela de moralidad y buenas costumbres.

Y miraba a Maltrana con ojos entre asombrados e irónicos, como admirando por su inmensa estupidez a aquel padre que pretendía corregir al hijo encerrándolo en la Cárcel Modelo.

–Este señorito irá lejos –continuó–. Los chicos le llaman el *Levita*, y es el mayor amigote del *Barrabás*. Él es quien le llena la cabeza de aire hablándole de las cosas que pueden hacer juntos cuando salgan a la calle.

Maltrana comenzaba a sentir la inquietud de una situación ridícula viéndose rodeado por aquellos monos malignos. Al volver la cara, sorprendió por dos veces los guiños burlescos, las morisquetas que hacían algunos a sus espaldas mirando al *Barrabás*. Su hermanastro, con una leve sonrisa, parecía animarles.

Del fondo de la galería salieron voces imitando el gruñido de varios animales. El empleado iba de un lado a otro amenazando con el consabido «capón». Todos adivinaban en Maltrana al enemigo, al pariente moralizador y molesto que se presenta a predicar la virtud. ¡Virtud a ellos, que eran unos hombres y estaban enterados de todo!

No quiso Isidro prolongar por más tiempo la visita; además, el empleado que le servía de guía mostrábase impaciente.

Prometió al *Barrabás* interesarse por su suerte, ver a los señores del Juzgado, por si era posible hacer algo en favor suyo.

–No lo descuides –dijo el pilluelo con hipócrita seriedad–. Será una buena acción; mis consortes son más culpables que yo. Si hubiese justicia, ya me habrían puesto en la calle.

Pero en sus palabras notábase la falta de anhelo por salir. Allí no estaba mal; además, pensaba en el «cartel» que podía darle un largo encierro, en la admiración con que acogerían su salida los golfos albergados en las cuevas de los alrededores de Madrid.

Cuando Isidro volvió a casa, pensaba en su visita a la cárcel como si fuese un ensueño. ¡Y su hermano, un pedazo de su carne, vivía allí con delectación, como si la esclavitud le colocase por encima de los demás! No ocultó a Feli el mal efecto de su visita.

–Haré lo que pueda por ese granuja, aunque él, por su gusto, mejor está allí.

El señor José se presentaba por las noches en casa de Isidro, pues el día pasábalo en aquella gran edificación de las afueras, por no perder el jornal.

—¿Qué hay del chico? —preguntaba ansiosamente.

Al principio le dio Isidro buenas esperanzas. Creía posible su excarcelación por medio de un amigo que, a su vez, lo era de otro que conocía al escribano. Luego se mostró pesimista. Pedirían una fianza, y no era cosa fácil para unos pobres como ellos el conseguirla. Por fin, quiso dar un consejo al señor José. El *Barrabás* era cosa perdida. Lo mismo daba que permaneciese en la cárcel que en la calle. Casi le favorecían dejándolo allí, pues evitaban que cometiese nuevos delitos.

El albañil no volvió por casa de Maltrana. A pesar de su carácter rígido, mostrose ofendido por esta falta de esperanza en la regeneración del *Barrabás*, y eso que él era el primero en desconfiar de su enmienda.

Isidro casi olvidó a su hermano. Otras preocupaciones dominaban su pensamiento. Quería salir de su mísera situación antes que se agotase el dinero del libro del marqués de Jiménez, administrado por Feli con escrupulosa economía.

De vez en cuando, una traducción que le proporcionaba un amigo, un artículo que conseguía colocar en un periódico ilustrado, sostenían instantáneamente el descenso de su fortuna. Pero esto no era bastante: le faltaba el ingreso regular y seguro para mantener su vida.

Pensó un momento en hacer un esfuerzo de voluntad y entrar en la redacción de un periódico... La empresa no era fácil: todos los puestos estaban ocupados, y él apenas si servía para esta labor. La fama del *Homero* indolente se había esparcido por todas las redacciones.

Hubo instantes en que confió su salvación a libros originalísimos que se le ocurrirían, y que, según él, estaban destinados a producir gran escándalo en el público. Pero ¿quién iba a imprimirlos? ¿Y la fuerza para escribir dónde podía encontrarla, con la voluntad entorpecida y la inquietud del sustento inseguro?...

Comenzaba a dudar de su fuerza. Desvanecíase la fe de aquellos momentos de bienestar, en los que creía en asombrosas ascensiones hacia el triunfo. Pensaba, en su desesperación, que era un infeliz sentenciado a la miseria, con menos talento que un mozo de cordel. Aquellas ropas raídas de señorito que

cubrían su cuerpo eran la librea del hambre. Llegaba a su cuarto y se tendía en la cama, triste, trémulo, como si le amenazase una desgracia, ocultando la cara entre las manos. La pobre Feli acudía, balbuceando de miedo:
—¿Qué tienes, Isidrín? ¿Qué te pasa, rico mío?

Le acariciaba como una madre; hundía sus manos en la crespa cabellera, mientras Maltrana respondía entre suspiros. Nada, no tenía nada; jaqueca, cansancio de no trabajar, aburrimiento.

Gemía de impotencia, acompañado por la dulce Feli, que también derramaba lágrimas, sin pedir nuevas explicaciones, adivinando, en su instinto de mujer, que estas crisis tenían relación con el montoncillo de dinero, cada vez más exiguo, que guardaba en la cómoda.

La juventud y el amoroso contacto de sus cuerpos acababan por desvanecer esta lluvia de lágrimas. Abrazábanse con los ojos todavía húmedos, sentían la necesidad de estrecharse, de hacer frente con mayor solidez a la desgracia, y los besos sucedían a los llantos, entregándose al amor con un resto de melancolía que proporcionaba a su placer nuevas dulzuras.

Por las noches entraba Maltrana en casa cada vez más tarde. La tímida Feli había tenido que vencer su miedo a las habitaciones desiertas, a las terroríficas imágenes del señor Vicente.

Cosía hasta más de las once a la luz de un quinqué comprado en el Rastro. El señor Vicente, al volver a su habitación y ver luz por debajo de la puerta, tocaba discretamente con los nudillos.

—¿Aún no ha vuelto el señor de Maltrana?

Y al saber que Feli estaba sola, negábase a pasar adelante. Era tarde y debía levantarse con el alba.

—Que trabaje usted mucho, señora, y duerma bien. ¡Ah! Y si tiene usted un rato libre y quiere distraerse, lea aquella oración tan bonita que le entregué. Se ganan ochenta días de indulgencia.

Escuchaba Feli el ruido de sus zapatos al caer, los crujidos del jergón, los suspiros y rezos del devoto al tenderse. Luego venían los gritos de la pesadilla, los apóstrofes al Malo, para que se alejase con sus carnales tentaciones.

Feli se acostaba después de media noche, aguardando en la oscuridad la llegada de Isidro, creyendo que era él cada vez que sonaban pasos en la escalera. Dormíase muchas veces vencida por la fatiga, y despertaba al sentir en sus ojos la violenta impresión de la luz.

Isidro, con aire fatigado, desnudábase junto al lecho. ¿Qué hora era? Las tres; las cuatro. El joven excusaba su retraso hablando de los deberes que pesan sobre un escritor, de las exigencias del oficio. Había que dejarse ver de las gentes, frecuentar las tertulias de Fornos, visitar algunas redacciones, callejear con ciertos amigos noctámbulos que podían ayudarle. Él la amaba como siempre; pero se debía a la literatura y al público.

Una noche asistió a un banquete en honor de un compañero que acababa de publicar un tomo de versos. Era una fiesta de juventud, un alarde de fuerza y cohesión para que rabiasen los viejos. Feli cepilló con gran cuidado su traje, puso en su pañuelo unas cuantas gotas de esencia que aún le restaban en el fondo de un frasco; añadió un par de pesetas, por lo que pudiera ocurrir, al duro (precio del cubierto), que separó tristemente de lo que ella llamaba «el capital de la casa», cada vez más reducido.

Eran las tres de la madrugada cuando despertó Feli sintiendo en la frente el contacto de unas manos. Lo primero que vio fue la cara de Isidro, pero transfigurada, con las mejillas rojas, brillándole los ojos con un fulgor extraordinario. Después percibió un perfume de flores marchitas y vio esparcidos sobre la cama varios *bouquets*, que indudablemente habían servido de adorno a los cubiertos antes de comenzar el banquete.

–¡Viva el arte! –gritó Maltrana con una agitación que hizo reír a Feli–. ¡Viva la eterna belleza! ¡Viva la juventud triunfante!

–Pero ¡cállate, condenado! –exclamó la muchacha–. Puesto a gritar, dale un viva al vino, porque me parece que vienes algo marcado.

–Estoy borracho, es verdad; borracho de entusiasmo, de vida, de inspiración... El porvenir es nuestro, nena; los jóvenes triunfaremos. Tú eres la belleza, la musa de la juventud: deja que te cubra de flores.

Y riendo como un chicuelo travieso, le arrojaba a la cara los ramilletes.

–Pero ¡Isidro, hijo mío –protestó Feli–, que vas a despertar al señor Vicente!...

–Que se fastidie ese sacristán; que reviente el rapavelas. ¡Abajo el oscurantismo! ¡Viva el arte y la juventud!

La alegre embriaguez de Maltrana hacíale contemplar a Feli con ojos amorosos. ¡Qué hermosa la veía en el desorden del sueño, con el pelo alborotado y las mejillas sonrosadas, mostrando su pecho de suave palidez de camelia por entre las modestas puntillas de la camisa, cruzando tras la cabeza el marfil de sus redondos brazos! Era la musa de la juventud. Isidro la besaba en el rostro, en los hombros, en los pechos, en todos los adorables rincones de su carne que la muchacha iba dejando al descubierto al revolverse en la cama, estremecida bajo el chaparrón de caricias, que le arrancaba sofocadas risas, lamentaciones de irresistible cosquilleo.

—Déjame, mala persona —gemía riendo—. Déjame, o chillo.

Maltrana siguió besándola, interrumpiendo sus caricias con ardorosas palabras.

—Grita lo que quieras... pero no te dejo. He de asesinarte, matarte a besos... Te adoro. Eres la Venus de Milo... La de Milo, no, ¡qué barbaridad! no tiene brazos, y los tuyos son muy bonitos. Eres la de Médicis, la de Canova, la Capitolina, ¡eso es!... la Capitolina, que es la más chulona de todas las Venus... Deja que te bese de rodillas, que te adore.

Y en la extravagancia de su embriaguez, pretendió arrodillarse para besar una pierna que asomaba entre las ropas del lecho. Feli sonreía con estos arrebatos de su amante. Le placía verle alegre. Se había dormido pensando en la necesidad de decirle una cosa... una cosa muy importante.

Maltrana inclinó su cabeza para oír mejor.

—Habla: dime qué es eso.

Pero Feli se resistió a hablar, ocultando su cara al mismo tiempo que sus mejillas se enrojecían intensamente. No; así no. Temía que alguien la oyese; que sus palabras llegasen hasta el devoto, que dormía al otro lado del tabique.

Extendió sus brazos para coger la cabeza de Isidro y la aproximó a su boca, hablándole al oído largamente, con mimo infantil.

Cuando Maltrana se incorporó, ya no le brillaban los ojos. Se había disipado el gesto risueño de su embriaguez; había perdido las ganas de dar vivas a la juventud y al arte.

La paternidad acababa de arrojar su fardo de inquietudes, de graves afectos y penosos deberes en medio del camino de su amor.

¡Un hijo!... Adiós, juventud. Maltrana creyó que caía de golpe sobre sus hombros la capa de plomo de los años; vio más negra, más triste, la miseria en que vivía.

Fue un sentimiento indefinible, en el que se mezclaban la satisfacción y el miedo. Su personalidad iba a desdoblarse, prolongándose en el curso de la vida. Esto le elevaba como hombre. Pero creyó sentir en torno algo que se despegaba de él. La juventud alegre, sin responsabilidades ni obligaciones, se perdía para siempre. A lo lejos, la Ilusión, en fuga, batía sus alas de diamante.

8

SUFRIÓ MALTRANA un gran cambio en su vida. El dinero iba desapareciendo, sin que los tardos e irregulares ingresos bastasen para sostener la casa.

Feli le pareció menos agradable. Trataba a Isidro con el cariño de siempre, le cuidaba y mimaba con aquella adoración que hacía de ella una devota más que una amante, pero tenía crisis de inexplicable tristeza, que parecían contagiarle a él.

Muchas veces, al volver Isidro a su casa, la sorprendía de bruces en la cama, llorando silenciosamente.

—Pero ¿qué tienes? —gritaba con tono colérico—. ¿Qué te pasa?...

Nada: lloraba sin saber el motivo. La maternidad trastornaba su débil organismo. La invadía una intensa tristeza, atormentando su imaginación. Pensaba en el ser misterioso que llevaba en sus entrañas, en cuál sería su fortuna al surgir al mundo, en la miseria que rondaba en torno de ellos, amenazándoles con toda clase de privaciones.

Isidro sorprendía algunas veces en su mirada una curiosidad molesta, como si le contemplase por primera vez, como si le examinara a una nueva luz, viéndole totalmente cambiado. Feli comenzaba a dudar de él: su fe sufría ligeros desmoronamientos. Como si la maternidad aguzase su razón, la muchacha preguntábase si Isidro era tan grande como ella le había creído, si no faltaba algo esencial en aquel hombre sin voluntad para el trabajo, indeciso e inquieto, que en plena amenaza de miseria pasaba gran parte del día olvidado de su situación, charlando en el Ateneo y en los cafés del porvenir de la juventud, de la decadencia de «los viejos», de lo que debía ser el arte, anunciando a voces que pensaba escribir grandes cosas, pero sin fuerzas para coger la pluma, sin constancia para la labor.

Todo esto que pensaba Feli vagamente lo traslucía Isidro en sus miradas. Él, por su parte, viéndose analizado y con menos admiración, sentía ligeros descensos en su amor, confesándose que había en éste más de agradecimiento que de pasión irresistible.

Amaba a Feli con un nuevo afecto plácido y tranquilo.

Del amante apasionado que se arrodillaba ante ella con la embriaguez de la carne, llamándola Venus, quedaba muy poco... ¡Pobre Venus! La diosa deformábase con la maternidad. Una hinchazón monstruosa rompía las líneas armónicas y dilataba las curvas admirables. Aquellas botas color limón que eran el orgullo de Feli ya no entraban en sus pies. La muchacha sentía el trastorno de sus entrañas en forma de náuseas, vahídos y crisis de nervios, y Maltrana, con su egoísmo de hombre superior, abandonaba la casa, en busca del placentero trato de los amigos.

El estado anormal de Feli coincidió con un suceso que hizo temer a Isidro por la vida de la muchacha.

Una mañana se presentó el señor Manolo el *Federal*. Feli, que no le había visto desde su fuga de la casa paterna, acogiole con grandes muestras de cariño. ¿Y el padre?... Pero el señor Manolo apenas contestó. Necesitaba decir a Isidro algo muy interesante; le invitaba a bajar a la calle, para expresarse con mayor libertad.

Maltrana bajó tras él, adivinando algo grave en el gesto hosco del capataz.

—Tú no habrás leído los papeles de hoy —le preguntó al detenerse en la acera—. Pues bien; el *Mosco* ha muerto; mejor dicho, le han matado. Los esbirros han conseguido lo que deseaban.

Y relató la muerte trágica de su hermano. Los diarios dedicaban al suceso unas cuantas líneas. Aquel homicidio en tierras reales no inspiraba interés. El *Mosco* y su acólito el *Chispas* habían caído en una emboscada de los guardas. El maestro había muerto acribillado de plomo; su discípulo y acompañante estaba en el hospital, con dos balazos en un hombro. Unos periódicos, al hablar del suceso, afirmaban que las víctimas eran dañadores peligrosos que habían hecho frente a los guardas; los diarios de oposición decían que eran pobres hambrientos que entraban en la posesión real sin otro propósito que el de coger cardillos.

–La cosa fue anteanoche –continuó el capataz–. Yo lo supe ayer por la tarde; vinieron a decírmelo de las Carolinas... No he querido ir a verle. ¿Para qué? ¿Voy acaso a resucitarlo?... Ya estará enterrado; los que lo vieron dicen que estaba hecho una lástima. Un balazo en la frente, otro en la boca: plomo por todas partes. Apenas si los amigos pudieron reconocerle; tan desfigurado estaba. ¡Cristo! ¿Así se mata a los hombres? Se habían juntado no sé cuántos; sabían por dónde iba a pasar, y bien tranquilos, ocultos tras la maleza, le hicieron una descarga, sin que el pobre pudiese llevar la mano a su escopeta... ¡Ya estarán contentos! ¡Ya no pensarán más en el *Mosco*, que era su preocupación!... El pobre *Chispas*, cuando sane, si es que sana, irá a presidio... Da rabia, Isidro, pensar que hombres tan hombres mueran como perros, por querer vivir de lo superfluo, de lo que otros no necesitan; que los cacen como fieras, sin haber hecho otro delito que cobrar algunos conejos... ¡Puñales! ¡y después aún se extrañan de que pidamos la revolución!...

La muerte del *Mosco* impresionó mucho a Maltrana. Pensó con remordimiento que tal vez tenía él cierta intervención en esta catástrofe. El dañador, empujado por la cólera, se había entregado a sus expediciones arriesgadas, como si retase a la muerte. Después pensó Isidro en su compañera, nerviosa y quebrantada por su estado físico; en lo peligroso que sería darle la noticia, sin que una nueva crisis pusiera en peligro su salud.

Cuando subió, le esperaba Feli con la mirada interrogante y la cara triste, como si el instinto femenil le avisase la desgracia. Sólo por un asunto importante podía haberse resuelto su tío ir a visitarles. Era cosa de padre, ¿verdad? ¿Se había decidido, por fin, a buscarlos? ¿Iba a presentarse de un momento a otro?...

Los rodeos que empleó Isidro para contestar aguzaron su instinto. En un momento columbró la verdad.

–No digas más, Isidro –murmuró–. No te esfuerces: no temas por mí. Yo soy fuerte. ¿Es que lo han matado en el bosque?...

Acogió con serenidad la trágica noticia. Maltrana admiró su firmeza: era digna hija del *Mosco*. Aquella mujercita débil, que muchas veces lloraba sin motivo, permaneció inmóvil, con los ojos secos, al conocer la desgracia.

Hacía tiempo que presentía este final. Muchas noches había visto en sueños a su padre cubierto de sangre, pereciendo bajo las escopetas de los guardas, que le daban el tiro de gracia. Se había familiarizado con la posibilidad de este suceso durante los años de su vida en las Carolinas al lado del dañador.

Apenas si lloró. Permaneció anonadada, embrutecida por la sorpresa. Maltrana, al volver a casa por la noche, vio sus ojos enrojecidos, como si al encontrarse sola sintiese con más intensidad la desgracia, entregándose largas horas al llanto.

Una pregunta parecía vagar por sus labios, atormentándola con cruel inquietud.

—¿Tú crees, Isidro —dijo al fin—, que no tenemos ninguna culpa en la muerte de padre?

La misma pregunta elevaba sus interrogantes en el ánimo de Maltrana; pero éste se apresuró a tranquilizar a su compañera. No; ninguna responsabilidad les correspondía a ellos. El *Mosco* había muerto por temerario. Era el final lógico de una vida de aventuras, de aquel modo audaz de ganarse la existencia con riesgo de la piel. ¿No le había visto llegar muchas veces a la casucha chorreando sangre de tremendas heridas?...

Pareció tranquilizarse Feli, sin que por esto dejase de llorar cuando se veía sola. El señor Manolo se presentó varias veces en la casa para dar cuenta a los dos jóvenes de la exigua herencia del *Mosco*. Iba vendiendo a las gentes de Tetuán los famosos perros del dañador, sus enseres de caza, todo lo que contenía la casucha de las Carolinas. Llegó a reunir así unos sesenta duros, que entregó a Feli, guardándolos ésta sin decir nada a Isidro.

Bien necesitaban el dinero. Había llegado el calor, y sus trajes de invierno, aunque raídos, les abrumaban con peso sofocante. Vistiéronse los dos de negro en los establecimientos baratos de la calle de Toledo.

Feli, en este segundo equipo, ya no se permitió capricho alguno. ¿Para qué adornarse? El embarazo desfiguraba su cuerpo débil y delicado. Pasaba semanas enteras sin salir de su habitación, sin asomarse a la ventana. Le faltaban fuerzas para vestirse. Con un arranque de su voluntad llegaba a la cocina, y tosiendo y estremeciéndose por contener las náuseas, preparaba la comida.

Ella, que cuidaba antes con gran escrupulosidad las ropas de Isidro, mostrando empeño en que se distinguiese de los compañeros por su limpieza, abandonábalo ahora, sin lanzar una mirada a sus cuellos grasientos, a sus pantalones moteados por el barro de lejanas lluvias.

Su deseo era verse sola, que Isidro se alejase; y, sentada en el viejo silloncito que su amante ocupaba al escribir, permanecía inmóvil horas enteras, contemplando con fijeza hipnótica su vientre desmesurado, monstruoso, que subía y subía, tirando de las faldas, dejando al descubierto sus hinchados pies.

Algunas noches, en el silencio del dormitorio, mostraba a Maltrana aquel globo de tirante piel, agitado en su interior por misteriosos estremecimientos. Era el miedo, la inquietud de la primeriza ante lo extraordinario del fenómeno.

—¿Llevaré dos? —preguntaba con voz trémula—. Tú que sabes tanto, ¿no reconoces que esto es demasiado?...

Pero Isidro contestaba con mal humor. Su embarazo era lo mismo que los otros. Debía dejarle en paz. Tenía asuntos más graves en que pensar; estaba desesperado por las injusticias de que era objeto. Nadie hacía caso de la juventud; no le abrían camino...

Y después de estas lamentaciones dormíase, mientras Feli, en la oscuridad, se pasaba las manos interrogantes por aquella montaña, motivo al mismo tiempo de alegría e inquietud.

En las primeras horas de la noche, cuando Feli estaba sola, el señor Vicente entraba un instante en la habitación de sus huéspedes. Como la joven tenía que darle algunos recados, el devoto decidíase a pasar la puerta.

Durante sus ausencias presentábanse algunos amigos preguntando por él. Eran estos un cura viejo, de hábitos raídos y verdinegros, tan loco y pobre como el señor Vicente, varios hermanos de cofradía, y aquel tremendo zapatero cuya conversión le había costado los mejores años de su vida. Todos ellos personas devotas y buenas, que merecían los mayores elogios del «santo».

Escuchaba éste con movimientos de cabeza las explicaciones de la joven. Fulano había dicho que no dejase de ir al día siguiente a la iglesia de Santa

Cruz, pues eran los funerales de un señor de las Conferencias católicas. El cura viejo había dejado en su cuarto dos paquetes de hojitas para que las repartiese. El zapatero, con su cara fosca, se había presentado dos veces, buscándole con gran prisa. Necesitaría dinero: la tal conversión le costaba muy cara.

El señor Vicente la oía sonriendo, y después se fijaba en su persona.

–Y usted, ¿cómo está? ¿cómo marcha ese embarazo?...

Desde que la veía en tal estado hablábala con mayor confianza. Desfigurada por la hinchazón, pesada y doliente, no pudiendo moverse sin suspiros de pena, ya no le infundía aquel miedo que toda hembra le hacía sentir. La maternidad dolorosa santificaba a la mujer, le permitía acercarse a ella sin miedo y sin repugnancia, tratándola con una llaneza maternal.

–Debe usted sufrir mucho. Algunas noches la oigo revolverse en la cama... Tenga usted paciencia; es el castigo que nos impuso Dios por la rebeldía de la primera mujer. Todos hemos de sobrellevar la culpa.

Feli le consultaba con inocente confianza, como si estuviese en presencia de una comadre del barrio. El señor Vicente no era un hombre: la locura religiosa le excluía del sexo. Se lamentaba al hablar con él de la inquietante hinchazón de su vientre. Le comunicaba su terror. ¿Era aquello natural?... ¿Qué opinaba el buen hermano?

Y el púdico señor Vicente se fijaba en el abultado abdomen, sin escrúpulo alguno, como si la maternidad fuese una función falta de origen, en la que para nada intervenía el amor.

Sospechaba, en sus piadosas fantasías, si este embarazo ocultaría algo sobrenatural, un prodigio de la voluntad divina.

Hacía preguntas a Feli, que ésta contestaba con extrañeza. ¿No le decía nada el ser que llevaba en las entrañas? ¿No le había hablado alguna vez o demostrado su voluntad con extraños ruidos?...

–Hace usted mal –continuaba– si cree que digo esto a tontas y a locas. Yo, aunque lego, he leído algo. Ahí dentro tengo una *Vida de san Vicente Ferrer*, mi ilustre patrón, al que con motivo llama su panegirista «el san Pablo español». No se imagine que es un librillo de los de ahora, sino un volumen con tapas de pergamino, impreso hace siglos, y su autor es el reverendo padre Valdecebro, varón de gran fama por las obras que escribió sobre la vida de los animales... Pues el padre Valdecebro cuenta que la madre del santo, cuando estaba en su embarazo, sentía grandes inquietudes y miedos por lo desmesurado de su vientre y los ruidos que hacía la criatura. Algunas noches creyó oír ladridos en sus entrañas, y llena de miedo, fue a consultar el caso con el arzobispo de Valencia, que era santo y prudente. «No temas, mujer –dijo el prelado–; si tu hijo ladra dentro de tu vientre, es porque Dios quiere que sea el gran mastín de la Iglesia, que reñirá con los lobos de la herejía.» Así lo cuenta el padre Valdecebro, que era un varón docto, incapaz de mentir. La bondad de Dios no se agota nunca. ¡Quién sabe si querrá repetir en usted sus prodigios, haciendo que salga de ese vientre otro mastín para la defensa de su rebaño!...

Feli compadecía la simpleza del devoto, ofendiéndose al mismo tiempo por la misión animal que atribuía al hijo de sus entrañas.

–Pues éste, señor Vicente –decía señalándose el abdomen–, éste, por ahora, no imita a su santo patrón: aún no ladra.

–Tenga usted fe en la bondad del Señor –continuaba el hermano–. Todo llegará, y así que se presente el mal paso, le traeré ciertas reliquias milagrosas de un amigo mío, y una cinta de la Virgen que obra prodigios.

Había comenzado el verano. Isidro juraba de desesperación viendo que todas las personas que podían ayudarle se ausentaban de Madrid. No encontraba trabajo: los editores paralizaban sus negocios; ningún traductor necesitaba ayuda; los semanarios ilustrados llenaban sus páginas con grabados representando el veraneo de los reyes y de la aristocracia en las playas del Norte, sin dejar espacio para un mal artículo.

Todos los malos olores de Madrid, dormidos durante el invierno, despertaban y revivían al llegar el calor. Las cuadras y vaquerías hedían con la fermentación del estiércol; las bocas de las alcantarillas humeaban la podredumbre de sus entrañas; hasta los caballos de los coches de punto, en sus largas esperas, levantaban la cola, impregnando el ambiente con el tufo de la cebada recocida y la paja putrefacta.

La calle era más ruidosa que en el resto del año. Parecían nacer niños de entre los guijarros del pavimento: bulliciosas bandas ocupaban las aceras, entregándose a sus juegos con la libertad de un villorrio. Los balcones, abiertos por el calor, daban paso franco al estrépito del carruaje que rueda, del vendedor que chilla, del afilador que aguza los dientes con sus chirridos, del piano ambulante e infatigable, que desarrolla la general jaqueca con las vueltas de su manubrio. La calle, como dilatada por el calor, introducíase por todos los huecos, haciendo llegar sus hedores y ruidos a los extremos más recónditos de las casas.

Las habitaciones que ocupaban los dos jóvenes ardían de la mañana a la noche bajo la llama del sol. Descendía del techo un calor asfixiante, como si sobre él ardiese un horno. Feli, despechugada, sudorosa, respirando con dificultad, arrastraba los pies yendo de un lado a otro, abrumada por este calor que era un nuevo tormento. Crujían durante la noche, con chasquidos alarmantes, las maderas de los muebles, las tablas ocupadas por los libros del devoto, sobre cuyos lomos polvorientos movíanse las polillas. Las paredes, caldeadas, arrojaban de su seno los parásitos del verano. Las chinches caían del techo, las pulgas saltaban sobre los baldosines. El señor Vicente no podía remover sus pilas de volúmenes sin que saliesen a la desbandada las cucarachas en repugnante correteo.

Feli sentía aumentar sus náuseas y su inapetencia con este asqueroso renacimiento que la rodeaba.

Apenas comía. La escasez de dinero, las preocupaciones de la miseria, aumentaban su debilidad. Maltrana la veía ajarse, perder la viveza de su juventud, como si la consumiese aquel ser oculto que devoraba lo mejor de su vida.

También el joven experimentaba grandes crisis de desaliento. Volvía a casa con el gesto triste, se dejaba caer en la cama, diciendo que quería morir. No encontraba trabajo. Iba de un lado a otro visitando a los amigos, haciéndose visible en las redacciones de las revistas, sin conseguir una traducción ni que le admitiesen un artículo. La vida estaba paralizada: todos los que podían darle algo se hallaban ausentes.

Había buscado al marqués de Jiménez, con la esperanza de inspirarle una nueva obra; pero el grave personaje también estaba ausente; veraneaba en una de sus fincas, y en ella se proponía permanecer hasta el invierno.

En estos instantes de abatimiento era cuando Isidro se daba cuenta de lo mísero de su situación. Sus brazos eran débiles, sus manos delicadas; ni siquiera poseía el vigor físico de un mozo de cordel para ganarse la subsistencia.

Recordaba con amargura las declamaciones que muchas veces había leído sobre la miseria de los desheredados de la clase obrera. ¡Ay! Ellos, al menos, no perecían de hambre en medio de la calle. El hombre de fatiga siempre encontraba un mendrugo y una copa de vino para salir del paso. Pero ¿y él? ¿Qué iba a ser de él, envenenado por una instrucción que de nada le servía, falto de la fuerza brutal con que se ganaban el pan los desgraciados de blusa?...

En estos momentos de desesperación pensaba en *El bachiller*, de Julio Vallés, una de las obras que más le habían impresionado, por ver en ella la negra historia de su existencia. Acudía a su recuerdo la dedicatoria del libro, desolada, de inmensa tristeza: «A todos los que, nutridos de griego y de latín, están muertos de hambre».

Él pertenecía a esta legión de desgraciados, cuyas quejas no encontraban eco, que imploraban el pan con el rubor y la timidez de su levita raída, que hacían reír con lo grotesco de su miseria, sin infundir miedo como los obreros manuales.

Maltrana pensó por primera vez si el gran error de su vida era haberse dejado arrancar del campo de miseria donde nació; si aquella buena señora, su protectora, habría sido, sin saberlo ni quererlo, la mala hada de su destino; si estaba condenado a eterna hambre por soñar con la gloria y haber vestido las raídas ropas del bohemio, cuando su salud consistía en seguir dentro de la blusa de sus mayores.

Feli, a pesar de su debilidad, encontraba fuerzas para animarle. Se acababa el dinero y no tenían esperanzas de que llegase más. Pero ella le ayudaría: estaba habituada al trabajo.

Y la pobre muchacha, anémica por la falta de nutrición, abrumada por el peso de su vientre, tuvo un arranque de energía sobrehumana, de esos que únicamente puede realizar la nerviosidad femenil. Le era imposible volver a la fábrica de gorras: estaba muy lejos, y además no la admitirían después del escándalo de su fuga. Pero conocía otros oficios menudos e insignificantes, de los que están al alcance de las muchachas pobres y las ayudan a engañar el hambre. Haría «flores» para los corsés, se dedicaría a emballenarlos. Conservaba cierta amistad con la dueña de un taller, por haber trabajado para ella cuando escaseaba la faena en la fábrica de gorras.

Isidro se opuso. ¡Trabajar ella, mientras él permanecía en forzosa inacción! ¡Trabajar, cuando estaba enferma y el desarreglo de su organismo la obligaba a largas horas de inmovilidad!... Adiós, idilio. Maltrana creyó que su dicha amorosa huiría para siempre así que aquellas manos hermosas se viesen sometidas a la esclavitud del jornal. El engranaje de la miseria agarraba a sus víctimas para no soltarlas jamás. Si ella trabajaba, viviría siempre condenada al trabajo: jamás tornarían a su nido la alegría y la abundancia. Antes morir los dos de miseria, que ver a la adorada, a la dulce Feli, degradándose de nuevo con las fatigas de la obrera. Ella era una señorita: la mujer de un escritor.

La muchacha acogió estas protestas encogiendo los hombros. El buen sentido femenil le hizo despreciar tales preocupaciones, y una noche, al regresar Maltrana a su casa, vio la habitación llena de corsés blancos y modestos, corsés de pobre, que Feli había recogido en el taller. Pasaba las horas con el busto inclinado sobre su enorme vientre, en el que descansaban los armazones de lienzo. Hacía las «flores»: los pespuntes en forma de triángulo que adornaban los extremos de las ballenas. Era una tarea costosa y mal pagada, como todos los trabajos femeniles.

Isidro se enfadó. ¿Deseaba matarse? Pero la sonrisa de Feli contuvo sus protestas. Señalaba con los ojos aquel cajón de la cómoda donde metía el dinero. Apenas quedaban unas cuantas pesetas de lo que les trajo el tío Manolo. No habían pagado los dos últimos meses de inquilinato al señor Vicente; debían en varias tiendas de la calle; él tendría que renunciar a la peseta que le daba de vez en cuando para tabaco, a los banquetes de «juventud», a aquellos gastos que consideraba necesarios para «hacerse ver», para «refrescar» el nombre literario.

Se acercaba la miseria, pero la verdadera, la negra, sin tregua ni misericordia. Feli la adivinaba, abría sus ojazos llenos de misterio, como si la viese corporalmente rondar en torno de ellos. El ser que llevaba en sus entrañas también parecía presentir la proximidad del fantasma. Agitábase cada vez más inquieto, y la madre lloraba pensando en su suerte. La pobreza sería la única hada que le abrazase al surgir al mundo. Si la fortuna no había de apiadarse, prefería que el ser inocente pereciera en su encierro antes que ella lo viese, antes que se sintiera esclavizada por el cariño.

Se entregó al trabajo con valentía femenil, mostrando esa resistencia de que sólo son capaces los seres nerviosos. Maltrana, al despertar, veía a Feli ante un montón de corsés, cosiendo animosamente. Inclinaba el rostro, enjuto por la debilidad, y seguía la marcha de la aguja con sus ojos profundos y melancólicos, única belleza que aún se mantenía intacta en ella. Isidro, al volver a su casa a altas horas de la noche, tenía que hacer grandes esfuerzos para que se acostase.

—Déjame acabar esta docena —decía sin levantar la cabeza, tenaz en el trabajo, deseosa de no perder un segundo.

Maltrana sentíase avergonzado por este sacrificio. En la calle se acordaba de Feli con remordimiento. Era abominable que él pasease inactivo, mientras la pobre joven vivía trabajando en este ambiente de horno. Sentía la necesidad de acompañarla: creía con su presencia disimular un tanto lo ignominioso de su situación. Al regresar a su casa iba de silla en silla, leyendo, escribiendo, hablando, para disimular su aburrimiento. Algunas veces, falto de libros, pues había vendido todos los suyos que eran de cierto valor, sacaba alguno de la biblioteca del señor Vicente e intentaba reír con las piadosas extravagancias de las vidas de los santos. Pero el tiempo no estaba para risas, y acababa por devolver a su estante los mamotretos apolillados. Otras veces sentía deseos de trabajar, para ponerse al nivel de la animosa compañera. Iba a hacer algo notable: tenía la cabeza repleta de ideas. Sentábase a la mesa, mojaba la pluma en el tintero, se acariciaba la frente; pero a su espalda cantaba la aguja al perforar el lienzo, crujían los corsés al amontonarse, zumbaban las moscas en torno de su cabeza, y el calor pesado y asfixiante cubría su piel de perlas de sudor. Rompía papeles y más papeles, y acababa por dejar la pluma con rabioso movimiento. La inspiración huía, espantada por el ruido de las telas y la pegajosidad de los insectos. Le era imposible hacer nada, y acababa por pasearse nerviosamente, jurando que era un imbécil; hasta que Feli, molestada por su cólera, le rogaba que volviese a la calle en busca de distracciones.

Isidro, avergonzado de su inacción, se dedicó a acompañarla cuando devolvía el género al taller, ya que no podía hacer otra cosa. La primera vez había dejado que la pobre Feli, arrastrando las piernas y llevando por delante sus pesadas entrañas, cargase con el fardo para llevarlo cerca de la Puerta del Sol. Él era un intelectual, con muchos amigos, y aunque la mayoría de éstos se hallasen fuera de Madrid, temía que alguien le viera cargado con un fardo. Era un escrúpulo egoísta, un deseo de guardar su prestigio de grande hombre desgraciado que se mantiene digno ante la miseria. Pero cuando vio por segunda vez a Feli empaquetar su trabajo soplando de fatiga, resignada, con sonrisa triste, sintió hondo remordimiento.

–Deja eso, nena –murmuró avergonzado–. Yo lo empaquetaré, yo te lo llevaré hasta la puerta de la tienda. Es una canallada permitir que vayas sola...

La pobre aún se resistió a aceptar esta ayuda. Él era un señorito, un intelectual, una futura eminencia. ¿Qué dirían sus amigos, aquellos camaradas de café, si le veían en la calle cargado como un mandadero?... Pero Isidro hizo un gesto de indiferencia, a pesar del pavor que le inspiraban estos encuentros. Que hablasen lo que quisieran: deseaba ayudarla, servirla de algo.

Salían cada dos días, luego de cerrada la noche, cargados con aquellos paquetes, por cuyo trabajo daban a Feli unos cuantos reales. Maltrana seguía la acera pegado a la pared, con cierta vergüenza, ocultando la cara, lanzando oblicuas miradas para reconocer a los transeúntes. La joven, a pesar de la torpeza de sus piernas, esforzábase por seguir su rápido paso, semejante a una fuga. Jadeaba al trotar, moviendo su vientre con doloroso vaivén.

El regreso era más lento y tranquilo, cuando no se llevaban a casa nuevas remesas de labor. Caminaban cogidos del brazo por las aceras, tibias aún de los ardores del día. Humeaba la población al exhalar en la calma de la noche el fuego con que el sol la había caldeado. La circulación era en las calles menos densa que en el resto del año. Los balcones estaban cerrados; apenas si se veía algún rectángulo de luz en las oscuras fachadas. Agrupábase la gente en las mesillas exteriores de los cafés y horchaterías. Sentábanse ante los portales las tertulias en corrillo, obstruyendo las aceras. En muchas ventanas colgaba el botijo rezumando agua. Un hedor de asfalto recalentado y boñiga en fermentación surgía del suelo de las grandes vías.

Cerca de la casa del señor Vicente, en las estrechas calles de los barrios bajos, el mal olor del verano martirizaba el olfato. La plaza de la Cebada humeaba como un estercolero en putrefacción. De sus sótanos, faltos de aire, surgía la peste de las verduras fermentadas, difundiéndose por toda esta parte de Madrid, que olía como una huerta abandonada.

Los dos amantes, en su lento regreso, discutían el empleo del dinero que acababan de cobrar. No bastaba para las más rudimentarias necesidades. Feli percibía cincuenta céntimos por cada docena de corsés. Apenas sí trabajando día y noche podía juntar un par de pesetas. Mentalmente ajustaba sus cuentas: tanto en la plazuela, tanto en la tienda; no bastaba este dinero para salir de apuros, y eso que habían suprimido el café y el vino, y no comían más que lo necesario por no perecer de hambre.

Maltrana, oyendo estos lamentos de dueña de casa, pensaba nostálgicamente en el pasado. ¡Qué dulce recuerdo el de los paseos por los desmontes inmediatos al Canalillo, el de los descansos en los merenderos de Amaniel, hablando de amor, pasándose las naranjas de boca a boca, contentos del sol que les metía en el alma la alegría de su luz, gozosos de la noche que les protegía con su sombra, dando a sus caricias un nuevo encanto con la sonoridad de los nocturnos ecos!... Todo había huido para siempre; estaba lejos, tan lejos como parecía estar aquella Feli de los buenos tiempos, alegre, risueña y rebosando la admiración, de esta otra, afeada por la maternidad, triste por la miseria, y con gesto de desaliento, como si ya no tuviese fe en el porvenir de su hombre y se resignara a llevar la peor parte, cuidándolo como un niño grande, más por conmiseración maternal que por apasionamiento amoroso.

Maltrana ya no pensaba en si la vida era alegre o triste, negra o de color rosa. La vida era sencillamente un aburrimiento, y el helenismo una farsa de los libros. Los atenienses, sin dinero, sin esperanzas y con una hembra amada a quien sostener, de seguro que lo habrían visto todo gris, aunque cabrillease el sol de los poetas en las aguas del Pireo, aunque brillasen con divina sonrisa los mármoles del Partenón y las aulétridas se pasaran el día soplando en sus dulces flautas. La miseria era un endriago de invencible fealdad. No había arte en el mundo que pudiese embellecer su horripilante mascarón.

Una noche, al pasar por la Puerta del Sol, fijáronse los dos en los gritos de los vendedores de periódicos. Pregonaban «la horrible catástrofe» ocurrida aquella mañana, con incalculable número de muertos y heridos.

Isidro había permanecido en casa todo el día, ocupado en escribir unas cuartillas, a diez céntimos, para aquel semanario social que reclamaba su colaboración con la misma intermitencia con que publicaba sus números. Feli sintiose atraída por el suceso, con esa curiosidad que despierta lo terrorífico en la imaginación femenil.

Compraron el periódico, y Maltrana leyó a la luz de un farol el sumario, en letras grandes, que encabezaba el relato del suceso. Habíase hundido en las primeras horas de la mañana aquel edificio en el que trabajaba el señor José. Instantáneamente tuvo Maltrana el presentimiento de la desgracia. Antes de leer, estaba seguro de que su padrastro había perecido entre las ruinas de aquella obra escandalosa, inaudita, hasta el punto de trastornar sus ideas de hombre autoritario y hacerle perder la fe en la perfección del orden social. Buscó en el papel los nombres de las víctimas. Eran muchos los heridos que agonizaban en los hospitales. Entre los escombros sólo se había recogido un cadáver, el del único obrero muerto instantáneamente, y éste era el señor José. Su nombre y su domicilio estaban indicados con una precisión que no permitía dudas.

Maltrana experimentó una dolorosa sorpresa. Recordó a su madre; pensó en el agradecimiento que sentía la Isidra por las bondades de su compañero. ¡Pobre señor José! Tal vez esperaba la muerte como una liberación, aquella muerte cuya proximidad adivinaba al trabajar en el escandaloso edificio objeto de sus cóleras. Morir era una solución para aquel hombre sencillo, que se indignaba contra un mundo apartado de los sanos principios y contra la mala suerte que convertía en aprendices del crimen a los hijos de los servidores de la ley.

Al día siguiente era el entierro. Todos los albañiles de Madrid proponíanse aprovechar las horas del descanso de mediodía para asistir a él, dándole la significación de una protesta contra las rapiñas de los poderosos.

Isidro quiso también acompañar el cadáver hasta el cementerio. Era todo lo que podía hacer por su padrastro.

A la mañana siguiente, salió por la Puerta de Toledo poco antes de mediodía. Al llegar al puente, torció a la izquierda, dirigiéndose al depósito de cadáveres, en la orilla del río. Los ardores del sol caldeaban las charcas del Manzanares, llenas de la inmundicia de las alcantarillas que desaguan en él. Un hedor de letrina en ebullición envenenaba la densa atmósfera de verano.

Los alrededores del depósito estaban ocupados por grupos de hombres con blusas blancas, de mujeres con los brazos arremangados, que acababan de salir de los lavaderos.

Todos comentaban la catástrofe con gritos de cólera y maldiciones. Las mujeres eran las más audaces y ruidosas. Miraban hacia Madrid levantando los brazos con expresión amenazadora.

—¡Ladrones! ¡ladrones!... Matan a los trabajadores para hacerse ricos... Sólo les importa el negocio, y los pobres que mueran como perros.

Después encarábanse con los hombres que iban llegando, albañiles casi todos, que llevaban pendiente del cuello el saquito de la comida. Los insultaban con groseras palabras. ¡Calzonazos! Se quedarían después de esto tranquilos como siempre, esperando que llegase la hora de perecer en otra catástrofe. ¡Ah, si ellas llevasen pantalones! ¡Si las dejasen intervenir en los asuntos de los hombres!... Otra cosa sería.

Y los albañiles contestaban con un gesto de desaliento. ¿Qué iban a hacer? No tenían armas; estaban cansados de que les pegasen a la menor protesta en la calle.

—¡Armas! ¡armas!... —exclamaban irónicamente algunos compañeros de ojos exaltados—. ¿Y para qué las queréis? Eso no sirve de nada. ¡Dinamita, me caso con Dios! ¡Bombas de dinamita!

Maltrana entró en el depósito abriéndose paso en la masa de blusas, y vio el cadáver del señor José sobre una mesa de mármol, dentro de un modesto ataúd que habían costeado los del oficio.

Según dijeron al joven, tenía rota la espina dorsal, quebrado su esqueleto por varias partes. La cara mostrábase intacta, contraída por un gesto de inmenso dolor. Isidro sólo pudo ver uno de sus ojos, desmesuradamente abierto, que parecía fijar en él la vidriosa pupila. Creyó leer en este globo mate, de fúnebre vaguedad, el último pensamiento de la víctima, la maldición que pasó como un relámpago por su cerebro al dejar de existir. Indudablemente, había muerto abominando de las veneraciones de toda su vida. Leíase en la contracción de su rostro: había quedado impreso en aquella mueca que parecía una protesta. De poder reanimarse el cadáver, de seguro que gritaría algo subversivo contra la sociedad injusta, contra los hombres crueles, pidiendo destrucción y venganza, para tenderse de nuevo en el féretro tras esta póstuma confesión del engaño de su vida.

Cerca del ataúd hablaban algunos de sus compañeros de trabajo. Ya no le llamarían «borrego». Amaba más a los explotadores que a sus camaradas de miseria. La desgracia, siempre ciega, había visto claro esta vez al castigarle por medio de la codicia de aquellos a quienes él defendía. ¡Pobrecillo! De todos modos, era uno de los suyos: una víctima más, por la que había que protestar.

Maltrana dejó de ver al señor José. Los compañeros clavaron la caja, cubriéndola con la bandera roja de la asociación.

El féretro comenzó a romper el oleaje del gentío, llevado en hombros por un grupo de albañiles. Cuando Isidro salió del depósito, siguiendo la roja tela, vio la orilla del río, el puente y la glorieta de Toledo cubiertos de blusas blancas, de sombreros y gorras que se elevaban, dejando las cabezas al descubierto al paso del ataúd.

En la glorieta del puente de Toledo, entre las dos pirámides de piedra que descansan en su pedestal sobre los boliches dorados, como dos gigantescas mesillas de noche, vio una masa oscura con puntos brillantes: una fila compacta de hombres negros. Era la policía cerrando el paso.

El entierro avanzó sin titubear. Las mujeres vociferaban en torno del féretro, iracundas, llorosas, como si el rudo sol del verano mordiese con agresiva demencia sus cabezas despeinadas.

–¡Ladrones! ¡ladrones! ¡A Madrid! ¡A arrastrar a los asesinos!...

Otras señalaban el féretro con trágicos ademanes de plañidera. No conocían al señor José, pero gritaban roncas de emoción:

–Ahí va la honra del mundo; un trabajador bueno; un hombre de blusa. ¡Pobrecillo! ¡Y los que le han matado, guardándose los duros, comiéndose las buenas tajás!...

La cabeza del cortejo chocó con el obstáculo de la policía. Un capitán habló a los manifestantes. Podían seguir por el paseo de las Acacias, dar la vuelta a Madrid por las rondas, sin molestar a nadie. Éstas eran las órdenes que había recibido. Nada de entrar en la población, de atravesar el centro, buscando la calle de Alcalá. Él estaba allí, en el paseo de los Ocho Hilos, para cerrarles el paso y que no ganasen la puerta de Toledo. Todo lo que quisieran, gritos, lloros, aclamaciones, todo, menos desfilar por las calles de Madrid y que la gente del centro presenciase el entierro, con su séquito de jornaleros que pedían venganza.

Sobre la masa de cabezas se alzó, como contestación, un largo palo, y en su punta un guiñapo negro que parecía una mortaja. Era la bandera de cólera y dolor, improvisada por un grupo de muchachos.

Las mujeres protestaban vociferando de las órdenes de la policía.

—Eso es: debemos marchar por las rondas, como los ganados que van de paso... Los pobres a la cuadra. Por las calles de Madrid no puen pasar otros entierros que los de los señores que mueren de hartazgo o malos vicios. Son para los otomóviles y los carruajes con tronco. Nosotros, por la ronda... porque olemos mal... ¡Mueran los ladrones! ¡Que los arrastren! ¡A Madrid! ¡A Madrid!

Y las mujeres eran las primeras en avanzar, en agarrarse a las puntas del féretro, empujando a los portadores para que rompiesen las filas de la fuerza pública.

Retrocedían los polizontes sin dejar de hacer frente al formidable empellón, al mismo tiempo que, por la fuerza de la costumbre, llevaban la mano al sable y comenzaban a extraerlo de la vaina antes de que lo mandase el jefe. Muchos de ellos parecían quejarse con los ojos de la pérdida de tiempo que suponían los diálogos del capitán con los manifestantes. ¿Qué hacían que no pegaban? Ellos habían venido para eso.

Isidro no supo cómo se inició el choque. Vio de pronto arremolinarse la gente delante del féretro; sonaron gritos, golpes secos semejantes a los de la ropa sacudida. Sobre las cabezas del gentío brillaron al sol, como cintas blancas, los pesados asadores esgrimidos de filo.

Se abrió la muchedumbre, escapando en distintas direcciones. En un instante se formó ese vacío trágico que se extiende entre los que huyen y los que pegan, viéndose en el suelo gorras abandonadas y el negro bulto de un hombre caído intentando incorporarse sobre las manos, con la frente roja.

Las mujeres eran las que menos corrían. Algunas deteníanse con los brazos en jarras, soltando por la boca todas las injurias de su exaltada imaginación.

—¡Cobardes! ¡Cabritos!...

Como si conociesen la historia y la familia de cada uno de los guardias, les echaban en cara su envilecimiento. Ellos allí, pegando a los pobres trabajadores, y mientras tanto sus mujeres acudiendo a las citas... Y tras este desahogo, corrían otra vez al ver que se acercaban con el sable levantado.

Más aún que los sablazos, irritaron a la manifestación los palos de ciertos hombres sin uniforme que iban en el entierro escuchando lo que se hablaba en los grupos, y que, al sonar los primeros golpes, habían enarbolado el vergajo, apaleando en derredor suyo. La muchedumbre bramaba contra los canallas de «la secreta».

Un grupo de mozuelos apostados en los solares inmediatos hacía frente a los acometedores, con la arrogancia de la juventud. Eran los valientes que surgen en toda revuelta, los héroes de la calle, que son cantados por la más alta poesía cuando triunfa una revolución, o van a la cárcel con los rateros cuando intervienen en un motín.

—¡Fusiles! —rugían mirándose unos a otros, como si pudieran proporcionárselos—. ¡Ay, si tuviéramos fusiles!...

Y había en su gesto una expresión heroica, la resolución de morir matando, de perseguir a los enemigos hasta el centro de Madrid. A falta de armas, recogían del suelo las piedras, los cascotes, los pedazos de lata, los zapatos viejos, arrojando una lluvia de proyectiles sobre la policía. Ésta, habituada al impune apaleo de la muchedumbre sin armas, permanecía indecisa, titubeando con cierta inquietud ante un enemigo resuelto, que, no contento con atacar, avanzaba audazmente.

Sonó algo semejante a un chasquido de tralla. El capitán acababa de hacer fuego con su revólver.

—¡Fuego, me caso con la hostia! ¡Fuego!

Los polizontes disparaban sus revólveres avanzando con paso de héroes, eligiendo sus blancos en aquellas espaldas que huían por todos lados.

Maltrana pensó en el señor José. Su entierro era digno de las creencias de su vida. Nada faltaba en él: palo a la canalla, fuego a discreción, con gran voluptuosidad de los defensores de la ley, que podían escoger sus víctimas impunemente.

El joven no quiso huir: se quedó junto al féretro, presintiendo que allí sería mayor su seguridad. Además, era el único pariente del muerto que iba en el cortejo, y no debía abandonarle.

Los portadores del ataúd, al recibir los primeros golpes, lo dejaron caer al suelo, huyendo veloces. El paño rojo desapareció en la fuga. Otros obreros intentaron apoderarse del féretro y levantarlo, pero fueron repelidos por los sables. Aquella caja negra era una bandera de rebelión, en torno de la cual podía organizarse otra vez la revuelta. En los vaivenes de la muchedumbre en fuga, estuvo el ataúd próximo a rodar, soltando sobre el polvo del camino el cadáver que encerraba.

Isidro se sentó sobre la fúnebre caja, temiendo una nueva profanación, y se replegó aturdido y temeroso por el estrépito de los tiros. Un hombre de blusa vino también a sentarse en el féretro, como si éste fuese un lugar de asilo.

Oyó Maltrana un lamento y vio la blusa blanca, manchada de sangre, balancearse y caer al suelo. Después brilló sobre su cabeza el relámpago de un sable, y el joven se encogió aún más para evitar el golpe. Pero nadie le tocó. Pasaron algunos segundos que le parecieron de interminable duración, sin que su cuerpo sufriese ningún choque. Creyó oír una voz, la de algunos de aquellos fantasmas negros que, sable en mano o disparando tiros, pasaban ante sus ojos espantados que todo lo veían envuelto en densa niebla.

–Déjale: ¿no ves que es un señorito?...

Por primera vez en su vida se dio cuenta de las ventajas y privilegios de aquel traje que era para él un uniforme de miseria.

Sufría privaciones; el hambre rondaba en torno de él señalándolo como uno de sus siervos; pero pertenecía, por su aspecto y sus costumbres, a la raza de los felices. Era un señorito. Estaba por encima de aquellas gentes que conquistaban el pan con más frecuencia que él, pero sentían la caricia del palo apenas intentaban pedir, como añadidura al mendrugo, un poco de justicia y de piedad para su vida.

9

EL HERMANO VICENTE tenía un tirano, cuyas exigencias sobrellevaba con mansedumbre.

Era aquel zapatero convertido, que traía a la nueva fe todas las violencias de su antigua fama de devorasantos. Hablando a su protector le aterraba con los aspectos sanguinarios de su devota vehemencia. No había más verdad que la religiosa, y al que no la aceptase, ¡leña! Un poquito de Inquisición no estaba de más en estos tiempos de herejía y desprecio a Dios. Era el ardor del neófito que asusta al maestro, la audacia del renegado que quiere borrar con tremendas exageraciones el recuerdo de su historia.

Además, se creía con derechos absolutos sobre la persona y los bienes de su catequista, y miraba con hostilidad a la pareja que vivía con el señor Vicente, sospechando que le despojaban de una parte de lo que consideraba como suyo.

No hablaba con él que no le hiciese preguntas sobre la vida de aquel matrimonio, enterándose minuciosamente de la puntualidad con que cumplían sus compromisos.

—¡Aún no le habrán pagado el último mes!... —decía al avistarse con el «santo»—. ¡Ni el anterior tampoco!... ¡Y usted tan tranquilo! ¡Qué hombre, Señor Dios!... Eso no es caridad, don Vicente: eso es tontería. La caridad debe comenzar por los buenos, por los que defienden las sanas doctrinas. Es una vergüenza que usted pague por esas gentes, mientras me abandona a mi que tengo familia, que soy su hijo y vivo como buen católico.

El hermano excusábase tímidamente, rebañando sus bolsillos para acallar con alguna dádiva las protestas del temible discípulo.

—No son mala gente —afirmaba refiriéndose a sus huéspedes—. Los pobrecitos tienen tan poca fortuna, que hay que ayudarles. Ella es una excelente muchacha: tan trabajadora... tan modosita...

—Pero no van a misa, don Vicente; fíjese usted y verá como nunca entran en la iglesia. Él es un impío que ha escrito en los peores papeles. Entre usted un día en su habitación, busque bien, y verá como encuentra a montones los escritos contra el Señor y los santos... Además, me da el corazón que no son casados; esa pareja no vive como Dios manda.

El crédulo hermano protestaba. Su discípulo incurría en el pecado de murmuración; pensaba mal de todos: eran resabios de su antigua vida. ¿Por qué no habían de ser casados? El señor de Maltrana y ella se lo habían asegurado y debía creerles... Cada uno en su casa, evitando chismes y curiosos, y al que fuese malo ya lo castigaría Dios.

—Eso es —mugía el discípulo—. Ellos a vivir de gorra, a comerse el dinero de usted, que es mi padre, mientras yo rabio, sin poder darme el gusto de ir a las Cuarenta Horas o al sermón, trabajando para que la mujer y los chiquillos coman apenas.

—Todo se arreglará —decía bondadosamente el hermano—. La misericordia del Señor es grande y a todos alcanza.

Isidro, adivinando la hostilidad del zapatero, le acogía con duro gesto cuando se presentaba en la casa buscando al señor Vicente. Se burlaba de su religiosidad feroz; presentía el despotismo que ejercía sobre el catequista, el abuso que hacía de su cualidad de alma redimida por el sencillo hermano.

Recordaba el joven ciertas estampas de santos misioneros, en las que aparecen éstos con un salvaje prosternado a sus pies, cual símbolo de las grandes conquistas realizadas en favor del cielo; y en sus conversaciones con Feli, designaba siempre al remendón con el apodo de *Indio converso*.

Aquel bruto le causaba repugnancia por el furor con que defendía sus nuevas creencias, sólo comparable a la bestialidad con que había sustentado las anteriores. Además, le era antipático por el provecho que sacaba de su conversión, explotando al señor Vicente y amenazándole cuando no le daba bastante. El pobre hermano, siervo resignado de su gloria, esclavo de su propia conquista, inspiraba lástima a Isidro.

Hablaba en todas partes de su famoso triunfo; mostraba como un trofeo al *Indio converso*, exagerando inocentemente las horripilantes hazañas de sus época de impiedad; pero después de esta exhibición, al quedar solos los dos, el catecúmeno insaciable prorrumpía en lamentaciones sobre su miseria, no callando hasta convencerse de que en los bolsillos del «santo» sólo quedaban algunas oraciones impresas y migas de pan.

—Aquí ha estado a buscarle ese bruto —decía Isidro al ver entrar al señor Vicente—. El *Indio converso*... su discípulo el remendón. ¡Valiente animal! Crea usted que en el cielo no le agradecen esta conquista. Tendrán que habilitarle un pesebre al lado del caballo de san Martín o la burra de Balaam.

—Señor de Maltrana —exclamaba el «santo»—, más caridad... más amor al prójimo. El pobre es algo rudo: resabios de su pasado; pero es bueno y ama a Dios.

Y el «santo» parecía sufrir al verse entre estas dos antipatías.

No se engañaba el *Indio converso* al sospechar que su protector concedía algún apoyo a sus huéspedes. El «santo» veía el incesante trabajo de Feli; adivinaba, por sus ojeadas a la cocina, la penuria de los jóvenes; oía desde su cama los diálogos de la pareja discutiendo los apuros del día siguiente.

Cuando Isidro se ausentaba, aproximábase él a Feli con cierta cortedad, dejando sobre el montón de corsés lo que encontraba en sus bolsillos. Unas veces era un puñado de cobre, otras una peseta, que fregoteaba con su pañuelo antes de entregarla.

—Que no sepa nada el señor de Maltrana —decía con voz misteriosa—. Que el secreto quede entre usted y yo. Hay que ayudarse como buenos cristianos. Ese dinero me lo dieron esta mañana las buenas señoras que me protegen. Para ustedes... Ustedes son tan pobrecitos como los que yo visito en las afueras... Pero no llore usted: ya vendrán días mejores; Dios aprieta, pero no ahoga.

Y reía de su caritativa malicia, que quedaba en el misterio, sin que el señor de Maltrana pudiese sospecharla.

El joven también debía sus favores al «santo».

—Señor Vicente, con este mes ya van tres que no le pago. Los negocios andan mal; en verano no se encuentra trabajo; pero ya llegará la buena época, cuando la gente regrese a Madrid, y entonces pagaré todos los atrasos de una vez.

–Vaya usted tranquilo, señor de Maltrana. Nada le pido; que Dios no nos abandone, y todos viviremos.

Isidro encontraba cada vez más dura y difícil su existencia. Las dos pesetas que ganaba Feli en el emballenado trabajando todo el día y gran parte de la noche, y los escasos reales que podía juntar a la semana llenando cuartillas a diez céntimos con destino a la revista social, no bastaban para las atenciones de su subsistencia. El orden y el método en la nutrición, que embellecían los primeros tiempos de su vida común, habían desaparecido con la miseria. Feli necesitaba todo su tiempo para el trabajo, y apenas si de tarde en tarde podía entrar en la cocina.

Maltrana, con toda su altivez intelectual, vigilaba el fogón, y a falta de ocupaciones más importantes, aprendía torpemente de Feli el secreto de los guisos. ¿Dónde estaban aquellos pucheretes sabrosos de su luna de miel, aquellos platos que daban ganas de comerse a besos las manos de la amada hacendosa?... La vida era triste, y los pucheretes unas veces salían crudos y otras carbonizados. El fastidio de la miseria entorpecía de tal modo la actividad de los dos, que pasaban días enteros sin encender fuego, alimentándose con algún fiambre traído de la taberna.

Cuando les faltaba en absoluto el dinero, Maltrana lanzábase a la calle. Su descenso del cuarto piso comparábalo a la bajada del lobo desde las cumbres a la llanura, empujado por el hambre.

La víctima que el lobo infeliz buscaba con preferencia era el señor Manolo el *Federal*. Lo esperaba en la oficina de la Puerta del Sol, y al presentarse el capataz exponíale las tristezas de su vida.

El buen *Federal* escuchaba con los ojos bajos, moviendo la cabeza como si aprobase las palabras del joven, reconociendo que hablaba muy bien. Después metía la mano en un bolsillo del pantalón, agitando la moneda de la venta, y acababa por entregarle un par de pesetas, sin queja alguna.

Todo aquello era culpa del viejo régimen.

–Ahí tienes –decía con expresión solemne– lo que es el unitarismo y la centralización. Tú tienes talento y te mueres de hambre; y como tú, muchos.

El centralismo sólo aprovecha a los pillos. El día en que cada Estado y cada quisque particular goce su autonomía, todos tendrán lo que merezcan... Esto te lo digo para que aprendas, para que os convenzáis de cómo os paga el unitarismo...

Y se cobraba el par de pesetas con una nueva avalancha de enrevesados razonamientos, que Maltrana oía resignado.

En otros momentos de apuro, Isidro, por no molestar con tanta frecuencia al señor Manolo, se acordaba de su tío el *Ingeniero*, buscándolo en el café de San Millán. Le veía rodeado de ciertos amigos tan viejos como él, alegres camaradas que formaban el catálogo de cuantas muchachas bonitas existen en los barrios bajos.

El *Ingeniero* no acogió mal la primera petición de su sobrino.

—Ya sé yo lo que es eso —dijo guiñando un ojo y dando palmaditas en la espalda de Maltrana—. ¡Las mujeres!... No hay nada como ellas para que un hombre ande lampando tras la peseta... Todas son gastosas, y no están contentas hasta que le sacan al hombre las mismísimas entrañas... ¿Cuánto necesitas? ¿Tres pesetas? ¡Pero muchacho, si con eso no tienes ni pa una misa! Toma un par de duros: los hombres de verdad debemos ayudarnos; hoy por ti, mañana por mí.

Y le entregó un par de redondeles de plata con un ademán de compañero de armas.

—Oye: lo de tu matrimonio será filfa —continuó—. Yo lo calé apenas me hablasteis. ¡Valiente tuno estás, sobrino!... Y la muchacha lo vale; una gachí con dos ojos como dos quinqués. Si no fueses de la familia te la quitaba. Tú eres más joven, pero yo tengo un gran «aquel» para las mujeres. Que lo digan éstos.

Y señalaba a los camaradas que ocupaban la mesa.

Maltrana se marchó entre agradecido y molesto por las necedades de su tío, y no volvió a verle hasta pasadas dos semanas, acosado por nuevas necesidades.

—¡Hola!... Siéntate —dijo al verle el *Ingeniero*, con cierta displicencia.

Siguió hablando con sus amigotes, y de pronto dijo al sobrino:

—La otra noche os vi pasar, muy cargados de paquetes, a ti y a la gachí por la calle de Toledo. ¿Sabes que esa chica ha perdido mucho? Yo no veo bien, pero me parece que se ha puesto fea con ese tripón, moviéndose como una barca, y la cara hinchá como si acabases de largarle dos tortas. Hasta me pareció que tiene los ojos más pequeños.

Maltrana sufrió en silencio estas palabras de su tío, que aún le parecieron más molestas en presencia de su tertulia de majaderos. Sin embargo, fingió una sonrisa pensando en el dinero que podía darle.

—Creo —continuó el *Ingeniero*— que ha llegado para ti la hora de... vámonos. Las mujeres duran poco; son como los pitillos: cuando se llega a más de la mitad, todo es ceniza, y hay que tirarlos. ¿Digo mal, caballeros?

Todos aprobaron la sabiduría del chamarilero.

Cuando Isidro creyó llegado el momento de formular su petición, el tío no la acogió del mismo modo que la otra vez. Había perdido para él su prestigio de mozo afortunado; ya no le inspiraba envidia: era un bobo, sin «viveza» para salir del paso; se «caía» manteniendo a aquella golfa por el insignificante motivo de haberla puesto en estado interesante.

—Toma tres pesetas: no puedo darte más; y te advierto que son las últimas. Tengo muchos gastos, y los tiempos están malos. Aún no he vendido el órgano.

Maltrana comprendió que no debía esperar más del *Ingeniero*, y dejó de ir al Café de San Millán.

La miseria les estrechaba cada vez con mayor crueldad. Feli estaba fatigada; había perdido la fortaleza de sus primeros días de labor. Avanzaba su embarazo. Con un supremo esfuerzo de voluntad, inclinábase ante la obra, emballenando los corsés, bordando a mano las «flores»; pero apenas tenía acabada una docena, coloreábase su rostro con una ola de sangre, su cabeza daba vueltas, y echando atrás el cuerpo, cerraba los ojos como si fuese a desvanecerse. No podía trabajar más.

Mientras tanto, crecían los apuros de la casa, haciéndose más difícil la existencia de los dos. Los adornos de su bienestar desaparecían: quedaba ya muy poco de la primitiva instalación. Isidro, más versado, por su antigua vida, en el arte de defenderse de la miseria, era el encargado de liquidar la escasa fortuna. Pieza a pieza, vendíalo todo. Ya no brillaba en el dormitorio con el esplendor del oro aquella cama que enorgullecía a Feli y había presenciado las mayores alegrías de la pareja. Dormían en el suelo, en un colchón, y pretendían demostrarse que así estaban mejor, siendo tan calurosa aquella época del año. El tintero, regalo de Feli, también había desaparecido. Su venta les proporcionó una cena, después de un largo día de ayuno. Comieron, pero la joven creyó que estaban menos unidos después de la pérdida de este objeto, comprado el primer día de vida común. Lo miraba como un fetiche de su felicidad.

También habían vendido sus ropas de invierno, aquel traje de gran gala adquirido en la calle de Toledo, que marcaba para Feli el momento más culminante de su bienestar. En cuanto a las botas color limón, con su alta fila de botones, nada podían sacar de ellas; estaban tan destrozadas como las ilusiones de la infeliz pareja.

Maltrana, que en otros tiempos había hecho frente a la miseria, con la alegre inconsciencia del pájaro errante, se desesperaba y sentía pasar por su cerebro los más lúgubres pensamientos al ver a Feli, resignada y silenciosa, trabajando con sobrehumano esfuerzo, mientras la cocina estaba fría y no se encontraba en los rincones el más pequeño mendrugo.

¡La miseria, la mala bestia negra! ¡Cómo arañaba la carne! ¡Qué inspiraciones repugnantes soplaba en el oído!... Algunas veces, los ojos de Maltrana vagaban con sombría interrogación por las habitaciones del hermano Vicente. Ahora eran las mejores de la casa: estaban llenas de algo; mientras las suyas mostraban un espantable vacío.

Sentía la criminal tentación de coger algunos libros del «santo» y venderlos: de descolgar el Cristo ensangrentado y bajarlo al Rastro, para que sus primos lo comprasen. Tenía que hacer un gran esfuerzo para repeler estos pensamientos. El crucifijo sólo valía unos cuantos reales; los libros que el «santo» guardaba con tanta estima no servían, en su mayor parte, más que de papel de envolver.

La escasez, con sus angustias, le agriaba el carácter. El señor Vicente, tal vez por esto, parecía rehuir su trato. Entraba y salía sin verle, sin hablarle. Ya no se acercaba a Feli con su bondad misteriosa para dejar dinero encima de los corsés.

En cambio, una tarde que ella estaba sola, llegaron el *Indio converso* y aquel cura viejo, vagabundo como el señor Vicente. Querían esperar a éste, y en vez de permanecer en la sala del hermano, entraron en el cuarto de los jóvenes. El *Indio converso* indicaba con fieras miradas los retratos clavados en la pared.

Era lo único que restaba del primitivo bienestar. Maltrana no había intentado venderlos, pues conocía su insignificante valor. Además, en medio de su miseria, eran la única demostración de que allí vivía un intelectual.

El cura, siguiendo las ojeadas del *Indio converso*, examinaba con aparente distracción los retratos y leía y releía los nombres impresos al pie, como si temiese olvidarlos. Al mismo tiempo tosía con una expresión irónica. ¡Ejem! ¡ejem!... Y el devoto remendón movía la cabeza como si contestase: «¡Eh! ¿Qué tal? ¿No lo decía yo?...».

Cuando supo Maltrana esta visita, prorrumpió en exclamaciones de cólera. De estar él, allí les hubiera echado a la calle, para que aprendiesen a no curiosear en casa ajena.

Algunos días después notó Isidro que el señor Vicente retardaba sus salidas matinales, o volvía a casa muy temprano, como buscando una ocasión para hablar con él. Le miraba por la puerta entreabierta, al pasear por su biblioteca mascullando oraciones; pero no osaba pasar adelante, como si temiese abordarle en presencia de Feli.

Una mañana, al salir Isidro, vio que el señor Vicente abandonaba al mismo tiempo su habitación, como si le esperase. Los dos se juntaron en el rellano.

—Señor de Maltrana, tenemos que hablar.

Le dolía mucho lo que iba a decirle, pero le obligaba la necesidad. Debía buscar una nueva casa; él abandonaría aquélla apenas acabase el mes.

—No puedo, señor de Maltrana; no puedo pagar el alquiler. Y no es que intente echarle en cara el no haberme ayudado. ¡Ave María! Usted no pagó su parte porque no pudo... pero yo me voy. Meteré los libros en cualquier sitio: me los guardará ese señor sacerdote que usted ha visto algunas veces. Viviré con el pobrecito zapatero; él y su familia desean tenerme con ellos; cuidarme un poco, que bien lo necesito.

Maltrana quedó anonadado por el nuevo infortunio que caía sobre él. ¿Adónde ir? Pero la nerviosidad de la desgracia, que agriaba su carácter, le hizo acoger con altivez esta contrariedad.

—Señor Vicente: usted es un buen hombre y no le creo capaz de tomar por sí solo tal resolución. Esto es cosa del *Indio converso*, que quiere monopolizarle, y tal vez de ese capellán amigo de usted...

El «santo» protestó, defendiendo a sus camaradas. No había que maliciar de ellos ni atribuirles perversas intenciones. Él se marchaba porque era un pobre y no podía soportar el alquiler de la casa. Lo sentía por Feli y por Maltrana, que le eran simpáticos y no habían alterado su vida con disgusto alguno. Pero todos vivirían aunque se separasen: la misericordia del Señor era inmensa.

Y arrastrado por su afán de catequista, añadió:

—Lo que usted debe hacer, señor de Maltrana, es ponerse bien con Dios; dar a ese ángel de bondad que vive con usted lo que le pertenece: unirse a ella como dispone la Santa Madre Iglesia.

Isidro adivinó lo que el hermano quería decir. Se había enterado de que él y Feli no eran casados. El *Indio converso* era capaz de haber corrido todas las parroquias de Madrid para convencer a su protector de que albergaba una pareja pecadora, entregada a la concupiscencia de la carne.

El gesto del señor Vicente delataba su repugnancia a vivir en contacto tan inmediato con el pecado. Maltrana se enfureció ante estos escrúpulos.

—Que seamos casados o no lo seamos, ¿qué les importa a ustedes? —dijo con violencia—. Nos queremos; soportamos juntos nuestra miseria; somos compañeros de suerte, sin necesitar de compromisos y documentos. ¿Qué delito hay en esto?

El hermano levantó los hombros con inmensa extrañosa, como escandalizado de que se pusiera en duda este pecado.

—Además —continuó con dulzura—, usted me ha engañado, señor de Maltrana; usted se ha burlado de mí... No: ¡si no me enfado por ello! ¡si no le hago cargo alguno!... Yo le admití con gusto bajo mi techo, pero le indiqué que no podría vivir con Voltaire, Garibaldi y otros hijos del Malo.

—Y efectivamente —dijo Maltrana, sonriendo a pesar de su cólera—, por dar gusto a usted, me abstuve de traer a casa a esos apreciables señores.

—Pero trajo usted —repuso el «santo» con irritación, al mismo tiempo que lagrimeaban sus inflamados ojos—, trajo usted a otros peores, y ahí dentro los tiene como si fuesen santos, y falta poco para que les encienda velas. Yo soy un ignorante, y pensaba que no había nadie más perverso que esos dos pecadores que he nombrado. Pero uno, aunque falto de luces, tiene personas sabias y prudentes que le ilustren, y ahora sé que esos que adornan su habitación son demonios mayores, de más cuidado que los otros, pues algunos de ellos todavía viven, por altos designios de Dios, que quiere ponernos a prueba...

—¿Y qué quiere usted? —gritó Maltrana con tono agresivo—. ¿Que los quite, para darles gusto a ese remendón que le explota a usted y al cura loco que le aconseja?

—No; guárdelos, si ése es su deseo —dijo el «santo» con mansedumbre—. Usted y yo no debemos vivir juntos. Usted es joven... y de los del día; yo soy un pobre pajarillo de Dios... ¡Ave María Purísima! ¡Mi Cristo y mis libros bajo el mismo techo que los demonios más grandes que se conocen!...

Maltrana creyó inútil seguir hablando. El hermano estaba resuelto a separarse, y Maltrana no quiso rogar, ni que el devoto conociese el grave daño que le infería con esta inesperada resolución.

—Está bien; casas no me faltarán. Y si lo de la mudanza no es más que un pretexto para que me vaya, quédese usted aquí tranquilamente con su Cristo y todo el almacén de necedades que contiene su biblioteca. Nosotros nos marcharemos en seguida: antes de lo que usted cree.

El «santo» protestó, algo conmovido:

—No tenga usted prisa; queda de plazo todo el mes. Esperaré, y en cuanto a los atrasos, todo olvidado. Yo le quiero, señor de Maltrana; le quiero, porque a pesar de ser de los verdes, nunca ha blasfemado en mi presencia. Yo agradezco esta consideración.

Maltrana repelió tales elogios. Se iría cuanto antes: no deseaba más favores. ¡Ojalá pudiese en el mismo día abandonar aquella guarida de buhos!...

Y volvió la espalda al señor Vicente con despectiva arrogancia, afirmando que aceptaba como un gran bien el perder de vista al beato y sus amigos.

Pero al verse en la calle, toda su altivez se derrumbó de golpe. A la cólera sucedió el desaliento. ¿Qué iba a hacer? ¿Adónde ir?... Sentíase más infeliz, más débil que meses antes, cuando vagaba sin hogar, pasando las noches en una redacción. Ya no tenía como recurso aquel camastro de la calle de los Artistas. Además, carecía del valor que da el ser solo para hacer frente a la miseria.

Le anonadaba el pensar en Feli enferma, debilitada por el trabajo, no pudiendo vivir como él al aire libre, confiada al azar de la bohemia, y que, además, llevaba en su seno una nueva amenaza del porvenir.

Vagó largo rato por las calles, con el pensamiento agobiado por su infortunio.

Al pasar por la Puerta del Sol vio que eran las nueve en el reloj del Ministerio. Pensó un instante en el señor Manolo, e intentó buscarle en su oficina. Podían vivir en su casa; seguramente que el *Federal* los recogería al verles en medio de la calle: era un hombre bueno. Pero Maltrana retrocedió ante la idea de vivir de limosna, privado de aquella autonomía de la que hablaba a todas horas el señor Manolo. Además, éste tenía mujer, tenía hijos, que verían con malos ojos la intrusión de una pareja de hambrientos.

En su optimismo, creía que la suerte iba a cambiar, cansada de perseguirle. Aproximábase el invierno: volverían a Madrid las gentes que podían protegerle; no era difícil conseguir que le encargasen una serie de artículos, una larga traducción, un libro para firmarlo otro. Lo importante, por el momento, era esperar metidos en cualquier sitio, enquistados en su miseria, para no mostrarse más que en el momento oportuno. Pero ¿adónde ir sin dinero, sin muebles, sin tener siquiera asegurada la comida del día presente?...

Al atravesar la Puerta del Sol, vio en la calle del Carmen el carro de *Zaratustra* parado junto a la acera, y entre sus varales al filósofo traperil de espaldas a él, separando la basura que acababa de entregarle el criado.

Maltrana pensó en su abuela y en su tesoro. La señora Eusebia era rica: todos los vecinos lo afirmaban. El joven se encolerizó al pensar en la misteriosa fortuna de la avarienta trapera. Él era su nieto, y sufría hambre teniendo derecho a una parte del tesoro oculto.

Sintiose de pronto animado por una firme resolución. Iría a visitar a la *Mariposa*, aprovechando la ausencia de *Zaratustra*. Considerábase capaz de las mayores violencias con aquella vieja sórdida, que le admiraba y hacía de él grandes elogios, sin que jamás se le hubiera ocurrido ayudarle con el más pequeño regalo.

Maltrana hacía mucho tiempo que no pasaba de los Cuatro Caminos. Viviendo el *Mosco* temía aproximarse a las Carolinas, y después de muerto el dañador causábanle repugnancia estos lugares, que despertaban sus remordimientos. Pero la necesidad borró sus escrúpulos, y emprendió la marcha hacia aquel suburbio de Tetuán.

Cuando llegó al cerrillo en cuya cumbre estaba la cabaña de *Zaratustra*, tuvo, como siempre, que espantar con pedradas y gritos a los perros del trapero.

La abuela, al oír sus voces, salió de la cocina, fijando con extrañeza sus ojos pitañosos en el desconocido.

–Abuela, soy yo... Isidro.

La *Mariposa*, al reconocer a su nieto, quiso abrazarle, pero se contuvo mirando sus manos sucias por el hediondo cocineo. Maltrana, sofocado por el calor, se sentó en la plazoleta, buscando la sombra de una de las cabañas. La abuela mostró gran asombro por su visita.

–¡Quién podía esperarte!... ¡Tanto tiempo sin venir a verme! Desde que hiciste la calaverada con la chica del *Mosco*...

Calló, no queriendo hacer mayores alusiones a aquel suceso que puso en conmoción el barrio de las Carolinas, y del cual ya nadie se acordaba.

–¡Una porción de meses sin verte! –continuó la anciana–. ¿Y qué te trae por aquí?... Porque tú a algo vienes.

Y la *Mariposa* guiñaba sus ojos, contraía el negro agujero de su boca rodeado de arrugas, adivinando que sólo un suceso de gran importancia podía haber traído hasta allí a su nieto.

Maltrana desechó todo preámbulo. Pasaba el tiempo; *Zaratustra* no tardaría en volver, y él deseaba hablar a solas con la anciana.

–Abuela, para ahorrar palabras —dijo con gravedad–. Voy a pegarme un tiro, y antes he querido verla, despedirme de usted para siempre.

La vieja se persignó. ¡Alabado sea el Señor! ¿Pero se había vuelto loco? ¿Qué le pasaba, para decir tales disparates?... Con ojos de asombro escuchó al nieto, que relataba sus miserias. Ni dinero ni casa, y la pobre compañera enferma, sin otra esperanza que dar a luz su hijo en medio de la calle.

La *Mariposa* repetía con tono estupefacto:

–¡Y yo que te creía con posibles, Isidrín!... ¡Y yo que me figuraba que ganabas el oro y el moro escribiendo en los papeles!...

Pero su asombro no fue de larga duración. Pareció reflexionar, replegarse, achicándose dentro de las ropas, como un caracol medroso que se refugia en su cáscara.

—¡Ay, Señor! —gemía—. ¡Qué cosas pasan en el mundo! ¡Qué miserias! Una, metida aquí, no sabe nada... ¡Y qué vamos a hacer, Isidrín! ¡Qué vamos a hacer!...

Luego, adivinando lo que el nieto parecía decirle con la mirada, continuó entre gimoteos:

—Los tesoros de la reina de España quisiera tener yo, para dártelos. Pero soy pobre, más pobre que las ratas. El tío Polo se ha metido en la mollera que tengo mi gato oculto, y apenas ahorro dos pesetas, me las saca, y cuando no las tengo, me pega. Si una no estuviese hecha a todo, sería caso de morirse.

Maltrana, influido por los comentarios de la gente, que afirmaba la riqueza de la tía *Mariposa*, creía percibir en sus palabras una hipócrita falsedad.

—¡Abuela! ¡abuela! —exclamó con tono suplicante.

Y para vencer su dura avaricia, la describió su situación. Nada le pedía para él. De verse solo, como en otros tiempos, no vendría a molestarla. Lo mismo que había vivido, haciendo frente a la desgracia, seguiría viviendo. Pero estaba la otra, la infeliz Feliciana, la mártir, que vivía tranquila con su padre el dañador, y a la que él había arrastrado fuera del hogar para que participase de su suerte. No podía abandonarla. Moribundo de hambre, se quitaría el pan de la boca para dárselo: su sangre le parecía poco para apagar su sed.

—Hay que ver, abuela, lo que esa mujer hace por mí. Carezco de trabajo, y ella pena noche y día por que tengamos un poco de pan. Si usted me quiere, quiérala mucho a ella también. Es mi mujer y mi madre todo a un tiempo; y antes que verla sin techo y sin sustento, me mataré, abuela, ¡me mataré!

Maltrana se exaltaba con sus propias palabras, y conmovido al recordar lo que debía a su compañera, inclinaba la cabeza, interrumpiendo su voz con el estertor del llanto.

La vieja, viendo llorar al nieto, lloraba también, restregándose los ojos con la punta del delantal.

—Tienes razón —gemía—. Hay que hacer algo por ella. Así deben ser los hombres. Bien se ve que la quieres.

Preguntó a su nieto cuánto necesitaba para salir de su situación. Si fuese poco, tal vez ella podría servirle... tal vez encontrase quien le prestara hasta cinco duros.

–Necesito mucho, abuela.., mucho. Nada tenemos; nos hace falta todo. No, no me sirven esos cinco duros; hartazgo hoy y hambre mañana. Lo que le pido es un esfuerzo; que me salve, que nos saque de este atascadero, hasta que yo pueda marchar solo.

Secáronse los ojos de la vieja e hizo una mueca dura, como si de repente se extinguiese su emoción. No podía salvar a su nieto; ella era una pobre. Y cruzó los brazos, mostrándose resuelta a escuchar sin conmoverse cuanto le dijera Isidro.

Éste adivinó los pensamientos de la abuela. ¡Alma endurecida por la codicia! ¿Y su tesoro? ¿Iba a abandonarle fingiéndose pobre, cuando todos los de la busca hablaban de su riqueza?...

La *Mariposa* rió con una expresión de bruja burlona.

–¡Mi tesoro! ¡Ya salió mi tesoro! ¿También tú vienes por él?... Te han engañado, Isidrín; mil veces te lo he dicho. No hay tal tesoro: mentiras de la gente... Soy una pobre.

Pero el orgullo de su avaricia no le permitía disimular. Se le escapaba una sonrisa de satisfacción, denunciando la certeza del tesoro y su propósito de defenderlo contra todos.

–¡Abuela! –gritó Maltrana–. No lo haga usted por ella ni por mí, ya que no nos quiere. Pero hágalo por el que va a venir.

Intentó enternecer a la *Mariposa* hablándola de su futuro hijo, de aquel pequeñín, que sería como una extraordinaria prolongación de la existencia de la anciana. ¡Tendría un biznieto! Pocas mujeres lograban ver su descendencia hasta tal límite. ¿Y sería capaz de dejar en el abandono a la tierna criatura?...

El instinto de la familia despertó en la avara. Volvió a gemir, a llevarse el delantal a los ojos, pero sin moverse, sin acceder a las súplicas de su nieto.

–¡Desgraciado! –murmuraba–. ¡Eres muy desgraciado!... Y toda la culpa la tuvo tu madre, por su empeño en huir del barrio... ¡Cuánto mejor hubiese sido para todos seguir en el oficio!

Maltrana hizo un movimiento de impaciencia. ¿Qué tenía que ver su pobre madre en lo de ahora?... ¿Quería ayudarle, sí o no?...

La vieja siguió gimoteando, sin contestar, y el joven púsose de pie con ademán resuelto.

—Adiós, abuela. Quédese usted con lo suyo. Ya sé lo que debo hacer.

Pero antes de que volviese la espalda, la trapera se abalanzó a él.

—¡Isidrín... hijo mío... quédate! Tendrás lo que quieres: todo lo de tu abuela será para ti, aunque me quede en cueros, aunque me muera de hambre.

La emoción había ablandado su dura avaricia; la tristeza del nieto la infundía miedo. Además, en su pensamiento senil estaba fija la imagen del biznieto, de aquella criatura que aún había de venir y la llenaba de orgullo.

—Te lo daré todo, ¡todo! —dijo misteriosamente al oído de Maltrana.

Después miró a los inmediatos cerros con inquietud, como si temiese la presencia de algún curioso.

—Vigila bien —añadió—. Apenas veas el carro del tío Polo, avisa. ¡Mucho ojo!

Y llevándose un dedo a la nariz para indicarle discreción y vigilancia, se introdujo en el estrecho túnel que conducía a la cuadra.

Transcurrió mucho tiempo. Isidro se imaginaba los trabajos que estaría realizando la abuela con sus manos trémulas para extraer del escondrijo aquel tesoro famoso que *Zaratustra* husmeaba, sin llegar nunca a dar con él. Por fin salió, sucia de telarañas, con el pañuelo de la cabeza cubierto de briznas de paja.

Llevaba en las manos un trapo blanco repleto de objetos. Al depositarlo sobre un tronco, con mucho cuidado, como si contuviese cosas frágiles, sonó en su interior un retintín metálico.

La *Mariposa* suspiraba, como echando fuera el dolor de este sacrificio, y lentamente, sin dejar de mirar a lo lejos, con el temor de ser sorprendida, fue desatando los nudos del envoltorio.

Un resplandor de oro, de piedras preciosas, de objetos de gran brillo, que aun parecían más esplendorosos en este ambiente de miseria, hirió los ojos del asombrado Maltrana. El tesoro era cierto. ¡Vive Dios! La realidad tenía sorpresas de cuento fantástico. El joven pensó por un instante en las novelas de portentosas aventuras leídas en su juventud.

La vieja se gozaba en el asombro del nieto.

—¡Qué hermosura! ¿eh? Toda mi vida me ha costado el reunirlo. Y no te creas que he apandado nada de mal modo: todo en la basura... Yo he tenido grandes parroquianos, todos gentes ricas.

Maltrana había cesado de mirar el tesoro, para contemplar a la *Mariposa* con unos ojos en los que se leía el asombro y la compasión al mismo tiempo.

—¿No hay más, abuela? —preguntó dulcemente—. ¿Sólo tiene usted esto?

La *Mariposa* le miró escandalizada.

—¡Qué! ¿Aún te parece poco? Pero muchacho, ¡si hay ahí para comprar todas las Carolinas! Fíjate, Isidrín: ¡es un tesoro!

Maltrana no necesitaba fijarse mucho. Pasado el primer deslumbramiento, había visto la falsedad escandalosa de las joyas enormes y absurdas que brillaban en la cumbre del montón de baratijas.

Eran adornos de teatro, ridículamente fastuosos, de metal dorado, con piedras de diversos colores, cuya grandeza hacía temblar de emoción a la pobre *Mariposa*.

—Esas joyas de reina —dijo— eran de aquella buena señora que me quería tanto: de la cómica que murió. Las encontré en una carretada de cartas rotas, trajes viejos y retales que me llevé de su casa... Pensé un momento en devolverlas, pero me quedé con ellas, y no me arrepiento. Los herederos eran gente indigna.

El joven apartó a un lado estos adornos ridículos, para revolver con ávidas manos el resto del montón.

—Fíjate en ese rosario —dijo la vieja—: todo de perlas finas. Era de una dama de palacio.

Maltrana hizo un gesto de desaliento. Mentira también: eran granos de marfil, con un débil montaje en oro. Y mentira los imperdibles de *doublé*; las sortijas ennegrecidas por el largo encierro, con sus vidrios opacos y muertos; los botones de grandes uniformes, que la vieja creía de oro puro; los alfileres verdosos y oxidados, con la pedrería empañada. Aquellas riquezas que hacían estremecer de codicia a la trapera no eran más que basura de insignificante valor.

Isidro únicamente apartó lo que la *Mariposa* consideraba de menos valía: un par de docenas de cucharas de plata de diferentes formas y tamaños, caídas, sin duda, durante el fregado en el estiércol de la cocina; una cadenilla de oro, un sonajero del mismo metal y cuatro sortijas lisas, pero de algún peso. Era lo único del tesoro de la abuela que tenía cierto valor. Tal vez llegasen a darle por todo ello hasta treinta duros.

La *Mariposa* seguía con atención el apartado que realizaba su nieto, sonriendo al ver que se satisfacía con lo más humilde del tesoro, abandonando las grandes joyas, los objetos brillantes, que la llenaban de orgullo.

–Haces bien –murmuraba–. Con eso que te llevas tienes bastante por el momento. Lo demás te lo guardará la abuela para otro caso de apuro, y cuando yo falte será para ti.

Con un respeto religioso iba amontonando en el trapo blanco las deslumbrantes baratijas desordenadas por las manos del nieto. La vieja le tributaba mentalmente los mayores elogios. Su Isidro era bueno; no quería abusar de la bondad de su abuela, y le dejaba lo mejor. A impulsos del agradecimiento, desató una de las puntas del trapo, sacando del nudo unas cuantas monedas de plata.

–Toma, Isidrín –dijo–. Todo el dinero que tengo. Para que lo añadas a esas cosillas, ya que no has sido exigente. Lo menos llevas ahí siete duros entre pesetas dobles y sencillas.

Maltrana se metió la cantidad en el bolsillo. Después fue distribuyendo por los bolsillos de su traje las cucharas y los otros objetos.

La inmensa decepción que le había hecho sufrir la cándida avaricia de su abuela trocábase en compasivo regocijo al ver el cuidado con que envolvía el resto de sus baratijas.

–Ya has visto el tesoro –siguió diciendo la vieja con voz misteriosa–. Tú eres el único que lo conoce. Cuidado con hablar. Esto sólo se reúne teniendo buena parroquia, trabajando años y años con los ojos bien abiertos para que nada se escape. Cuando mi biznieto sea mayor, venderemos la diadema, las pulseras, el alfiler de pecho con esos diamantes como garbanzos que quitan la luz de los ojos. Alégrate, Isidrín; no te engañaron: tu abuela es rica, tiene su tesoro; pero tú solo debes saberlo, pues será para ti.

Después miró con inquietud a lo lejos, poniéndose una mano sobre los ojos.

—Tú que tienes mejor vista, Isidrín: ¿no es aquel carro el del tío Polo?... Sí que es; ya está ahí ese judío, ese camastrón, que no piensa más que en apandarme el tesoro. Huye, Isidrín: que no nos pille aquí; que no huela el gato.

Y la vieja, con la inquietud del miedo, temiendo que le arrebatasen aquellas riquezas, a las que amaba como su propia vida, desapareció en el túnel oprimiendo entre sus brazos el blanco envoltorio. Se había despedido de Isidro apresuradamente. ¡Que le trajese el biznieto apenas naciera! Se contentaba con verlo una vez, y luego morir, dejándole sus riquezas.

Isidro descendió del cerro por los sembrados para no encontrarse con Zaratustra, pensando, mientras caminaba, en el medio de sacar unas pesetas más del famoso tesoro oculto en sus bolsillos.

10

BIEN ENTRADO el otoño, Isidro y Feli fueron a vivir en las Cambroneras. Después de abandonar la casa del hermano Vicente, habitaron un cuarto interior en la calle de Embajadores. Pagaban tres duros por él; pero transcurrido el primer mes, no pudieron satisfacer el segundo, y abandonaron la habitación, salvando casi milagrosamente sus escasos muebles.

Más aún que los tormentos del hambre, temía Maltrana las inquietudes y desasosiegos que traía consigo el alquiler. Feli sólo se preocupaba de asegurar el techo. Realizaba economías asombrosas por ir juntando poco a poco el dinero para la casa. Ya tenía tres pesetas, ya tenía un duro, ya se aproximaba lentamente a los dos, y de pronto surgía una necesidad imperiosa, una exigencia ineludible, el pago a la tienda, que se negaba a fiar más sin recibir algo a cuenta, la compra de material para el emballenaje de los corsés, la necesidad de echar unas suelas a las botas únicas de Maltrana, mientras éste permanecía prisionero en el cuarto; y de este modo la mala fortuna llevábase de una manotada todos los ahorros, sin dar tiempo a que se completase el importe del alquiler.

Maltrana adoptó una resolución. Los pobres como ellos, de vida incierta, sólo podían vivir en las casuchas cuyos cuartos se pagan diariamente, en los falansterios de la miseria, como aquel caserón de obreros donde él había nacido.

Vivió en varios edificios de esta clase, en el barrio de las Peñuelas y el de las Injurias, repugnándole sus hacinamientos, la suciedad sórdida de sus paredes, las frecuentes peleas de las hembras desgreñadas, que se insultaban de galería a galería... Su pobre Feli no era una princesa, pero ¡ay! sentía él honda repugnancia al verla, tan delicada y tan dulce, viviendo en este infierno.

En las Cambroneras encontró un cuarto independiente, y decidió trasladarse a este barrio habitado por gitanos, que le parecieron más apreciables y tranquilos que las familias de las casas de vecindad.

El alquiler se pagaba todas las noches: real y medio. Al oscurecer llamaba a la puerta el encargado de la cobranza, un hombre alto, enjuto y moreno, al que el exceso de estatura hacía caminar arqueando la espalda. Era de la policía. El que administraba las casas de las Cambroneras teníalo allí como cobrador y guardián del orden, por su carácter de agente de la autoridad. Dábale por esto un interés sobre la cobranza y vivienda gratuita para él, su prolífica mujer y la banda de chiquillos que completaba la familia. De sus mocedades, transcurridas en el campo, antes de ser soldado, guardaba gran afición al cultivo de la tierra, y cuando sus deberes de agente de «la secreta» no le hacían ir a Madrid, pasaba las horas en la heroica tarea de convertir en huertecillas los desmontes de tierra amarillenta, sacando a brazo el riego de una noria abandonada.

Inspirábanle gran respeto los dos jóvenes, hasta el punto de hacerle afirmar que don Isidro y doña Feli eran las únicas personas decentes que habitaban en las Cambroneras.

—Adelante, Pepe —decía Maltrana cuando, cerrada la noche, sonaba un golpe en la puerta.

Y Pepe se presentaba llevando en las manos un lápiz y un rústico talonario de papel de barbas. Entregaba una hoja, después de garrapatear algunos signos, y recibía las monedas de cobre.

Isidro mostrábase satisfecho de su nuevo alojamiento. Por una ventana contemplaba el río, casi a sus pies, y en la orilla opuesta las praderas pintadas por Goya, los cerros en cuya cumbre se aglomeraban los cipreses y mausoleos de los cementerios de la Almudena y San Isidro. Por otra ventana veía el descampado de las Cambroneras, un gran espacio de tierra atravesado por un riachuelo, en el que lavaban sus guiñapos las gitanas, flotando sobre la corriente trapos y pedazos de periódicos. Enfrente abríase un gran portalón dando entrada a una callejuela de guijarros flanqueada por dos hileras de casuchas. Unas eran de techo bajo; otras tenían en el primer piso una galería de madera, con escalerillas de tablones carcomidos, que crujían a la más leve presión como si fuesen a romperse.

Maltrana no tardó en conocer la heterogénea población de las Cambroneras. Formaban un mundo aparte, una sociedad independiente dentro de la horda de miseria acampada en torno de Madrid. Pepe el cobrador relatábale las costumbres y rarezas de aquellas gentes, a las que él llamaba «su ganado».

Existían dos grandes divisiones en el vecindario de las Cambroneras, cuyos límites nunca llegaban a confundirse; a un lado los payos, que eran los menos, y al otro los gitanos, que constituían la mayor parte de la población. Los payos se subdividían en pordioseros, que iban todas las mañanas a Madrid a mendigar en las puertas de las iglesias, y quincalleros, que en el verano vagaban por las ferias de Castilla vendiendo baratijas y durante el invierno organizaban juegos tramposos en las afueras o tomaban parte en algún robo, si se ofrecía ocasión.

Los gitanos estaban divididos en tres naciones: gitanos andaluces, gitanos castellanos y gitanos manchegos. Tratábanse con cierta fraternidad, impuesta por la raza y las costumbres, pero cada grupo manteníase fiel a su origen, creyéndose superior a los otros. Los andaluces echaban en cara a los manchegos su rusticidad y a los castellanos su falta de sangre *cañí*, adulterada por innumerables cruces con los payos. Estos, a su vez, despreciaban a los procedentes de Andalucía por sus trapacerías y enredos, que habían dado a la raza su fama deshonrosa.

Reconocíalos Isidro a simple vista a los pocos días de vivir en las Cambroneras. Los andaluces iban afeitados, con ancho sombrero, chaquetilla de terciopelo color de vino y grandes tufos sobre las orejas. Los manchegos y castellanos usaban gorra de pelo, llevaban bigote recortado y chaquetón de paño pardo; únicamente su color, de un bronceado oriental, los distinguía de los paletos manchegos, cuyo traje imitaban.

Las mujeres salían en las primeras horas de la mañana, para no volver hasta la caída de la tarde, o permanecían dentro de sus casas, recluidas voluntariamente, con una pasividad de hembras asiáticas. También se reconocía en ellas la diferencia de origen. Las andaluzas eran parlanchinas y vociferadoras;

hablaban gesticulando y manoteando, esparciendo con su cháchara el aturdimiento en torno de ellas. Vestían falda de percal rameado con largos volantes, llevaban el mantón terciado, el moño aceitoso caído sobre la nuca, la frente con cuernecillos de pelo pegado, y en el cuello varias sartas de cuentas azules. Salían de las Cambroneras poco después de surgir el sol, camino de la plaza de la Cebada, para decir la buenaventura y echar las cartas a las criadas, que eran su mejor clientela. Los hombres se desperezaban en la puerta; las bandas de chicuelos color de chocolate, descalzos y con la panza al aire, se agarraban a las faldas pintarrajeadas de las madres.

–Gachí –decía el marido–, a ver si hoy traes argo pa jamar. Mira que estoy jarto de tanta jambre.

Los pequeños se agitaban en torno de ellas, acompañándolas cuesta arriba hasta el puente de Toledo. A ver si podían apandar, como otras veces, los *chulés* de algún payo. Y si no eran *chulés* (nombre que daban a los duros), que fuesen *plañís* (modestas pesetas), que bien las necesitaba la familia, confiada a los azares de la suerte.

–Mare –gritaban los pequeños al quedarse junto al puente–, que traiga usté *callardó*, mucho *callardó*.

Era el chocolate: el gran regalo de la gente gitana, su licor y su alimento. Bueno era el *balinchó* (el cerdo); suculento el *balebás* (tocino); dulces los *mantejos* (almendras), que se arrojaban a puñados en los días de boda; pero el chocolate era lo mejor del mundo, el alimento de Dios, que parecía embriagarles con su perfume y su ardor.

Los pequeñuelos, con la esperanza de que la madre trajese al anochecer una enorme cantidad de *callardó*, la saludaban desde lejos.

–Adiós, mi *dai*.

Y la gitana alejábase hacia la puerta de Toledo, combinando, en las tortuosidades de su trapacera imaginación, el medio de *jonjabar* a algún payo que le deparase la buena suerte, de sacarle el dinero, prometiéndole, por medio de sortilegios, el premio gordo de la Lotería.

Vagaban hasta las doce por las inmediaciones del mercado, deteniendo a las criadas, aturdiéndolas con su charla, alabando sus caras de ángel, aunque fuesen de horrible fealdad, lamentando con extremos grotescos de desesperación las desgracias de sus amores y que no se cuidasen de conjurar la mala suerte acudiendo a la experiencia gitana.

—Tu mano... enséñame tu mano, resalá, que por san Juan te digo que yevas en eya tu fortuna y tú no lo sabes.

Tenían sus parroquianas, sus creyentes de inconmovible fe, que apenas las veían marchaban a su encuentro, ansiosas de nuevas revelaciones. Metíanse en los portales solitarios, y allí, sobre la tapa de la cesta, soltaba la gitana los mugrientos naipes ocultos bajo el mantón. Todo salía: el hombre moreno que penaba por la sirvienta, pero al cual ligaba con malas artes una mujer blanca, que había que vencer; después, el hombre rubio, muchas veces con espada (un militar), que se presentaría para llevársela sobre un caballo tordo; luego salían por dos veces los oros: dinero y más dinero...

—Tú has heredao argo –afirmaba la gitana con una convicción que no admitía réplica.

—¡Qué he de heredar yo, pobre de mi! –contestaba la sencilla criada.

—Bueno; pues heredarás.

Y seguía el juego. La sota: otra vez la mala mujer, que había de ser su perdición si no la anonadaba haciendo lo que ella le dijese.

Cuando la muchacha, aturdida por este parloteo, y dudando si emplear sus ahorros en el gran remedio que le proponía para sujetar al novio infiel, acababa por entregarle dos reales, la gitana prorrumpía en lamentos y súplicas.

—Reina, añade aunque no sea más que un realillo. ¡Con esa carita de clavel, y tan agarrá! Anda, grasiosa, que tienes ojillos de Virgen... Mira que tengo un ganao de *churumbeles* que no levantan del suelo tanto así, y están muertesitos de nesesiá. Mi hombre lo tengo baldao; mi *bato*... ¡mi pare! está en las últimas; mi probesita *dai* se me murió; mi *plan* (mi hermano, ¿entiendes?) está en el presidio de Alcalá...

Y seguía enumerando desgracias y muertes, como si la peste negra hubiese pasado por las Cambroneras.

—Vaya, presiosa, suerta un poquito más de *jurdé*, que por eso no vas a quedar probe. No te pido *papiris* der banco; suerta manque sean tres perrillas más.

En sus exploraciones en torno del mercado, cuando vagaban aburridas, sin encontrar parroquianas, plantábanse audazmente ante los hombres que salían de las tabernas o los comerciantes que tomaban un poco de aire a la puerta de sus establecimientos.

–¿Te la digo, grasioso? Dame la mano, barbitas de san Juan, que tienes patitas de bailaor y ojillos de meteor.

Las repelían como si fuesen perros, amenazándolas con llamar a la pareja, y ellas se alejaban sin resentimiento, con muecas burlonas, abriendo los ojos desmesuradamente.

–¡Juy, Pare Santo! ¡Y qué mal genio gasta el señó!... ¡Ni que juese el *Livanó* que toma las declarasiones!... ¡En el *estaribel* te veas, mardito, y que el *Baró* no quiera sacarte ni con fianza!...

Cuando pasado mediodía cesaba la afluencia en el mercado, las gitanas, en vez de volverse a las Cambroneras, seguían hacia el centro de Madrid, callejeando hasta la caída de la tarde. Pedían limosna; deteníanse ante las ventanas de los cafés, dando golpecitos en los cristales; lanzaban miradas intranquilas a los puestos exteriores de las tiendas, pensando en la posibilidad de un descuido... Iban a lo que saliese; el robo no les parecía gran pecado: *chorar* era una ocupación digna de elogio, si se hacía con habilidad y sin riesgo. Y cuando *choraban* una pieza de tela, unas manzanas o un panecillo, volvían orgullosas a casa, diciendo a las vecinas:

–Hoy le he dao el *jonjanó* a un payo.

Maltrana, al asomarse a la puerta de alguna de aquellas casuchas, blancas por fuera y negras por dentro, sin otro respiradero que la puerta, conocía el origen de sus habitantes sólo con ver mujeres en su interior o notar su ausencia.

–¿Son ustedes andaluzas? –preguntaba intencionadamente a las hembras sentadas en corro sobre el duro suelo, mirándose silenciosas, con la mandíbula apoyada en una mano.

–¡Nosotras andaluzas! –exclamaban ofendidas–. Somos mujeres de nuestra casa. Nosotras no salimos a engañar a la gente.

Eran gitanas manchegas. Tenían padres o maridos que trabajasen por el sostenimiento de la familia; y si no había *chambos*, si el «trato» de las caballerías se paralizaba, daban vuelta de llave a su estómago y sufrían el hambre en silencio, sentadas junto a los pedruscos fríos del hogar, con las faldas esparcidas en torno de ellas como hongos enormes, taciturnas y dispuestas a morir sin moverse del sitio.

Maltrana, a pesar de la miseria de su propia casa, sentía compasión al ver las viviendas de estas gentes. Eran tabucos cuyo suelo, de tierra apisonada, estaba mucho más bajo que la calle. No tenían tabiques, y cuando el pudor exigía la separación de lechos, salían del apuro colgando de una cuerda una manta vieja. En el fondo de la casucha, con la cabeza hundida en cajones que servían de pesebres y las grupas frente a la puerta, estaban los caballos, las mulas y los burros que constituían la fortuna de la familia. Los colchones astrosos, apilados en un rincón, se extendían por la noche junto a las patas traseras de las bestias, durmiendo la familia y su capital acariciados por el calor del común estiércol. Unos ladrillos colocados en el centro de la casucha servían de cocina. No se encendía fuego más que por la noche. El humo de la leña llenaba la habitación, saliendo por donde podía buenamente: por la puerta abierta o las grietas del techo, por no existir el menor orificio que sirviese de chimenea. Las paredes estaban ennegrecidas por una capa de hollín que representaba luengos años de atmósfera asfixiante; las bestias, acostumbradas a esta lenta sofocación, limitábanse a bufar en sus pesebres. Las mujeres, con los ojos llorosos por el humo, vigilaban la sartén; los niños de pecho tosían, apelotonándose contra las maternales ubres, como si buscasen el fresco de la leche.

Pepe el cobrador alababa las ventajas del continuo ahumamiento.

–Gracias a eso –decía– no mueren como chinches. El humo les limpia, ya que nunca tocan el agua. ¡Porque cuidado, don Isidro, que son sucios!... En cambio, en la comida no he visto gente con mayores escrúpulos.

No había que esperar que aceptasen una limosna de alimentos, ni que aprovecharan las sobras de nadie. Las gitanas, al volver de Madrid, traían comestibles de las tiendas; viandas crudas para guisarlas en presencia de la familia. Pasaban días enteros sin comer, con la tranquilidad de la costumbre, y a pesar del hambre, hacían gestos de asco al hablar de los traperos, de los mendigos, de todos los payos que la miseria ponía en contacto con ellos, gente de estómago vil, que se alimentaba de la bazofia arrojada por los demás y se vestía con sus despojos.

Chorar... ¡todo lo que pudieran! Robaban en Madrid, robaban en los campos veraniegos cuando salían de excursión a las ferias; pero todo había de ser nuevo, sin uso alguno. Su traje, aunque remendado y sucio, era suyo, lo habían hecho para sus cuerpos, y lo preferían, con toda su astrosidad, a las ropas usadas que fuesen mejores. Su estómago sufría antes el hambre que la náusea del asco. Cuando llegaba a sus manos un vestido ajeno, lo vendían a los traperos con aire señorial. En las noches de abundancia, la familia sentábase en torno de la sartén. La madre arrojaba los trozos de carne fresca en el aceite chirriante, y cada uno pinchaba con su navaja, con tanto apresuramiento, que por más que la mujer echaba y echaba, nunca se veía llena la sartén.

Los jueves reuníanse los hombres en el mercado de bestias, junto a la Puerta de Toledo. Los que no tenían ganado también iban allá, con la esperanza de que cayese algo, empuñando una gran vara, como si tuviesen que arrear a una recua imaginaria. Al primer paleto que se pusiera a tiro le daban un *emburreo*, un *correate*, nombres con que designaban las malas artes del «trato».

Después volvían, lamentándose de la decadencia del chalaneo. Había que esperar las grandes ferias del verano. En el mercado de Madrid apenas se veían compradores; todos eran gitanos... ¡y cómo iban a engañarse entre ellos!...

Los más acomodados volvían a meter por las exiguas puertas de las viviendas todo su ganado: los humildes *guerñís* de largas orejas y escandaloso rebuzno; el *gras* de trenzadas crines y cola peinada, que hacían galopar en torno de su látigo maestro, afirmando que el que montaba el rey no era mejor; la *chorí* y el *choro* (la mula y el macho), que esperaban vender a buen precio, cuando emprendiesen la expedición veraniega por Castilla y la Mancha, ofreciendo sus bestias a los labriegos.

En el resto de la semana permanecían los gitanos en las Cambroneras sin hacer nada, esperando el regreso de sus hembras, pájaros vivarachos y parleros que traían en el pico el pan de la familia. Desayunábanse con una copa de aguardiente o un mendrugo, y aguantaban el hambre durante todo el día, en plácida vagancia. Jugaban a la barra o a los bolos en el descampado de las Cambroneras; los más hábiles tañían la guitarra, alegrando su debilidad con una música melancólica; los que eran industriosos tendíanse sobre el vientre en la orilla del río, y así permanecían horas y más horas esperando que algún gorrión quisiera buenamente dejarse apresar por la red colocada sobre la hierba. Ciertos viejos de aire magistral batían palmas ante un grupo de diablillos color de chocolate con pinceles de pelos sobre las orejas, que aprendían a bailar, moviendo grotescamente los pies y los brazos, agitando su panza con salvajes contorsiones. Era la vida de tribu: los machos descansando, por el privilegio de su fuerza, esperando el sustento de las hembras que iban al bosque, o sea a la inmediata población.

Maltrana, a los pocos días de estancia en las Cambroneras, conocía los nombres de todos los respetables tunos del hampa gitanesca, bronceados y ágiles, con el rostro roído por las viruelas. Tenían por apodos el *Mono*, el *Bastián*, el *Matamoros*, el *Malafolla*, el *Cachuli*, el *Mochón*, el *Navaco* y otros no menos extraños. Nunca se les veía borrachos: su bebida favorita era el chocolate.

El único que, con discursos incoherentes y grandes gritos, mostraba su afición al alcohol era Salguero, que se apodaba a sí mismo *Salguerillo*, un vejete malicioso, que habitaba treinta y tantos años la primera casucha del callejón. En invierno fabricaba cestas de mimbres, ayudado por la vieja que vivía con él; en verano salía a las ferias para ejercer su oficio de esquilador.

A la caída de la tarde iban llegando las mujeres, cansadas de todo un día de correteo por Madrid. Los estómagos vacíos estremecíanse al aproximarse estos mensajeros de la abundancia. Reconocíanlas los gitanos apenas llegaban a la cuesta de las Cambroneras.

–Por allí vienen la *Buchichi* y la *Pique* –decían los que jugaban a los bolos, avisando a los maridos.

Y tras éstas aparecían la *Clavellina*, la *Cortezona*, la *Pote*, la *Pelela* y las *Chirrinas*. Éstas eran las más guapas, y tenían fama de hábiles para traer a casa buen botín. Payo que cogían, lo jonjababan en un momento. Únicamente podía compararse con ellas la *Culo de corcho*, una gitana obesa, de ojos pequeños como si estuviesen cosidos, y gran ligereza de manos, que en un santiamén hacía desaparecer bajo sus sayas todo objeto que podía *chorar*.

Los hombres salían a su encuentro. El portalón de la calle de los gitanos vomitaba grupos y grupos de sucios chiquillos, que habían pasado el día cantando a coro, repicando las castañuelas y tomando lecciones de baile para entretener el hambre.

–¿Qué traes? –preguntaba el gitano a su mujer, estirando los miembros entumecidos por el descanso, subiéndose la faja con ambas manos y atusándose las greñas que le tapaban las orejas.

Si la expedición había sido fructuosa, pavoneábase la gitana con orgullo.

–¡Arza pa alante, esgalichao! ¡Menúo *callardó* vais a mamaros tú y los *churumbeles*!...

Encendían fuego en su covacha, preparando, ante todo, el chocolate, dejando para después el guisoteo de la cena. En otras casas se prescindía por completo de la sartén, no queriendo, después de un día de hambre, otro alimento que el *callardó*. Era el lujo de la raza, el nutritivo de los ricos, y toda la familia, puesta en cuclillas en torno de la hoguera, contemplaba absorta el hervir del puchero lleno de chocolate.

Si la mujer había juntado un duro con sus trapacerías y rapiñas, empleaba casi toda la cantidad en tablillas de la preciada pasta. La familia sorbía con delectación el chocolate líquido, y lo mascaba crudo como si mascase pan. El amargo perfume esparcíase en las casas inmediatas, despertando envidias. La chiquillería asomábase con ávidos ojos, y corría después a dar cuenta a sus madres de este banquete de reyes:

–Mi *dai*: en casa del *Mochuelo* toman *callardó*. Dicen que han hecho un buen *chambo*.

Y las madres suspiraban con envidia. ¡Qué suerte la de algunas gentes!

En otras casas sonaban gritos desesperados, estrépito de lucha, golpes en las paredes. Se abría una puerta, y sacaba su cabeza desmelenada una mujer con gesto de espanto.

–¡Favó al rey!... ¡Que me mata mi Enrique!... ¡Que me desloma, que me jase peazos porque no he traío na!

Seguía vociferando con la cabeza fuera de la puerta y el cuerpo dentro de casa, sin moverse, para que el gitano pudiera apalearla sin gran molestia. Nadie prestaba atención a estos gritos: era lo de todos los días. La que vagaba por Madrid sin traer nada, tenía por segura la paliza. Era una exigencia de las buenas costumbres, una tradición venerable: todas ellas habían visto lo mismo en la casa paterna.

Cerrada ya la noche, Pepe el cobrador iba de tabuco en tabuco con su talonario. En unas casas encontraba al hombre sentado en un rincón, con aspecto enfurruñado, y a la mujer tendida en el suelo.

–Pasa de largo, Joselillo –gemía la gitana–. Hoy no puedo darte el real: no he ganado nada. ¡Mira cómo me ha puesto el cuerpo ese bruto!

Y señalaba al marido, que permanecía impasible, con la tranquilidad del que cumple su deber.

El hogar estaba apagado, y la banda de chiquillos, convencida de que en casa no encontraría un mendrugo, seguía repicando las castañuelas en la calle –*tra la la la*–, pasando y repasando ante las puertas que olían a chocolate, con la esperanza de alcanzar algunas sopas.

El cobrador, en otros sitios, notaba la precipitación con que la familia ocultaba su abundancia. El fogón sólo tenía algunas ascuas; los cacharros, sucios de chocolate, estaban ocultos en el rollo de las colchonetas. La más vieja de la familia le tendía algunas monedas entre suspiros de desaliento.

–Toma, Joselillo, una *plañí* –decía–. No tenemos más; te debo dos reales, que te daré mañana. ¡Ay! ¡Estamos muertecitos de jambre!...

Y Joselillo pasaba a otra casa, seguro de la cobranza, pues aunque aquella gente se retrasase en el pago, acababa siempre por satisfacer sus deudas. Eran vagabundos que apenas comenzaba el verano hacían la vida errante de feria en feria, y por esto mismo necesitaban tener su techo seguro para cuando llegasen los fríos. Isidro, al salir de su casa por las mañanas, hablaba con Salguero el esquilador. Éste le salía al paso, saludándolo con grandes cortesías.

–Vaya usía con Dios, señor excelentísimo. Ya sabe que *Salguerillo* es su fiel servidor, aunque sea un pobre *cañí*.

Cuando Isidro podía darle un cigarro, Salguero, satisfecho del obsequio, le acompañaba cuesta arriba, hasta el paseo de los Ocho Hilos, sin cesar de hablarle con gitana incoherencia. El cariz del tiempo era su mayor preocupación. No llovía: las cosas marchaban mal.

–Pero a usted –preguntaba Maltrana riendo– ¿qué le importa que llueva o no llueva? ¿Dónde están sus campos?

Salguero hacía un mohín de extrañeza. La lluvia era el pan para ellos. Producía las buenas cosechas, y con abundancia en los campos, los paletos gastaban mejor su dinero en la compra de caballerías.

—Nosotros vivimos der verano, don Isidro. Si no juese por las ferias, moriríamos como las ratas. Yo esquilo, y los camarás que tien caballerías las venden. En invierno, el pasto es muy caro. Esos probesitos que usted ve no comen muchas veses pa que el ganao, que es su fortuna, no caresca de pienso... En verano, si la cosecha es buena, el paleto es generoso y no le importa darnos paja y cebá cuando vamos de paso.

Hablaba Salguero con entusiasmo de las ferias veraniegas, grandes mercados de bestias que daban vida para el resto del año a la gitanería vagabunda. Él las conocía todas; iba a ellas montado en un borrico, con las tijeras en la faja. En las Cambroneras no quedaban más que su vieja y algunas otras mujeres que eran viudas. Hasta las gitanas de prole más numerosa emprendían la marcha detrás de la recua, seguidas de todos sus chiquillos. Mientras los hombres hacían sus trampas en el campo de la feria, ellas corrían las casas echando las cartas, diciendo la buenaventura, ofreciéndose las más viejas a curar las enfermedades con remedios misteriosos, transmitidos de madres a hijas desde la más remota antigüedad.

Las dos primeras ferias eran en San Juan: las de Segovia y Avila. Luego venía la famosa de Alcalá, en el mes de agosto. En septiembre se verificaban las de Illescas, Aranjuez, Ocaña, Mora, Quintanar y Belmonte. Y en octubre eran las últimas: las de Consuegra, Talavera y Torija. Días antes de establecerse Maltrana en las Cambroneras, habían llegado todos los vecinos de regreso de estas últimas ferias, dando por terminada la buena época del «trato».

Salguero se entusiasmaba recordando estas grandes aglomeraciones de bestias necesitadas de esquileo, los encuentros de las familias gitanas procedentes de los más lejanos extremos de la Península. Todas estaban unidas por el parentesco después de luengos siglos de casamientos, sin rebasar los límites de la raza, y sólo se veían una vez al año, al encontrarse en las ferias, volviendo después a emprender su regreso por distintos caminos, en busca del retiro invernal.

Maltrana se enteraba por el esquilador de la interesante geografía de los gitanos. Toledo era *Toledate*, y Córdoba, *Cordobate*. Una población era un *Gao*. A Valladolid le llamaban el *Gao baró*, el «pueblo grande»; a Sevilla, el *Gao de silla*; a Valencia, el *Gao de los marrulles*; y a toda Galicia, el *Gao de los malalos*. Madrid era, los *Foros*.

—Son una gloria, don Isidro, las tales ferias. A cada instante hay un *chambo* y se vende una caballería; no es como aquí, que pasan los jueves en la Puerta de Toledo sin que se cambie una mala burra. Y yo, cuando no esquilo en las ferias, sirvo de arreglaor, y como tengo labia, doy mi empujoncito para que el compare venda su género, y después hay alboroque y se bebe el buen vaso de *mor* y la rica copa de *pañaló*. Usía no sabrá lo que es eso. ¡Qué ha de saber, si con tantos libros que ha leído no *pena* ni tanto así de caló!... Pues es el vino y el aguardiente; y cuando oiga que mis compares dicen que estoy *molaló*, es que creen que estoy borracho; pero no hay tal cosa: un poco de alegría y na más.

La presencia de Maltrana y Feli en este barrio, donde no existían otros payos que los mendigos y los quincalleros de las ferias, causó cierta emoción en la gitanería. Vivía la pareja fuera del callejón, en los altos de una casucha aislada, cuyo piso bajo estaba ocupado por una tienda de comestibles.

Feli, en los primeros días, había sentido gran repugnancia por su nuevo alojamiento. Le daba miedo ver tanto gitano; le inspiraban inquietud estos hombres de color de bronce y mirada aviesa, como bandidos de carretera. Temía a las mujeres viéndolas de lejos vociferar y amenazarse en un lenguaje extraño, del que sólo entendía algunas palabras. Vivían pacíficamente; pero ella sentía la inquietud de la mujer europea que se ve trasladada a una población de África, entre gentes que parecen sumisas, pero que pueden sentir de pronto la hostilidad de la raza.

Isidro se reía de sus preocupaciones. ¿Dónde mejor que allí? Era cierto que el río olía mal, pero ya se habituarían a este hedor de los residuos de la villa. En cambio, oían a los pájaros, contemplaban campo y cielo al abrir sus ventanas, no tropezaba su vista con una sucia pared a unos cuantos metros de distancia, que les robaba el aire y el azul del espacio.

Isidro, con su imaginación, embellecía el barrio. Un siglo antes, era aquella parte la más hermosa de Madrid. ¿Veía Feli las praderas al otro lado del río? Pues allí bailaban los chisperos y manolas pintados por Goya; por allí paseaban el gran pintor y las duquesitas hermosas que se hacían retratar desnudas. Aquellos sotillos habían presenciado el período más amable y pastoril de nuestra historia.

—Piensa, Feli —añadía el joven—, que por real y medio vivimos como unos señores en plena campiña, y además, el pago es diario: una verdadera comodidad.

La joven, viendo a todas horas a estas gentes de aspecto terrorífico y costumbres pacíficas, ya no las tuvo miedo. Las mujeres, por su parte, en fuerza de contemplarla junto a la ventana trabajando en los corsés, acabaron por sentir admiración. Su laboriosidad inspiraba gran respeto a estas hembras vagabundas, cuyas faenas domésticas consistían en encender el fuego y dejar que la familia se tragase la cena medio cruda.

Además, habían llegado a la gente gitana vagas noticias de que Isidro era un hombre de pluma, que aunque estaba en la desgracia podía salir de ella; y esto bastaba para que les inspirase tanto respeto como el juez, los escribanos y todos los señores graves que también escriben y envían un pobre a presidio apenas desaparece la más insignificante caballería. Algunas viejas con negras sayas de viuda detenían a Maltrana para hablarle de sus hijos, que estaban en Melilla o en Ceuta.

—Por na, señor —gimoteaban—. Un acaloramiento. Llevaban la *churí* en la faja, y al faltarles, pues... pincharon. Su mersé debe tener buenas influencias... Vea de sarcarles un indulto, o que los pasen a un presidio mejor.

Estas gentes de viva imaginación, que vivían en perpetuo embuste, habían creado una leyenda halagadora en torno de aquella señorita tan buena, tan laboriosa, que permanecía horas enteras tras los vidrios, con los ojos bajos, lo mismo que una virgencita en su altar. Los grupos de gitanillas haraposas, en sus pasacalles por el barrio, acompañadas del repiqueteo de los palillos, deteníanse al pie de la ventana y cantaban a la que era por antonomasia «la señorita». Feli veía el grupo de cabecitas greñudas con ojos de brasa y tez de cobre, las bocas abiertas por el canto, mostrando sus paladares de un rosa oscuro y los agudos dientes de nítida limpidez. La joven saludábalas con dulce sonrisa, y todas ellas prorrumpían en formidable griterío.

—¡Danos argo, señorita!... ¡Échanos manque sea un beso, resalá!

Y hablaban entre ellas de lo que habían oído a sus madres. La «señorita» era hija de un personaje muy rico, de un marqués o algo semejante; pero como no la dejaba casarse con don Isidro, había huido con él, y los dos pasaban *jam-*

bre, y ella trabajaba para su hombre, como lo hacen todas las mujeres *honrás*; lo mismo que si fuese una buena gitana.

Esta laboriosidad por mantener al macho y las novelas que circulaban sobre su alto origen atraían con curioseo irresistible a las hembras de las Cambroneras.

La primera en introducirse en la casa fue la Teodora, la vieja de mayor prestigio del barrio: un dechado de sabiduría, respetada hasta por los hombres. Era viuda; iba vestida de luto, con gitanesca exageración, pues hasta por encima del cruce del pañuelo se veía el borde de su camisa de percalina negra.

Sin marido que le ganase, ni otra fortuna aparente que tres caballerías de un hijo suyo, era la hembra de más dinero de las Cambroneras, y su casa la mejor. Tenía en ella unas cuantas silletas para sentarse y las hollinadas paredes adornábalas con papel recortado del que se emplea en los vasares de las cocinas, formando multicolores tapices, que daban a su tabuco un sabor oriental, en armonía con la cara oscura de los habitantes.

La Teodora era la mujer más sabia de su raza. Servía de médico a los hombres, de comadrona a las mujeres y de *castañeadora* a las mocitas que iban a casarse. No había virginidad gitana que no pasase por sus manos antes del matrimonio, para que certificara su integridad. Los payos del barrio la llamaban con sorna «la madre de las vírgenes».

Se introdujo en la casa de Isidro con pretexto del embarazo de Feli. Ella sabía más de esto que todos los médicos juntos; y después de mirar largamente el abultado abdomen, contrayendo los ojos y sacando los arrugados labios en forma de trompeta, dijo con certeza:

—Va a ser una *churumbela* más grasiosa y requetesalá que su propia mare. Dende aquí la veo.

Halagada por los elogios disparatados de la vieja y sus extraordinarios relatos de las costumbres gitanescas, Feli la veía llegar con agrado todas las tardes. Algunas veces venía acompañada de otras mujeres y hacía gala de su gran amistad con «la señorita».

Feli se fijaba en la hija de Teodora, una joven de catorce años, casi una niña, toscamente vestida de luto y con un aire de resignada tristeza, como si fuese una monja obligada a vivir en el mundo.

—Es viuda, señorita —decía la vieja—. Se le murió el marío a los dos años de vivir juntos... Ya no podrá casarse nunca: lo prohíbe nuestra ley. La mujé no debe tener más que un marío. Los hombres pueden casarse asín que pasa el luto: pa eso son hombres; las hembras, no. Mírela usted a la probesita. Tan joven, y pasa la vida acordándose de su difunto. Se acabaron pa ella las fiestas, las bodas y los saraos. Cuando murió el marío, hizo que la cortasen el pelo con navaja, na de tijeras, tal como es ley entre nosotros; se echó un capisayo por la cabeza, y a llorar. Duerme en sábanas negras, calza zapatos de gallego, sólo viste paño del peor, y cuando hay fiesta en casa se va a la de una vecina, huyendo de ruidos. ¡Ay, la *Merivén*! ¡Qué mardita bestia! ¡Y qué de tristezas trae!...

Y al nombrar a la Muerte, a la terrible *Merivén*, hacía grotescos ademanes de espanto, como si la tuviese delante y quisiera apartarla con las manos.

Feli se fijaba otras veces en una jovencita de rojas peinetas en el pelo, hueca falda de flores con largos volantes y un sinnúmero de collares verdes, azules y rosa. Era casi una niña; la pubertad apenas había hinchado la tapa de su pecho con los capullos femeniles; sus ropas huecas, sonando con escandaloso fru-fru, denunciaban una delgadez de escuerzo femenino.

—Y esta mocita —preguntó Feli—, ¿cuándo se casa?...

—¡Anda! —exclamó la vieja con impúdica risa—. ¡Pues si ahí donde usted la ve, está más abierta que la puerta de la Macarena!... Es la mujé de mi hijo Rafaé, al que yaman el *Boto*... Tiene trece años; pero más mocita me casé yo con mi difunto... a los once.

Y la Teodora relataba a Feli los incidentes de un casamiento, el acto más importante de la vida gitanesca. Los jóvenes de veinte años ponían sus ojos en alguna mocita que sólo contaba doce o trece. Las mujeres, después de esta edad, no tenían valor alguno. El enamorado buscaba el apoyo de alguna hembra de respeto por sus años. En las Cambroneras siempre era Teodora la escogida. «Señá Teodora: yo quiero a la Fulana, pero con buen fin.» La vieja, satisfecha de que pusiera en ella su confianza, iba en busca de la mocita. «Fulanito quiere ser tu *buñó*, pero con formaliá, pa casarse en seguía.» Y la virgen gitana, bajando la cabeza, daba su contestación. «Puesto que no me quiere pa engañarme y perderme, y ya que una mujé de tanto respeto saca la cara por él... bueno, seré su buñí.» Se veían a espaldas de los padres, lejos del barrio; pasaban horas enteras solos, en completa libertad, pero no había cuidado de que un buen gitano osase cosas mayores.

Cuando el *buñó* se creía en situación para sostener una casa y contaba con un compadre que se prestase a ser padrino, corriendo con todo el gasto de la boda, robaba a la *buñí*, llevándosela a la casa de sus padres. ¡Gran escándalo en el barrio! El *bato* de la novia salía a la calle gritando que iba a matar a su hija. Todos los amigos, compadres y vecinos, le agarraban para que no realizase su venganza paternal. Juraba, ponía los ojos en blanco, pedía una *pusca* de dos cañones bien cargada de plomo para matar a los fugitivos, una *churí* afilada para cortarles el cuello, y no se movía del sitio, a pesar de que los amigos apenas si le sujetaban, limitándose a dictarle prudentes consejos, como era costumbre.

—¿Qué vas a jaser, compare? Son cosas de la vida... Lo mesmo hisimos nosotros cuando éramos chavales.

El padre acababa por meterse en casa, y como en algo tenía que demostrar su indignación, la costumbre era que diese a su mujer una paliza de muerte.

A los dos días se presentaba el gitanillo raptor ante el padre de la novia, con su chaqueta de terciopelo granate y el pavero blanco de los días de fiesta. Se arrodillaba compungido, se apoderaba de una de sus manazas, la besaba, y gemía después:

—Su mersé es el cuchillo, y yo, probesito de mí, soy la carne. Corte su mersé por donde quiera.

Estas palabras, repetidas durante siglos, conmovían al gitano viejo y hacían que se le saltasen las lágrimas, como si las escuchase por primera vez. Levantaba al chaval, le echaba los brazos al cuello, y decía conmovido:

—A ti te perdono porque te quiero, porque no tienes culpa de na... Pero ella, que no venga, porque la mato.

Pocos días después presentábase la muchacha escoltada por la Teodora y otras respetables brujas de las Cambroneras.

—¡Aquí ties a tu chica! —gritaban desde la puerta—. ¡Vamos a ver si le pegas, peazo de bruto!

El gitano rodaba los ojos, levantaba los brazos como si fuese a aplastar a la chavalilla, caída a sus pies con las manos juntas y el rostro compungido, y de repente rompía a llorar.

–¡Mi hija!... ¡grañí de mis entrañas! ¡Qué disgusto nos has dao!

La abrazaba, dándole ruidosos besos, y su pobre mujer no lloraba menos, pero era de gozo, viendo terminado por el momento el período de las palizas.

La muchacha volvíase a la casa del novio, y allí permanecía hasta la boda, que tardaba seis, ocho o diez meses, mientras los padres reunían dinero para la costosa ceremonia.

Feli sentía curiosidad por conocer un matrimonio entre gitanos. Había oído cosas estupendas.

–Cogemos un cántaro –dijo riendo una compañera de la Teodora–, lo echamos por alto, se rompe, y ya están casados.

–¡Gaya, malage!... –exclamó la vieja–. No le tomes er pelo a la señorita. Eso del cántaro no es verdad: es *jonjaba* que les damos a los payos; mentiras que se tragan, ansí como creen los marditos que robamos a los *churumbeles* para sacarles las mantecas. No hay cántaro ni na que se le parezca. Algunos, hasta se casan por Roma... Ésta, por ejemplo.

Y señalaba a su nuera, riendo maliciosamente al recordar los grandes regalos de la boda. Unas señoras ricas que iban a explicar la doctrina a una iglesia cercana habían sentido simpatía por aquella muchacha tan guapa y apuesta, mostrando empeño en casarla católicamente.

La vieja habló con ellas, alegando el obstáculo insuperable de la pobreza. Los gitanos eran buenos creyentes y no tenían miedo a entrar en la *Cangrí*, o sea en la iglesia. ¡Pero los *erajais* (nombre que daban a los curas) hacen pagar tanto por su trabajo!... Las devotas señoras, conquistadas por la cháchara de la Teodora, corrieron con todo. Al novio le hicieron un traje completo, con capa de rico paño, y a la novia la pusieron hermosa como una Virgen. Encima les dieron cien duros y compraron el dulce por arrobas para que se hartasen todos en las Cambroneras.

–¡Qué boda, señorita!... ¡El parné que sortaron esas santas!... La *Cangrí* estaba toíta yena de luces; a mis nenes les echaron por la cabeza una manta dorá, y un *erajai* muy hablador comenzó a dar voces, como si nunca hubiese visto gitanos casándose por Roma; como si juésemos caribes, de los que no creen en Dios... A luego se tiró el durce en las Cambroneras como si lloviese del cielo: los *manrelaos* caían como granizo... Y cuando las señoras se *najaron* y quedamos solos, casamos a los chavales a nuestro uso, conforme a la ley gitana.

La Teodora, antes de hablar de esta ley y sus prácticas, miraba en torno con recelo. Todas eran casadas o viudas; no había ninguna mocita: podía hablar sin miedo.

El principal personaje de las bodas era ella, la señora Teodora, alias la Catañeta, la encargada de *catañear* a la moza. Un día antes de la ceremonia iba a Madrid, acompañada de las más viejas del barrio, todas con grandes cestas para los dulces. Los compraban por arrobas, especialmente los *mantejos* (las almendras o peladillas), que eran el principal regalo de los gitanos. Había que adquirir, además, la corona de llores para la novia, la banda de raso que le cruzaba el pecho, y el pañuelo, el famoso pañuelo, objeto principal de la ceremonia.

—Compradlo de lo mejor —decía el padrino, que cargaba con todo el gasto—. Que no os duela; que sea de nipis, de lo más rico; la Teodora entiende de estas cosas.

Al día siguiente, la novia se presentaba hecha una beldad, en enaguas y chambra, la banda de raso rojo cruzándole el pecho, la cabellera suelta, y una corona de flores de trapo, alta como un morrión. Los convidados se quedaban a la puerta de la casa, y avanzaba la Teodora con el rico pañizuelo en la mano, grave y cejijunta como una sacerdotisa. Entraban con ella los padres de los novios, los individuos más ancianos de las dos familias, y luego de cerrada la puerta, tendíase la muchacha en una colchoneta, con su corona y su banda. La Teodora, sin dejarse ganar por la emoción de los presentes, tranquila y segura de su pericia, introducía por entre la hojarasca de las enaguas su mano envuelta en el pañuelo, buceando durante mucho rato en este oleaje de tela almidonada. La virgen permanecía inmóvil, con los ojos entornados, sin un gesto, coloreándose ligeramente por el dolor y las cosquillas.

Volvía a salir a luz el pañuelo, y todos lo miraban. ¡Las tres flores blancas! ¡La señal de la virginidad! Podía celebrarse la boda.

Y al abrirse de nuevo la puerta y mostrar la vieja el pañuelo, entraba la gente en tropel, vociferando de alegría, saludando a la desposada con ruidosos aspavientos:

–¡Viva lo bueno!... ¡Viva la honra! ¡Olé por el mérito! ¡Vamos a juntarlos!

El padrino cogía una cesta llena de peladillas y la arrojaba de golpe sobre la novia. Ésta, tendida en el colchón, recibía sin pestañear la rociada. Luego los padres la saludaban con otra lluvia de almendras, y tras ellos los viejos de más consideración y todos los convidados, hasta los mozuelos más insignificantes. La novia desaparecía bajo la granizada de azúcar: sólo se veía su cabeza con el morrión de flores, haciendo esfuerzos por librarse del pedrisco, mientras el resto del cuerpo quedaba inmovilizado bajo la dulce avalancha.

–¡Vamos a juntarlos! –gritaba la gente–. ¡Música, música!

Rompían las guitarras en melancólico rasgueo, daba el novio su mano a la novia para que se levantase entre el crujir de las almendras aplastadas por sus pies, y comenzaban a bailar, colocando ella su corona sobre la cabeza del marido. Así pasaban la noche, devorando dulces, arrojándolos contra las paredes, sorbiéndose por docenas las tazas de chocolate, hasta que al amanecer se iban a dormir, ahítos de azúcar y soconusco. Todos los gitanos bailaban con la desposada, calándose su floreado morrión. Al día siguiente, las madres de los novios hacían platos con los dulces esparcidos en la cama y los enviaban a las solteras del barrio con una flor de la corona. El novio montaba en un caballo, llevando la hembra a la grupa; todos los chavales, jinetes en sus mejores bestias, les daban escolta, llevando también a ancas las mozas del barrio, y la vistosa cabalgata partía al trote por los campos, como si esta ceremonia fuese una iniciación del matrimonio en la vida andariega de la raza.

–Y aún pasan días –continuaba la Teodora– antes de que los novios se junten de verdad. Mientras están con los padres, tienen vergüenza y duermen separados. Sólo cuando ponen su casa se deciden a acostarse juntos.

Las famosas flores blancas asombraban a Feli, haciéndola seguir con atención las indicaciones de la *Catañeta*. Eran a modo de clara de huevo. ¡Ay de la que no las soltaba en aquel registro, que tenía la solemnidad de una ceremonia religiosa! Cuando el pañuelo surgía sin ellas o con manchas de sangre, un griterío de muerte estallaba contra la impura. Era la demostración de su falta de virginidad. Arrojábanse sobre ella las mujeres, arrancándole la corona, tirando de sus pendientes hasta rasgarle las orejas, haciendo trizas sus blancas vestiduras. Al abrirse la puerta, salía como una bestia acosada entre la rechifla de los hombres, los arañazos de las mozas y las pedradas de los chicuelos, para refugiarse en casa de su padre. Éste era inflexible. Le cortaba con su navaja la cabellera y le daba por vestidos unos sacos, arrojándola en el rincón más oscuro, y allí permanecía sin que nadie le hablase, volviendo la espalda a la gente, temblando al oír una voz, hasta que, cansada de esta vida de abandono, si quedaba en ella un resto de voluntad, huía para perderse en los caminos.

Escuchaba Feli con asombro el relato de estas costumbres primitivas que se desarrollaban a las puertas de una gran ciudad.

Cuando volvía Isidro, repetíale estos relatos, y el joven, al escucharla, lanzaba miradas de extrañeza al puente vecino, por donde pasaban coches, carretas y peatones, todo el tráfago de un gran núcleo de población; a los inmediatos desmontes, con sus faroles de gas; al tranvía eléctrico que bajaba por el paseo de los Ocho Hilos expeliendo chispas verdes y azules de sus ruedas. Sólo unos cuantos metros separaban la vida moderna que circulaba por lo alto de aquella hondonada, donde aún subsistían las tradiciones de la existencia nómada, la barbarie de una raza errante insensible a todo progreso. Las dos vidas rozábanse diariamente, pero se ignoraban, se desconocían, sin que los de abajo, en su aislamiento, sintiesen la más leve influencia de los de arriba.

Sulfurábase Teodora al oír que «la señorita» ponía en duda su ciencia. Si *catañeaban* otras; era posible una equivocación... ¡pero ella! No había más que una Teodora en toda la Península. Allá en *Cordobate* existía otra gitana de su arte, pero todos declaraban su inferioridad. Con la Teodora no valían engaños: la gitanería tenía fe ciega en sus manipulaciones; por eso no llevaba menos de ocho duros por el *catañeo*, y el que no los tuviera que no se casase. La llamaban los gitanos de toda España para sus bodas, gente rica que, además de pagarle bien, cargaba con todos los gastos del viaje. Había estado en los *gaos* más famosos por sus aglomeraciones de gentes de la raza; había corrido Andalucía, conocía Murcia, y hablaba de sus viajes a Valladolid y Rioseco. Nadie dudaba de su ciencia.

—Rara vez —decía— fartan las flores blancas. Las probesitas gitanas son jembras decentes. Ya quisieran muchas de las payas que van por las calles del *Gao de los Foros* asemejarse a nosotras.

Al volver Maltrana a casa, antes de cerrar la noche, caía algunas veces en medio de esta tertulia.

La vieja, al verle, le saludaba con grandes aspavientos, como si fuese ella la dueña de la casa.

—Pase adelante, Pare Santo... Entre su mersé, bigotillo de gobernaor... ¡Qué honra pa nosotras el verle!... Aquí estamos haciéndole compañía a este pimpollo de abril, que lleva en su tripa bonita una *churumbela* como er mesmo Niño Dios.

Y hablaba de la criatura que había de nacer con tanta seguridad como si la viese, detallando sus prendas físicas: cómo tenía el pelo y cómo los ojos; en qué se parecía a la madre y qué iba a sacar del padre.

Maltrana escuchaba con mal disimulada impaciencia la charla de la vieja. Las contrariedades de su vida, cada vez mayores, irritaban su carácter, haciéndole insufrible el parloteo de la bruja.

La Teodora, a la caída de la tarde, miraba a la ventana, indicando a su nuera que se asomase.

—*Sicobelate a la parlacha* y veas si tu marío está por ahí.

El gitanillo esperaba a su madre y a su mujer, pensando en la cena, sin atreverse a subir a casa de don Isidro, y apenas veía a su cónyuge, gritaba con mal humor:

—*Chalate al quer* (vamos a casa).

Se iban las gitanas, pero al verse solo Maltrana con Feli, aumentaba su tristeza, como si viese con más claridad lo pavoroso de su situación.

Ya había llegado la época tan esperada por él. Comenzaba el frío; volvían a Madrid, terminado su veraneo, los que podían proporcionarle trabajo, y sin embargo, su situación no mejoraba.

Apenas tuvo noticia de la llegada del marqués de Jiménez, corrió a visitar al grave personaje, para incitarle a que escribiese otro libro. ¡Terrible acogida!

—¡Contento me tiene! —dijo el senador frunciendo el entrecejo—. ¡En seguida voy a colaborar otra vez con usted! La juventud es indiscreta.

Y siguió lamentándose, como lastimado por su excesiva confianza en un ser inferior. Había sido, durante el verano, objeto de la risa de todos los amigos. ¡Lo que se habían burlado en San Sebastián los de la tertulia del jefe!... Decían a gritos que el libro no era suyo; que se lo había escrito un joven a cambio de unas pesetas, y que este joven se divertía a su costa citando autores fantásticos, copiando párrafos de libros que no existían.

–De eso último no hago caso –dijo el marqués con magnanimidad de hombre justo–. A cada cual lo suyo. El libro está muy bien; lo que en él se dice es pura verdad, ¡si lo sabré yo!... y lo de los autores falsos y los libros inventados, todo envidia, envidia nada más... A mí lo que me molesta no es esto, sino que digan que el libro no es mío, que me pongan en ridículo ante el jefe, que, como usted sabe, me honró con un prólogo... Y de esto, toda la culpa es de usted, que no ha guardado prudencia, que ha hablado con el aturdimiento de la juventud y me ha puesto en ridículo, sí señor, en un ridículo que hace gran daño a mi carrera política.

Maltrana, anonadado por la cólera del personaje, intentó defenderse. No había hablado de la paternidad del libro: y era verdad. Tal vez sus enemigos se enterarían de que era él quien iba a la imprenta para corregir la obra; tal vez la indiscreción viniese de otro lado... pero él lo juraba: nada había dicho.

En cuanto a la fidelidad de las citas, su conciencia no le dejó defenderse con igual energía. Balbuceaba al formular sus excusas. Bien pudiera ser que hubiese equivocado el nombre de algún autor, que hubiera atribuido a unos lo de otros... Pero el marqués le interrumpió enérgicamente:

–No; repito que el libro está muy bien. ¡Si lo sabré yo! Son innecesarias las explicaciones... Lo que a mí me molesta es lo otro: que digan que el libro no es mío; que supongan a un hombre de mi altura capaz de adornarse con plumas ajenas.

Decía esto con un tono amargo, con la misma expresión con que anonadaba a los gobiernos en el Senado por su falta de protección a los trigos; y Maltrana acabó por indignarse también contra los maldicientes que suponían al marqués de Jiménez incapaz de escribir un volumen.

Isidro salió de allí sin recibir dinero ni un nuevo encargo. Además, comprendió que el senador le cerraba su puerta para siempre. Después de tales murmuraciones, el mejor medio de demostrar que Maltrana no le había prestado ayuda era prescindir en absoluto de su trato. Bien se lo dio a entender al joven con la frialdad de su gesto de despedida, con la blandura de su mano y los consejos que le dio.

–Más discreción, joven. Para hacer carrera, hay que ser prudente. La vida no es un juego; no hay que soñar, joven amigo.

Maltrana volvió desesperado a su tugurio de las Cambroneras.

Entraba todos los días en Madrid persiguiendo una esperanza, pero ésta revoloteaba ante él sin dejarse alcanzar. Visitaba a sus amigos de las redacciones, preguntando con avidez cuándo podría meter la cabeza en alguna de ellas; se ofrecía a los administradores para pegar fajas y hacer paquetes. Contentábase con cualquier cosa; lo importante era conseguir, fuese como fuese, un par de pesetas todos los días. Hasta buscó recomendaciones para algunos concejales, pidiéndoles un puesto cualquiera en las dependencias del Ayuntamiento.

Apenas llevaba paquetes a la fábrica de corsés cercana a la Puerta del Sol. Hacía dos semanas que Feli tenía en casa la misma docena, sin poder terminarla.

Estaba enferma, muy enferma. Maltrana seguía con inquietud los progresos de su mal. Quejábase de fuertes dolores de cabeza; perdía de pronto la vista, hablaba con incoherencia, insultando unas veces a Isidro sin saber por qué, y abrazándose otras a su cuello para pedirle perdón, con gran raudal de lágrimas.

El invierno se anunciaba con una frialdad aterradora. Todas las mañanas aparecían las charcas del río con grandes cristales de hielo. Los gitanos permanecían en sus tabucos, ahumándose junto a las hogueras. En la casa de los amantes, ni pan ni fuego. Feli vestía sus ropas de verano, sin otro abrigo que un mantón comprado en una casa de préstamos. Isidro conservaba aún aquel macferlán de color indefinible, que era como la librea de su miseria. Le servía para ocultar la delgadez del traje y su deshilachada camisa, mal cubierta por un pañuelo negro lustroso de mugre. El pobre joven presentaba un aspecto más deplorable que cuando vivía en la calle de los Artistas, sin otra familia que su padrastro. Feli, que tanto cuidaba en otros tiempos del arreglo de su persona, permanecía ahora inmóvil en la única silla entera de la casa, como si no viese ni entendiese, sin otra sensibilidad que un continuo frío que la hacía estremecerse en sus ligeras envolturas.

Maltrana salía diariamente en busca del pan. Iba a Madrid a solicitar una colocación inútilmente, a «dar sablazos», a mendigar de todas las personas conocidas. Ya no era el lobo que descendía de la cumbre en busca de alimento; era el pobre roedor, tímido y anonadado, que trepaba lentamente desde el fondo de su madriguera a las alturas de la gran población, esperando una migaja del banquete de los fuertes.

Feli quedábase en casa, enferma, temblando de frío, fijando en el suelo su mirada de estúpida vaguedad, como si la hinchazón de su abdomen absorbiese su pensamiento. Él emprendía la marcha desfallecido, sin otro lastre que una taza de café recalentado o una copa de aguardiente, unas veces bajo la lluvia que se introducía por las rotas suelas de sus zapatos, otras sacudido por fríos huracanes que agitaban las mangas de su macferlán con aleteo de pajarraco fúnebre.

Una mañana, al salir de casa, se detuvo asombrado. La nieve cayó en montón a sus pies al abrir la puerta. Todo lo que abarcaban sus ojos estaba blanco, con una blancura nítida y fúnebre, como el sudario de una virgen muerta: blancos el puente y el río, blanca la cuesta de las Cambroneras, los tejados del barrio y los áridos desmontes. El silencio era completo; la soledad absoluta. El mundo parecía haber muerto durante la noche bajo el peso de la nieve. El humillo azul que se escapaba de las chimeneas era el único signo de vida.

Maltrana dudó un instante. Sintió un repentino amor por el encierro, el afecto al hogar, que hacía que los hombres se ocultasen en sus casas. Pero arriba, en la suya, no quedaba nada: la noche anterior había devorado media libreta y las cortezas de un cuarterón de queso. Feli no comía; hacía tiempo que el embarazo y la repugnancia a los manjares groseros teníanla en perpetua inapetencia. Había que vivir... ¡adelante!

Emprendió la marcha, hundiendo en la nieve sus piernas mal abrigadas, aquellos pantaloncillos de verano roídos por los bordes, que apenas si disimulaban las grietas y descosidos de las botas. Sus pies se enfriaron al contacto de la nieve; a los pocos pasos creyó que marchaba descalzo.

Dentro de Madrid vio las calles desiertas, sin carruajes, sin tranvías, todo igualado, arroyos y aceras, por aquella capa blanca, como si hubiese llovido sal. En los lados de las calles abríanse negros senderos de barro, por los que pasaban los escasos transeúntes entre un doble muro de nieve. Los árboles parecían de algodón; blancas vedijas pendían de los balcones y los aleros. Los faroles del alumbrado ostentaban una montera torcida como un gorro de dormir. Los golfos, entusiasmados por la novedad del espectáculo, hacían rodar grandes bolas de nieve, coronándolas con monigotes de su invención.

Maltrana, con los pies helados y temblando de frío, vagaba por Madrid. Subió a la casa de un antiguo compañero para pedirle algo, aunque sólo fuese una peseta, y no le encontró. Fue al extremo opuesto de la villa, en busca de otro amigo, pero tampoco estaba en casa.

Pensó, como supremo recurso, en el marqués de Jiménez. Éste no podía abandonarle; le pediría socorro aunque fuese de rodillas.

Arrastrando los pies, llegó al barrio de Salamanca. Tuvo que discutir con el portero, que le cerraba el paso, y al fin le dejó subir por la escalera de servicio para que no manchase la alfombra de la escalera principal con la nieve derretida que soltaban sus pies. En la puerta de la cocina le rechazaron con aspereza después que un criado desapareció por unos instantes para anunciar su nombre. El señor marqués estaba muy ocupado: no podía recibirle.

Era más de mediodía. El cielo, de un gris blanquecino, amenazaba con más nieve. La luz de interminable crepúsculo reflejábase en la blancura con tonos lívidos. Maltrana caminaba desalentado, con los brazos caídos, sin saber adónde dirigirse.

Su voluntad desplomábase, vencida, falta de fuerza para luchar: quería morir. Todos los caminos estaban cerrados para él; iba como si el mundo se hubiese despoblado de pronto. Toda la nieve que abarcaban sus ojos la llevaba en el alma.

En la Puerta del Sol vio una hornilla enorme llena de fuego, y en torno de ella un tropel de golfos, de vagabundos, que se calentaban las manos, pataleando al mismo tiempo para reanimar sus pies entumecidos.

Maltrana uniose a ellos, y el benéfico influjo del calor pareció despertar su voluntad. ¿Qué hacía allí? Pensó con remordimiento en Feliciana, que temblaría de frío en su casucha, mientras él se calentaba en el público brasero. Aquellos vagabundos sin familia y sin afectos eran superiores a él; podían luchar más bravamente con la desgracia.

Creyó en la posibilidad de conmover a aquel tendero de las Cambroneras al que tanto debía. Su salvación, por el momento, estaba allí, ya que en Madrid todos eran invisibles, como si el frío endureciese las conciencias, como si la paralización de la vida aislase a los hombres en su egoísta bienestar.

Regresó a casa. Al salir por la Puerta de Toledo vio la nieve inmaculada y tersa, sin una huella, sin el pisoteo fangoso de las calles, igual y brillante, como una inmensa mortaja que cubría el río, los montes, las viviendas, y de la cual surgían los árboles como hilos sueltos.

Le dio miedo esta extensión, rasa a la vista, que ocultaba las desigualdades del suelo, las cunetas, los hoyos de los árboles, los declives de los desmontes. Su pensamiento, quebrantado por el hambre, entorpecido por el frío, creyó ver, con tétrica alucinación, la imagen de su vida futura en esta planicie blanca, silenciosa, monótona.

El mundo estaba frío, sin alma y sin piedad; contemplaba su marcha penosa sin un impulso de misericordia.

¡Morir de hambre!... Por él, que fuese al momento: descansaría de una vez. Pero ¿y aquella infeliz que le aguardaba, enferma y casi enloquecida, como si no pudiese con el peso de sus entrañas? ¿Cuál iba a ser su suerte?...

Maltrana el altivo, el hombre superior, cuya palabra era un hachazo; el fervoroso creyente de la alegría de la vida y su refinado helenismo, sintió que sus piernas flaqueaban, y se apoyó en un árbol.

No podía más: era un vencido. Confesaba su cobardía, cayendo anonadado bajo el zarpazo de la Suerte.

¡Pobrecillo! Se llevó las manos a los ojos y rompió a llorar con vagidos de cordero abandonado, como un niño que despierta en las tinieblas y siente el vacío en torno suyo, sin que sus manos temblonas tropiecen con el calor del pecho maternal.

11

EL MISMO DÍA de la nevada, un nuevo infortunio conmovió dolorosamente a Isidro.

Al volver a su casa pudo comer. El dueño del tenducho de las Cambroneras pareció apiadarse de su miseria, aceptando todas las promesas de pronto pago. La inclemencia del tiempo ablandaba al tendero, y el joven logró subir con dos panes, una botella de vino, queso y una lata de sardinas.

Fiesta completa. Después de comer, sintió un renacimiento de su amor a la vida. Arañó sus bolsillos para reunir las últimas briznas de tabaco; lió un pitillo, y despidiendo nubes de humo con la voluptuosidad del bienestar, contempló detrás de los cristales el paisaje nevado que tan honda tristeza le inspiraba horas antes.

Feli apenas pudo comer: sentía repugnancia ante aquellos manjares. Una náusea los repelía de su boca, y de nuevo se sumió en su inmovilidad, en aquel agotamiento que la hacía permanecer como insensible.

El joven se apartó de la ventana al oír un suspiro de angustia.

—¡No veo... no veo! —gimió Feli, llevándose la mano a los ojos.

Maltrana corrió hacia ella.

—¿Qué te pasa, nena? ¿Qué sientes?

—Mi padre... —dijo con voz lenta—, mi tío Manolo... frío, mucho frío.

La incoherencia de sus palabras inspiró miedo al joven.

Sus ojos estaban inmóviles, considerablemente agrandados, con un estrabismo que dejaba al descubierto toda la córnea, empujando la pupila a un ángulo de los párpados. Se llevaba las manos a la frente.

–Dolor... mucho dolor –murmuró como una niña enferma.

Después se tentaba el estómago, repitiendo el mismo quejido. Inclinaba la cabeza, como si no pudiese resistir el peso de aquella cefalalgia que entorpecía sus facultades intelectuales. Contestaba con incoherencia a las angustiosas preguntas de Isidro o no las contestaba, permaneciendo en un silencio enfurruñado.

De repente se quejó del zumbido de sus orejas, que parecía enloquecerla, del hormigueo que sentía en su cuerpo, de la rigidez que inmovilizaba sus miembros.

–Todo rueda –gimió–. Ruedan las paredes... se abre el piso... un agujero muy negro, ¡muy negro! Isidro, cógeme... agárrame, que me caigo... ¡que me caigo!

Y a pesar de que el joven la tenía fuertemente sujeta entre sus brazos, ella manoteaba, defendiéndose para no caer en el negro abismo que veía su trastornada imaginación.

Luego dio un alarido y rompió a llorar con desesperados gritos:

–¡Mi padre... mi pobre padre! Míralo: está en la puerta... entra... nos mira; lleva una mortaja... blanca, blanca como la nieve.

Sus ojos extraviados miraron hacia la puerta; y había tal seguridad en sus palabras, que Maltrana se volvió, creyendo por un momento en la certeza de la alucinación.

Con grandes esfuerzos pudo llevarla hasta el pobre lecho y la tendió en él, creyendo terminada la crisis. Seguía llorando; el joven esperaba que las lágrimas la librasen del dolor que le oprimía los pulmones y le atravesaba la frente como si fuese un clavo enrojecido.

Pronto se convenció de que la crisis iba en aumento. Feli, tendida en la cama, ya no movía su cabeza de un lado a otro con penoso vaivén. La inclinaba sobre el hombro derecho, al mismo tiempo que sus ojos seguían mirando hacia la izquierda con una fijeza inquietante, como si contemplasen algo que la infundía pavor. Las pupilas se dilataban; la boca entreabríase con el temblor de las mandíbulas o se cerraba oprimiendo la lengua. La palidez de su rostro tomaba un tinte lívido; la respiración era penosa, breve, irregular, agitada por ruidosos suspiros. De pronto, interrumpiose aquélla con una contracción violenta de los músculos del pecho, y la enferma quedó inmóvil, como si fuese a perecer por asfixia. Maltrana agitábase en torno de la cama, aturdido, sin saber qué hacer, aterrado por su soledad y su inexperiencia.

—¡Feli... nena mía; respira... habla! ¡Dios mío! ¿Qué es esto?

Y le golpeaba las manos, tiraba de sus brazos, la soplaba en la boca como si quisiera devolver aire a sus pulmones.

Duró esto menos de un minuto, pero al joven le pareció interminable; sentía una angustia casi igual a la de la enferma. Volvió ésta a respirar, y su inmovilidad se trocó de pronto en una agitación loca. Los músculos orbiculares se contrajeron y ensancharon, los párpados se cerraron y abrieron, aleteando con loca rapidez. Los ojos rodaban en sus órbitas, lanzando una luz extraña, como si la electricidad de la convulsión reflejase en sus pupilas verdosas centellas. Las mandíbulas se cerraron fuertemente, ensangrentando la lengua. Una espuma burbujeante asomó a las comisuras de los labios, con sordos rugidos. El cuerpo se contraía y dilataba, doblándose como un arco, mientras la cabeza y los pies se hundían en las desordenadas ropas del lecho.

Isidro corría como un loco por la habitación. Después abrió la ventana.

—¡Socorro!... —gritó—. ¡Teodora!... ¡Señora Teodora!

Nadie le oía. La calle, la plaza, el inmediato callejón de los gitanos, todo estaba en silencio, cubierto de nieve, sin la negra silueta de una persona. Siguió gritando, con la angustia del miedo, y por fin, de la primera casucha vio surgir una cara bronceada llena de arrugas, con ojos de curiosidad.

—¡*Salguerillo*... Salguero! ¡Por tus muertos te lo pido! Avisa a la Teodora... que venga. Mi mujer se muere.

Cuando se retiró de la ventana vio a Feli revolviéndose en el suelo, rugiendo con una expresión espantable que crispaba los nervios, llena la boca de espuma que se coloreaba de rojo con la sangre de la lengua. Las convulsiones la habían hecho caer de la cama, golpeando el suelo con su vientre. El joven tuvo que realizar grandes esfuerzos para subirla y sujetarla, evitando que rodase otra vez.

Su respiración comenzó a ser menos agitada. Abriose su boca, absorbiendo el aire con grandes y ruidosas aspiraciones; la nariz se dilató desmesuradamente, chocando después sus alillas al contraerse. Comenzaron a descender en intensidad los estremecimientos; los músculos cesaron de contraerse. Los brazos se extendieron pegados a las piernas inmóviles. Los ojos mostraban las pupilas dilatadas, con una veladura mate, como si fuesen ojos de cadáver. Un sueño pesado, letárgico, se apoderó de ella.

Maltrana creyó por un momento que había muerto, pero al aproximar el oído a sus labios se tranquilizó. Una débil respiración animaba con su estertor el cuerpo inmóvil.

Entonces oyó que llamaban a la puerta, y fue a abrir para que entrasen la Teodora y otra vieja.

¿Cuánto tiempo había transcurrido?... Las gitanas llegaban corriendo, alarmadas por el recado de Salguero, pero Isidro creyó que había pasado algo así como un siglo.

Dejose caer en una silla, como si al recibir el auxilio de aquellas mujeres sintiese de golpe todo el terror que la crisis le había causado.

La Teodora examinó a la enferma, mientras Isidro le explicaba lo ocurrido con voz temblona. Ella conocía estos accidentes: había visto a muchas mujeres sufrir lo mismo en sus embarazos.

—Es mal de corazón, don Isidro —decía con la certeza que le proporcionaba su ciencia—. La señorita es tan poca cosa, que el embarazo la trae trastorná. Esto, en cuanto suerte la *churumbela* que yeva dentro, ya no se repite.

Después habló de sangrarla; ella era capaz de hacer la operación. Había pinchado a todos los enfermos del barrio con una maestría que ya quisieran tenerla muchos barberos. Pero ante el gesto de Maltrana se contuvo. Conformes: no la sangraría; por el momento ya había pasado el peligro; pero en cuanto despertase la pobre «señorita», iba a administrarla unas tacitas de un cocimiento que hacía milagros: hierbas del campo recogidas por ella misma y que guardaba en su casa. La compañera fue por los hierbajos, y Maltrana y la vieja quedaron junto a la enferma, contemplándola silenciosos.

Feli dormía tranquilamente, con los ojos cerrados. El sueño parecía arrollar en su avance los últimos signos de la enfermedad.

Cuando despertó, después de anochecer, llevose la mano a la frente, como si quisiera fijar sus recuerdos. Miró en torno de ella, titubeando, como extrañada de verse en el lecho, en plena noche, a la luz de una bujía que marcaba en la pared las sombras de Isidro y la Teodora, sentados junto a la cama.

—¡Ya está buena la señorita! —gritó la vieja—. ¡Olé, ya tenemos niña!

Maltrana, instintivamente, se abalanzó a la enferma, besándola repetidas veces, sin hacer caso de la extrañeza de Feli, que pugnaba por reunir sus recuerdos.

La gitana, ayudada por su compañera, confeccionó en la cocina su famosa infusión, de la que hizo beber varias tazas a la enferma.

Viendo tranquila a Feli, se fueron las dos viejas, recomendándola que no abandonase el lecho. Aquello no había sido más que una crisis propia de su estado: tal vez habría cogido frío. Había que cuidarse, que el tiempo era muy perro.

Al quedar solos los jóvenes, Isidro habló a la enferma del miedo que había sentido.

—Creía que ibas a morir, que te perdía en un instante.

Y añadía con sencillez, temblando aún su voz con el recuerdo de la pasada emoción:

—¡Ay, Feli! ¡No mueras, mi alma! No he sabido lo que te amo hasta esta tarde, en que creí que te ibas para siempre.

La enferma movía con pereza una de sus manos y acariciaba la cabellera crespa de Maltrana, lamentándose de la forma aterradora de la crisis, como si ésta fuese un acto de su voluntad.

—¡Pobrecito! —decía lentamente— ¡qué susto te he dado! Aún se te conoce en la cara; estás pálido, te tiembla la voz. Ríñeme, por mala... Te juro que no lo haré más. Contendré mis nervios; procuraré no dejarme llevar por ellos, aunque reviente.

Volvió a dormirse muy entrada ya la noche. El silencio era absoluto. Fuera de la casa, ni un ruido de pasos, ni una voz: la nieve pesaba sobre la vida, ahogando sus movimientos.

Helaba. Un frío punzante e irresistible, el frío que sigue a las grandes nevadas, deslizábase por las rendijas de las maderas, filtrábase por las paredes.

Feli se agitó en el lecho, murmurando con suspiro infantil, sin abrir los ojos:

–Frío... mucho frío.

Estaba cubierta por la única manta que tenían en la casa y el mantoncillo que le había comprado Isidro al comenzar el invierno. El joven extendió sobre el cuerpo de ella un traje de percal y la poca ropa blanca que colgaba de unos clavos. Estas telas sutiles eran de un abrigo ilusorio.

La enferma seguía estremeciéndose, y el pobre Isidro, que temblaba de frío, se quitó el macferlán para añadirlo a la cubierta.

Era una noche terrible. Maltrana paseábase por el cuarto como si estuviese en medio de la calle. No se oía ruido de viento: la calma era absoluta; pero en este ambiente tranquilo, el frío resultaba más punzante, más mortal. Parecía que el mundo acababa aquella noche, que el sol ya no saldría más, que la tierra iba a permanecer por siempre bajo su mortaja de nieve.

El joven entró en la cocina. En una cazuela quedaban unas brasas, abandonadas por la Teodora después de su cocimiento. Metió en la habitación este anafe improvisado, colocándolo cerca de la cama.

Feli seguía quejándose entre sueños.

–Frió... mucho frío... Tengo los pies de hielo.

Maltrana se quitó la chaqueta, una prenda de verano que aún subsistía sobre sus hombros como testimonio de pobreza, y la extendió encima de la cama.

El fuego mortecino iba extinguiéndose. Isidro pensó con envidia en la fuerza de los obreros. De tener el vigor de un albañil, de un peón del adoquinado, arrancaría una puerta, haría astillas una ventana para mantener el fuego; se defendería de la noche cruel, eterna como la muerte. Lamentaba su miseria física, que añadía nuevas tristezas a su situación. Estaba desarmado para la vida: el último de los vagabundos que marchaba por las carreteras valía más que él, con toda su cultura inútil.

Fuego... necesitaba lumbre. Se lo pedía Feli angustiosamente, en el tormento de la congelación que turbaba su sueño.

Miró con rabia los papeles y libros apilados en un rincón. En Madrid no encontraba quien le diese pan, pero siempre volvía a casa con los bolsillos llenos de papeles. Los camaradas le ofrecían periódicos para que leyese sus artículos; los autores le regalaban libros con pomposas dedicatorias. «Al erudito y notable escritor Isidro Maltrana, su admirador...» ¡Le admiraban! ¿Por qué? Tal vez por su miseria. Vendía los libros por unos cuantos reales, por lo que querían darle, y sin embargo, siempre tenía volúmenes en su casa: versos tristes de gentes con salud y medios para defenderse del hambre; novelas sobre crisis de las almas; tratados para resolver el conflicto social. El papel le perseguía, le rodeaba; había nacido para ser su siervo. ¡Siempre el papel, negro de tinta, acosándolo, cerrándole el camino! Mientras tanto, el pan y el bienestar huían de él, yéndose en busca de los brutos.

Con la cólera que le inspiraban estos pensamientos, arrojó en el triste rescoldo un volumen, el primero que halló a mano. El papel grueso y brillante se ennegreció, al mismo tiempo que de sus páginas, encorvadas por el fuego, surgía una llama, esparciendo denso humo por la habitación.

Ni calor podía dar el maldito papel, motivo de envidias y locuras para muchos imbéciles. Y temiendo que el humo le obligase a abrir la ventana, cogió la cazuela con el volumen chamuscado, llevándola a la cocina.

Al volver, paseó largo rato con los brazos cruzados y las manos en los sobacos, temblando de frío, agitando sus piernas violentamente, como si temiese quedar yerto.

Feli abrió los ojos y mostró asombro al ver a Isidro en mangas de camisa. Iba a constiparse: hacía mucho frío. ¿Dónde tenía sus ropas?...

Maltrana mintió con un cinismo que hacía llorar. Había dejado su abrigo sobre la cama porque tenía calor. La noche era magnífica: aún sentía en su estómago la tibieza del vino que había bebido por la tarde y de aquellas sardinas que eran un bocado de príncipe.

El joven, al decir esto, daba diente con diente, y fingía reírse para ocultar su temblor.

El frío acabó por obligarle a refugiarse en el lecho. Feli protestaba contra su empeño de permanecer en vela; sentíase bien: el peligro había pasado...

Juntáronse los dos cuerpos por la atracción del calor, pegándose el uno al otro con intensos escalofríos. Se confundían sus alientos y los sudores de su piel; experimentaban la voluptuosidad del bienestar animal al ir calentándose poco a poco en esta comunión de sus cuerpos. Maltrana sentía la dura redondez del hemisferio materno, el contacto de aquel fardo de vida que amenazaba su porvenir. La juventud había huido de él para condensarse en esta cavidad. La pobre Feli había perdido de golpe la alegría y la salud. Se habían unido, creyendo en la hermosura de la vida, en la eterna primavera del amor, con las risas e inconsciencias del pájaro, para verse de pronto prisioneros de su propia obra, transformados en vulgares procreadores, con todas las angustias de la responsabilidad.

Feli dormía otra vez, y su amante pensaba. La oscuridad de la habitación parecía embrollar sus ideas. Sin saber por qué, recordó uno de sus juegos en el hospicio. Los muchachos cogían una mosca, le arrancaban las alas y empujábanla después, pretendiendo que volase.

¡Ay! Él era como aquella mosca. Le habían arrancado las alas; le habían arrebatado las armas naturales para la lucha por la vida. Hubiese sido mejor dejarle en las profundidades sociales donde había nacido, dedicado al trabajo manual como sus ascendientes. Sus brazos serían fuertes, sus manos estarían duras; no le faltaría el pan. Atravesaba Madrid con el rubor del pedigüeño, con la vileza del mendigo de levita, inventando embustes para comer, mientras los hambrientos de blusa encontraban siempre un medio para satisfacer su hambre. Aquí, ayudaban a descargar un carro; más allá, abrían la portezuela de un carruaje; pedían a todos, y las manos caritativas daban y daban, como si la tosquedad del trabajador manual despertase mayor compasión. Él vagaba encogido, vergonzoso, sin otro recurso que asediar a los amigos con el espectáculo de su miseria, y se oía llamar sablista inaguantable, mientras el otro era el pobre obrero, merecedor de protección.

¡Ay, aquella pobre señora que le había trasplantado!... ¡Cuánto daño le hizo sin saberlo! Pensaba en ella con agradecimiento, pero decíase que hubiera sido mejor no conocerla nunca, no haber abierto un libro, pasar del hospicio al aprendizaje. Ahora sería oficial de albañil; su Feli le llevaría la cesta a la obra, como la llevaba su madre; comerían en una acera, en un paseo, sin otra aspiración que la alegría de satisfacer las necesidades del cuerpo. Hasta los peligros de muerte constituían una ventaja. La caída del andamio, el derrumbamiento de un piso, eran medios para salir rápidamente de este mundo de miserias, acabando de una vez.

Todo resultaba preferible a su existencia actual, a su situación ambigua, sin el mendrugo de los de abajo ni el bienestar que gozan los de arriba. Ni era de los siervos alimentados, ni de los señores que dominan.

Había estudiado para ser infeliz, para conocer y paladear todas las fealdades de la existencia. No podía creer en las mentiras aceptadas por la buena fe de los humildes. La instrucción le había servido para rozarse con los privilegiados, conociendo las abundancias que les rodean. Carecía de vigor físico para trabajar como un hombre; era un enclenque debilitado por el estudio, y el desarrollo de su pensamiento no le servía para abrirse paso.

¡Pobre mosca mutilada! Le habían arrancado las alas de su nacimiento, y la mala suerte se divertía empujándole, gritando: «¡Vuela!» ¿Cómo iba a remontarse? Estaba vencido sin remedio, caído en el suelo, sin fuerzas para moverse. El estudio desordenado y ansioso sólo servía para anular su voluntad. Pasaba la existencia enterándose de lo que miles de seres pensaron a través de los siglos, y cuando las necesidades de la vida le impulsaban a la acción, encontrábase desarmado, sin fuerzas para seguir su camino.

La sombra que le envolvía al pensar esto era una imagen de su existencia. ¡Todo negro! ¿Adónde ir? ¿Qué hacer?... Y como si su propia desgracia no le bastase, el amor había unido a él una infeliz, cuyo único delito era quererle y admirarle; la había colgado de su brazo para que marchase con más dificultad, tropezando a cada paso, tirando penosamente de esta compañera, que al principio era la alegría y se trocaba poco a poco en una cadena que arrastraba tras él, impidiéndole avanzar. Todo lo veía negro, con la lobreguez de una miseria a cuyo fin estaba la muerte. Deseaba morir, acabar de una vez esta existencia sin objeto, dar fin a una vida fracasada, irresistible y penosa, como una equivocación de la Suerte. Pero ¿y ella? ¿Y la dulce compañera, que había abandonado la órbita de su existencia para seguirle, arrebatada por la atracción de su mala fortuna?...

Maltrana, escuchando la respiración de Feli, palpando en la sombra su cuerpo desfigurado por la maternidad, experimentó el mismo remordimiento que si la hubiese asesinado y tuviera el cadáver tendido junto a él. Sintió la cobardía de aquella tarde ante el espacio cubierto de nieve; un empequeñecimiento de niño abandonado, un deseo de achicarse, de dejar de ser hombre, de convertirse en un insecto, en una planta, en una piedra, en algo que estuviese por debajo de las crueldades humanas; y rompió a llorar silenciosamente, permaneciendo entre el sueño y el doloroso desvelo, víctima de pavorosas alucinaciones, hasta que se filtró la luz del día por las rendijas de la ventana.

Al volver de Madrid, en la tarde siguiente, pisando la nieve convertida en fango, encontró su vivienda en revolución. Venía alegre: había logrado reunir unas cuantas pesetas; pero olvidó su gozo al ver a la Teodora con otras gitanas en torno de Feli, que estaba en el lecho, sumida en el sopor de la crisis.

Habíase repetido el ataque. La enferma tenía en la frente una contusión que denunciaba su caída al suelo. Las gitanas, advertidas por una vecina, habían corrido en su auxilio.

La Teodora fruncía el ceño al hablar al joven... Don Isidro, la pobre «señorita» estaba muy enferma. Estos ataques iban a repetirse con frecuencia. Eran cosas del embarazo, que se presentaba muy mal. Según su cuenta, faltaba un mes para que Feli llegase al parto, pero este mes era de grandes peligros. No tenían dinero para pagar a un médico; allí faltaba todo. Él tenía que salir a ganarse el pan, ellas podían hacer un favor de vez en cuando, como buenas cristianas que eran, aunque gitanas; pero esto no era posible a todas horas, pues sus casas y familias también exigían cuidados.

–En fin, don Isidro –dijo la gitana–, hay que tomar una resolución. Pecho al agua; algo durilla es la cosa, pero yo creo que la probe señorita estaría mejó en el hospital.

¡El hospital! Maltrana quedó aturdido, como si esta palabra equivaliese a un golpe... Pasado un rato, pudo reflexionar. ¡El hospital! ¿Y por qué no? Lo habían hecho para las gentes como ellos: era un lugar de delicias, comparado con esta habitación desmantelada, en cuyos rincones creía ver encogidos los espectros del hambre y el dolor... En él habían muerto sus padres.

Pasó aquella noche sin acostarse, velando a Feli, que había recobrado sus facultades, pero apenas podía hablar. Su lengua estaba hinchada, con grandes rasguños, por habérsela mordido durante la crisis.

Isidro se explicó tímidamente, mientras ella lo contemplaba silenciosa, con sus ojos que parecían agrandados por los recientes espasmos. Allí estaba muy mal: podía morir abandonada durante una ausencia suya, lo mismo que morían los irracionales, y él estremecíase sólo al pensarlo. ¡No, no!... Y gesticulaba enérgicamente, como si la viese ya en su imaginación muriendo durante la noche, sin otro socorro que los gritos y las carreras del amante, enloquecido por la desgracia.

—Yo no sé cómo decírtelo, nena —murmuró con voz temblona, haciendo largas pausas—. Hay que tener valor... apreciar las cosas tales como son. Lo que voy a decirte no es más que una idea... Si tú no quieres, no será... Podías entrar en el hospital... No, no te asustes. No en el hospital adonde van todos; en las clínicas, en la Facultad. Yo tengo buenos amigos de mis tiempos de estudiante... Te visitarían los catedráticos... todos unos sabios. Asunto de permanecer allí un mes cuando más. Tendrías la criatura, rodeada de más cuidados que aquí... sanarías, y luego... luego continuaríamos nuestra vida más feliz que ahora, pues la mala suerte no va a atormentarnos siempre.

Isidro esperaba una explosión de llanto, la protesta de una repugnancia instintiva, y quedó asombrado al ver la inmovilidad del rostro de Feli, sus ojos fijos y tristes puestos en él. Tras una larga pausa, bajó la cabeza en señal de asentimiento. Sí que aceptaba: iría al hospital, pero sin participar de los optimismos del joven.

—No siento —murmuró, moviendo su lengua con gran dificultad—, no siento más que el no verte... y que tal vez no volveremos a vernos nunca.

—¡Feli de mi alma —gritó Isidro—, no digas eso; no lo creas, nena mía!... Volveremos a ser felices. Verás qué bien te tratan allí.

A la mañana siguiente, Maltrana salió muy temprano, dirigiéndose a la calle de Atocha para esperar en la puerta de San Carlos a un antiguo camarada de la época estudiantil, que ya era doctor y ayudante en una clínica.

Apellidábase Nogueras, y era un joven de carácter alegre, pequeño de cuerpo, con lentes de grueso cristal, que tomaba a broma los lances de la vida, como si le curase de todo espanto el diario espectáculo de las miserias y desarreglos de la máquina humana. No había visto a Isidro en mucho tiempo, y al reconocerle en la puerta de la Facultad de Medicina, le echó los brazos al cuello, riendo de su facha miserable.

—Eso de la literatura debe de ir mal —dijo—. ¿Necesitas algo de mí? Pide lo que quieras, menos dinero. Ya ves: doctor, profesor clínico, y tengo mil quinientas pesetas al año... con descuento. Menos que los que barren los ministerios.

El alegre doctor cesó de reír ante la gravedad de Maltrana. Éste le habló de Feli y de su enfermedad.

—¡Vamos, es una queridita que te has echado! –dijo el médico.

Isidro contestó afirmativamente. Sí; una querida a la que amaba como muchos maridos no aman a sus mujeres; una querida que podía gloriarse de una fidelidad que pocas esposas conocían.

—Bueno, adelante –dijo el médico levantando los hombros–. ¿Y qué es lo que tiene?

Maltrana explicó las crisis de Feli, haciendo un esfuerzo para recordarlas en todos sus detalles.

—No digas más –interrumpió el doctor–. Los síntomas son claros. Pensaba bajar contigo a las Cambroneras para verla, pero ya no es necesario: eso es lo que llamamos nosotros eclampsia puerperal. Hay que provocar el parto, acelerarlo, o corre peligro de muerte. Tráela esta tarde; te esperaré en la Comisaría. La meteremos en la clínica de partos. Yo no estoy en ella, pero recomendaré tu socia al compañero, con grandísimo interés... Hasta la tarde, ¿eh?

Tenía prisa: su catedrático le esperaba en la sala de profesores. Le mostró la entrada de la Comisaría, una puertecita algo más abajo del gran portalón de la Facultad. Allí, a las cuatro.

Y se fue sonriente, sin que el dolor de su camarada arañase el caparazón de indiferencia con que parecían acorazarle las desdichas humanas.

Por la tarde abandonó Feli su casa. Fue una marcha lenta, que hizo sufrir mucho a Maltrana. Al verla pasar la puerta del tabuco creyó percibir en su oído un lamento desgarrador. Se iba para no volver: se cumplirían los presentimientos de la enferma. ¡La perdía para siempre!

La cuesta de las Cambroneras y el paseo de los Ocho Hilos fue una calle de Amargura. Feli, envuelta en su mantoncillo, cubierta la cabeza con un pañuelo que formaba visera sobre sus ojos, avanzaba con torpe paso apoyándose en su amante.

Sus piernas hinchadas apenas podían moverse; el abdomen monstruoso la atormentaba con peso sofocante. Las largas semanas de inacción en su casucha de las Cambroneras habían entorpecido los resortes de su movilidad.

Deteníase a los pocos pasos; se dejaba caer, jadeando, en todos los bancos y poyos del paseo.

La Teodora quiso acompañarla hasta la Fuentecilla, animándola con sus palabras y gesticulaciones gitanescas.

–Arriba, mi niña... A ver cómo echamos unos pasitos más; a ver cómo se mueven esos *pinreles* bonitos.

Y volviéndose hacia Maltrana, murmuraba con expresión llorosa:

–¡Está muy malita, don Isidro! ¡Qué bien jase usted en llevársela!...

Pasaron la Puerta de Toledo, y en la Fuentecilla se separó la gitana, después de dar varios besos a la enferma.

–¡Que el *Baró* der sielo te ponga pronto buena; que su santísima mare no se aparte de ti!... Adió, terronsito de asúcar; adió, armendrita durse!...

Y sus últimas palabras ya no se oyeron, pues se alejó con la cara oculta en el delantal.

Isidro hizo subir en un carruaje de alquiler a la llorosa Feli, conmovida por los adioses de la gitana. Recordaba el joven los primeros tiempos de su amor, cuando vagaban por las cercanías de Madrid, ocultándose de las gentes. Desde entonces no habían ido en coche. Ahora, todo el dinero que guardaba en el bolsillo, una peseta y algunas monedas de cobre, era para pagar esta carrera de dolor, la última tal vez que harían juntos.

Entraron en la Comisaría por entre varios grupos de mujeres andrajosas con niños al pecho y hombres de mísero aspecto, todos mostrando repugnantes enfermedades: cegueras purulentas, costras roedoras, abcesos que desfiguraban sus miembros, retorciéndolos. Esperaban su turno para la consulta gratuita. Un fuerte olor de antisépticos impregnaba el ambiente.

Nogueras, el alegre doctor, les vio por un ventanillo del despacho inmediato y salió a su encuentro. Miraba con fijeza a Feli, y ésta bajó los ojos, avergonzada... ¡Pchs! No era gran cosa como mujer...

Quedaron los dos amantes frente a frente, en una situación embarazosa.

Maltrana, al venir en el carruaje, estremecíase pensando en el horror de la despedida, llantos, gritos, abrazos, y tal vez un nuevo ataque de la enferma.

No fue así; no hubo nada de esto. Sólo un silencio, una sencillez en la separación, más desgarradora que los extremos ruidosos del dolor.

El médico habló de las recomendaciones que había hecho a su compañero de la clínica de partos. Tenía ya su cama reservada; hasta había interesado a la monja del departamento.

–Cuando usted quiera, la acompañaré –dijo mostrando cierta prisa.

Por fin se miraron, sin una lágrima, sin un suspiro, abriendo los ojos desmesuradamente, con expresión de terror. ¡Iban a separarse!...

Ella fue la primera en dar un paso. ¡Ay, el valor de las mujeres!...

–Adiós, Isidro.

–Adiós, Feli.

Sus voces eran gemidos; pero no lloraron, no se atrevieron a besarse, a estrecharse las manos en presencia del mediquillo burlón y de aquellos enfermos que les miraban fijamente.

Ella se alejó por un corredor oscuro, precedida por el médico. Su paso vacilaba... pero no quiso volver el rostro atrás, como si temiese perder toda su firmeza.

Maltrana salió a la calle, y a los pocos pasos hubo de apoyarse en la pared. Tenía frío: un frío de sepulcro, que se le colaba hasta el alma. Lucía el sol de la tarde, un sol que Isidro no había visto nunca; un sol oscuro, empañado, fúnebre, como si el astro del día enviase sus rayos al través de negra urdimbre; como si estuviese envuelto en un crespón.

12

YA NO VOLVIÓ a las Cambroneras. Tuvo miedo de vivir en aquella casa sin Feli. Sentía el terror de los que pierden a un ser querido y no osan penetrar en la mortuoria habitación. ¿Qué iba a hacer solo en aquel extremo olvidado de Madrid, entre las gitanas que le recordarían a la amante?...

Necesitaba ver gente nueva, aturdirse, olvidar su tristeza.

Aquella noche volvió a la redacción, después de una ausencia de tantos meses. Los compañeros le recibieron con irónicas ovaciones.

—¡*Homero*! ¡Ya está aquí el gran *Homero*!... ¡Salud al ilustre «tabarrista»!

Y le preguntaron si traía como fruto de su soledad algún artículo de los que sembraban el pánico en los suscritores.

Algunos de la redacción le habían visto paseando con Feli por el Retiro.

—Di, *Homero*: ¿qué has hecho de aquella muchacha tan simpática que llevabas del brazo?... ¿La encontraste en algún libro griego? ¿Era ática o beocia?

—Está en el hospital —contestó Maltrana con los ojos llorosos.

Su acento era tan triste, que impuso silencio a los alegres compañeros.

Pasaba las noches en la redacción. Había perdido la costumbre de trasnochar, y como no quería volver a su casa, buscaba los cuartos sin luz, dormitando en un diván. Si llegaba una visita y había que encender luz, Maltrana era despertado como un perro, y sacudiendo las aletas del abrigo pasaba a otro cuarto o se iba a la calle, procurando terminar el sueño en la casa de algún amigo.

Apenas comía. Ansioso de distracción, de conversaciones que le aturdiesen, juntábase muchas noches con ciertos borrachos famosos, y bien entrada la mañana se les veía por las calles más céntricas, con paso inseguro, discutiendo a voces de filosofía o literatura. En mitad de una disputa, el recuerdo de Feli asaltaba a Isidro, y rompía a llorar. Los compañeros atribuían la culpa de este llanto al coñac. Beberían cerveza.

Muchas mañanas iba a la puerta de San Carlos a esperar a Nogueras. Éste hacía un gesto de repulsión al verle.

–Sigues mal camino, chico; apestas a aguardiente. ¿Qué resuelves emborrachándote?...

Maltrana contestaba con mal humor. No pedía consejos: lo que deseaba era conocer el estado de Feli.

El joven doctor mostrábase impaciente. ¿Creía él que no tenía otras cosas en qué ocuparse?...

–¡Figúrate, con seis mil reales por todo sueldo!... Tengo que visitar mucho y a gentes que pagan mal. Además, esa muchacha no es de mi clínica... La vi anteayer. Me pareció que estaba bien; pero si los ataques de eclampsia se repiten, puede morir en uno de ellos. Van a provocarle el parto: tal vez esto la salve.

Al día siguiente fue Nogueras quien, al verle, le habló el primero.

–Eres padre: arriba te guardan un niño las monjas. Su salud es buena y la madre no ha salido mal del parto. Si no quieres que esa segunda edición de tu persona vaya a la Inclusa, recoge pronto al pequeño.

Maltrana no experimentó ninguna emoción. Sólo pensó en ir a las Carolinas para dar la noticia a su abuela. ¿Qué iba a hacer él con el chiquillo? La señora Eusebia se encargaría de cuidarle.

Y la abuela, conmovida por el suceso, bajó a Madrid para recoger a su biznieto, acompañada de otra mujer. Isidro fue con ellas hasta San Carlos, pero no quiso pasar de la puerta. Lo dominaba el egoísmo de su cobardía. Ya había sufrido bastante. ¿Iba a mejorarse ella porque le viese?...

Cuando salió la abuela quiso enseñarle el niño, que su amiga, más joven y fuerte, llevaba en brazos.

–Míralo, Isidro –gemía la vieja llorando de alegría–. Es un querubín: ¡qué rico!... Es hijo tuyo, ¡tu retrato!...

Maltrana miró esta carne palpitante apenas contorneada que se removía en el fondo de un mantón. Sí que era su retrato: feo, con su misma fealdad y la de aquel pillete que estaba en la cárcel entre los rateros menores. La misma cabeza enorme, que parecía moldeada por las manos de la desgracia.

La *Mariposa* se llevaba su biznieto. Nada de buscarle nodriza en las Carolinas. Conocía a cierta mujer del barrio, que se había casado con un músico de regimiento, y ahora, retirado él del servicio, tenía una tiendecita junto a la carretera de Extremadura, en el cerro de los Corvos. Acababa de perder a un pequeño, y ella se encargaría de lactar al biznieto por poco dinero.

La vieja, antes de marcharse, le habló de Feli. La había visto: estaba muy enferma.

–¡Lo que ha llorado esa chica antes de que nos llevásemos el pequeño! ¡los besos que le ha dado!... Me preguntó por ti... Ve a verla, hombre; la pobre se alegrará, y bien lo necesita.

Maltrana pasó mucho tiempo sin visitar a Feli. Todos los días formábase el propósito de verla a la mañana siguiente. Pasaba la noche de café en café, y la madrugada de taberna en taberna, con los camaradas de vida errante, siempre triste y bebiendo para olvidar.

Por la mañana llegábase hasta San Carlos, a recibir noticias. Le bastaba con saber que Feli seguía bien. Le acometía el miedo a verla en este lugar de dolor y que ella adivinase su embriaguez.

–Un día me acompañarás –decía a Nogueras–; no, ahora no. Me siento sin fuerzas. Además, estoy algo borracho. ¿No me lo conoces?...

Por fin, una mañana se mostró resuelto: quería verla. Adivinábase cierta preparación en su aseo exterior, como si acudiese a una entrevista amorosa. Iba recién afeitado; ocultaba algo bajo las aletas del macferlán, que parecía menos viejo después de unos cuantos pases de cepillo.

Nogueras lo hizo atravesar los claustros de la Facultad, subieron escaleras, pasaron otros claustros, y por fin, el médico abrió una puerta.

Lo primero que vio Maltrana fue las tocas blancas de una monja, ocupada en arreglar con sus manos de cera las flores de trapo y las velillas de un altar. Estaban en una sala de paredes enjalbegadas de un blanco de hueso, con zócalo de ladrillos blancos también. La pieza aparecía dividida por un muro hasta el límite del zócalo, con grandes espacios abiertos entre las pilastras que sostenían el techo.

Isidro vio muchas camas de hierro con cubiertas de percal floreado, y junto a ellas mesillas con redomas y escupideras. Sobre las almohadas destacábanse cabezas de mujeres de verdosa demacración, con las cabelleras enmarañadas y sucias. Maltrana recordó las salas de los hombres. Estos eran menos repugnantes en sus dolencias. La hembra se agostaba con la mayor rapidez así que la enfermedad disolvía los almohadillados carnosos de sus encantos.

El médico se detuvo ante un lecho: allí tenía a la que buscaba. Isidro tardó algunos instantes en reconocerla. Hubiera pasado varias veces ante ella sin que llamase su atención. ¡Cuán cambiada la veía!... Olvidando su tristeza de enferma, evocaba siempre en sus recuerdos la Feli hermosa y alegre de los primeros tiempos de su amor. Y ahora, viéndola enflaquecida, con las facciones desencajadas, más fea y mísera aún que el día en que salió de las Cambroneras, tenía que hacer un esfuerzo para reconocerla. Creyó ver a una amiga de Feli, a una buena compañera que le recordaba a la otra, a la de los días felices, que ¡ay! no volverían nunca.

Quedó inmóvil ante la cama, con aspecto tímido, cohibido por aquellas cabezas greñudas, mascarones de dolor y miseria, que convergían en ellos sus miradas curiosas.

–¿Cómo estás? –preguntó en voz queda.

Saludábale Feli silenciosa, con una sonrisa que daba frío, contrayendo las arrugas de su rostro exangüe, marcándose la punta de su fina mandíbula con la agudeza de un hierro de lanza. ¡Y allí había puesto él sus besos muchas veces, en la embriaguez de la pasión!... ¡Miseria de la vida! Sus ojos, unos ojos de loca, con el estrabismo de las frecuentes crisis, eran lo único que aún delataba la extinta hermosura.

En el lecho inmediato vio a una jovencita que llevaba envuelto el pelo en un pañuelo rojo y abrigados los hombros con una chaquetilla color de manteca. Mostraba entre las puntillas de la camisa sus pobres pechos de tísica, que apenas si se destacaban con ligera hinchazón sobre el mísero costillaje. Era una criada que había dado a luz una niña; una pobre bestia de trabajo convertida en madre por el capricho momentáneo del señorito. La chaquetilla de señora que le servía de abrigo en el hospital era tal vez la única recompensa de su caída.

Feli, al contemplar a Isidro, mostraba también en sus ojos cierta extrañeza, como si le encontrase cambiado. Había transcurrido muy poco tiempo, y sin embargo, creían verse después de larguísima ausencia.

Permanecieron silenciosos mucho rato, mirándose, pero sin atreverse a despegar los labios. Al fin, habló ella, por el impulso maternal. ¿Y su hijo?...

Maltrana fingiose enterado. Estaba allá, en la carretera de Extremadura, con su nodriza, una gran mujer buscada por la abuela. Podía permanecer tranquila... ¡Y él aún no había ido al cerro de los Corvos, ni conocía a la nodriza!

Después le preguntó por su enfermedad. Feli hablaba con voz triste; parecía resignada a permanecer siempre allí, sin esperanza de volver al mundo. Su voz era lenta, con largos titubeos; notábase cierta incoherencia en sus palabras; se adivinaban sus esfuerzos para ordenar las frases y encauzar el pensamiento.

Mientras la oía, Isidro miraba con el rabillo del ojo a la monja, de pie junto al altar, hablando con el médico. ¡Ay, aquellas gentes que vivían en diario contacto con la miseria humana! ¡Qué duros, qué fuertes! ¡Qué indiferencia ante el dolor ajeno, que no era para ellos más que un accidente vulgarísimo! Su mirada fría parecía tener callos. La contorsión del dolor, la muerte, todo resbalaba sobre ellos sin el menor arañazo, sin producir la más leve turbación.

La monja, después de hablar con el médico, miró a Maltrana con cierta curiosidad. Su olfato de experta conocedora de la vida adivinaba a la pareja ilegal, al amor rebelde, que desprecia los convencionalismos sociales. Su curiosidad de mujer excitábase con el perfume del pecado; su severidad le hacía abominar de aquella juventud que se adoraba a espaldas de la religión.

Maltrana no sabía qué decir. La tristeza creaba un gran vacío en su pensamiento. Además, le cohibían tantas miradas fijas en él. Era un martirio permanecer ante Feli sin poder cogerla la mano, atemorizado por los ojos hostiles de la monja.

Se echó atrás las aletas del abrigo y dejó sobre la cama un mazo de violetas que llevaba oculto. Su perfume pareció dulcificar aquel ambiente que olía a carne enferma y antisépticos.

–¡Ay! ¡flores! –dijo Feli con vocecilla infantil–. ¡Flores!

Y su mirada acarició a Isidro con expresión de gratitud. Era un poco de poesía esparciéndose sobre la cama del hospital. ¡Flores!... Y los dos pensaron lo mismo. Vieron con la imaginación los almendros de la Huerta del Obispo, que habían sido testigos de sus primeras entrevistas; las flores que él arrojaba sobre su cama, al despertarla, de vuelta de los banquetes; las que habían presenciado sus vespertinos paseos, cuando salían cogidos del brazo, como burgueses, a cubierto de la miseria y seguros de que nada podría turbar su felicidad.

–¡Flores! –repitió–. ¡Cómo te lo agradezco!

Maltrana se excusaba con timidez. Eran violetas: no tenía dinero para más. Aun así, le había costado mucho el adquirirlas. Costaban muy caras: las flores nacían para los ricos; y aún gracias que les dejaban a ellos el cielo y el sol... Había recordado también su predilección por las naranjas. Quería traerle una; pero después de correr las fruterías de la calle Mayor, buscando las primeras que acababan de llegar, había desistido por su pobreza. Todo su dinero se lo habían llevado las violetas.

–Otro día, ¿me oyes? –murmuraba en su oído, como si le propusiese una travesura infantil–. Otro día te las traeré, sin que se entere la monja, sin que lo vea el médico.

Y ella decía que sí, mirando al amante con sus ojazos tristes, mientras se llevaba a la cara el mazo de violetas, oliéndolo con delectación.

Nogueras carraspeó con insistencia llamando a Maltrana. La entrevista se prolongaba demasiado: otro día, más.

Isidro cogió la mano amarillenta que ella le tendía.

–Adiós, Feli... Adiós, nena. Volveré.

La enferma le recordó su promesa. Debía traerle naranjas y flores, ¡muchas flores!

El trastorno mental de su crisis la hacía olvidar la penuria del amante.

Maltrana no volvió. Transcurrieron varios días sin que el doctor lo encontrase por la mañana en las cercanías de San Carlos. Esta visita había bastado para darle cierta tranquilidad.

Una noche, al salir Nogueras del Teatro de Apolo, dio con él en la acera de la calle de Sevilla. Iba borracho, más sucio y abandonado que otras veces. Adivinábase en las arrugas de su abrigo y en el abandono de sus ropas que dormía sin desnudarse, allí donde se lo permitían los accidentes de su existencia vagabunda. Estaba pálido, con los ojos hundidos y las facciones enjutas:

una cara de hambre y alcoholismo. Al ver a Nogueras hizo un esfuerzo por mostrarse sereno.

—¿Y aquélla? –preguntó.

El doctor mostrose pesimista. «Aquélla» iba muy mal. No la había visto: le faltaba el tiempo; pero el camarada encargado de la clínica tenía pocas esperanzas. Repetíanse con frecuencia los ataques de eclampsia, y en uno de ellos podía morir. Bastaba que la respiración se retardase algunos segundos al quedar su organismo contraído por las convulsiones, para que sobreviniese la asfixia.

—Y tú, ¿por qué no vas a verla? –preguntó el doctor.

—¡Para qué! –exclamó el bohemio–. Sufro mucho; me falta el valor para volver. Me hace daño verla entre aquellas mujeres sucias y enfermas, no poder hablarle con libertad. Me miran todas, como si fuese un animal extraño. La monja me molesta.

Calló un instante, y luego añadió con expresión de vergüenza, empañándose sus ojos de lágrimas:

—No puedo ir con las manos vacías: la pobre desea flores... se las prometí. Hace días que quiero comprarle un ramo grande, muy grande, para cubrir su cama, para que se imagine que todo un jardín corre hacia ella, esparciéndose a sus pies... Pero no tengo dinero... nada, absolutamente nada. No puedo comprar ni un ramito de los que venden en la calle. Apenas como; ando por ahí como un perro sin amo. Si no encontrase algún amigo de los que convidan a beber, ya hubiese muerto.

Al despedirse del doctor dijo flojamente, con la pereza de una voluntad enferma y cobarde:

—Ya iré... iré cuando tenga dinero... cuando pueda llevarle algo. Creo que no morirá en seguida, que aún vivirá algún tiempo. ¿No crees tú lo mismo?

Nogueras levantó los hombros con expresión de duda. Sí; era posible que se salvase: enfermas más graves que ella recobraban la salud. Pero su vida estaba en peligro de extinguirse por asfixia cada vez que sufría un ataque. Nada podía él afirmar. Transcurrió una semana sin que volviesen a verse. Una mañana se encontraron en la Puerta del Sol. El doctor vio a Maltrana con aspecto más miserable aún: parecía un pordiosero, sucio, roto, entregado a su abandono, sin el auxilio de una mano femenina que le adecentase. Nogueras tenía prisa. Había estado dos días fuera de Madrid por un asunto profesional, y le esperaban en la Facultad.

–Una mala noticia, Isidro. Aquella muchacha ya no vive.

Maltrana abrió los ojos con asombro, como si esta noticia rebasase los límites de lo posible.

–¿Estás seguro? ¿La has visto tú?...

Nogueras hizo un gesto displicente.

–¿Qué tiene de extraordinario su muerte?... Era de esperar. Ha muerto, y todos nosotros moriremos también... Yo no la he visto; tengo otras cosas a qué atender. Pero el mismo día que salí de Madrid me lo dijo el compañero. Acababa de morir.

Maltrana quedó inmóvil, con la cabeza baja, anonadado por la noticia. Después fijó en el doctor sus ojos interrogantes.

–¿Y qué han hecho de ella?... ¿Y el cadáver? ¡Dime, por Dios, dónde lo llevaron!...

Sentía un remordimiento inmenso por su egoísmo y su cobardía. Deseaba visitar su tumba, ya que había pasado los días vagando, sin atreverse a verla en el hospital.

El doctor le contestó con una sonrisa que daba frío. Su tumba era la fosa común, adonde iban todos los muertos pobres. La infeliz muchacha no tenía parientes ni quien pagase los gastos de su entierro. Isidro no se había presentado para arreglar las cosas, y era seguro que su cuerpo, antes de ir al cementerio, habría pasado por la sala de disección. ¡Sufrían tal escasez de cadáveres!...

Maltrana no quiso oír más. Volvió la espalda sin despedirse del amigo, como si huyese de su remordimiento y su vergüenza.

Vagó por las calles, haciendo esfuerzos por no llorar. La gente le miraba; y fatigado de esta curiosidad, quiso salir de la población, caminar por el campo.

Veía las casas al través de densa niebla; las personas y los carruajes pasaban junto a él como fantasmas, sin ruido alguno. No pensaba: creía tener hueca la cavidad de su cráneo; le zumbaban las sienes. Su lengua repetía por lo bajo, con una tenacidad estúpida:

–¡Despedazada... despedazada!

Poco a poco su pensamiento, que parecía haber huido lejos, muy lejos, aproximábase, volvía a entrar en él. Un recuerdo de los primeros años de su juventud, de su época de estudiante, iniciábase débilmente, y crecía y crecía hasta tomar el relieve de la realidad.

Veíase subiendo una escalerilla de la Escuela de San Carlos, con un compañero de hospedaje, estudiante de Medicina, que iba a recoger unos objetos en el laboratorio. Isidro asomábase a una ventana. Abajo, un pequeño patio con pavimento de losas húmedas, como si cayese en ellas con frecuencia un chaparrón de cubos de agua. Sobre las losas, un monigote de abultado tronco y brazos y piernas delgados, esqueléticos, contraídos por grotesca actitud. Creyó que esta figura era de cartón, groseramente modelada por algún artista inhábil, toda ella del mismo color amarillo: faltaba que le pintaran las cejas y que sobre la calva adaptasen una peluca para darle cierto viso de realidad. En los peldaños de una escalera vio varias cabezas cortadas descansando sobre su base, pero sin piel, mostrando el rojo de los músculos y el azul oscuro de sus venas. Maltrana había contemplado con curiosidad estos juguetes de la ciencia. Eran piezas de cartón para el estudio de los alumnos. Y al hacer la pregunta al amigo, éste rompió a reír:

–No, tonto. Son cadáveres preparados para la clase de disección. Ese cuerpo es de una mujer.

Luego, el compañero, con la superioridad del fuerte, para poner a prueba los escrúpulos del estudiante de libros, le hacía entrar en el anfiteatro, llevándolo de mesa en mesa. ¡Qué limpiamente trabajaban aquellos carniceros de blusa blanca! Aquí, un brazo encogido sobre el mármol, sin más que los huesos y los tendones, tirantes y limpios como si fuesen a vibrar: un arpa para tañerla en una fiesta de caníbales. Más allá, piernas que mostraban el cruzado almohadillamiento de los músculos rojos; troncos abiertos al aire, con el rosa tierno de sus costillajes. Esta gran carnicería de mármol y cristal hacía pensar en una humanidad horriblemente superior pervertida por la antropofagia, donde los fuertes se alimentasen con los despojos de los débiles. Un gesto de dura curiosidad contraía los rostros; las manos sin misericordia, armadas de acero, hundíanse en los secretos de aquella carne fría, limpia, anónima, sin personalidad, que no recordaba su origen humano.

¡Y en este matadero de la investigación había desaparecido su Feli!... ¡Allí se había disuelto su cuerpo, sin que bajasen a la tierra más que restos informes y despedazados en el fondo de una espuerta!...

¡Feli! ¡Feli!... Repetía su nombre, recordando los mil detalles de su amorosa intimidad. La oreja sonrosada, cuyo lóbulo mordía dulcemente al mismo tiempo que murmuraba palabras dulces; su cabecita, que en las noches de invierno se refugiaba en su hombro con el mismo ademán tímido del pájaro que oculta el pico bajo el ala; sus piernas de diosa, que pretendía ocultar ruborosamente cuando él la probaba aquellas medias adquiridas en el Rastro; su vientre antes de la deformación materna, con el gracioso hoyuelo umbilical, que parecía gesticular cuando se conmovía con la agitación de la risa; la doble copa de alabastro de sus pechos, aquellas dos magnolias de amor... todo había sido despedazado bajo el acero, sin piedad, sin misericordia. Manos que no la conocían habían violado el secreto de su cuerpo... de aquel cuerpo que le despertaba por las mañanas con su roce de satén, cuando ella pasaba a gatas por encima de él para levantarse, poniendo un instante sus ojos sobre los suyos, confundiéndose las respiraciones de los dos.

¡Feli! ¡Feli!... ¿Qué pecado había cometido para que la fatalidad la privase hasta de la paz de la tumba?...

Maltrana lloraba ahora, sin miedo a que la gente se fijase en él.

Estaba en el campo. Al mirar en torno, vio a corta distancia el cementerio de San Martín. Sin darse cuenta había marchado instintivamente hacia aquellos lugares que presenciaron las primeras dichas de su amor. No se atrevió a entrar en el cementerio. La Muerte le asediaba con sobrada insistencia para que él fuese a devolverle la visita. ¡Ay, cómo odiaba a la infame señora de los ojos sin luz, de la piel intensamente pálida, que una tarde había descrito allí dentro, ante la absorta muchacha! ¡Con qué delectación la escupiría en su pecho voluminoso y amargo, en sus flancos potentes, si pasase ante él!... Cierto que tras sus pisadas resurgía la vida; que otras Felis vendrían al mundo; pero no eran para él. La suya, la que había tenido en sus brazos, esa no volvería nunca. Había sido un rayo de sol al través de las nubes de su cielo, saludado por la espiral de las ilusiones, que volaban como palomas. Las nubes cerrábanse para siempre, el rayo de sol se extinguía, y las palomas venían al suelo transidas de frío.

Marchó, como en peregrinación, por la senda que aquella tarde precursora de su felicidad había seguido con Feli. Deteníase como un devoto a saborear en ciertos sitios el religioso goce del recuerdo. Aquí, había entregado su dinero a unas mendigas para que se emborrachasen celebrando su dicha; más allá, Feli le daba a chupar una naranja, con mohines graciosos. Al llegar al merendero, vagó por los alrededores con una insistencia que puso en guardia a los dueños, alarmados por el aspecto mísero de Maltrana.

Cerca del Canalillo le faltaron las fuerzas. El recuerdo le aplastaba; también él iba a morir. Necesitaba olvidar: la vista de estos sitios le hacía gran daño. El invierno deshojaba los árboles; la tierra estaba yerma. Era el mismo escenario de su dicha, como él era el mismo Maltrana; pero había soplado un viento glacial, matando la alegre hojarasca llena de rumores y de cánticos, dejando sólo el escueto ramaje. Los almendros de la Huerta del Obispo, que derramaban en otros tiempos lluvias de flores sobre la cabeza de Feli, parecían ahora escobas plantadas por el mango.

Isidro, tambaleándose como un herido, fue en busca de su abuela.

Zaratustra y la señora Eusebia le escucharon silenciosos, pero sin participar de su emoción. ¿Conque la chica del *Mosco* había muerto? ¡Todo sea por Dios!... Y el par de vejestorios replegábase en su egoísmo, sintiéndose más fuerte, más feliz, con la satisfacción de conservar su existencia, mientras la muerte ensañábase con la juventud. La tía *Mariposa* sólo pensaba en su biznieto, de cuya salud hacía grandes elogios. Poco le importaba la suerte de la madre; toda su atención era para el pequeño.

Isidro se quedó allí. ¿Adónde ir?... Su cobarde laxitud había llegado a los últimos límites de la indiferencia. Estaba atravesando el momento de las grandes renuncias a la vida. De ser creyente, se hubiese hecho ermitaño, lego de un convento de trapenses, asceta en un desierto. Ahora comprendía la huida del mundo, el aislamiento cruel, las santas locuras de ciertos desesperados, que al ser mordidos por el dolor encuentran remedio en su ignorancia y su fe.

Permaneció varios días en la cabaña de *Zaratustra*, complaciéndose en su suciedad, haciendo de esto una mortificación.

¡Ay, la conciencia! ¡La agobiadora pesadez del remordimiento! Ya no sentía dolor por la muerte de Feli. Lo que le avergonzaba era el abandono en que la había dejado, la cobardía de su floja voluntad, el egoísmo de no entristecerse viéndola enferma... ¡La pobre había muerto sola, en aquella cuadra blanca, rodeada de humanas bestias que sólo pensaban en ellas con el egoísmo del dolor, sin una mirada de cariño, sin una mano que estrechase la suya! ¡Y este crimen era ya irremediable!... ¡Ay, si Feli pudiese resucitar, sólo por un día, por una hora! Era su idea fija y tenaz... ¡Si volviese a la vida, aunque fuese para morir a los pocos instantes! Él cumpliría su deber y quedaría más tranquilo: la pasión de su existencia tendría un final digno. Correría a su lado, para no abandonarla hasta el último momento. Sentíase capaz de robar para que sus restos reposasen en un féretro lujoso, para que se librase de la fosa común, para que no la llevaran a aquel matadero blanco, donde eran descuartizados los cadáveres... Pero ¡ay! sólo se muere una vez. El mal no tenía remedio. ¡Miserable de él! ¿Dónde estaba la poesía de su pasión? ¿Qué había de común entre él y aquellos amantes que había visto en los libros, inclinados sobre el lecho de la moribunda, abrazándola y gimiendo el último adiós?... ¡Feli, Feli! A cambio de su propia vida, pedía él que resucitase un instante, el tiempo preciso para besarla, para que partiese con el convencimiento de que la amaba, para salvar su cuerpo adorado de la odiosa profanación.

Tardó unas dos semanas en volver a Madrid. Una mañana que entró en la villa, vio de lejos a Nogueras camino de San Carlos, y sintió la necesidad de hablarle. Le inspiraba nueva simpatía, por haber conocido a Feli; creía encontrar en él un vago recuerdo de la muerta.

El doctor le saludó alegremente, mirándole con ojos de miope mientras limpiaba los cristales de sus lentes. Después recordó a la «queridita» infeliz, con cierta ligereza, sin dar importancia a aquella pasión de Maltrana. ¿Se había consolado? ¿Tenía ya alguna otra como sustituta? ¡Ah, bohemio incorregible! Para él era la vida: libre, mujeriego y sin la esclavitud de ocupaciones apremiantes.

Después contrajo la frente, como si concretase sus recuerdos.

–Hombre, una cosa curiosísima –añadió–. ¿Recuerdas aquel día en que te dije que la muchacha había muerto?... Pues no era verdad. Cuando llegué a San Carlos, después de mi viaje, me lo dijo el compañero. Fue un error suyo: la creyó muerta en un ataque, pero salió de él.

Maltrana abrió los ojos, quedó inmóvil de asombro, como si fuese a presenciar aquella resurrección con la que había soñado tantas veces, como si Feli surgiera ante él.

–Pero ¿vive?... –dijo temblando.

–No, hombre; murió: fue una semana después. Pensé avisarte, escribirte; pero ¿quién diablo adivina dónde encontrarte, con esa vida que llevas?... Murió, no lo dudes; ahora es de veras. Tú eres un espíritu superior, y ciertas preocupaciones no te conmueven. No dudes de que ha muerto. Vi su cadáver en una mesa de la clase de disección.

¡Ah, la Suerte! La diosa malvada y caprichosa!... ¡Hasta el último momento jugueteaba con él!

Terminaba el invierno. La tarde parecía de primavera, con su cielo azul y límpido y su sol de dulce tibieza.

Maltrana atravesó el puente de Segovia, entrando después en la carretera de Extremadura.

Vestía de luto. El macferlán, la odiada librea de la miseria, ya no pendía de sus hombros. La Suerte le trataba con menos rudeza al verle solo. Trabajaba, le admitían artículos en algunas revistas, le encargaban traducciones, vivía en una casa de huéspedes y ahorraba para pagar a la nodriza de su hijo. No conocía la abundancia, pero tampoco las angustias y estrecheces de antes. Era el bienestar que llegaba; pero ¡cuán tardo! ¡Y qué insípido le parecía!...

Caminó por una acera junto a la cual serpenteaba un arroyo. Miraba distraídamente los rótulos de las puertas. Casi todos eran de tabernas, pero tabernas de las afueras, que a la vez servían de figones y merenderos. «Vinos, *por* Fulano.» Y aquí el nombre del dueño del establecimiento, como si fuesen los taberneros quienes los fabricaban.

En una casucha de tablas, llamó su atención otro rótulo: «Taberna de Agustín, *alias* el Bolero. Cocidos a diez céntimos». ¡A diez céntimos! ¿En qué consistirían estos cocidos?... Pensó en ellos con repugnancia; pero se dijo que alguna vez habría visitado la taberna en otra época, de conocer tal baratura.

En muchos balcones exhibíanse anuncios de pirotécnicos, con muestras de ruedas de artificio y enormes petardos. Todos los polvoristas de Madrid se habían instalado en este barrio, que parecía la calle principal de un lugarón, con sus rústicos paradores y las casas sucias del polvo de los carros.

Maltrana, siguiendo cuesta arriba, llegó al final de la doble fila de casas. La carretera perdíase de vista, flanqueada a un lado por la tapia interminable de la Casa de Campo y al otro por las colinas, en cuyos surcos comenzaba a surgir la cabellera de una cebada triste, pisada con frecuencia por los transeúntes.

Siguió Maltrana una senda que conducía a una casucha en lo más alto de un montecillo. Era el cerro de los Corvos, y la casa aquella tiendecita donde criaban a su hijo.

La mujer cosía a la puerta del establecimiento, bajo una parra seca, en una pequeña explanada, desde la cual dominábase toda la parte de Madrid que mira al río.

Al reconocerle, la nodriza se levantó apresuradamente. Quería sacar al pequeñuelo, que dormía después de una noche de insomnio y llantos.

Maltrana se opuso. Que durmiese; ya lo vería después: no tenía prisa.

Se sentó en un banco, ante una mesa de tablas desunidas, contemplando el magnífico panorama. La mujer quiso obsequiarle... ¿Un poco de aguardiente? Pero él hizo un gesto de repugnancia. Agua, nada más que agua. Y ella sacó un jarro de la oscura tienda, que exhalaba un hedor de salazón, bebidas alcohólicas y grasa. La adquisición del agua costábales grandes esfuerzos en aquella altura. Su marido pasaba el día bajando y subiendo el cerro para llenar dos cubas en la fuente de la carretera.

Después, la nodriza habló de la pésima marcha de sus negocios. Iban a perder los ahorros que su marido, el pobre músico, había hecho en el ejército. Las casuchas cercanas al cerro eran de pobres que vivían en la peor miseria: ladrilleros casi todos, que sólo encontraban trabajo en verano. Los otros meses pasábanlos entre privaciones, pidiendo fiado en la tienda. No tenían otro recurso que merodear en la Casa de Campo, saltando la tapia para coger cardillos, que vendían en Madrid.

—Yo he visto muchas miserias, don Isidro –añadía–; pero ésta es la peor de todas. Mire usted ese niño que sube con la botella... De seguro que no trae dinero. Y hay que darles, so pena de perder de un golpe todo lo atrasado.

Se metió en la tienda, seguida del muchacho, y Maltrana permaneció abstraído en la contemplación de Madrid.

Vista desde allí, la población era monumental, soberbia. Pocas capitales de Europa parecían tan hermosas. Al frente, la enorme masa del Palacio Real, con sus pilastras salientes cortando las negras filas de ventanas. A un lado, la colina del Príncipe Pío, coronada de cuarteles; al extremo opuesto, la cúpula de San Francisco el Grande y el Seminario. Arriba, el cielo sin una nube, límpido, como si su azul lo hubieran lavado las últimas lluvias, con una diafanidad que absorbía y borraba instantáneamente el humo de las chimeneas. Abajo, en los declives que conducen al Manzanares, grandes masas de vegetación: las arboledas del Campo del Moro, de la Virgen del Puerto, de la cuesta de la Vega. La masa blanca del caserío partíase más allá del puente de Segovia, y una línea metálica, una barra horizontal y negra, unía los dos lados de este corte: era el Viaducto.

Madrid, visto desde allí, parecía una capital portentosa, una imponente metrópoli. Entre el azul del cielo y el verde de los árboles alineábanse las más solemnes manifestaciones de su vida, sus más poderosas grandezas. La vivienda de los reyes en medio; a un lado, los cuarteles, sobre aquella colina que era el monte de Marte de Madrid; al opuesto, el templo suntuoso, que parecía aplastar con su grandeza las casuchas inmediatas, y otro cuartel sin armas, donde se albergaban los reclutas de la fe vestidos de negro. Nada faltaba: era la imagen completa de la nación; todo parecía haberse concentrado en esta cara monumental de la gran villa.

Abajo, en la Virgen del Puerto, sonaba el redoble de unos tambores; y Maltrana veía entre los árboles cómo marchaban al compás de las cajas los soldados nuevos, cual filas de hormigas, aprendiendo a marcar el paso. *Rataplán... rataplán*, cantaban los parches; y el bohemio, en su contemplativa abstracción, creía entenderlos. Los tamborcillos le hablaban; como si adivinasen sus pensamientos, le decían burlonamente: «Va a durar... va a durar». Y no mentían. Mientras redoblasen en este tono uniforme, mecánico, sin fiebre y sin locura, todo seguiría lo mismo.

Después, su mirada se fijaba en la parte de acá del río. Grandes tejados rotos, con anchas brechas por las que se colaba el aire y la lluvia. Eran caserones abandonados que servían de albergue a los miserables. Junto a ellos brillaban al sol las cubiertas de cinc herrumbroso y las latas viejas de las cabañas de los mendigos. El hormigueo de la miseria también estaba allí. También acampaban frente a esta cara de Madrid, que era la más hermosa, los vagabundos, los desesperados, los abortos de la sombra, toda la muchedumbre que él había visto una noche, con los ojos de la imaginación, rondando en torno de los felices, de la caravana dormida en el beatífico sopor del hartazgo.

Maltrana pensó en los traperos de Tetuán, en los obreros de los Cuatro Caminos y de Vallecas, en los mendigos y vagos de las Peñuelas y las Injurias, en los gitanos de las Cambroneras, en los ladrilleros sin trabajo del barrio que tenía delante, en todos los infelices que la orgullosa urbe expelía de su seno y acampaban a sus puertas, haciendo una vida salvaje, subsistiendo con las artes y astucias del hombre primitivo, amontonándose en la promiscuidad de la miseria, procreando sobre el estiércol a los herederos de sus odios y los ejecutores de sus venganzas.

La capital dominadora y triunfante parecía abrumar el espacio con su pesada grandeza. Reía, destacándose sobre el azul del cielo, con el temblor de las grandes vidrieras de sus palacios heridas por el sol, con la blancura de sus muros, con el verde rumoroso de sus jardines, con la esbeltez de las torres de sus iglesias. No veía la muchedumbre famélica esparcida a sus pies, la horda que se alimentaba con sus despojos y suciedades, el cinturón de estiércol viviente, de podredumbre dolorida.

Era hermosa y sin piedad. Arrojaba la miseria lejos de ella, negando su existencia. Si alguna vez pensaba en los infelices, era para levantar en sus afueras monasterios, donde las imágenes de palo estaban mejor cuidadas que los hijos de Dios, de carne y hueso; conventos de monstruosa grandeza, cuyas campanas tocaban y tocaban en el vacío, sin que nadie las oyese. Los pobres, los desesperados, no entendían su lenguaje: adivinaban lo falso de su sonido. Tocaban para otros; no eran llamamientos de amor: eran bufidos de vanidad.

Alguna vez la horda dejaría de permanecer inmóvil. Los que entraban en Madrid al amanecer se presentarían a mediodía. Ya no aceptarían los despojos: pedirían su parte; no tenderían la mano: exigirían con altivez.

Y las gentes felices temblarían de pavor ante las caras amenazantes, las vestiduras miserables, las miradas de famélico estrabismo, los anhelos locos y criminales de destrucción. ¿Dónde se habían ocultado hasta entonces aquellos monstruos? ¿De qué antro surgían?... Y bien, gentes dichosas, habéis vivido con ellos sin saberlo. Acampaban junto a vuestros muros, pasaban todos los días ante vuestras puertas a la hora de vuestro sueño. No les habéis visto porque eran débiles, porque se arrastraban humildes. Negabais su existencia porque no proferían amenazas. Ni piedad ni misericordia tuvisteis con ellos cuando aún era tiempo...

Maltrana examinaba mentalmente esta avalancha de miserias, odios y desesperaciones, que podía transformarse en un ejército. ¿Qué le faltaba a la horda? Jefes, pastores audaces que la guiasen a las alturas, conociendo el camino. ¡Ay, si los que nacían en su seno armados con la potencia del pensamiento no desertasen, avergonzados de su origen! ¡Si los siervos de la pobreza, como él, en vez de ofrecerse cobardemente a los poderosos, se quedasen entre los suyos, poniendo a su servicio lo que habían aprendido, esforzándose en regimentar a la horda, dándola una bandera, fundiendo sus bravías independencias en una voluntad común!...

Oyó un vagido a sus espaldas y la voz de la tendera:

—¡Al papá, Isidrito, al papá! ¡Hazle manos: salúdale!

Quedó sobre sus rodillas aquel paquete de grasa infantil, en el que se marcaban apenas los ojos como dos gotitas negras. Olía a leche agria, a orines, a los fuertes sahumerios con que la nodriza pretendía ocultar sus hedores vitales. Maltrana aspiraba con delicia este perfume. Le besó en la boquita desdentada; no se atrevió a limpiarse las babas que le había dejado en el bigote.

¡Ser padre! ¡Contemplar una prolongación de su vida, un desdoble de su personalidad, un testimonio de la propia existencia, que, años después de morir él, afirmaría el paso por el mundo de un hombre llamado Maltrana!... Aquella carnecita blanca y suave como el plumón era suya: había en ella algo de su ser y de aquella otra carne ¡ay! despedazada que había desaparecido para siempre en el misterio de la tierra.

¿Qué le importaba ya la suerte de los infelices, el destino de la horda miserable y los tremendos conflictos que pudieran desarrollarse en lo futuro?...

A vivir: toda su vida la tenía en sus brazos. El calor de este cuerpecillo le infundía una resolución egoísta y brutal. Al coger a su hijo sentíase fuerte. Era como un arma que le daba confianza y valor para seguir su marcha.

Quería que fuese de los felices, de los dichosos, de los fuertes. Ya que el mundo estaba organizado sobre la desigualdad, que figurase su hijo entre los privilegiados, aunque para ello tuviese que aplastar a muchos.

Lo que no habían logrado la miseria y el triste destino de Feli, lo conseguía aquel chiquitín con sólo su contacto. Caía hecha polvo la herrumbre de su voluntad. Era otro hombre: su audacia consideraba con desprecio todos los obstáculos.

Sentíase capaz de robar, de matar, por su hijo. No tenía otra herramienta, otra arma, que su pluma, pero haría de ella un puñal, una palanqueta, algo implacable que sirviese para la muerte y el despojo. Lo que no había osado hacer por el amor, lo haría por su hijo. Se lanzaría en plena lucha, con la insolencia del mercenario. Adiós, ideas, fe, entusiasmos... Ilusiones, todo ilusiones. Despreciaba su cultura, pero pensaba aprovecharla para hacerse pagar mejor. El dinero y el poder tendrían un siervo más.

Su suerte estaba echada. Se revolvería en la abyección, paladearía su envilecimiento, se vendería como esclavo, para que su hijo fuese libre. Su destino era el del asaltante que cae en el foso para que el hermano de armas entre por la brecha. Él desaparecería en el fango, pero el Maltrana que venía detrás pasaría vencedor sobre el puente de sus espaldas.

Y mirándose en aquellos ojitos bobos, sin expresión, que le contemplaban fijamente, Maltrana decía a su hijo con el pensamiento:

—Llegarás, chiquitín. Yo marcharé a gatas delante de ti; abriré con mi lengua un camino en el barro, para que avances sin ensuciarte. No temas que caiga desalentado, que vuelva a sentirme cobarde y te abandone como a la pobre mártir. Este amor que ahora nace es de hierro. Ya soy otro. Soy... tu padre.

Fin
Madrid
abril-junio, 1905